UN JARDIN DE PAPIER

DU MÊME AUTEUR

Le Champ de glace, Paris, Rivages, 2000.

The Logogryph, Gaspereau Press, Kentville, Nouvelle-Écosse, 2004.

Thomas Wharton

Un jardin de papier

Traduit de l'anglais (Canada) par Sophie Voillot

Alto

Les Éditions Nota bene remercient le Conseil des Arts du Canada
et la SODEC pour leur soutien financier. Nous reconnaissons également
l'aide financière du gouvernement du Canada par l'entremise
du Programme d'aide au développement de l'industrie de l'édition (PADIÉ)
pour nos activités d'édition.

La traduction de cet ouvrage a été rendue possible grâce à une aide financière
du Conseil des Arts du Canada et du ministère du Patrimoine canadien
par l'entremise du Programme d'aide
au développement de l'industrie de l'édition.

Les Éditions Alto sont une division des Éditions Nota bene
et sont dirigées par Antoine Tanguay.

Titre original : *Salamander*
Éditeur original : McClelland & Stewart, Toronto, Ontario
ISBN original : 0-7710-8833-7
© 2001 Thomas Wharton

Illustration de la couverture : William Morris, www.morrissociety.org

ISBN : 2-89518-223-X

Un livre infini

Le lecteur de ce nouveau siècle est habitué à reconnaî-
tre les différentes réalités qu'un récit lui propose : documentaire, fantastique, confessionnel, historique. Exigeant mais paresseux, le lecteur veut savoir ce que l'auteur attend de lui. Pour détourner ses attentes, les écrivains d'aujourd'hui inventent des pièges qu'ils croient nouveaux et que le lecteur averti décèle, hélas, trop rapidement. La vérité qu'un roman propose ainsi établir se voit affaiblie, voire effacée, par ces jeux de vérités et de mensonges.

Thomas Wharton, qui est sans doute parmi les auteurs les plus remarquables et originaux de sa génération, ne s'inquiète pas de ces ficelages publicitaires. Ce qui l'inté-resse, de toute évidence, c'est de ne pas cajoler la confiance du lecteur, mais de se montrer fidèle à la vérité de son récit. Le lecteur suivra ou non (mais comment ne pas suivre des récits aussi frappants comme ceux que Wharton raconte) ; ce qui compte pour Wharton est que la narration puisse s'épanouir.

Wharton avait commencé sa carrière de raconteur avec *Le Champ de glace*, un petit miracle de concision et de justesse, prêtant autant l'oreille à l'Histoire que l'œil à la Géographie. Son deuxième opus, *Un jardin de papier*, fait appel non pas à deux, mais aux cinq sens, et monte de toutes pièces non pas une certaine parcelle du monde, mais un monde entier. L'époque à laquelle l'action se situe, ce XVIIIe siècle inventé par Diderot et Lawrence Sterne devient dans les mots de Wharton le siècle de toutes les possibilités et de toutes les réalités. L'homme (et la femme) peuvent ici tout faire accomplir : les sciences, les arts, la philosophie. Et dans ce vertige, toute personne semble capable d'aller bien au-delà de ses capacités humaines pour respirer sous l'eau, voler dans les airs, connaître l'avenir, délaisser le temps et abréger l'espace. Tout est possible dans ce meilleur des mondes.

Si le monde est un livre, comme le soupçonnaient les kabbalistes du Moyen Âge, pourquoi pas (semble dire Wharton) un livre de fiction qui serait le monde entier, là où toutes les histoires sont racontées : celles de la Chine ancienne, celles des contes de fées de l'Europe, celles des univers inventés par les mathématiques et celles des grands mythes légués par l'Histoire. Pour Wharton, il s'agit moins d'inventer de nouvelles fables que d'utiliser les anciennes pour en bâtir des livres qui, peuplés par des personnages qu'on sait réels mais qu'on croit imaginaires (Vivaldi, Saint-Foix, Flood, Kirshner), permettent aux lecteurs de connaître une vérité qu'ils ne savaient pas leur être destinée. Sans se préoccuper des artifices littéraires qui pourraient nous amener à jouer à être des lecteurs, Wharton nous offre une fiction tellement vraie et envoûtante que nous n'avons plus de choix que d'oublier notre rôle de l'autre côté du livre et de le suivre jusqu'à la dernière page.

Alberto MANGUEL

Je ramène la vie depuis la mort.
(Devise des premiers imprimeurs)

Un bout de papier en feu surgit sous la pluie. Un tapis volant en flammes s'abîme en sifflant sur les pavés mouillés de la rue.

Le colonel met pied à terre et scrute le ciel, les rênes à la main. La bruine qui commençait à tomber quand il est entré dans la ville a cessé ; les nuages gris révèlent en se déchirant des plages de crépuscule d'un bleu profond. Dans un trou noir qui a déjà été l'entrée d'une maison, le vent imite le son qu'on entend quand on plaque un coquillage contre son oreille.

La lueur d'une chandelle tremblote dans le ventre obscur des ruines bombardées. Que fait-elle là ? Un décret du gouverneur interdit de s'abriter dans ce genre d'endroit.

Le colonel attache son cheval à une rambarde et escalade pour pénétrer dans le bâtiment une falaise de briques arrachées par l'explosion. La fumée et les cendres en suspension lui indiquent que la bombe n'est pas tombée depuis longtemps. Quelques heures seulement, si son instinct pour ces choses-là ne le trompe pas.

Un wigwam de madriers fumants occupe presque tout l'espace étroit du premier étage ; le colonel doit longer le mur pour s'avancer dans la boutique – car cela semble avoir été une boutique – surmontant précautionneusement des débris de bois humides et traîtres. Il sent une goutte de pluie sur son visage et lève les yeux pour apercevoir, hachurés par les moignons noircis des poutres, quelques lambeaux de nuages étincelants.

Une librairie. Trois des quatre immenses bibliothèques vitrées qui couvraient auparavant les murs gisent éventrées, leur contenu répandu sur le sol. La seule qui tienne encore debout penche maintenant vers l'arrière et semble à moitié enfoncée dans le mur. Ses panneaux vitrés se sont envolés, mais elle conserve encore quelques livres intacts sur ses étagères. Là où le plâtre s'est détaché, les murs latéraux laissent entrevoir l'ancienne maçonnerie.

Deux hommes sont en train de feuilleter les ouvrages demeurés sur les étagères. Ils lancent un coup d'œil au colonel et le temps de remarquer son uniforme, reposent les livres puis se dépêchent de sortir en jetant des regards furtifs derrière eux. Dans la ville abandonnée, le pillage est maintenant puni de pendaison.

Dans la lumière mourante, le colonel contemple les étranges volumes enfantés par cette destruction. Livres sans couverture. Couvertures sans livre. Livres de braise, livres réduits en amas de cendres humides et froides. Livres en lambeaux, criblés de trous, coupés en deux. Livres à la colonne vertébrale tordue, brisée. L'un d'eux gît transpercé par un éclat d'obus noir déchiqueté. Dans un coin sombre repose l'ensemble des volumes d'un atlas désuet, fondus en une seule masse carbonisée. Le lettrage doré de leur dos a survécu on ne sait comment à l'incendie et luit étrangement dans l'ombre.

Pourquoi le monde est-il ainsi fait, se demande le colonel, que tout ce qui est abîmé brille ?

Il fait un pas en avant ; son pied heurte un autre volume écartelé et privé de couverture. Les pages supérieures se soulèvent et redescendent au gré des bourrasques du vent du soir. Un énorme papillon de nuit tout gris, refermé sur sa mystérieuse âme de papillon.

Plus loin, là où le toit est encore intact, il découvre la source de la lumière qu'il a aperçue depuis la rue. Des chandelles partout, posées dans des appliques, plantées dans les crevasses et les trous de la maçonnerie.

Dans l'arrière-boutique, en pleine lumière, une jeune femme est accroupie au milieu d'un amoncellement d'éclats de bois dont elle ramasse et repose successivement les morceaux un après l'autre, à la recherche de quelque chose. Au-dessus d'elle, sur des fils tendus à travers la pièce, de grandes feuilles de papier vierge remuent dans le vent comme des lambeaux de voiles.

Tapi dans l'ombre, le colonel observe la jeune femme. Elle porte les vêtements d'un homme de métier : chemise usée, haut-de-chausses, grossier tablier vert. Ses pâles cheveux roux sont noués dans le dos ; il aperçoit la mince colonne blanche de son cou. Une jeune fille, en vérité, et qui ne devrait pas rester seule en pleine nuit dans une ruine exposée telle que celle-ci. Il s'éclaircit la voix.

Mademoiselle ? Ne vous alarmez pas. Je suis officier.

Elle lui répond sans surprise, ce qui montre bien qu'elle savait qu'il l'observait.

Je vous ai vu entrer, dit-elle en se retournant. Enfin, disons plutôt que j'ai vu votre perruque.

Le colonel rit, soulagé. Voici peut-être enfin quelqu'un, parmi toutes les personnes rencontrées dans ce pays arriéré, avec qui il pourra parler. Il s'avance, satisfait du son élégant que produisent ses bottes neuves sur ce qui reste des lattes du plancher.

Tout le monde se demande, dit-il, comment je parviens à rester impeccablement poudré au milieu d'un siège. La vérité, c'est que mon barbier est un grand passionné. Ni canon, ni mousquet, ni le plus horrible couteau à scalper ne parviendraient à lui saper le moral.

La jeune femme jette un bâton brisé sur la pile d'éclats de bois. Elle se lève, se tourne vers lui et l'étudie avec des yeux francs, bleu vert, qui trahissent sa jeunesse. Elle a le visage et les cheveux zébrés de poussière, le poignet droit enveloppé dans une bande de tissu blanc. Était-elle ici quand la bombe est tombée ? Pour la première fois depuis longtemps, le colonel cherche maladroitement ses mots.

Je traversais la ville, j'ai rendez-vous avec le marquis. J'ai aperçu de la lumière et je me suis dit que je devais aller jeter un coup d'œil. Saviez-vous qu'il y avait à l'instant deux maraudeurs dans la boutique ?

Ce ne sont pas des maraudeurs, répond-elle. Ce sont de vieux clients. Tous les soirs, quand je ferme, ils restent là à regarder la vitrine.

Il est vaguement perturbé par la nonchalance de ses réactions à tout : la bombe, les intrus, lui. Cette rencontre ne se déroule pas tout à fait comme prévu.

Je suis le colonel de Bougainville, déclare-t-il en soulevant son tricorne.

Mon nom semble l'impressionner, se dit-il. Ou mon titre. Elle l'examine de plus près.

Vous avez écrit un livre, dit-elle.

Oui, en effet, mais…

Sur le calcul intégral.

Voilà du jamais vu, pense-t-il. Il est connu dans le pays pour ses exploits militaires, son amitié pour les Iroquois, ses conquêtes amoureuses. Il se demande lui-même parfois qui a écrit ce livre oublié sur lequel se trouve son nom.

C'est vrai, avoue-t-il. Ne me dites pas que vous l'avez lu.

J'en avais un exemplaire ici. Il est peut-être encore en un seul morceau, quelque part dans la boutique. J'ai tout de même étudié un peu le calcul. Dans le volume sept de la Libraria Technicum, page deux cent trois.

Vous avez appris toute une encyclopédie scientifique par cœur ?

Non, juste le volume sept.

Remarquable. Ce doit être affreux pour vous, ce qui est arrivé à la boutique de votre père.

C'est ma boutique, répond-elle.

Bougainville esquisse un sourire méfiant. Ce ne serait pas la première cinglée qu'il rencontrerait depuis son arrivée dans la colonie. La guerre peut détruire les esprits aussi prestement que les édifices.

Peu importe, vous ne devriez pas rester seule ici.

Je ne le suis pas. Vous êtes là.

Il remarque qu'elle parle très bien le français. Il n'arrive pas à identifier son accent. Il y a quelque chose d'étrange dans son apparence, dans les reflets pâles et translucides de sa peau. Mais cette fille n'est pas folle, son instinct pour les êtres humains l'en assure. Et elle est plutôt jolie. À cheval dans les rues détrempées, il avait des pensées mornes et tristes comme les maisons désertes et carbonisées qui bordent le chemin. Il évalue la situation et décide de traîner un peu, histoire de prolonger cet interlude divertissant *avant la lourde tâche qui l'attend : porter au marquis, une fois de plus, de mauvaises nouvelles sur les agissements des Anglais.*

La jeune femme essuie sur son tablier ses mains noircies par le charbon, tire une chaise mais reste debout, comme si elle attendait la permission du colonel pour s'y asseoir.

Il ne doit pas vous rester grand-chose à faire ici, dit Bougainville. La plupart des marchands ont fermé boutique et sont partis.

C'est chez moi ici. Je n'ai nul autre endroit où aller.

Bougainville détache son ceinturon et l'accroche au dos de la chaise qui fait face à celle de la jeune femme.

Puis-je ?

Je vous en prie.

Il soulève les basques de son pourpoint de velours bleu, s'assied ; elle fait de même et lui décoche une autre salve provenant d'une direction inattendue.

Aimez-vous lire, colonel ?

Assurément.

Quoi, par exemple ?

Il hausse les épaules.

Un peu de tout, je suppose. J'apprécie particulièrement les récits de voyage. J'avoue que j'ai l'ambition, lorsque cette guerre sera finie, de visiter des contrées lointaines. Peut-être même de découvrir une île ou deux. Et vous, mademoiselle ? Les libraires lisent-ils leurs livres ?

Autrefois, oui, dit-elle. Maintenant, la plupart d'entre eux deviendront du combustible, je suppose.

Oui, on dirait que l'hiver va être froid, dit Bougainville. Je suis sûr qu'appartenant à la noblesse, vous n'êtes pas habituée aux rigueurs de ce genre.

Cela l'a surprise, remarque-t-il avec satisfaction. Encore une fois, son intuition s'est confirmée.

Ces choses se devinent aisément, Mademoiselle, dit-il. Vous êtes très maîtresse de vous-même, il me semble, pour une si jeune femme. Et seule comme vous l'êtes ici, parmi toute cette destruction.

Pensez-vous que le siège sera bientôt fini, colonel ?

Hélas, même mon barbier, sagace comme il l'est, ne peut répondre à cette question.

Les gens à qui j'ai parlé récemment sont très démoralisés. Ils pensent que ce n'est qu'une question de temps avant que les Anglais réussissent un assaut.

Ce n'est pas le genre de sujet qu'il aurait souhaité voir soulever. Surtout par une jeune fille qui, de toute évidence, ne connaît rien à l'art de la guerre.

Le temps, réplique-t-il avec un petit soupir de dérision. Oui, eh bien le temps fait partie des choses dont le vaillant major général Wolfe n'a plus beaucoup de reste. Ses chances de faire de ce siège une victoire se flétrissent au même rythme que les feuilles des arbres. Bientôt ce sera l'hiver et s'il ne retire pas ses vaisseaux, ils seront gelés et écrasés par les glaces du fleuve. La falaise est son dernier espoir, mais ainsi que me le disait le marquis l'autre jour, nous n'irons pas jusqu'à supposer que l'ennemi a des ailes. Aux rares endroits où nous n'avons pas posté de sentinelles,

les hauteurs sont imprenables : même les fermiers qui vivent à leurs abords l'affirment. Elles sont impossibles à escalader, surtout par des troupes chargées d'artillerie.

Le regard de la jeune femme soutient le sien un long moment.

Ce n'est pas tout le monde qui croit cela, répond-elle. Il y en a qui disent que les Anglais vont prendre Québec et que, quand ils le feront, ce sera sûrement la fin du monde.

Et que répondez-vous à ces superstitions idiotes ?

Je leur dis que peu importe ce qui va se passer, ce sera la fin d'un monde. Et qu'un autre va commencer.

À ce que je vois, votre sagesse dépasse vos années.

J'ai eu de bons maîtres.

L'aboiement frénétique et lointain d'un chien leur parvient depuis la rue qui s'obscurcit. Bougainville ne bronche pas, ne souhaitant pas se trahir, mais lorsque l'écho se tait enfin, il voit que sa main s'est portée vers le pommeau de son épée.

Tout est si calme ce soir, dit la jeune femme. N'est-ce pas justement le genre de nuit où ils tenteraient un assaut ?

Se raille-t-elle de moi ? se demande-t-il. Puis il décide que la meilleure réponse demeure la plaisanterie.

Quelle ironie ce serait. Je vois, Mademoiselle, que vous avez lu quelques romans. Ou que vous le faisiez jusqu'à aujourd'hui.

Il y a un livre que les bombes n'ont pas touché, dit-elle.

Le volume sept ?

Non, un autre livre. Un que je n'ai pas encore lu. Un livre que j'aimerais lire.

Me voici intrigué, dit-il, sentant l'air froid de la nuit sur sa nuque. Il frissonne, se penche vers la chaude lueur des bougies. Pourquoi ne m'en parleriez-vous pas un peu, de ce livre idéal ? Je suis curieux de savoir quel genre d'ouvrage vous aimeriez lire.

Cela prendrait toute la nuit, colonel. Je suis sûre que vous avez des obligations…

Appelons cela un interrogatoire, alors, puisque je vous ai trouvée ici, une jeune femme seule, dans ce qui semble bien être une boutique abandonnée. Sans aucune preuve que vous êtes bien ce que vous dites.

Elle sourit.

Et qu'ai-je dit que j'étais ?

Bougainville inspire profondément, s'adosse sur sa chaise. Tout cela devient de plus en plus intéressant. Le petit ballet des pointes d'épée avant que le duel ne commence pour de bon.

Allons. Je doute qu'il faille une nuit entière pour décrire un seul livre.

La jeune fille baisse les yeux, examine les paumes de ses mains.

Ce n'est pas si simple. Il faudrait aussi que je vous parle des autres livres que ce livre aurait pu être. Et des livres qu'il n'est pas. Cela pourrait durer une éternité, vraiment.

Le colonel approche sa chaise.

Commencez, je vous prie, et voyons où cela nous mènera.

Elle ferme les yeux.

Bon. Je pense que chaque lecteur imagine ce livre différemment. Le mien est à peine plus grand qu'un livre de poche. Plus étroit.

Ses mains pâles tracent une forme dans l'obscurité.

La couverture est en peau de phoque, teinte en vert foncé, et les pages...

Elle rapproche ses mains jusqu'à ce que ses paumes et le bout de ses doigts se touchent. Ses yeux s'ouvrent.

Les pages sont très minces. Presque translucides, sans poids. Quand je ferme le livre, cela semble un scarabée qui replie ses ailes dans ses élytres.

Vous avez donc des connaissances scientifiques. Pardonnez-moi. Continuez. Dites-moi ce qui arrive quand vous ouvrez le livre.

Au début, je n'arrive pas à lire les mots. Le texte est comme une étroite porte noire. Cela pourrait être n'importe quel livre.

Un traité, *suggère Bougainville*. Un ouvrage d'histoire.

Ou un roman, *dit la jeune fille*. Je peux l'ouvrir n'importe où, même à la dernière page, et me trouver au début d'une histoire.

Et où commencerez-vous cette fois-ci ?

Le regard de la jeune fille fait lentement le tour de la boutique en ruines.

Cette fois-ci… Cette fois-ci, le livre s'ouvre sur un château merveilleux, avec des murs, des plafonds et des planchers de papier qu'il suffit de toucher du bout du doigt pour qu'ils se plient, se replient et glissent sur eux-mêmes. Il y a des roues de carton et quand elles tournent, le décor change. Et des panneaux qui s'ouvrent en coulissant pour révéler des passages cachés qui mènent à d'autres pages. On peut s'y perdre…

Et ce château merveilleux, a-t-il un nom ?

Oui. Mais vous voyez ? Cela commence déjà.

Quoi donc ?

Si je veux vous parler du livre, je dois vous parler du château. Mais pour vous parler du château, je devrai commencer ailleurs.

Et où cela ?

Par un siège, comme celui-ci. Et une bataille.

LA CAGE AUX MIROIRS

Il est neuf heures et demie et les fusils font feu depuis plus de trois heures, maculant de fumée noire la pureté azurée du ciel. Le soleil brille d'un éclat lisse et distant qui annonce la venue de l'automne.

Nous sommes en 1717. Les armées chrétiennes, unies sous la bannière du prince Eugène de Savoie, affrontent les Turcs ottomans hors des murs de Belgrade. Au petit matin, la brume a permis aux assiégeants de lancer une attaque-surprise.

En cet instant précis, le monde est un cristal d'une parfaite clarté. Sur un monticule surplombant le champ de bataille, le prince Eugène fait les cent pas en griffonnant des ordres à l'intention de ses maréchaux disséminés sur le champ de manœuvres qu'il scrute à l'aide de sa lunette d'approche. Il hoche la tête d'un air approbateur et rédige une autre missive. Le prince est un petit homme à l'air studieux dont le premier grand combat a été de gagner la confiance de ses officiers scandalisés par ses idées peu orthodoxes sur l'art de la guerre.

L'essentiel, c'est la précision, leur rappelle-t-il souvent. *L'arme la plus importante que vous puissiez emporter sur le champ de bataille, c'est votre montre de gousset.*

Il est le seul commandant à refuser les privilèges de son rang, à planter sa tente parmi celles des vulgaires soldats, à partager avec eux le bruit, la puanteur et le mauvais rata des camps militaires. Les hommes l'adorent et l'appellent Papa.

À neuf heures et demie, un sourire presque imperceptible apparaît aux commissures de la bouche du prince. Il autorise son valet à lui verser un dé à coudre de cognac pour fêter ce qui se révèle maintenant une certitude. Déroutés pratiquement partout sur la ligne de combat, les Turcs vont perdre. Cela prendra sans doute quelques jours encore pour en convaincre les habitants qui se terrent toujours derrière les murs, mais la croix s'élèvera de nouveau au-dessus des minarets de Belgrade. Il ne flotte déjà presque plus aucune bannière vert et argent sur ce qui est en passe de devenir un champ de massacre.

Le prince Eugène se signe et envoie des messagers porter ses derniers ordres aux maréchaux maintenant dispersés çà et là sur la ligne de combat. Encore quelques coups sur l'échiquier et, grâce à Dieu, ce combat s'achèvera, tout comme la croisade qu'il a dirigée ces trois dernières années en territoire ottoman. La reprise de Belgrade aux Turcs mettra enfin un terme à plusieurs siècles de conflits au cours desquels les combattants s'arrachaient les mêmes rivières, les mêmes forêts, les mêmes montagnes. C'est aujourd'hui que l'horloge s'arrête.

Cela aura été une guerre du temps, annonce le prince Eugène à ses aides de camp. *Nos horloges contre leurs almanachs lunaires surannés. On ne dirige pas une machine de guerre efficace en suivant les phases de la lune.*

Les aides de camp hochent la tête et murmurent leur assentiment. Ils ont déjà entendu ces phrases plusieurs fois. Parmi eux se trouve un jeune homme prénommé Ludwig, fils unique du comte Constantin d'Ostrov, l'un des commandants les plus chevronnés du prince.

Ludwig a dix-sept ans. Il a passé toute la matinée aux côtés de son seigneur, tenu en réserve pendant que les adjudants supérieurs se voyaient confier l'honneur de transmettre les ordres de Papa. Ludwig trépigne d'impatience et contient à grand-peine son désir de faire quelque chose, n'importe quoi, plutôt que d'attendre avec le prince et sa suite sur ce tertre si éloigné de tout que, pendant toute la matinée, seuls l'ont atteint quelques coups de canon. Quand son tour arrive enfin, à peine les ordres sont-ils signés, scellés et pliés dans la poche de cuir accrochée à son flanc qu'il s'élance au galop sur sa monture d'un noir lustré, dévale la colline, traverse l'herbe jaunie et piétinée, longe les tentes éclaboussées de sang où les docteurs scient les membres de blessés hurlant de douleur et passe entre les maussades colonnes des troupes de réserve amenées pour colmater les brèches laissées dans les lignes en désordre. Il chevauche comme si le monde tout entier n'était fait que du hurlement du vent, des mouvements brusques des flancs du cheval sous ses jambes, de l'ivresse de la jeunesse et de la vigueur animale de son corps. Il se surprend à penser que c'est de la joie pure, cette sensation qui monte en lui.

Je suis heureux, pense-t-il, riant tout haut.

Il se souvient de la lettre qui est arrivée au camp il y a un mois pour les informer, son père et lui, de la mort en couches de la comtesse sa mère. Pour la première fois depuis ce jour-là, les cendres froides de son cœur se raniment.

J'ai une sœur, se rappelle Ludwig. *Un jour, quand elle sera assez grande pour comprendre, je lui parlerai de ce moment.*

On l'avait envoyé trouver son père, mais c'est son père qui l'a trouvé. Guidé par le capitaine qui a vu tomber le garçon, le comte ne reconnaît pas tout de suite son fils. Ludwig est étendu sur l'herbe. Son chapeau a disparu. Sa tête est soutenue par la roue d'un chariot à canon encore fumant tandis que ses mains reposent lâchement sur ses cuisses, les paumes en l'air ; on croirait un mendiant avachi contre un mur. La tête de Ludwig pend sur un côté, la mâchoire retombant comme celle d'un vieillard. En une seule matinée, il semble avoir vieilli de trente ans.

Le comte met pied à terre et s'agenouille auprès de son fils. Ludwig a les yeux fermés, le visage d'un blanc de craie. Il soupire comme un dormeur sur le point de s'éveiller que l'on viendrait de secouer doucement.

Le comte se tourne vers le capitaine.

Que s'est-il passé ?

L'homme bafouille. Il ne sait rien. Il a vu le garçon tomber de cheval, s'est rué vers lui et l'a porté jusqu'au chariot. Le comte examine l'uniforme de son fils pour y déceler des traces de sang, écarte doucement les rabats de son manteau brodé d'or. Dessous, la chemise blanche est immaculée. Au contact du comte, Ludwig ouvre les yeux.

Rentrons chez nous, père, dit-il sur le ton d'un invité qui s'ennuie à une partie de cartes.

Il prend une longue inspiration ensommeillée ; on dirait qu'il va bâiller. Sa tête retombe lentement sur le côté, le long de l'axe du chariot. Le comte se rapproche et scrute les yeux de son fils.

Paix à son âme, dit le capitaine en se décoiffant.

Au bout d'un instant, le comte tire son sabre croûté de sang et coupe le chignon tressé qui surmonte le crâne de son fils, signe de son appartenance à la lignée guerrière des Ostrov. Il se relève en chancelant.

Qu'est-ce qui l'a tué ? demande-t-il au capitaine, qui lève désespérément ses mains noircies et les laisse redescendre. *Il est tombé de cheval ?*

Oui, votre Excellence. Je l'ai vu descendre la colline, puis ralentir et regarder de-ci de-là, en s'abritant les yeux de la main. Il vous cherchait, je crois. Il chevauchait dans ma direction et, d'un seul coup, il a glissé de sa selle et il est tombé sur le sol.

Quand ?

Je venais d'accourir et de le transporter ici quand je vous ai vu passer, votre Excellence.

Le comte passe la tresse dans son ceinturon. Son regard erre sur le sol piétiné comme s'il croyait pouvoir retrouver, parmi les horreurs de la guerre, les derniers instants de son fils.

De retour des champs de bataille ou agonisent les derniers combats, des badauds s'arrêtent et étirent le cou pour voir qui est tombé là. S'il y a un aristocrate pas loin, il doit s'agir de quelqu'un d'important. Le comte lance autour de lui des regards meurtriers, brandissant son sabre nu devant lui comme une accusation, comme si quelqu'un dans la foule connaissait la réponse à cette énigme et refusait de la lui donner. Un jeune homme ne meurt pas sans raison de cette façon.

Deux officiers à cheval passent au petit galop et interrompent leur conversation le temps de jauger la situation, le visage impassible, suivis de près par un grenadier qui en guide un autre aux yeux masqués par un pansement souillé, tâtant l'air devant lui d'une main tendue, tremblante. Plus loin, trois fantassins ont déjà entamé une partie de cartes autour d'une barrique de poudre à canon renversée.

Le monde ne s'arrêtera pas.

Le comte jette son sabre à terre. Demain peut-être, ou le jour d'après, l'armée du prince va percer les remparts et tirer vengeance de la mort des camarades, des familles, des ancêtres. Mais il ne sera pas de ceux-là. Il va honorer le dernier vœu de son fils et rentrer chez lui. Porter le deuil de sa femme. Voir sa fille nouveau-née. Et se vouer enfin à la poursuite d'un rêve abandonné depuis trop longtemps.

Dès le matin suivant, il remet sa démission. Les larmes aux yeux, le prince Eugène donne l'accolade à son vieux compagnon d'armes.

Mon cher Constantin, que vas-tu faire ?

Des casse-tête, répond le comte en remettant son épée dans les mains du prince. *Je vais faire des casse-tête.*

φ

Après la mort de son fils, le comte d'Ostrov s'était retiré dans le château de ses ancêtres, sur un îlot rocheux abruptement posé au milieu de la rivière Vah. Une ancienne forteresse bâtie par ses prédécesseurs sur les ruines désagrégées d'un fort romain, l'année où Constantinople tombait aux mains de Mehmed II. L'année où Gutenberg imprimait sa première Bible.

Pendant toute son enfance au château, le jeune comte avait adoré les énigmes.

Cryptogrammes, bizarreries mathématiques, devinettes et paradoxes philosophiques, illusions d'optique et tours de passe-passe, et ces nouveaux jeux de mots entrecroisés que l'on nommait dans sa Slovaquie natale *kriszovka* : tous le captivaient et tous, c'est du moins ce qu'il en était arrivé à croire, étaient liés à tous les autres par quelque affinité secrète, quelque motif universel récurrent dont il n'avait pas encore percé le secret. Leurs solutions étaient autant de jalons d'un vague motif, toponymes dispersés sur une carte de navigateur traçant le contour inexploré d'un nouveau continent. Les philosophes de l'époque se demandaient pourquoi ou comment Dieu, être parfait, avait créé un monde imparfait, ce même monde que la science nouvelle comparait alors à une machine complexe à l'usage incertain. Et si la réponse à cette question se cachait dans ces divertissements de l'intellect en apparence innocents ? Le cerveau lui-même, se demandait le comte, n'alliait-il pas l'imperfection désordonnée du monde animal à la précision d'une horloge ?

Qu'il existe ou non une solution unique à l'infini mystère du monde, le jeune comte d'Ostrov avait dû renoncer à sa quête. Perpétuant la tradition de ses ancêtres, il avait repris le sabre pour passer sa vie à cheval et combattre l'envahisseur turc. À l'époque, l'idée qu'il puisse se soustraire à son destin ne lui avait pas effleuré l'esprit. Après tout, l'un de ses ancêtres était entré dans la légende lorsqu'il avait ordonné qu'à sa mort, sa peau soit transformée en tambour qui servirait à battre l'appel aux armes de ses descendants. Un autre encore avait mené ses hommes au combat malgré qu'un éclat d'obus lui ait ôté la vue.

Maintenant, le comte se régalait d'énigmes comme jamais il n'avait pu le faire dans sa jeunesse.

Il vivait entouré de portes en trompe-l'œil, de fenêtres peintes sur les murs, d'horloges insolites, de babioles merveilleuses et autres curiosités qui remplissaient des pièces entières : cristaux réfringents et lanternes magiques, grues et roues à aubes miniatures, pièges ingénieux pour les souris et autres parasites. Les rares hôtes qui séjournèrent au château au fil des années durent résoudre une devinette avant de pouvoir manger.

> *Nous sommes des créatures ailées*
> *aux voix et aux formes variées ;*
> *l'un de nous est fait de verre,*
> *l'autre est taillé dans le jais ;*
> *le troisième est dur comme l'étain,*
> *le suivant une boîte contient.*
> *Si le cinquième tu poursuivais,*
> *jamais il ne s'envolerait.*

Il engagea des serviteurs qu'il appelait ses énigmes ambulantes. Géants aux mâchoires massives, nains, êtres au sexe et à l'âge incertains, contorsionnistes désossés, hommes et femmes exhibant des membres déformés ou en trop. À l'intérieur comme à l'extérieur, la plupart des tâches domestiques étaient cependant confiées à d'ingénieux mécanismes installés dans le château par des inventeurs venus des quatre coins de l'Europe. Le comte d'Ostrov rêvait de se passer entièrement de serviteurs humains, mais en dépit de nombreuses tentatives, il n'était pas encore parvenu à obtenir une machine à confectionner les alouettes rôties exactement comme il les aimait.

φ

Peu après la paix de Passarowitz, le comte vit sa retraite chérie menacée par une invasion d'un autre type : celle des paperassiers. Le château fut assiégé par des fonctionnaires du gouvernement porteurs de sacoches bourrées de documents, des rouleaux de cartes sous le bras, cartes qu'ils étalaient sur son immense bureau de chêne pour bien lui faire voir ce qu'avaient décidé conjointement le Bureau impérial de topographie et le Superintendant des frontières : la rivière Vah formait maintenant la nouvelle frontière entre le duché de Bohème transmoravienne et la principauté de Haute-Hongrie.

Telle une vaste tache de sang, l'Empire avait changé de forme une fois de plus. Une fois de plus, comme cela c'était si souvent produit auparavant, la terre de Slovaquie avait été tranchée en deux comme un bœuf qu'on abat.

En conséquence, dirent au comte les paperassiers, *bien que vos forêts, vos champs et vos vignobles soient situés en Bohème, ce château se trouve précisément sur la frontière avec la Hongrie et tombe ainsi sous la double juridiction des deux districts administratifs.*

Ce qui signifie ? gronda le comte en lissant sa moustache.

Ce qui signifie que votre Excellence est maintenant sujette aux impôts, aux excises, aux taxes et aux responsabilités fiduciaires des deux États.

Ce qui signifie, répliqua le comte en martelant du doigt la ligne pointillée qui coupait en deux la terre de ses ancêtres, *que chaque fois qu'on tuera un faisan et qu'on le plumera derrière chez moi, qu'on le fera rôtir dans la cuisine et qu'on me l'apportera sur la terrasse de devant, c'est moi qui serai plumé d'un sou de plus !*

Il soutint que, dans les faits et selon leur logique, son château n'existait *en tant que château entier* ni en Bohême, ni en Hongrie, et qu'il devrait donc être totalement exempté de taxes et, tant qu'on y était, de toute autre ingérence dans ses affaires. Les paperassiers plongèrent dans leurs volumes juridiques et refirent surface avec une obscure *lex terræ* nonagénaire stipulant qu'un fugitif ne saurait être pris pour cible par les soldats de deux pays limitrophes tant qu'il se tient précisément sur la frontière. *Car s'il était blessé à la jambe reposant sur l'un des deux royaumes,* précisait la loi, *une partie du sang qu'il perdrait coulerait nécessairement par la partie de lui résidant dans l'autre, lequel transfert d'humeur vitale tombe clairement sous le coup de la Loi sur le transport illicite de liqueurs et spiritueux.* Un tel homme, autrement dit, demeurerait suspendu dans un vide juridique et politique tant et aussi longtemps qu'il ne ferait un pas ni dans une direction, ni dans l'autre. Par analogie, l'argument du comte en faveur de l'autonomie était donc valable. Cependant, les paperassiers insistèrent sur le fait qu'une exemption de ce genre ne pourrait être effective que dans la circonstance improbable où le château du comte d'Ostrov ne contiendrait aucune pièce distincte et séparée.

Tout comme les multiples parties du corps humain sont raccordées les unes aux autres de façon homogène, ainsi votre château devrait-il former un espace dans lequel, par exemple, nul ne pourrait déterminer précisément où finit la salle de jeu et où commence la chapelle.

C'est à cet instant que le comte d'Ostrov eut la grande révélation de sa vie. Non seulement allait-il remplir les pièces du château d'énigmes et de curiosités, mais il allait transformer l'édifice lui-même en un tortueux labyrinthe, une devinette en trois dimensions, un casse-tête géant.

Il consacra dix-neuf années de sa vie à ce grand dessein. Dans le monde extérieur, la paix fit une fois encore place à la guerre. Les Turcs reprirent Belgrade ; on chuchotait qu'ils se préparaient à marcher sur Vienne où l'impératrice Marie-Thérèse, à peine couronnée, jeune et sans expérience, subissait déjà le siège de Frédéric de Prusse et de ses alliés opportunistes. Une fois de plus, les armées piétinaient l'Europe, les boulets volaient, les villages brûlaient. Profitant d'un bref répit dans la mêlée, les paperassiers revinrent informer le comte que la frontière avait de nouveau été négociée et déplacée, ce qui le libérait (du moins jusqu'à la prochaine guerre) de la menace d'un double impôt. Pour les remercier de leur peine, il les régala d'un somptueux repas (sans leur épargner les devinettes de rigueur), puis les chassa de ses pensées et poursuivit son projet.

Meubles, vaisselle, tissus, vêtements furent tirés de leurs niches respectives et redistribués dans tout le château. On abattit des murs antédiluviens, on arracha à leurs charnières des portes vieilles de plusieurs siècles. Tout ce qui était fixe fut détaché, l'immuable devint mobile. On perça des fenêtres dans les plafonds et les planchers, des portes inaccessibles à mi-hauteur des murs, de sinueux passages qui revenaient sur eux-mêmes ou menaient à des enceintes de pierre en apparence infranchissables, mais qui se dérobaient au moindre effleurement d'un levier adroitement dissimulé. Vinrent ensuite les tables, les chaises, les lits montés sur des rails courant sur le sol, les mezzanines qui descendaient toutes seules dans des cryptes souterraines, les salons tournants posés sur des plates-formes et garnis de moitiés de chaises, de causeuses et de divans dont on pouvait retrouver l'autre moitié dans des galeries retirées, parmi un amas hétéroclite d'objets ménagers.

Si l'on pouvait passer sans transition d'une pièce à l'autre, le comte insistait pour que ce phénomène ne s'étende pas aux classes sociales, ce qui compliquait d'autant le fonctionnement du château. Une fois l'heure et tant que durait la nuit, le lit du comte et celui de sa fille Irena sortaient de leur chambre provisoire pour errer sur leurs rails de fer, revenant le matin à leur point de départ. Le comte veillait à ce qu'au cours de ce vagabondage nocturne, aucun des deux lits ne s'approche des quartiers réservés à la valetaille. Pour leur part, les domestiques avaient appris à vaquer à leurs tâches de la façon la plus discrète possible. Leur présence rappelait constamment au comte qu'il n'était pas encore parvenu à élaborer un château doué d'un fonctionnement autonome, exempt de toute intervention humaine. Au cours de leurs pèlerinages quotidiens, les valets se dissimulaient derrière des meubles en mouvement ou suivaient des itinéraires compliqués destinés à les maintenir le plus loin possible des endroits où se trouvaient le comte et ses rares invités. Le comte d'Ostrov commanda à un forgeron vénitien des automates qui furent affectés aux tâches les plus répétitives. Il nomma ces créations du nom slovaque désignant les paysans qui travaillent aux champs ; il y eut ainsi un *robotnik* pour polir l'argenterie, un *robotnik* pour plier les draps, un *robotnik* pour éveiller le comte chaque matin en lui jouant au violon ses airs traditionnels préférés.

Le résultat visé était que le château paraisse déserté de toute âme humaine.

Mais le couronnement de l'œuvre du comte était sans aucun doute la bibliothèque. Un inventeur écossais avait conçu à grands frais un système de chaînes, de poulies et de convoyeurs dérobés, fonctionnant à l'eau et à la vapeur et qui imprimait un déplacement constant aux étagères, les faisant s'enfoncer dans les murs ou disparaître sans prévenir derrière des panneaux de bois coulissants. Certaines descendaient du plafond par des trappes, d'autres surgissaient de tranchées camouflées sous le parquet. La bibliothèque finit par envahir le château tout entier. Nul espace privé n'était inviolable. Tel hôte se livrait avec délices à la chaleur d'un bain parfumé ou pourchassait lubriquement une servante lorsque soudain, dans un bruissement de rouages invisibles, une cloison qui lui avait semblé parfaitement solide s'écartait pour laisser passer un pupitre ou une armoire chargée de livres, quand ce n'était pas le comte en personne qui suivait en clopinant, l'œil fixé sur sa montre, indifférent à tout ce qui ne concernait pas le minutage ou la précision du mouvement des meubles.

Lorsque les livres commencèrent à arriver par colis, boîtes et caisses, ce fut la fille du comte, Irena, qui s'occupa de les déballer, d'en faire l'inventaire et d'y jeter un premier coup d'œil.

φ

Quand le comte d'Ostrov était revenu de sa campagne auprès du prince Eugène, Irena avait été confiée à la charge de ses nourrices et se trouvait aux portes de la mort.

N'étant pas du genre à s'en remettre aux médecins, le comte installa Irena dans son propre lit, consulta les deux ou trois traités médicaux qu'il possédait et se mit en devoir de la guérir lui-même. Il passa une semaine de nuits blanches à préparer des décoctions à base de plantes qu'il forçait l'enfant à avaler et qu'elle restituait immédiatement sur toute la literie. Il fit envelopper son corps frissonnant dans d'infectes gazes médicinales. Il lui fit des vaporisations, des saignées, des emplâtres.

Irena guérit, mais elle conserva de cette maladie, ou de son remède, une faiblesse de la colonne vertébrale qui la laissa incapable de se tenir droite toute seule. Sans le soutien d'un coussin ou d'un bras secourable, elle s'affaissait comme une poupée de chiffon. Le comte finit par lui faire fabriquer un corset de bandelettes d'acier auquel le maréchal-ferrant du château donna la forme d'un buste de femme vertueuse et comme il faut.

Ce fut vers la même époque que le comte s'aperçut qu'Irena était en âge de lire et d'écrire, et donc de l'aider dans les tâches qui l'occupaient sans relâche. Un matin, il la fit venir dans son bureau.

Il lui tendit une petite Bible.

Lis-moi un peu ça.

Oui, père.

Elle ouvrit le livre, puis leva les yeux.

Que dois-je lire ?

Ce qu'il y a devant toi.

Il l'écouta lire un passage du Deutéronome avec une confiance tranquille, sans hésiter une seule fois. *Les choses cachées sont à l'Éternel, notre Dieu ; les choses révélées sont à nous et à nos enfants, à perpétuité, afin que nous mettions en pratique toutes les paroles de cette loi…* Il l'arrêta après quelques minutes et désigna d'un geste la plume, l'encrier et le papier posés sur son écritoire.

Écris-le, maintenant.

Elle posa la Bible, s'empara de la plume, la trempa dans l'encre et se mit à écrire. Au bout d'un instant, il remarqua qu'elle ne regardait pas le livre.

Tu connais le passage entier par cœur.

Oui, père.

Tu devais l'avoir déjà lu.

Non.

Il la mit à l'épreuve et constata qu'elle disait la vérité. C'est ainsi qu'Irena en vint à remplacer de façon permanente le défilé de secrétaires qui tentaient de se montrer à la hauteur des attentes du comte et qui soit finissaient par se faire congédier dans un torrent d'injures, soit, voyant venir ce triste sort, filaient à la faveur de la nuit.

Enfant sérieuse et réservée, Irena devint une jeune femme sérieuse et réservée, ce qui ne surprit personne. Au grand soulagement du comte, elle ne ressemblait pas beaucoup à sa mère. Le souvenir de l'adorable jeune femme à qui il avait à peine adressé la parole pendant ses longues années de campagne le tourmentait. L'abondante chevelure d'Irena était du même roux teinté d'or, mais elle avait les yeux turquoise plutôt que topaze. Il avait beau scruter attentivement son visage pendant qu'elle écrivait les lettres qu'il dictait, ce dernier restait vague, difficile à discerner.

Quand elle eut dix-sept ans, Irena accompagna son père à l'occasion de l'une de ses rares visites à la cour impériale. Aucune offre de mariage ne se présenta, mais lors d'un grand bal, une vieille aristocrate hongroise la prit à part et lui conseilla de remercier le ciel de sa beauté peu commune.

Nous possédons cette beauté qui attire les hommes hors du commun ; bien entendu, ce sont les seuls hommes qui valent la peine d'être connus.

Dans ses moments de lucidité, le comte remarquait bien que le célibat d'Irena était lié à la qualité des jeunes hommes que leurs pères, ces avares, poussaient jusqu'au château, les voyant déjà nantis d'une dot colossale. Pas un de ces maris potentiels ne savait lire autre chose que les chiffres inscrits sur des cartes à jouer, ce qui, aux yeux d'Irena, constituait un défaut impardonnable. Ils parlaient de chasse, de chevaux et de guerre, puis, lorsqu'ils avaient épuisé ces pauvres ruisseaux de conversation, ils se taisaient.

En fin de compte, le comte avait été incapable d'imposer sa volonté à sa seule enfant survivante et Irena menaçait de coiffer sainte Catherine.

On la voyait rarement sans un livre à la main. Le soir, le comte la trouvait souvent immobile près d'une lampe ou d'une bougie, s'accordant un instant de lecture paisible avant de reprendre ses innombrables tâches. *Ma petite phalène,* chuchotait-il affectueusement lorsqu'il la découvrait ainsi. *Toujours à voleter près de la lumière.*

La bibliothèque grandissait. Irena faisait rapport des livres qu'elle recevait à son père, qui approuvait ou rejetait chaque volume, puis permettait à sa fille de disposer les rares élus sur les étagères en suivant un système bibliographique de son cru, délibérément obscur.

Presque tous les jours, une cargaison d'ouvrages arrivait, parfois de très loin. En déballant une caisse en provenance de Boston, Irena découvrit que l'un des volumes avait été évidé et qu'un autre livre, plus petit, se nichait à l'intérieur. Sur la couverture du plus grand des deux livres était gravé le titre suivant :

Traité conjectural d'économie politique

Irena souleva la couverture du plus petit des deux livres et trouva à l'intérieur une cavité en contenant un troisième encore plus petit, qui en recelait à son tour un autre, puis un autre encore, à la manière des poupées gigognes que fabriquait le marchand de jouets du village. Avec sa couverture de cuir souple légèrement retroussée, le petit bouquin central tenait à l'aise dans la paume de sa main ; on aurait dit un coquillage miniature. À l'aide d'une loupe, Irena parvint à déchiffrer l'unique phrase qui formait tout le contenu du volume le plus petit.

Les grands dévorent bien les petits.

Irena ne manqua pas d'apporter à son père ce canular de virtuose.

C'est une plaisanterie, un jeu de mots, une énigme, s'écria-t-il. *Mais même les coupeurs de cheveux en quatre de la cour de l'Empereur ne pourraient lui refuser l'appellation de livre, de livre réel, concret !*

Irena tendit à son père le catalogue de l'imprimeur où étaient décrits ses autres ouvrages, tant achevés que projetés.

Un livre à l'épreuve du feu
Des couteaux de Perse
Mémoires de la Sybille de Cumes
Un livre de miroirs est actuellement en cours de réalisation…

Le comte tournait les pages d'un geste impatient de l'index, les yeux montant et descendant nerveusement le long des impeccables colonnes de caractères.

Ma loupe, vite, dit-il.

À la dernière page du *Traité conjectural,* il avait découvert la marque microscopique de l'éditeur, surmontée d'un emblème représentant un phénix entouré de flammes.

Écris à ce garçon, ordonna le comte à sa fille. *Il faut qu'il vienne ici.*

φ

La nuit d'hiver où Nicolas Flood s'approcha de l'île, la rivière était immobile comme du verre. Dans l'air chauffé par la chaudière de la barge, la citadelle perchée sur son rocher lisse et humide semblait onduler comme un reflet sur l'eau, de telle sorte qu'il semblait à Flood que le château avait changé de place avec son reflet.

Il tâta la poche de poitrine où il conservait la lettre que la comtesse Irena lui avait écrite, pliée dans son enveloppe crème dont le cachet de cire rouge portait l'empreinte de l'étrange blason du comte, un ruban tordu en un nœud lâche surmontant deux épées entrecroisées.

Après avoir secoué la neige de son chapeau, Flood s'élança depuis le pont de la barge et escalada le large escalier jusqu'au portique, ascension surveillée de part et d'autre par une rangée de lions de pierre ailés aux visages de femme.

Il se retourna vers les bateliers slovaques déjà occupés à décharger sur la jetée les caisses qui contenaient son matériel. Il venait de passer des jours en leur compagnie sur les eaux placides du Danube, puis sur la sinueuse, l'écumante Vah. Sans connaître un mot de leur langue, il avait partagé leur pain coriace et leur soupe au chou claire et trop poivrée et uni sa voix aux belles mélodies mélancoliques qu'ils chantaient le soir. Ils n'avaient manifesté aucune curiosité pour ses caisses dépourvues de marque,

40

et ce n'était pas maintenant, en plein effort pour débarrasser la barge, qu'ils allaient lui jeter le moindre coup d'œil. En montant l'escalier, il s'était fondu dans un autre plan d'existence.

La comtesse Irena l'accueillit devant les portes avec ce qu'elle lui présenta comme l'offrande traditionnelle faite aux invités de marque : un verre de *slivovice* et un baiser de bienvenue. La liqueur de prune transparente répandit une agréable brûlure dans son corps frileux et fatigué. Sur sa joue, pourtant tannée par le vent, le bref contact des lèvres de la jeune aristocrate éveilla une chaleur d'une autre nature. Irena, en apparence peu troublée par cette soudaine intimité, ordonna calmement aux serviteurs agglutinés autour d'eux de s'occuper des bagages de Flood. *C'est ainsi qu'elle embrasse tous ses hôtes,* se dit-il.

— Avez-vous fait bon voyage ? s'enquit-elle dans un anglais hésitant alors qu'ils pénétraient dans le hall d'entrée éclairé par des torches. Leurs ombres s'élevaient au-dessus d'eux vers d'obscures hauteurs.

— Sans incident, répondit Flood. Comme je les aime.

Il ne dit rien du morne périple à bord de l'étrange vaisseau du comte, un vénérable galion qui l'avait porté jusqu'à l'embouchure du Danube après de nombreux détours en pleine mer. Il était moins dangereux et moins onéreux, avait expliqué le capitaine, de passer par l'œil de l'empire ottoman que d'emprunter les routes hantées par la peste et truffées de brigands du continent. Le comte, avait-il également appris, était une espèce d'inventeur qui avait installé un système de treuils à vapeur pour actionner vergues et drisses. L'équipage nécessaire se trouvant ainsi réduit au strict minimum, Flood avait passé le plus clair du voyage avec l'impression de naviguer jusqu'au bout du monde en solitaire.

— Mon père a arrêté les machines du château pour la nuit, dit Irena.

Elle mena Flood le long d'un couloir sombre et tortueux où luisaient des lampions nichés dans les murs. La robe de soie bleue d'Irena ondulait comme de l'eau dans la lumière changeante. Ils montèrent un escalier en colimaçon où Flood trébucha. Lorsqu'il regarda ses pieds, il en comprit la raison : la hauteur et la largeur de chaque marche diminuait au fur et à mesure que l'on montait.

Ils suivirent un autre tunnel plongé dans une nuit transpercée çà et là d'un peu de lumière. Lorsque Irena reprit la parole, se retournant pour mieux le voir, ses yeux d'aigue-marine pâle reflétant la lueur des bougies, elle lui apparut comme une flamme ayant pris forme humaine.

— Mon père souhaite que vous vous mettiez à l'aise, lui dit-elle. Préparez-vous cependant à quelques surprises demain matin.

Apparemment, ils étaient arrivés dans sa chambre, bien qu'il n'ait pas remarqué d'embrasure. Il ne distinguait qu'un lit et les formes indistinctes de murs lambrissés.

— Que la nuit vous soit réparatrice, dit Irena. Elle alluma une torche soutenue par l'une des appliques fixées aux colonnes du lit et le quitta.

Dans sa stupéfaction, même après s'être déshabillé et s'être laissé couler avec soulagement dans les profondeurs glaciales de son vaste lit, il ne cessait de ramener sa main vers sa joue. Il finit par se rasseoir, extirpa la lettre de sa poche, la déplia et lissa ses pliures amollies.

À Nicolas Flood, imprimeur et libraire, de la part de la comtesse Ostrova,

Cher Monsieur, C'est avec plaisir que je m'acquitte de la charge que m'a confiée mon père, et qui est de vous offrir les conditions d'emploi suivantes...

Il avait répondu à la lettre sur un coup de tête. Ce n'était sûrement pas par besoin. Les curiosités qu'il fabriquait avec soin se vendaient bien, même à prix fort, lui ôtant toute velléité de fournir les monceaux de pamphlets, de récits de voyages et de romans boursouflés que réclamait à grands cris un public toujours croissant. Chaque année, il envoyait à la foire du livre de Francfort un catalogue vantant les merveilles à venir. Des ouvrages impossibles qu'il ne se voyait pas vraiment en train de créer. Pourtant, il finissait toujours par trouver une façon de changer ses folles idées en livres réels, que l'on pouvait tenir dans la main.

Non, il n'avait pas besoin de venir. Mais il était là. Transporté à mille milles de chez lui par une lettre.

Qui était-elle ? s'était-il demandé le jour où il avait lu pour la première fois son élégant compliment. Pour évoquer une comtesse de Bohème, il avait eu recours au peu qu'il savait des aristocrates : une mosaïque de conjectures et de faits puisés à même ses lectures plutôt que dans son vécu. À partir des souvenirs de ses commandes les plus grivoises, il avait édifié l'image d'une duchesse hautaine au corps blanc et doux, baleiné d'une armure en taffetas. Un regard assassin et méprisant qui faisait place à des ronronnements de délectation dès que coulait le sang.

Il replia la lettre, la glissa dans son enveloppe et souffla la chandelle.

Allongé dans l'obscurité, Flood songeait à la remarque de la comtesse au sujet des mécaniques du château. Il se remémorait l'étrange vaisseau avec ses tuyaux de vapeur asthmatiques et ses poulies grinçantes, se doutant bien que quelque chose de semblable l'attendait au réveil. Il ferma les yeux et remua un peu pour mieux s'enfoncer au creux des couvertures, se rappelant dans un amusement engourdi la profondeur de son sommeil tout au long du voyage, alors qu'il était bercé par l'omniprésente vibration des machines. Avant de quitter Londres, il avait consulté le *Nouvel Atlas orthographique* de Bostridge pour finir par y débusquer la rivière Vah, au terme d'un pèlerinage sinueux du doigt par-dessus les montagnes et à travers les forêts, *là*, un ruisseau d'encre jaillissant des lointaines Carpathes. Le toponyme important le plus proche, avait-il constaté avec plaisir, était celui de la ville de *Presbourg*. C'était bon signe, lui avait-il semblé, quoique le vaisseau du comte, dès qu'il l'avait aperçu sur les quais de la Tamise, eût tempéré son enthousiasme pour l'aventure en lui instillant ses premiers doutes.

Il ferma les yeux. L'épuisement le tirait rapidement vers le sommeil. Les couloirs de ses rêves étaient parcourus par une femme en robe blanche, aux cheveux roux. Il la suivit le long d'un tunnel bordé de sphinx, alors que tout autour d'eux grondait et vibrait un grand moteur invisible.

φ

Il fut tiré de son sommeil par le tremblement qui agitait son matelas. Appréhendant quelque calamité – tremblement de terre, inondation, révolte paysanne – il écarta les lourds rideaux cramoisis. Sa chambre, si tant est qu'il en ait eu une, avait disparu ; son lit avançait le long d'un passage courbe et pénétra bientôt dans une vaste salle à dorures et à corniches, bordée sur un côté de profondes fenêtres en alcôves qui déversaient une lumière glacée. De la voûte, qui représentait un firmament tout en volutes et en chérubins, pendait une araignée de verre boursouflée faisant office de chandelier. De grands miroirs d'applique montaient la garde entre chaque alcôve. Dans l'éblouissement soudain de cette brillance reflétée, Flood ne vit pas tout de suite un vieux monsieur en uniforme de hussard et perruque de campagne à l'ancienne mode qui, de la table où il était assis, distribuait des ordres à un petit groupe de serviteurs en livrée. Voyant arriver le lit de Flood, le vieil homme claqua brusquement dans ses mains à deux reprises.

L'assemblée se dispersa. Les serviteurs et leurs reflets jumeaux chancelants se hâtèrent à la rencontre les uns des autres, puis tous ces corps en mouvement, tant réels que réfléchis, disparurent dans un remous par des portes dissimulées qui s'ouvrirent et se refermèrent sans bruit, comme les valves de quelque créature sous-marine géante. Resté seul au centre de la grande salle, le vieil homme fit signe à l'imprimeur, toujours réfugié derrière ses rideaux de lit.

— Bon matin, Monsieur Flood. Bienvenue à Hrad Ostrovy. J'espère que vous avez bien dormi. Nul besoin de vous alarmer : tout fonctionne comme il se doit. Approchez, venez déjeuner avec nous.

Flood disparut derrière ses courtines, farfouilla frénétiquement puis sortit de nouveau la tête.

— Votre Excellence, je n'ai pas mes vêtements.

Le comte leva un doigt.

— Oui. Un petit instant.

Au plafond, un panneau s'ouvrit au-dessus de la tête de Flood. Un treuil mû par des mains invisibles fit descendre jusqu'à lui un panier d'osier. Flood retira le panier du crochet auquel il était suspendu et y trouva, propres, repassés et parfumés, les habits qu'il avait jetés en tas au pied du lit la nuit dernière. Après avoir enfilé à la hâte sa chemise, son gilet, sa culotte et ses chaussettes, il descendit précautionneusement du lit et trouva le comte penché sur la table, fort affairé à attaquer son déjeuner.

Irena l'avait rejoint, comme Flood fut alarmé de le constater, ainsi qu'un homme plus âgé que lui, d'une beauté saisissante, portant la calotte et la soutane noire des ecclésiastiques, avec de longs cheveux d'ébène rassemblés sur la nuque.

Le comte accueillit Flood d'un grognement enthousiaste et lui offrit une chaise nettement moins somptueuse et moins haute que la sienne.

— Je crois comprendre que vous dormiez encore quand la machine à raser s'est arrêtée à votre lit. C'est-à-dire aux environs de… sept heures moins le quart, d'après mes calculs. Vous n'avez pas entendu la sonnette ?

— La sonnette ? Je…

— Vous avez fait la connaissance de ma fille, coupa le comte.

— Bonjour, Monsieur Flood.

— Et voici l'abbé de Saint-Foix, de Québec.

— Bien sûr, répondit Flood interloqué : le nom lui était immédiatement familier, avant même qu'il sache pourquoi. L'auteur de… *comment s'appelait ce livre ?* Il n'avait jamais rencontré quelqu'un d'aussi célèbre. Il rougit immédiatement, ne sachant plus que dire.

— Toute l'Europe, s'efforça-t-il de prononcer, parle de votre roman, (*comment s'adresse-t-on à un abbé ?*), monsieur.

L'abbé accueillit le compliment d'un sourire et d'un signe de tête à peine perceptible.

— Avez-vous lu le livre de notre abbé ? demanda le comte à Flood.

— Pas encore, Excellence.

— Eh bien, moi oui. En règle générale, je ne lis jamais d'histoires inventées. À mon avis, ce ne sont que songes tissés de sucre candi, mais comme le *conte philosophique** de l'abbé aborde des idées qui m'intéressent, j'ai fait une exception.

L'imprimeur s'assit, désorienté et encore alourdi de sommeil. Il se retournait au son émis par son lit s'ébranlant lourdement sur le chemin du retour, quand un plateau à roulettes chargé de plats s'immobilisa près de lui. Il saisit sans trop s'en apercevoir un plat débordant de pieds de porc, d'œufs à la diable et d'un assortiment de pâtisseries tressées, nouées et torsadées. Le plateau repartit avec fracas.

Sans perdre de vue le petit pain qu'il était en train de beurrer, Flood lança au comte un regard circonspect. Conscient de ne s'être encore ni lavé ni rasé, l'imprimeur ne pouvait se résoudre à regarder Irena en face, mais admirait à la dérobée sa jaquette d'apparat jaune primevère, ses poignets de dentelle brodés de minuscules violettes d'argent et son cotillon de satin blanc piqué qui jeta un éclair dans la lumière lorsqu'elle se pencha au-dessus de la table pour verser du café à son père. Apercevant ses cheveux en désordre dans l'argent poli de la cafetière, il remercia la Providence de ce qu'il portait au moins des

---

* Tous les mots en italiques suivis d'un astérisque sont en français dans le texte.

vêtements propres. Marmottant un bénédicité rapide au-dessus de son assiette, il s'empara d'un couteau et d'une fourchette et se mit à en pousser le contenu de-ci de-là, encore trop étourdi pour oser plonger un ustensile dans quoi que ce soit.

Dans son ahurissement, il faillit ne pas entendre le comte lui poser la même question qu'Irena la nuit précédente. Il bégaya une réponse polie.

— Et qu'avez-vous pensé de mon navire ?

— Il a fallu que je m'y habitue, Excellence.

— En vérité ? J'avoue que cette réponse me surprend, venant de quelqu'un comme vous.

— Vraiment ?

— *Léger je suis,* récita le comte, *mais assez fort pour emporter un homme au loin. Petit je suis, mais en moi dorment des multitudes qui attendent d'être éveillées. Muet je suis, et pourtant mes mots franchissent de longues distances sans jamais faiblir.*

— Un livre, dit Flood au bout d'un instant de réflexion.

— Dernièrement, dit le comte en balayant de la main les miettes de pâtisserie logées dans sa moustache, j'ai acheté la bibliothèque d'un colonel à la retraite qui vit à Boston. Parmi les volumes se trouvait un de vos livres.

Un autre panneau s'ouvrit au plafond et un serviteur en livrée rouge apparut sur une plate-forme ; il poursuivit sa descente tout en astiquant vigoureusement une paire de hautes bottes d'équitation. Son regard croisa celui de Flood puis, avec un sourire de guingois qui trahissait sa résignation devant la folie de son maître, il disparut par une trappe ouverte dans le plancher.

Le comte fouilla dans une poche de sa robe de chambre et en tira le *Traité conjectural sur l'économie politique*.

— Je suis persuadé que vous reconnaîtrez ceci.

Flood hocha la tête.

— Une de mes premières commandes. Pour une société philosophique de Dublin.

— Eh bien, elle a trouvé le moyen d'aboutir en Nouvelle-Angleterre. Je serais prêt à parier que votre soi-disant société philosophique est en réalité une cabale révolutionnaire avec des cellules des deux côtés de l'Atlantique.

— Je n'en ai pas la moindre idée, répondit Flood. J'imprime ce qu'on me demande d'imprimer. Ce que font les gens avec les livres une fois qu'ils ont quitté mon échoppe ne regarde qu'eux.

Il se dépêcha de mordre dans un petit pain, alarmé par l'animosité qui s'était glissée dans le ton de sa voix.

— Bien entendu, reprit le comte. Ce qui se passe dans les colonies mécontentes de votre nation ne me concerne que très peu. Pour dire la vérité, j'ai été surpris d'apprendre qu'il existe des bibliothèques dans les vastes étendues de l'Amérique. J'avais toujours cru que l'on n'y trouvait que des sauvages peinturlurés et des coureurs des bois.

Tout en parlant, le comte avait ouvert chacun des volumes gigognes jusqu'à ce que le plus petit repose dans sa paume.

— *Les grands dévorent bien les petits.* Astucieux.

— Excellence, je suis…

— Vous l'êtes, en effet, Monsieur Flood. Un homme ingénieux. Ma fille vous parlera de mon émerveillement la première fois que j'ai vu ceci.

Flood leva les yeux vers Irena.

— Nous étions très impressionnés tous les deux, père.

— Et maintenant, dit le comte, enfin – il referma lentement sa main sur le livre minuscule – vous êtes là. Et je vais vous dire pourquoi. Je suis en train de monter une bibliothèque à nulle autre pareille. Une collection d'ouvrages uniques au monde, de curiosités, d'éditions tirées à un seul exemplaire. Or, malgré tous mes efforts, un livre m'échappe depuis toujours. Plutôt que de continuer à chercher en vain, j'ai décidé de le faire imprimer.

— Vous êtes en possession du manuscrit.

— Non.

— Alors, il s'agit d'obtenir les droits d'auteur, je suppose.

Le comte faillit s'étrangler.

— Les droits d'auteur. Voilà qui est fort amusant. Pour aiguiser votre curiosité, laissez-moi vous dire que le texte de ce livre n'a jamais été attribué de façon définitive à un auteur connu. En fait, je n'en ai jamais eu le manuscrit sous les yeux. Intrigué ?

— Et fasciné.

— Heureux de vous l'entendre dire. À voir votre travail, je me doutais bien que vous étiez du genre à relever les défis.

Flood inclina la tête.

— Votre offre généreuse m'a...

— Oui, oui, coupa le comte en se grattant la perruque, soulevant un nuage de poudre. J'ai une idée, une chimère, pourrait-on dire, pour laquelle j'espère pouvoir compter sur votre aide. Une fois terminée, l'œuvre sera ma propriété, bien entendu, mais vous pourrez apposer votre emblème sur le colophon. Vous verrez que je ne suis pas avare d'honneurs quand ils sont mérités.

— Merci, Excellence.

Le comte se replongea dans son petit déjeuner. Irena souleva une saucière de porcelaine en forme de galion espagnol et la tint en équilibre au-dessus de la tasse de Flood.

— Chocolat ?

— Je vous prie.

Elle lui versa une pleine tasse du liquide épais et fumant. Il lui vint à l'esprit qu'il n'avait jamais bu de chocolat fondu de sa vie. Il avala une petite gorgée, pour goûter. C'était bon. Très bon. Il reprit une gorgée, plus longue cette fois, puis leva les yeux, croisa le regard amusé de l'abbé et reposa bruyamment sa tasse.

— Il n'y a rien de tel, dit l'abbé. Au son de cette voix aussi onctueuse que la sombre ambroisie qu'il venait de goûter, Flood s'aperçut qu'il s'agissait là des premiers mots qu'il l'entendait prononcer.

— Saviez-vous, poursuivit l'abbé, que le chocolat était un breuvage sacré pour les Aztèques ? Ils l'utilisaient comme offrande à leurs victimes les plus distinguées, celles que l'on considérait dignes de se faire arracher le cœur de la poitrine pour l'offrir en pâture aux dieux.

Flood laissa échapper un rire nerveux et s'empressa de mordre dans une pâtisserie en forme de croissant. *Je n'émettrai plus aucun son à cette table...*

— Ici, nous ne pratiquons pas ce genre de courtoisie envers nos hôtes, cher abbé, intervint Irena. En général, ils nous quittent le cœur intact.

— J'avoue trouver cela difficile à croire, comtesse.

Flood les observait tour à tour, conscient de l'existence d'un monde inconnu de lui, où mots d'esprit et flatteries se croisaient comme au jeu de volant. L'abbé posa son couteau et sa fourchette en travers de son assiette et s'adossa en caressant son menton impeccablement rasé. Visiblement, il n'avait pas connu un réveil aussi surprenant que le sien. Flood se demanda s'il était au château comme invité ou en tant que résident permanent. Aux coins de sa bouche aux lèvres pleines jouait le plus léger des sourires, un genre de demi-rictus circonspect que Flood avait observé à maintes reprises chez les hommes d'une certaine distinction recherchant les services d'un imprimeur habile et discret. *Je suis là, mais je ne suis pas vraiment là.*

— C'est ma fille qui s'occupe des livres, fit le comte sans lever la tête. Elle vous expliquera tous les arrangements que nous avons pris.

— J'y veillerai, père, répondit Irena.

La tête du comte se releva de nouveau.

— Des aides, reprit-il en mâchant une bouchée de saucisson. Je prévois, Monsieur Flood, que vous aurez besoin d'adjoints pour le projet que j'ai en tête.

— Le plus souvent, je travaille seul, dit Flood. Mais j'accueillerais volontiers toute…

— J'ai exactement les gaillards qu'il vous faut, martela le comte en pointant sa fourchette vers Flood. Attendez seulement de les voir.

Flood détourna son regard vers le couloir où son lit avait disparu. Un valet d'écurie y menait un cheval. Il se retourna vers Irena, qui devait également avoir vu cette apparition, mais elle était occupée à verser une autre tasse de café à son père.

— Je vois, fit le comte, que la machine à café a finalement renoncé à cracher cet infâme coulis mahométan.

— C'est moi qui ai fait le café, père, dit Irena. Nous avons essayé toute la matinée de réparer la valve défectueuse, mais il faudrait remplacer le…

Le comte balaya l'air de sa main ridée.

— Nous regarderons cela plus tard.

— Si j'ose me permettre, votre Excellence, risqua Flood, je me préoccupe plutôt de savoir *où* je vais travailler. Il me semble que je serais plus productif si j'avais une pièce à part…

— À part ? gronda le comte, qui s'adossa à sa chaise en se tamponnant les lèvres avec une serviette de satin blanc. Ce garçon veut une pièce *à part*! Jeune homme, avez-vous la moindre idée… personne, que ce soit ma fille où un autre membre de ma maison, ne vous a donc expliqué le fonctionnement de ce château ?

— Je suis arrivé très tard hier soir, et jusqu'ici personne ne m'a expliqué quoi que ce soit. Il faut au moins que la presse à imprimer soit boulonnée solidement pour l'empêcher de vibrer, de trembler…

— Bien entendu, dit le comte en clignant des yeux. Il renversa la tête pour mieux engloutir son café. Bien entendu. J'enverrai mon maître charpentier discuter de tout cela avec vous plus tard dans la journée. Je suis sûr que nous parviendrons à un compromis acceptable. En attendant, ma fille vous fournira un plan sommaire du château ainsi que l'horaire le plus récent. Cela vous aidera à vous y retrouver.

— Je m'en occupe immédiatement, père, dit Irena, qui se leva et adressa tour à tour un signe de tête à l'abbé, puis à Flood. Elle s'éloigna en flottant sans bruit, les pieds dissimulés sous sa longue robe de sorte qu'elle semblait glisser sur le plancher comme l'un des automates du château. Il y avait quelque chose dans sa façon de se tenir, remarqua Flood pour la première fois. Une étrange rigidité… Il la suivit des yeux jusqu'à ce qu'un *bong* profond et retentissant – il ressentit plus la vibration qu'il n'entendit le son – lui rappelle brutalement la circonspection qu'il avait observée jusque-là. Il jeta un coup d'œil à l'abbé, qui le regardait maintenant avec un sourire légèrement plus incarné. Comme les réverbérations du bruit s'éteignaient, l'un des trumeaux se mit à monter vers le plafond alors qu'un mur décoré de panneaux lambrissés s'avançait au milieu de la pièce. Au même instant, un autre trumeau situé de l'autre côté de la pièce s'ouvrit et un second mur se mit à glisser vers le premier.

L'abbé fit un mouvement qui ramena l'attention de Flood à la table.

— Je vais moi aussi me retirer, avec votre permission, votre Excellence, fit l'abbé en se levant et en balayant les miettes de sa soutane noire.

— Au travail, donc, mon bel ami, répondit le comte par-dessus son épaule. Vous ne devez pas décevoir les élégantes lectrices qui sont sûrement en train de haleter dans leur corset en attendant votre prochaine parution.

L'abbé s'inclina légèrement puis se tourna vers Flood.

— J'espère que nous aurons de nouveau l'occasion de nous entretenir. Nos nations s'agitent peut-être des épées sous le nez, mais ce n'est pas une raison pour que nous fassions de même.

— Bien sûr que non.

L'abbé fit un signe de tête, s'inclina de nouveau devant le comte, tourna élégamment les talons et se glissa entre les murs qui se refermèrent derrière lui avec un léger déclic.

— Le temps, soupira le comte en consultant la montre en or qui pendait au bout de la lourde chaîne qu'il portait au cou. Donnez-nous le temps, monsieur Flood. Vous finirez par apprécier ce qui, pour l'instant, ne vous apparaît que comme un chaos extrême.

Un instrument à clavier caché quelque part émit trois grêles accords d'ouverture, puis un luth, un cor et une haute voix plaintive se joignirent à lui. Flood, qui n'avait jamais beaucoup apprécié la musique, trouva ce bruit vaguement irritant. Encore une distraction gigogne, comme tout le reste du château.

— Et maintenant, entrons dans le vif du sujet, annonça le comte en se frottant les mains. L'une des origines possibles du nom de mon peuple, monsieur Flood, est le mot *slovo,* c'est-à-dire le mot *mot.* Nous autres Slovaques sommes donc le peuple du mot, pour ainsi dire. Pourtant, ô ironie, notre littérature nationale n'existe guère. À la république des lettres, il n'y a pas d'ambassadeur de notre pays. Dites-moi, pourriez-vous me citer un classique impérissable dont l'auteur serait slovaque ?

— Eh bien, je…

— Exactement. L'abbé m'a demandé l'autre jour de lui recommander un bon roman slovaque, et j'ai dû lui avouer que nous n'en avions aucun. Ce n'est pas seulement qu'il n'y ait pas de *bon* roman slovaque. Nous n'avons pas un seul roman. Presque tout ce que nous lisons, disons ou pensons nous parvient dans la langue de quelqu'un d'autre.

Il se cala sur son dossier en tripotant sa serviette de soie blanche. Le plafond s'ouvrit au-dessus de sa tête et un autre mur se mit à descendre pesamment dans un grondement d'engrenages. Le comte s'avança de nouveau, si soudainement que Flood ne put retenir un haut-le-corps.

— Est-ce nous, Slovaques, qui avons prononcé le premier mot ? Non. Est-ce nous qui prononcerons le dernier ? Peu probable. Ces glorieux superlatifs sont l'apanage des plus jeunes et des plus anciennes parmi les nations. Si vous consultez n'importe quel livre d'histoire, où nous trouverez-vous ? Nous fréquentons les notes de bas de page. Une brève mention ici et là, parmi de vastes étendues concernant d'autres peuples. Trop souvent, j'aperçois notre nom dans un index et, lorsque j'atteins la page, c'est pour être informé que *tel ou tel événement a également eu un impact sur les Slovaques et les ceci-cela.* Eh bien, nous allons remédier à cette situation, vous et moi. Quand nous aurons fini, il sera enfin possible d'affirmer que les Slovaques sont en vérité le peuple du mot.

Le mur s'immobilisa au bout de sa descente et se replia aussitôt par le milieu pour former un coin. L'immense salle dans laquelle le lit de Flood s'était éloigné plus tôt dans la matinée avait disparu ; ils se trouvaient maintenant dans une petite pièce rectangulaire où des rayons de bibliothèque jaillissaient du plancher. Le comte étala soigneusement sa serviette de soie sur la table. Il la plia en deux, puis encore en deux, sans quitter des yeux un seul instant le regard de l'imprimeur.

Plusieurs plis plus tard, il tenait entre ses doigts un paquet blanc compact et épais.

— Je voudrais, Monsieur Flood, que vous créiez pour moi un livre infini.

— Infini ?

— *Nekonečný. Unendlich. Infinite.* Un livre sans fin. Remarquez qu'il n'aurait pas de commencement non plus.

Un petit coup de poignet du comte, et la serviette pliée s'ouvrit en claquant comme une voile qui prend le vent.

— Comment vous vous y prendrez, cela ne regarde que vous. Ma seule condition est que vous apportiez à cette entreprise chaque parcelle de votre intelligence, de votre imagination et de votre esprit naturels. Pas de trucage en carton, pas de plaisanterie de bas étage. J'en ai déjà des étagères pleines. Non, ce devra être un livre qui reflétera vraiment ce que j'ai accompli ici. Un livre qui posera une énigme, mais sans la résoudre.

— Je ne pense pas qu'il soit possible à quiconque…

— Ne tentez pas de résoudre immédiatement ce problème. On n'attrape pas l'infini d'un seul bond. Il est comme une ville fortifiée qui doit être observée en cachette, explorée et minée soigneusement par en dessous. Vous êtes jeune. Le temps est encore de votre côté. Pour l'instant, concentrons-nous sur votre installation. Vous pourriez commencer par travailler sur un autre de vos projets, votre livre de miroirs, par exemple.

Le comte repoussa son assiette vide et s'appuya au dossier de sa chaise, dodelinant de la tête au rythme de la musique. Après un instant, il se tourna de nouveau vers Flood.

— Celle-ci s'appelle Tancovala. Elle dansait toujours. Cristallin, n'est-ce pas ? Ils sont de Vienne, mais ils connaissent bien les airs anciens de ma terre natale, ce qui prouve que de temps en temps, il peut sortir quelque chose de valable de la capitale mondiale de la tourbe.

Flood ouvrit la bouche pour parler, mais se ravisa. Les yeux d'aigle du comte étaient fixés sur son visage.

— Il y a longtemps, je croyais que si j'avais entrepris de construire ce château d'énigmes, c'était pour me montrer plus malin qu'une poignée de laquais du gouvernement, afin de protéger ma bourse. Mais depuis quelque temps, je comprends beaucoup mieux ce que j'étais vraiment en train de faire.

Il ouvrit subitement sa montre, fronça les sourcils à la vue du cadran et la remit dans sa poche.

— Ceci n'est pas un château, c'est un système. Les prêtres et les fous érigent des systèmes avec des rêves. Les écrivains, tel notre bel abbé, tissent des systèmes à l'aide de mots. Ce système-ci, mon système, je l'ai bâti avec des pierres, du bois, du métal et du verre. Et pourquoi ? Dans quel but ? Reculez votre chaise.

— Pardon ?

— Reculez votre chaise, vous dis-je. Vite !

Flood fit ce qu'il lui demandait ; au même instant, les musiciens cessèrent de jouer. À ses pieds s'ouvrit une étroite fissure qui s'étira le long du sol de la pièce, la séparant en deux hémisphères. Au son mugissant d'invisibles rouages, une grande barre de métal, une flèche énorme, une gigantesque aiguille d'horloge longue comme la pièce émergea de la brèche, culbutant Flood en bas de sa chaise. Lorsque la pointe acérée parvint au niveau de ses yeux, un déclic métallique se produisit quelque part sous ses pieds et le raptus colossal s'arrêta en oscillant légèrement.

— Les planètes, commença le comte en se penchant sur le côté pour aligner son regard sur la diagonale formée par la flèche tout en consultant à nouveau sa montre. Les planètes, le firmament étoilé, les incommensurables abîmes de ténèbres et de temps à travers lesquelles nous plongeons sans cesse, sans savoir comment ni pourquoi, tout cela, comme j'ai fini par m'en rendre compte, est un livre d'énigmes immense et sans limites. Un livre écrit dans la langue insaisissable et imprononçable de Dieu.

Il referma sa montre d'un geste sec.

— Ce que je veux, c'est mon exemplaire personnel, ni plus ni moins.

φ

Ainsi que Flood allait bien vite le remarquer, il y avait dans le château des zones où une fonction semblait prédominer sur les autres. Le maître charpentier, un jeune Savoyard aux cheveux bouclés nommé Turini, le mena à son lieu de travail projeté, une galerie qui faisait le tour d'une cavité centrale. Le charpentier lui expliqua que l'immense fosse avait été creusée à l'origine pour permettre aux ingénieurs du comte d'accéder plus facilement aux gigantesques mécanismes installés en contrebas. La complexité du château ne cessant d'augmenter, ce grand puits cylindrique était devenu une importante plaque tournante pour les rayonnages et autres meubles en mouvement. Penché sur la balustrade, Flood observa les étagères tournoyer solennellement loin en dessous de lui, changer de direction, descendre et remonter vers d'autres étages dans leur course autour du château. Il leur arrivait de passer par la galerie où il se tenait ou même de la traverser, ce dont il ne tarda pas à s'apercevoir lorsque le charpentier le poussa brusquement de côté pour lui éviter de se faire écraser par une vitrine remplie de cartes qui s'avançait dans son dos.

Au milieu de la longue courbe majestueuse de la galerie, courait un rail encastré le long duquel se mouvait (dans le sens inverse des aiguilles d'une montre, remarqua Flood) un ange de la mort en métal portant une lance levée vers le ciel. Suivant les instructions de Flood, Turini extirpa ce *memento mori* grandeur nature et le remplaça par la presse et la table de travail de Flood en les montant sur une petite plate-forme fixée au rail. Le châssis se déplaçait avec suffisamment de douceur pour que les vibrations ne posent pas de problème, sauf sur le coup de chaque heure, alors que tout s'arrêtait brutalement. Turini passa une main calleuse dans ses cheveux et suggéra à Flood d'interrompre son travail un instant lorsqu'il entendrait les rouages s'ébranler sous ses pieds. C'était ennuyeux, sans aucun doute, mais cela ne constituait pas un obstacle insurmontable.

— C'est ce que m'a dit Monsieur le comte, confia le charpentier, quand j'ai commencé à travailler pour lui. Aucun obstacle n'est insurmontable. C'est pourquoi j'ai jeté mon dévolu sur Darka, la contorsionniste. Elle est sourde et muette, il est vrai, mais quelle beauté.

Le seul endroit où Flood fut autorisé à entreposer ses rames de papier et ses bouteilles d'encre était une armoire à laquelle on accédait en descendant dans le puits central au moyen d'une échelle. Il s'aperçut bientôt que s'il voulait atteindre ce dont il avait besoin, il lui faudrait planifier soigneusement son itinéraire dans ce labyrinthe d'étagères ambulantes.

Turini aida Flood à assembler la presse, appareil qu'il n'avait jamais vu auparavant et dont il loua l'ingénieuse construction.

— Avant qu'il y ait une machine à fabriquer des livres, demanda-t-il d'un air songeur, comment les hommes sont-ils devenus assez savants pour en inventer une ?

Vers le soir, le déballage, le montage et le rangement furent terminés. Flood essuya sur un chiffon ses mains crasseuses et recula afin de mieux contempler, sans doute pour la millième fois, son disgracieux gagne-pain.

Nous ne sommes pas à notre place ici, tous les deux. Comme s'il se rendait compte de l'incongruité de sa présence dans un tel cadre, le vieux cheval de labour semblait s'accroupir devant son maître, telle une fidèle bête de somme attendant son fardeau.

Ce n'était pas la première fois que Flood s'émerveillait de l'étrange et complexe créature qu'était une presse d'imprimerie. Avec ses pattes, son ossature robuste, ses nombreuses manettes et excroissances, on aurait dit tout à la fois un lit, une tribune et un mystérieux instrument de torture. Le bois usé de ses madriers avait été éraflé, fissuré, imbibé de l'eau gouttant de toits percés, brûlé (une fois de façon délibérée, par un auteur porté sur la boisson qui avait trouvé une coquille dans son bouquin), redressé et réparé il ne savait combien de fois. On l'avait démontée, transbahutée d'un endroit à un autre et remontée bien des fois avant ce dernier déménagement. Chaque jour de son existence, ses pièces de bois et de métal avaient été récurées et polies ; certaines avaient dû être remplacées, mais seulement lorsque toutes les tentatives de réparation avaient échoué. Les parties les plus anciennes de sa charpente, qui dataient de l'époque de son arrière-grand-père, l'exilé huguenot, étaient si usées, tellement lisses et rondes qu'on aurait dit du bois flotté. L'inscription gravée sous le châssis, *N. LaFlotte 1663*, était presque effacée.

Quand ils jouaient à faire semblant, Meg et lui appelaient la presse une *chimère*. C'est lui qui avait trouvé ce mot : il l'avait glané dans les livres d'histoires fabuleuses qu'il lui lisait pour l'endormir. Prenant tout ce qu'il disait pour parole d'évangile, elle était si fermement persuadée que la presse était une espèce de monstre qu'elle avait peur d'entrer dans l'atelier d'imprimerie. Il se remémora sa soudaine crise de larmes la fois où il avait fait semblant d'avoir été changé en pierre par un mauvais sort, comme si elle l'avait perdu pour toujours.

La presse l'avait attendu ainsi, se souvint-il, le jour où elle était morte. Elle avait huit ans, lui onze. Un enfant témoin de la mort d'un autre enfant. Avant qu'il entre en apprentissage à l'atelier, elle avait été sa compagne de tous les instants. Quand leur père travaillait tard, c'était lui qui préparait le repas du soir, qui la mettait au lit et lui lisait des mythes grecs, les fables de La Fontaine, les contes des Mille et une nuits. Ils avaient inventé un royaume imaginaire où chaque objet quotidien débordait d'enchantements. Les pièces de la maison devenaient la tanière d'un ogre ou la caverne moussue d'un magicien. Leur père était le roi, mais la presse à imprimer les avait longtemps intimidés. Puisque leur père semblait à la fois son maître et sa victime, la presse ne pouvait pas être une seule chose à la fois.

Tout le temps qu'il avait fallu à la petite vérole pour la consumer et la réduire en cendres sous leurs yeux, son père et lui étaient restés au chevet de Meg nuit et jour. Ils baignaient d'eau les ulcérations sanguinolentes qui lui couvraient les bras, les jambes et même le visage. Lorsqu'elle s'éveillait en hurlant au milieu d'un cauchemar provoqué par la fièvre, il la calmait en lui racontant ses histoires préférées. Mais tous ses efforts pour la consoler furent réduits à néant lorsqu'elle devint aveugle.

Il se souvenait par-dessus tout de l'odeur de son agonie. Vers la fin, Meg était devenue une chose à ses yeux : la source de la pestilence qui transformait en antichambre de l'enfer sa chambre de malade. Il détestait ce qu'elle était devenue, ce qu'elle leur avait fait à tous les deux.

Elle vécut sa dernière journée d'une crise de délire à l'autre, agitée de frissons, bredouillant un galimatias sans queue ni tête, puis s'éveillant très agitée, gémissant qu'elle était en flammes. *Papa, arrête ça, s'il te plaît.* Il avait traversé l'atelier en courant pour aller chercher de l'eau fraîche à la pompe de la cour ; chaque fois qu'il passait près de la presse, il la sentait patienter en silence, supportant tout sans broncher.

Ils avaient passé toute la nuit à son chevet, jusqu'à ce que son souffle supplicié s'éteigne enfin. Il était resté longtemps agenouillé près d'elle, épuisé, le cœur usé, aminci comme une feuille de papier. Après un certain temps, il avait entendu grincer la vis de la presse dans l'atelier. Il n'avait pas fait attention quand son père avait quitté la chambre, mais il était déjà retourné au travail, achevant la dernière commande. Il écouta un moment les bruits de l'atelier, puis finit par abandonner Meg pour aider son père à la presse.

Le travail reprit et ne s'arrêta plus. Tous les jours depuis lors, et ici aussi, dans ce château qui semblait sorti de leurs rêves, à Meg et à lui. Flood prit une grande inspiration et noua les attaches de son tablier.

Il entendit un bruit derrière lui ; craignant l'arrivée d'une autre étagère, il fit lestement un pas de côté.

— Pardonnez-moi si je vous ai fait sursauter, dit la comtesse. Il m'arrive d'oublier l'effet que peut faire cet endroit sur les nouveaux venus.

Il se réjouit de la revoir : dans cette maison de fous, il avait le sentiment qu'elle était la seule âme sensée. Il espérait qu'elle s'attarderait et bavarderait un instant avec lui, mais elle lui demanda seulement s'il était satisfait des arrangements. Il répondit par l'affirmative, puis se demanda pourquoi il avait menti ainsi. L'assurant qu'elle informerait son père que tout était pour le mieux, elle tourna les talons pour s'en aller.

— Quand j'aurai terminé un livre, se dépêcha d'ajouter Flood en descendant de la plate-forme, je n'aurai qu'à le déposer sur une des étagères qui passent par ici.

Irena fronça les sourcils.

— Je regrette, dit-elle, mais personne n'est autorisé à ajouter ni à retirer quoi que ce soit de ces rayonnages sans avoir reçu l'autorisation de mon père.

— J'avais cru comprendre, d'après les paroles de Monsieur le comte, que vous étiez responsable de la bibliothèque.

— En théorie, répondit-elle avec un sourire. En fait, mon père surveille tout ce qui se fait ici, jusqu'au nombre de souris qu'attrapent les chats. Rien ne lui échappe bien longtemps.

— Ne dort-il jamais ?

— Mais oui. Il dit que le sommeil a lui aussi son utilité. Certaines de ses meilleures idées lui viennent en rêve.

Elle se retourna pour examiner la presse. Il sentit confusément qu'elle souhaitait en dire plus. Se demandant comment l'encourager à parler, il s'approcha d'elle.

— Ne vous en faites pas, Monsieur Flood, je ne touche à rien.

— Je ne pensais pas...

— Je me demandais, reprit-elle, si vous me laisseriez vous regarder travailler de temps en temps. Je lis beaucoup de livres, mais je n'ai jamais vu personne en fabriquer un.

Comme il acquiesçait avec empressement, la grande horloge sonna l'heure. Irena leva un regard déserté par l'enthousiasme.

— Je dois y aller, dit-elle en descendant de la plate-forme. Je reviendrai demain.

— Attendez, s'exclama-t-il, se souvenant soudain de quelque chose qui l'avait embêté toute la journée. Puis il hésita, déconcerté par la nature délicate de sa question.

— Oui ?

— Je ne suis... Je n'ai... Pourriez-vous me dire comment retrouver mon lit ?

φ

Le matin suivant, elle lui amena les assistants que le comte lui avait promis.

L'un d'entre eux, un garçon de neuf ans nommé Djinn, provenait de la collection d'énigmes humaines du comte et possédait six doigts à chaque main. Même sans compter ces appendices superflus, Djinn était de loin la créature la plus exotique que Flood ait jamais vue. Des cheveux frisés à l'africaine, mais blonds, une peau couleur café et des yeux en amande aux prunelles bleues. Il parlait plusieurs langues, certaines provenant de contrées aussi éloignées que la Chine, mais aussi l'arabe, l'espagnol et un dialecte gaélique que Flood prit d'abord pour du grec. Le comte avait reçu le jeune garçon en cadeau d'un émissaire turc qui lui avait rendu visite au château en compagnie d'une troupe d'acteurs ambulants. Comme l'avait justement deviné l'émissaire, le château d'Ostrov était l'endroit idéal pour jouer une pièce où figuraient des trappes, des fantômes et des dieux descendus du ciel. Cependant, ce qui plut le plus au comte, ce fut le garçon à douze doigts qui, à la fin de la pièce, interpréta au luth un air envoûtant. La troupe avait cédé Djinn au comte à contrecœur. L'émissaire avait beaucoup insisté. Les acteurs l'avaient déniché dans les rues de Constantinople, mais ils supposaient qu'il venait de plus loin encore.

— Mon père, expliqua Irena, a pensé que les doigts de Djinn pourraient s'avérer utiles pour certaines tâches d'imprimerie.

Le garçon maintenait son regard fixé sur elle. Son désespoir muet était palpable : elle allait l'abandonner.

L'autre assistant était un automate en porcelaine d'un blanc de Chine laiteux, aux jointures de bronze. Quand on remontait sa clef, il hochait la tête, bougeait les bras et faisait quelques pas hésitants. Arborant une pommette d'émail rouge vif sur la peau lisse de chaque joue, l'automate portait l'uniforme d'un officier de cavalerie. C'était Kirshner, le forgeron vénitien, qui avait fabriqué ses rouages internes et les avait enfermés dans un corps de porcelaine coulé à Meissen par Kaendler le magicien.

Ludwig, ainsi qu'Irena appelait l'automate, n'avait été conçu au départ que pour faire quelques pas en brandissant son sabre. Mais lorsque son père avait vu de quoi le forgeron était capable, il lui avait demandé d'ajouter quelques autres fonctions. Maintenant, il pouvait aussi bien danser un menuet un peu raide qu'écrire quelques mots à la plume ou boire un verre de vin. Le comte s'était dit que le répertoire de mouvements limité de Ludwig pourrait être adapté à certains des aspects les plus mécaniques du maniement d'une presse. Flood admit éprouver certains doutes.

— Il ne peut pas répondre à mes ordres.

Il n'avait pas fini de parler quand un écho de sa voix se mit à résonner comme une cloche à l'intérieur de l'automate, pour émerger dans un bourdonnement où il crut distinguer quelques mots.

— *Peut pondre à mordre.*

Interloqué, Flood eut un mouvement de recul.

— Il y a quelqu'un là-dedans.

Irena secoua la tête.

— Il répète ce que vous venez de dire, mais il ne dit pas tout.

— *Êtes que vire*, vibra l'automate. *Il a tout.*

Irena tendit à Flood une lourde clé de cuivre.

— Le forgeron a été très habile. Certaines tonalités soutenues font remuer à l'intérieur de Ludwig des poids très sensibles, de sorte qu'il est possible de le faire réagir en lui chantant quelque chose. Regardez bien.

Elle se pencha à l'oreille de céramique de l'automate et entonna une longue note mal assurée. Ludwig leva le bras dans un concert de bourdonnements et de cliquetis, plia le coude et toucha son tricorne du bout des doigts.

Au grand étonnement de Flood, ce fut Irena qui bricola le mécanisme de Ludwig afin de l'adapter au travail de la presse. Elle revint dans l'après-midi, munie d'un coffre d'outils d'horloger et d'un vieux coupe-papier de cuivre qu'elle posa sur son bureau pour le relier à une pédale elle-même raccordée à un volant de commande.

— Nous avons conçu ceci, lui dit-elle, pour vous aider à produire toutes les pages dont vous aurez besoin. Vous insérez le papier ici, comme cela. Ces rouleaux-ci plient la feuille, puis les lames la découpent ici. Vous pouvez ajuster le pliage et la coupe pour obtenir des feuilles de huit, de seize ou de trente-deux pages.

— *Nous* avons conçu ?

— Mon père et moi.

Elle dévissa un panneau dans le dos de l'automate et se déplaça pour permettre à Flood d'observer les secrets du fonctionnement de Ludwig. Du bout d'une minuscule paire de pinces de joaillier, elle tapota un cylindre de cuivre denté entouré de disques plats. Elle lui montra patiemment comment, arrangés en système, ces disques, ou cames, permettaient de transférer le mouvement circulaire des pièces d'horlogerie aux tiges et aux leviers qui actionnaient Ludwig. Selon le jeu de cames installé à l'intérieur, la routine de l'automate pouvait être modifiée. Il y avait des jeux pour manger, pour manier l'épée ou pour danser. En mélangeant et en redisposant les cames, elle lui décrivit comment elle espérait parvenir à reproduire les mouvements répétitifs de certaines tâches d'imprimerie.

— Est-ce que je pourrai l'arrêter moi-même ? s'enquit Flood. S'il prend de l'avance sur moi, par exemple.

— Vous pourriez lui retenir le bras, oui, mais à votre place, je ne l'empêcherais pas de bouger trop longtemps. Il n'est peut-être qu'une machine, mais il a son petit caractère.

Flood lui demanda où elle avait acquis des connaissances si peu communes.

— J'ai regardé faire l'homme qui a construit Ludwig, lui expliqua-t-elle, et j'ai posé beaucoup de questions. Mon père et le créateur de Ludwig n'étaient pas... ils ne s'entendaient pas. J'ai pensé que lorsque le Signore Kirshner serait rentré à Venise, il allait falloir que quelqu'un ici soit capable d'assurer les réparations.

Ils s'étaient approchés l'un de l'autre pour examiner les rouages intérieurs de Ludwig et, dans le silence qui avait suivi ses dernières paroles, Flood entendait Irena respirer.

Il jeta un coup d'œil au jeune garçon qui les regardait avec de grands yeux.

— Avant de m'échoir, qu'était-il censé faire ?

— Vivre.

Il détecta un je-ne-sais-quoi dans le ton de son étrange réponse, et il s'aperçut soudain que l'automate ressemblait à Irena, à la manière d'une contrefaçon sans vie.

— Ludwig, c'était le nom de mon frère, lui dit-elle. Je ne l'ai jamais vu, mais mon père m'a assuré que ce Ludwig-ci est son portrait craché.

Cet après-midi-là, elle lui parla de la mort de son frère pendant la bataille de Belgrade et de l'espoir qu'avait caressé son père de ressusciter une partie de son frère dans une de ses machines.

— C'est pour cette raison que l'abbé de Saint-Foix s'est installé ici, poursuivit-elle.

Elle lui expliqua que l'un des personnages du roman de l'abbé soutenait l'opinion que l'âme humaine résidait peut-être dans les ongles et les cheveux. Il est bien connu qu'ils continuent de pousser après la mort, fait étonnant qui pourrait s'expliquer par la présence d'un résidu de la divine étincelle. Puis elle le déconcerta en lui citant par cœur un passage du roman :

— *Mû par le désir du retour au royaume spirituel, l'esprit, comme l'électricité, s'écoule constamment du milieu du corps vers la périphérie. Autrement dit, il peut arriver que l'âme d'une personne réside parfois dans sa coiffure.*

— Cette idée, sourit Irena, plaît beaucoup aux dames distinguées.

— Tout comme l'abbé, si je comprends bien.

— Pour sa part, mon père trouve que l'idée vaut la peine d'être explorée.

Flood remarqua que lorsqu'elle parlait du comte, sa voix s'adoucissait et exprimait une tendre indulgence. Elle lui raconta comment son père avait fourni à l'abbé la tresse de son frère. L'écheveau, aujourd'hui fané, que le comte avait cueilli sur le crâne de son fils, avait été réduit en poussière graisseuse dans un mortier, puis mélangé à un onguent qui avait ensuite servi à graisser les jointures du soldat de porcelaine, dans l'espoir de transférer à l'assemblage mécanique la moindre lueur ayant pu demeurer dans le macabre trophée.

— L'expérience a échoué, je présume.

En guise de réponse, Irena redressa le tricorne de l'automate et se pencha pour déposer un baiser sur le front du jeune garçon.

— Prenez bien soin d'eux, Monsieur Flood.

Une fois les ajustements terminés, Ludwig se montra capable de travailler à la presse bien plus longtemps que Flood. Il encrait les formes, abaissait et remontait la platine sans relâche jusqu'à ce que son ressort principal se débande complètement et qu'il faille le remonter de nouveau.

φ

Premier problème : comment relier un livre sans commencement ni fin ? Flood passa sa troisième journée au château à faire les cent pas le long de sa presse mobile et à dresser la liste des façons de maintenir ensemble les pages d'un livre :

– avec les mains ;
– avec du fil ;
– avec des cheveux ;
– avec du tissu ;
– avec des os et des tendons de bêtes ;
– avec du bois ;
– avec de la colle ;
– avec d'autres livres ;
– avec les dents ;
– avec beaucoup d'espoir.

Et quand bien même on parviendrait à relier un tel livre, comment son contenu pourrait-il être véritablement infini tout en étant confiné dans ce cadre clos ? Si le comte comparait l'infini à une ville emmurée, dans l'esprit de Flood il s'assimilait plutôt à tout ce qui se trouve hors des murs de cette ville. *Si le texte parvient à sortir des murs,* écrivit-il dans son journal, *c'est qu'il s'est répandu hors du livre, non ?*

Lorsqu'il ne discutait pas avec le comte des autres volumes que ce dernier voulait faire imprimer, Flood rédigeait une liste provisoire de possibilités.

• *Un cylindre de feuilles de carton épais, tournant constamment autour d'un axe et répétant des phrases à l'infini, comme les moulins à prières des saints hommes de l'impénétrable Tibet. Le lecteur sera bien incapable de dire d'une page si elle est la première ou la dernière. Note : il est peu probable que cette solution satisfasse à l'idée que se fait le comte de ce qu'est véritablement l'infini.*

• *Un livre hermétiquement scellé ; le mot infini est gravé sur le bois de sa couverture. Incapable de lire le livre, le lecteur est libre d'entretenir un nombre infini de conjectures au sujet de son contenu. Problème : voir plus haut.*

• *Idée philosophique : pour chaque page numérotée du livre, il existe un certain nombre de non-pages hypothétiques qui... existent... ailleurs ?*

Non.

• *Grâce à une application encore indéterminée des principes de la chimie sur la composition de l'encre, les mots du texte imprimé ne sont pas fixés sur la page, mais peuvent être redistribués au gré du lecteur.*

φ

Une pluie grisâtre tombait le matin où l'abbé de Saint-Foix lui rendit visite. D'épaisses rigoles d'eau visqueuse voilaient les carreaux, plongeant l'intérieur du château dans une lueur glauque de fond sous-marin. Irrité par ses faibles progrès, Flood faisait les cent pas ; il n'apprécia pas qu'on vienne le troubler ainsi.

— Je vois que vous avez remplacé la Mort, dit l'abbé. Elle était ponctuelle, mais pas très aimée.

Il s'approcha de la presse avec une nonchalance étudiée.

— Monsieur le comte m'a demandé de voir si je pouvais vous être utile.

Amère, inattendue, une pensée traversa l'esprit de Flood : *votre confrérie n'a pourtant rien fait pour mes ancêtres le jour de la Saint-Barthélemy, quand ils se sont fait massacrer.*

— Sans doute, fit-il en reposant le boîtier de caractères qu'il était en train de trier. Après tout, l'infini est plus de votre ressort que du mien.

— Cela dépend, répondit l'abbé. À quel infini faites-vous allusion ? Il fit un geste vers la fenêtre. D'après vous, combien une averse comme celle-ci contient-elle de gouttes ?

— Des milliers, fit Flood en haussant les épaules. Des millions. Je n'en ai pas la moindre idée.

— Mais on n'irait pas jusqu'à dire que leur nombre est infini. Il n'est qu'indéfini. Inconnu de nous. Et pourtant, le nombre des gouttes pourrait aussi bien être infini. Il est impossible de déterminer avec certitude qu'il ne l'est pas.

L'abbé cueillit un caractère dans la casse qui reposait sur la table de Flood, l'examina un instant puis le laissa retomber dans son compartiment.

— Il existe pourtant un infini utile, reprit Flood.

— Je vois que vous avez des connaissances en mathématiques.

— Quelques-unes. Mon père me les a fait étudier pendant ma formation en typographie. De la géométrie, un peu de calcul.

— Là où d'adorables paradoxes fleurissent, telle la belladone dans les jardins de l'esprit. Mon frère jésuite, Cavalieri, a conçu une méthode qui permet de déduire le volume d'un solide en supposant qu'un cube, par exemple, est composé d'une infinité de plans d'une minceur infinie.

Flood remarqua que les yeux de l'abbé ne clignaient pas en même temps : la paupière gauche était toujours un peu en retard sur la droite, tic à peine perceptible qui conférait un soupçon d'étrangeté à son élocution en apparence assurée.

— Donc, dit Flood, si je parvenais à imprimer un livre dont les pages seraient infiniment minces…

— En effet, répondit l'abbé en s'asseyant dans l'embrasure de la fenêtre. Mais si je comprends bien, ce n'est pas exactement ce que vous a demandé le comte.

— Non. Il me laisse carte blanche quant à la forme de l'objet. C'est le contenu qui compte pour lui. Il désire un livre qui contienne tout. Un livre sans commencement ni fin.

L'abbé haussa les sourcils.

— Ah, mais le voilà, votre contenu.

— Comment cela ?

— Le temps. Il faut le faire tenir tout entier dans votre livre.

— Je ne comprends pas.

— Comme disait Saint Augustin, *qu'est-ce donc que le temps ? Si personne ne m'interroge, je le sais ; si je veux répondre à cette demande, je l'ignore.*

— Voilà un paradoxe digne des énigmes du comte. Il suffit de supprimer le mot *temps*.

— Mais si le temps n'était pas ce que nous imaginons ? Ni un absolu, lisse et continu, ni le même pour chacun.

— Vous faites allusion au fait qu'en ce moment, il fait nuit de l'autre côté de la Terre.

— Pas tout à fait. Le temps, comme les dieux des Indes, a sans doute plusieurs visages.

L'abbé se mit à tapoter négligemment les carreaux de la fenêtre.

— Peut-être qu'en réalité tout se produit en même temps. Et si le temps était comme la pluie ? Nous nous y frayons un chemin, quelques gouttes nous tombent dessus et nous appelons cela notre vie. Mais si l'on pouvait passer entre les gouttes, ou les recueillir toutes comme l'eau d'un puits…

Flood se passa la main sur la nuque.

— J'ai la tête qui commence à tourner. Je ne suis pas aussi instruit que vous dans ces matières.

L'abbé, qui regardait par la fenêtre, se retourna et sourit.

— Vous me ramenez à la question de l'aide que je puis vous apporter, dit-il. J'ai en tête certains volumes de la bibliothèque de notre hôte qui pourraient vous servir. Il va sans dire que nous aurons besoin de la comtesse. Quelle femme remarquable ! Je ne serais pas surpris qu'elle connaisse par cœur chacun des livres qui se trouvent dans ce château.

— Sans compter les vôtres, mon cher abbé.

— Vraiment ? Je souhaite presque que vous ne me l'ayez pas dit, Monsieur Flood. Il est déjà assez difficile de rester maître de soi devant une femme pareille, ne trouvez-vous pas ?

La simple mention d'Irena suffit à lisser comme un miroir la mare boueuse des pensées de Flood. À la vue des minuscules torrents qui se frayaient aveuglément un chemin sur la crasse des vitres, il éprouva un élancement de tendrésse pour les choses de ce monde et leur persistance muette. Il voulut dire à l'abbé que son bref exposé était incomplet, qu'il existait un autre infini dont il n'avait pas fait mention, mais il savait que les mots nécessaires pour décrire son intuition, si tant est qu'ils existent, lui échapperaient.

Irena les trouva tous deux parmi les rayons.

— Bonjour messieurs, leur dit-elle. Si nous commencions ?

Armés des suggestions de l'abbé et de la connaissance infaillible qu'avait Irena de la bibliothèque, ils se mirent à sillonner les tablettes. Xénophane et Aristote. Le *De l'infinito universo* de Giordano Bruno. L'*Optique* de Newton. L'*Orbis Pictus* de Comenius. Ouvrages anciens et récents traitant d'alchimie, d'astrologie et du sujet de prédilection du comte, le temps. L'*Aenigmatum* d'Abu Musa offrait de fascinants indices, mais l'exemplaire que possédait le comte de ce livre rarissime recelait un mécanisme secret qui tournait les minces pages de métal à un rythme qui lui était propre. Flood tenta de copier les passages les plus intrigants, mais il n'obtint pour sa peine que plumes brisées et doigts pincés.

Ils déambulaient parmi les rayonnages au fil de leurs recherches, s'arrêtant ici et là pour examiner un volume particulièrement tentant. Ils finirent par s'éloigner, si bien qu'ils durent se héler d'un étage à l'autre. Flood se dirigea vers le dernier endroit où il avait vu disparaître Irena parmi les étagères, mais au détour d'une allée, l'apercevant en train de rire avec l'abbé, il recula sans faire de bruit et attendit qu'ils viennent à sa recherche.

À la fin de la journée, Flood vit sa table de travail barricadée d'une muraille de livres. Il passa la nuit suivante et les trois jours subséquents à lire, à prendre des notes et à les assembler, à recueillir et à comparer les pensées des poètes, des mathématiciens, des philosophes et des mystiques, à la recherche d'idées pouvant être appliquées de près ou de loin à l'objet physique appelé livre : une séquence finie de mots imprimés sur un ensemble fini de feuilles de papier. Invariablement, il arrivait à la conclusion que chacun de ces auteurs avait à la fois trop et trop peu de choses à dire sur l'infini.

Dans l'espoir de parvenir au moins à organiser la masse croissante d'informations qu'il avait accumulées, il décida qu'il était possible de les diviser en deux catégories principales :

1) la même chose se reproduisant sans fin ;

2) presque la même chose, mais pas tout à fait, se reproduisant sans fin.

Il trouva dans une anthologie d'auteurs hellénistiques une amusante diatribe contre la lecture des romans.

Section XXVII :

• *Une lassitude pendant les débats publics trahit le lecteur compulsif de livres emplis de mensonges, de coïncidences et d'impossibilités.*

• *Certains de ces pernicieux ouvrages sont connus pour provoquer des crises d'éternuements, d'autres des écoulements de sang par les oreilles. Ceux qui contiennent des passages didactiques peuvent emplir les poumons de mucosités et bloquer la respiration.*

• *L'inflammation des yeux causée par la lecture prolongée de ce type d'ouvrage peut être soulagée en buvant du vin légèrement coupé d'eau.*

• Il faut prendre garde aux livres que l'on donne aux filles pubères ; si leurs seins se mettent à enfler plus que de raison, on doit cesser toute lecture.

• Ces livres nuisibles sont souvent reliés à la hâte, avec des pâtes obtenues en faisant bouillir des peaux de bêtes. L'infériorité de ces reliures n'a d'égale que l'absence totale de valeur de leur contenu.

• Curieusement, les eunuques n'aiment pas lire de tels livres, et ne deviennent pas chauves non plus.

Il fut intrigué au plus haut point par un texte de Sabbatai Donnolo comparant Dieu à un livre. Si l'on pouvait tenir dans la main ce formidable ouvrage et l'ouvrir n'importe où, que ce soit au début, au milieu ou à la fin, on s'apercevrait qu'entre deux pages s'en trouverait toujours une troisième, qu'entre deux lettres s'en trouverait toujours une autre, inaudible et invisible, portail connu des mystiques seuls et donnant sur le vide, où règne un silence si profond que la clameur de l'univers tout entier s'y précipite afin de le combler.

Tous les matins, Irena arrivait, emportait les livres qu'il avait passé en revue et lui en apportait de nouveaux. Lorsqu'il était seul, Flood faisait des recherches pour son propre compte, dénichant souvent des livres qui révélaient la prédilection du comte pour les devinettes et les jeux de mots. Le *Petit traité des dents* se révéla une apologie des peignes. Un épais volume intitulé *Pour alimenter la pensée illuminatrice* s'avéra être un bloc de bois massif peint avec art.

Cependant, rien de ce qu'il lisait ou examinait avec attention – textes frivoles ou profonds, elliptiques ou approfondis – ne le rapprochait de son but, qui lui semblait aussi lointain que la lune.

Très bien, se dit-il en refermant brusquement un volume qui, étant resté longtemps fermé, cracha un nuage de poussière. *Je vais me prêter à tout ceci. Je vais rester ici et jouer le jeu, comme l'abbé, ne serait-ce que parce que c'est une bonne affaire. Et parce que je vais en profiter pour perfectionner mon art, ce qui n'est pas vraiment abuser de qui que ce soit.*

Et pour elle.

— Irena Ostrova, chuchota Flood à Ludwig un peu plus tard, se penchant pour mieux saisir sa réponse chuintante.

— Reine. Va.

Il se retourna pour voir Djinn l'observer de ses grands yeux bleus.

Jusque-là, il avait plus ou moins ignoré le garçon, mais il se rendit bientôt à l'évidence : les doigts supplémentaires de Djinn allaient lui apporter une aide considérable pour le laborieux travail de la composition. Malheureusement, ils ne pouvaient communiquer qu'avec les quelques rudiments d'allemand qu'ils avaient en commun. Comme Flood avait choisi au départ d'imprimer des livres en anglais, il allait devoir apprendre au gamin à composer à partir de manuscrits qu'il ne savait pas lire. Malgré tout, Djinn apprit rapidement à remplir et à verrouiller un châssis en deux fois moins de temps qu'il n'en fallait à Flood.

Il pourrait aussi bien être Mongol, Iroquois ou être tombé de la Lune, lui avait avoué le comte, *d'après ce qu'il peut dire de ses premiers souvenirs.* Quand Flood parvint enfin à discuter avec le jeune garçon, il en eut la confirmation : il ne se souvenait pas de grand-chose, à part une image floue de collines vertes aperçues derrière le rabat d'une tente, et celle, qui semblait provenir d'un souvenir légèrement ultérieur, de ses pieds dans l'eau, déformés par la réfraction, gigotant paresseusement près de ceux de quelqu'un d'autre, une fille qui paraissait un peu plus âgée que lui, car il l'écoutait – mais dans quelle langue, il ne s'en souvenait plus – l'avertir de faire attention aux tortues, qui mordaient.

Au fil des jours, le système du comte lui devint suffisamment familier pour qu'il ne sursaute plus à la moindre disparition ou apparition de murs, de planchers ou de gens là où il ne s'attendait pas à les voir. Il attendait avec impatience chaque occasion de voir Irena et de lui parler, mais voyait souvent ses tentatives contrariées par le métamorphisme du château. Parti chercher de l'encre, ou de l'eau pour nettoyer des caractères, il entrevoyait la comtesse à l'autre bout d'un couloir. Il se hâtait dans sa direction, tentant de garder une attitude nonchalante, mais le couloir bifurquait soudain devant lui de sorte qu'Irena s'en allait doucement d'un côté alors qu'il était aiguillé vers un autre passage. Il se retrouvait alors dans une zone inconnue du château et devait recourir à l'aide d'un serviteur pour retrouver son chemin.

Il arrivait souvent qu'il lève la tête de sa table de travail pour apercevoir le comte sur l'une des galeries supérieures, tournant autour de la fosse centrale du château et dardant son regard aigu comme celui d'un aigle.

φ

7 h 00. Se réveiller, sortir du lit, faire sa toilette dans le bassin tournant, s'habiller.

7 h 15. Cueillir son petit déjeuner sur un chariot tout en descendant sur la mezzanine pour aller chercher les feuilles de la journée. De là, sauter sur une étagère en mouvement contenant les œuvres complètes de Leibniz ;

en descendre au sommet de la grande horloge. S'écarter immédiatement pour éviter de se prendre le manteau dans l'engrenage.

7 h 25. Si toujours intact de corps et d'habits, redescendre sur la plate-forme et se mettre au travail.

8 h 00 à 14 h 00. Travailler.

14 h 01. Manger ce qui reste du petit déjeuner au milieu d'étagères mobiles jusqu'à ce qu'un panneau pivote dans le mur nord. Se ruer de l'autre côté, bloquer le panneau avec un gros livre afin d'assurer une retraite rapide. Monter l'escalier jusqu'au niveau de l'observatoire et se planter devant l'oriel.

14 h 15. Irena fait sa promenade quotidienne sur la terrasse en compagnie de l'abbé. (De quoi peuvent-ils bien parler ?) Si elle lève les yeux, faire bien attention : sourire, ne pas la fixer du regard.

14 h 16. Revenir au travail en faisant de nombreux détours pour éviter le comte (la prochaine fois, ne pas oublier le plan du château). Enlever le livre qui bloque le panneau pour éviter les soupçons.

14 h 30 à 19 h 00. Travailler.

19 h 01. Prendre un verre en attendant une invitation à dîner avec le comte.

19 h 30. En l'absence d'invitation, se remettre au travail.

φ

Pressant le pas pour rester à la hauteur de l'immense lit en mouvement, Flood tendit au comte une feuille de papier vierge.

— J'ai travaillé sur le livre de miroirs que vous m'avez demandé, annonça-t-il. Si je parviens à obtenir un papier réfléchissant, les mots pourront se refléter mutuellement et répéter le texte à l'infini.

Soutenu par un bastion d'oreillers, le vieil homme, coiffé d'un bonnet de nuit à pompon, tourna et retourna la feuille dans ses mains.

— L'idée est intéressante. Mais a-t-elle donné des résultats ?

— Je cherche toujours à donner au papier un lustre qui refléterait la lumière tout en absorbant l'encre, répondit-il. Cette étape est plus difficile que je ne l'aurais cru.

Le comte rendit à Flood sa feuille de papier.

— Essayez autre chose, lança-t-il, emporté par son lit. Amusez-vous. Voyez ce que vous pouvez faire.

— Il y a une autre difficulté, votre Excellence, reprit Flood en galopant à sa suite. Il y a longtemps que je n'ai pas remplacé mes caractères. Ils s'usent et cela commence à paraître sur le papier.

— C'est à se demander, Monsieur Flood, si vous prenez suffisamment soin de vos outils.

Flood se mordit la lèvre.

— Je les ai limés, je les ai polis, mais le métal ne peut pas subir indéfiniment ce traitement. En un mot comme en cent, je ne crois pas que mes caractères soient à la hauteur de la tâche.

Le comte tira sur les ailettes de sa moustache.

— Eh bien, nous vous en commanderons d'autres. Il doit y avoir une fonderie à Presbourg. Ou plus probablement à Vienne, où l'on peut trouver tout le plomb nécessaire dans ce qui, à la cour, passe pour des cerveaux.

— Mademoiselle la comtesse m'a parlé du forgeron vénitien qui a créé les automates. Samuel Kirshner.

— Ah oui. Ce Juif ingénieux. Qu'en est-il de lui ?

— Sa fonderie fabrique aussi des caractères. La comtesse m'a montré des exemples de son travail...

— Croyez-en mon expérience, il peut être malaisé de faire affaire avec ces gens-là. Quand ils ne sont pas traînés devant les tribunaux de l'Inquisition, ils se font chasser par des populaces enragées, et on ne revoit jamais la couleur de son argent. À moins que, comme dans le cas du Signore Kirshner, ils ne fassent de grandes promesses qui ne se réalisent jamais. Mais vous avez une haute opinion de ses caractères.

— Ce sont les plus beaux que j'aie jamais vus.

— Écrivez-lui donc, s'il le faut. Commandez ce dont vous avez besoin. Nous le ferons même venir en personne si c'est vraiment nécessaire.

Flood écrivit à Kirshner pour lui exposer son problème et l'inviter à se déplacer. Bien qu'il eût espéré pouvoir y échapper, le mot *infini* trouva le moyen de se faufiler dans sa lettre.

Il retourna sur sa plate-forme et y vécut pendant trois jours, faisant les cent pas d'un bord à l'autre pendant que Djinn composait et que l'automate imprimait, plongeant son regard dans les profondeurs grondantes des rayonnages de la bibliothèque tel un promeneur dans le cratère du Vésuve. Négligeant de se raser, Flood dormait sous la presse, allongé sur un traversin, trouvant à boire et à manger à son réveil et espérant y voir la main d'Irena. De temps en temps, au cours de ses mystérieuses pérégrinations dans le château, l'abbé agitait la main dans sa direction comme on envoie un signe au passager d'un bateau qui va bientôt disparaître à l'horizon.

Ainsi qu'elle le lui avait demandé, Irena venait quelquefois le regarder travailler. Il lui montra les différentes étapes de l'impression, en commençant par Djinn qui, officiant au pupitre de composition, transformait chaque page d'un manuscrit en rangées de caractères sagement alignés. Pendant qu'ils observaient les doigts de Djinn danser au-dessus des compartiments de la casse, il lui disait le nom de chacune des forces de corps, ou dimensions des caractères. Le corps de six points, le plus petit, s'appelait *nonpareil**. Les corps les plus couramment utilisés dans les livres étaient le corps dix points et l'elzévir.

— Mais mon préféré, c'est le pica, un caractère moderne.

— *Pica ou le caractère moderne*, dit-elle. On dirait le titre d'un roman philosophique. Il faudrait que le personnage principal soit une femme.

Il lui montra les différentes pièces de la presse et la façon dont elles fonctionnaient.

— On appelle ce chariot coulissant le cercueil. On tourne la manivelle et…

— Je vois, dit-elle. Le cercueil glisse sous cette dalle de pierre…

— La platine.

— Et en ressort comme ceci. Ah, je vois maintenant. Voilà pourquoi vous inscrivez sur vos livres « Je ramène la vie depuis la mort ». Je m'étais posé la question.

Flood hocha la tête.

Je ramène la vie depuis la mort. Bien avant ma naissance, c'était déjà la devise de l'entreprise familiale.

Un regret lancinant le réduisit au silence. Il revoyait la boîte de bois nu et grossier dans laquelle ils avaient porté Meg en terre. Ils passaient des heures et des heures à travailler côte à côte, mais il pouvait s'écouler des journées entières sans que le père et le fils n'échangent une parole, à moins qu'il ne s'agisse de corriger une coquille ou de demander une brève pause. Avec le recul, cette période de sa vie lui semblait un long intermède silencieux.

Il y a plusieurs façons pour un imprimeur de se rendre utile, avait déclaré son père le jour où il avait accepté la commande d'un recueil de ballades égrillardes. *Parfois, c'est en n'imprimant pas.*

Les livres en tant qu'objets de curiosité, de rigolade. Des livres pour assouvir les caprices d'un aristocrate détraqué, pour gagner l'admiration de sa fille. Il revit son père s'essuyer les mains sur son tablier graisseux et secouer la tête en signe de consternation. Il savait très bien ce qu'il lui aurait dit s'il était encore vivant : *imprudent, imprudent.*

Pour finir, Flood montra à Irena sa première pièce d'essai : un rouleau inspiré par les armoiries des Ostrov. Si l'on voulait parvenir à comprendre l'histoire, il fallait le dérouler entièrement et en réunir les deux bouts pour former une boucle, mais en tordant le papier de sorte qu'il ne semblait plus avoir qu'un seul côté. Il avait utilisé le texte d'une ancienne légende sur la fondation de Venise trouvée dans les *Antiquités* de Zecchino.

— Il y avait dans la ville d'Aquilée, dit-il à Irena, deux riches familles romaines dont chacune vit naître un enfant le même jour, une fille et un garçon. Les enfants étaient d'une beauté merveilleuse, mais une voyante leur asséna une terrible mise en garde : s'ils se rencontraient un jour, ils tomberaient immédiatement amoureux l'un de l'autre, de façon si profonde et irrévocable qu'ils en mourraient sur-le-champ, car leur enveloppe mortelle ne pourrait soutenir un désir si pur et si absolu.

Il s'arrêta en voyant qu'Irena fronçait les sourcils en manipulant avec difficulté le ruban de papier.

— Continuez, lui dit-elle. J'écoute.

— Les deux familles firent construire une ville sur les îlots sablonneux de la lagune. Une ville conçue comme un labyrinthe de murs, de canaux et de rues, un peu comme ce château, voyez-vous. Il s'agissait d'empêcher le garçon et la fille de se rencontrer. Mais avant leur seizième anniversaire, comme ils avaient tous deux eu vent de l'existence de l'autre, ils comprirent que cette ville était en fait une prison. Alors la fille et le garçon s'évadèrent pour partir à la recherche l'un de l'autre dans les rues de la cité.

— La boucle, poursuivit Flood, illustre leur poursuite sans fin. L'histoire de la fille est imprimée d'un côté et celle du garçon de l'autre. Mais si l'on réunit les deux bouts, ils se retrouvent dans la même histoire, sans se douter que ce n'est qu'en restant immobiles qu'ils pourront se rejoindre.

Il attendit pour voir si elle allait faire un commentaire, puis, comme elle lui tendait le rouleau sans rien dire, il lui demanda :

— Vous ne croyez pas que cela va plaire à Monsieur le comte ?

Elle leva les yeux vers les siens, une expression de confusion sur le visage, comme si elle cherchait le paysage d'un songe auquel il l'avait brusquement arrachée.

— C'est très ingénieux. Je pense que vous devriez le montrer à mon père.

Ce qu'il fit l'après-midi même, non sans hésitations.

— Êtes-vous déjà allé à Venise ? lui demanda le comte en lui rendant son rouleau.

— Non.

— Si vous y étiez allé, vous n'auriez sans doute pas choisi cette histoire d'amour. La reine de l'Adriatique est sénile, elle a perdu toutes ses dents et elle sent mauvais. Mais c'est là une ingénieuse invention qui ne me déplaît pas. Persévérez, Monsieur Flood.

φ

Au lieu de persévérer, il sortit pour prendre l'air et s'étirer les jambes sur l'un des parapets. Il se mit à faire les cent pas en se frottant les mains l'une contre l'autre, foudroyé du regard par des gargouilles au long nez de glace ; de l'eau coulait de leurs mâchoires béantes dans un abîme de corniches, de flèches, de toits d'ardoise et d'arcs-boutants. Il s'arrêta pour contempler, au loin, le monde extérieur dont, pendant des jours, il avait pratiquement oublié l'existence. Depuis combien de temps était-il là ? En comptant aujourd'hui, cela faisait… onze jours. Onze jours seulement.

La rivière était entièrement gelée à l'exception d'une mince cicatrice d'eau noire. Sur les montagnes, les pins étaient vêtus de neige, le ciel strié de nervures de fumée s'élevant du village. On entendait monter des pentes boisées le son de l'abattage des arbres. Le martelage sonore et syncopé des haches frappant le bois avait sur lui un effet lénifiant. Sans ce bruit confusément agréable, le monde lui aurait paru enfermé dans une bulle de cristal. Se produisait-il jamais aucun changement dans cette vallée ? À en juger par ce qu'il voyait et entendait, la scène aurait aussi bien pu se dérouler en l'an 1000, ou en 1400, un demi-siècle avant l'invention des caractères mobiles par Gutenberg.

Qu'aurait-il été s'il avait vécu à cette époque ? Avec un peu de chance, scribe ou moine. En fait, il aurait fort probablement vécu dans la forêt avec ces bûcherons qui n'avaient jamais tenu, dans leurs mains calleuses et fatiguées, cet étrange objet qu'est un livre.

S'il fallait en croire le comte, c'était à l'époque de la construction du château que l'orfèvre de Mainz avait entrepris ses révolutionnaires innovations. Maintenant, trois cents ans plus tard, le monde commençait déjà à crouler sous les livres. Comme les tonneaux de vin enchantés des vieilles histoires, la presse, une fois lancée, ne pouvait plus être arrêtée par des mains humaines. Riche ou pauvre, curieux ou simplement désœuvré, tout le monde réclamait des choses à lire ; lui aussi, dans ce petit coin de monde ensorcelé, s'affairait à ajouter son petit ruisseau d'encre sur papier au déluge biblique qui ne manquerait pas de se produire.

Un jour, les livres finiraient même par inonder cette vallée : les gens qui la peuplaient allaient les recueillir par pure curiosité, y boire et découvrir le goût de la connaissance, qui vous laisse toujours sur votre soif. Alors le son des haches, si agréablement distant, se ferait de plus en plus fort, et leurs lames fraîchement aiguisées viendraient entamer les racines du château.

Il entendit du bruit tout près, se pencha au coin du parapet et vit l'abbé de Saint-Foix, emmitouflé dans un épais manteau, qui faisait les cent pas en lisant une lettre. En voyant Flood approcher, il leva son regard comme s'il émergeait d'une profonde caverne.

— Mais vous êtes en manches de chemise, Monsieur Flood. Ne craignez-vous pas de prendre froid ?

— Je croyais que les hivers de Québec étaient bien pires que ceci.

— C'est vrai. Pourquoi donc pensez-vous que j'en sois parti ?

Pour la première fois, ils échangèrent un sourire.

— La comtesse Irena s'intéresse beaucoup à votre art. Si seulement je pouvais rester ici plus longtemps, nous aurions pu travailler tous les trois à votre impossible projet. Comme il était au commencement, maintenant et toujours, dans tous les siècles des livres. Amen.

— J'en déduis que vous vous préparez à partir bientôt.

— Je le dois. De toute façon, je commençais à trouver la vie dans cette horloge géante un peu étouffante. Je vais rentrer chez moi, à Québec, du moins pour quelque temps. Cette lettre m'informe que mon frère Michel est entré dans le repos éternel.

— Vous m'en voyez navré.

— Ne le soyez pas, fit l'abbé en pliant méticuleusement la lettre avant de la glisser dans sa soutane. Il n'était mon frère que par l'accident de la naissance. Vivre sous sa domination, après la mort de nos parents, ressemblait assez à la vie dans ce château. Puisque j'y pense, Monsieur Flood, je vais vous raconter une histoire de mon enfance qui vous servira peut-être dans votre travail pour le comte.

L'HISTOIRE DE L'ABBÉ

À la messe du dimanche, coincé avec son frère et ses sœurs qui gigotaient entre les masses sombres de leurs parents, Ézéchiel écoutait le prêtre décrire la béatitude éternelle qui récompenserait les justes au paradis, ou, le plus souvent, les tourments infinis qui attendaient les pêcheurs en enfer. Il tentait de s'en faire une image : *à quoi ressemblerait une éternité de bonheur?* Car il n'avait jamais sérieusement envisagé que Dieu puisse l'expédier ailleurs et, de toute façon, le prêtre avait déjà donné une description saisissante de l'autre lieu. Il avait beaucoup à dire concernant les activités qui occuperaient les heures des damnés en enfer, mais il n'entrait jamais dans les détails au sujet de ce que feraient les bienheureux de tout le temps dont ils disposeraient, à part chanter interminablement les hymnes qu'ils entonnaient déjà à l'église.

À quoi cela rimait-il de dire que les hôtes du paradis goûteraient une félicité sans fin? Comment était-ce possible? Une chose ne nous rend heureux que parce que, quand on l'obtient, on peut se rappeler à quel point la vie était moins agréable en son absence. La béatitude éternelle, cela signifiait que l'on était heureux tout le temps, à chaque instant, sans aucun instant de malheur. À chaque minute de ce temps intemporel, on serait conscient de se trouver au paradis et de vivre dans la béatitude. Pour toujours. Le temps passerait sans passer, ce qui lui paraissait alors semblable aux longs hivers sombres de ce pays, aux champs de neige s'allongeant sans fin par-delà les murs de Québec, qui dominait de son perchoir rocheux la blancheur silencieuse du fleuve.

Son esprit avait instinctivement rejeté cette idée, imitant en cela son fragile estomac la fois où son frère l'avait forcé à avaler un de ces morceaux coriaces de viande séchée prisés par les *coureurs des bois**. Ce n'était pas cela, la délivrance. Ça, c'était un rêve d'esclaves bêtifiant. Il avait réalisé très tôt que la vie de la colonie était réglée comme une horloge. Chaque printemps, à la débâcle des glaces, quand il attendait avec tous les autres l'arrivée des premiers navires de France, il se disait que le temps était leur véritable créateur. Québec ne croyait en sa propre existence que lorsqu'on apercevait des voiles blanches à l'horizon. Alors, tout autour de lui, les gens, pâles fantômes d'hiver revenant brusquement à la vie, se redressaient comme des marionnettes ; et on se donnait des tapes dans le dos, et on levait son verre, et on remarquait que les bateaux étaient en avance cette année, ou en retard, ou exactement à l'heure, et on pariait sur le moment précis où le vent les pousserait jusqu'à l'entrée du port.

Tous les ans, la même comédie.

Il brûlait du désir fébrile de saisir le temps, de le maintenir, de le mettre en cage, ne serait-ce que pour voir ce qui restait quand il n'était pas là. Il n'était pas tant question d'échapper à son ennemi que de le maîtriser. Il devint obsédé par les chiffres : pendant la messe, il tenait méticuleusement le compte des éternuements et des quintes de toux, ou bien il calculait la somme des rangées de boutons de nacre qui ornaient son manteau, dans l'espoir d'entamer un peu, ne serait-ce qu'avec des exercices aussi futiles, l'élément honni et omniprésent.

Ce dimanche particulier, il avait entrepris de compter lentement la somme de tous les boutons, des cols aux jupes, à l'endroit puis à l'envers, dans l'espoir de tenir au moins de l'hymne d'ouverture jusqu'à la profession de foi. Mais il se lassa vite de ce rituel usé et il ne lui resta plus que la banale réalité des choses et de lui-même, tel qu'il était, ankylosé et parcouru de démangeaisons sous son jabot amidonné, faisant tout pour ignorer le doigt que son frère, dissimulé par ses bras repliés, plantait sans merci entre ses côtes. Loin, très loin de la béatitude.

Il sentit soudain l'approche lointaine de quelque chose, une présence, qui s'annonça comme un tremblement à peine perceptible de l'air. Le banc d'église se mit à vibrer sous lui comme la rivière lorsque les glaces se brisent au printemps. Il coula un regard furtif vers son frère, ses sœurs, ses parents et les autres membres de l'assemblée. Personne ne semblait avoir remarqué quoi que ce soit. Personne, à part lui, ne semblait respirer.

Puis, à travers les nuages de fumée d'encens, une sphère obscure s'empara de lui. Elle tournait sur elle-même, grandissait d'instant en instant et émettait dans son tournoiement une vibration sourde qui allait s'amplifiant encore et encore, pesant comme une force physique sur ses yeux, battant dans ses os et rugissant dans son sang.

Son ennemi.

— Chaque instant, dit l'abbé, le regard perdu dans la vallée étendue sous l'hiver, avec toutes les choses insignifiantes qu'il contient, comme le fait de compter les boutons sur mon manteau, tous mes moments de faiblesse et d'humiliation, chacun de mes gestes, le moindre clignement d'œil, la moindre pensée, chaque tic, chaque soubresaut, chaque crachat de chacune des âmes de cette église, de la colonie, du monde entier, non seulement en train de devenir le moment suivant, de se réincarner indéfiniment en soi-même, mais en train de se solidifier. Chaque instant, chaque bouton, chaque crachat, chaque pensée, chaque geste accumulés en une impénétrable masse grise. C'était cela, l'univers, et l'univers n'était que cela, une prison de fer que je contribuais à bâtir à chaque souffle. C'était cela, le temps.

L'abbé sourit.

— Vous me semblez bien pâle, Monsieur Flood.

— Pour un enfant, voir, ou même imaginer, une chose pareille…

— Oh, laissez-moi vous rassurer : la terreur s'est tout de même un peu émoussée avec les années. J'ai fini par y voir le signe, pour ainsi dire, qu'avec une pareille imagination, j'étais fait pour devenir auteur. Mais sur le coup, oui, cela m'a fait toute une impression.

C'était la première attaque d'une apoplexie récurrente qui devait le rendre inapte à toute autre carrière que la prêtrise. Un fracas fulgurant détona dans son cerveau, le propulsant vers l'avant. Son crâne heurta le dossier du banc. Il demeura étendu, rigide, l'esprit parfaitement conscient de tout ce qui se passait, mais incapable de faire se mouvoir un membre, un muscle, un cil, le visage était aussi inexpressif que celui d'une statue. Son regard resta accroché au plafond voûté de l'église, plongé dans les yeux indifférents d'un archange. Son père finit par le soulever et l'emporter, essoufflé, congestionné, suivi de sa mère en larmes qui tamponnait sa tête ensanglantée avec un mouchoir. Son frère aîné Michel et ses sœurs fermaient la marche en fixant sur lui des yeux emplis de crainte et de suspicion.

Ils le ramenèrent à la maison et l'allongèrent sur un divan. Le docteur, qui avait suivi la famille depuis l'église, s'agenouilla pour l'examiner, souleva sa main par le poignet et la laissa retomber, donna des petits coups de canif sur la plante de ses pieds, agita une bougie allumée devant ses yeux fixes. Pour finir, il emmena les parents dans la pièce voisine où ils s'entretinrent à voix basse. Son frère apparut soudain, dressé au-dessus de lui, le visage aussi inexpressif que celui de l'archange de pierre. Michel se pencha, posa une main sur la bouche d'Ézéchiel et lui enfonça deux doigts dans les narines.

Son corps se révoltait silencieusement contre l'asphyxie. Incapable de supporter le regard impassible de son frère, il ferma les yeux, mais les rouvrit dès que la panique s'empara de lui. Finalement, alors que son regard s'assombrissait et qu'il se sentait couler vers un feu noir, les mains se retirèrent. Ses poumons hurlèrent quand l'air les envahit de nouveau.

Ce soir-là, défiant les sombres pronostics du médecin, Ézéchiel se leva du divan, comme si rien d'inhabituel ne s'était produit, et s'en vint rejoindre à table la famille ébahie qui soupait dans un silence morose. Michel, se hâtant de devancer toute allusion à sa petite taquinerie, entama une prière d'actions de grâce pour le rétablissement de son frère. Il ne vint pas à l'esprit d'Ézéchiel de se faire délateur. Tout comme le temps, Michel faisait partie des inévitables vicissitudes de la vie, contre lesquelles il ne servait à rien de s'élever, un peu comme les maladies ou les leçons de latin.

Il avait aussi, bien sûr, son refuge secret : la bibliothèque. Son père n'utilisait cette pièce que dans les rares occasions où il désirait impressionner un visiteur important venu de France. Le plus souvent, elle demeurait fermée à double tour, et du plus loin qu'il en souvienne à Ézéchiel, interdite aux enfants. Mais les incessantes persécutions de son frère l'avaient poussé à voler la clé dans le placard de l'intendant et à s'enfermer de temps en temps dans la bibliothèque, où il finit par découvrir les livres vierges.

Comme tous les livres sont faits pour être lus, il avait pris pour acquis que ceux-là demandaient à l'être d'une façon particulière qu'on ne lui avait pas encore enseignée. Peut-être était-ce à cause de ces livres, et non de la grande armoire à vitrine où s'alignaient des carafons de verre dépoli remplis de liqueurs rouges ou noires, qu'il était défendu d'entrer dans cette pièce. Il les lut donc, un après l'autre, n'en commençant pas un tant qu'il n'avait pas scruté chaque page du précédent, chaque volume comme un Canada miniature avec ses pages blanches comme neige. Du doigt, de la joue, des lèvres, il effleurait la fraîche surface lisse du papier. Les pages de garde, toutes marbrées, exhalaient un parfum mystérieux et légèrement enivrant de colle à relier.

Quand il tournait les pages, elles crépitaient faiblement, comme l'écho lointain du tonnerre.

La vision du temps qui l'avait assailli ce jour-là, à l'église, revenait hanter ses nuits blanches, mais il avait maintenant quelque chose, un rempart de livres à dresser entre elle et lui. Ici et là, il trouvait parmi ses trésors un volume imprimé. La vue de ces blocs de texte bien alignés lui était pénible, comme si une haie de mots épineux venait s'interposer entre lui et l'autre livre, celui qu'il désirait vraiment lire. Le seul livre imprimé qui fût cher à son cœur était l'atlas de son père, où des noms de villes légendaires telles que Londres et Paris se détachaient nettement près de minuscules pays de contes de fées aux teintes bleues, roses et vertes. Peut-être, dans l'un de ces endroits réels, pourrait-il être autre chose qu'un caprice du temps.

Il avait douze ans lorsque ses parents périrent noyés au cours d'une traversée vers la France. Michel devint alors officiellement maître de la destinée de son frère, bien qu'il se soit toujours considéré comme tel. Ézéchiel avait fini par comprendre que les livres vierges n'étaient pas faits pour être lus, qu'ils faisaient simplement partie de la façade de distinction qui constituait l'essentiel de la vie de son père. Cela ne l'empêcha pas, alors qu'il en avait lu plus de la moitié et qu'il réservait avec gourmandise le même sort à ceux qui restaient, de recevoir un coup terrible le jour où Michel vendit en bloc toute la bibliothèque pour financer la construction d'une maison de jeu.

— Pendant six ans, poursuivit l'abbé, j'ai enduré la prison qu'étaient devenues ma ville et ma maison sous le règne implacable et arbitraire de mon frère. Michel était maintenant seigneur du temps : des cycles de l'année, des épicycles des mois, des stations de la semaine. Chaque heure de mes journées, chaque minute de chaque heure, était circonscrite et définie d'avance dans son registre. Chaque instant d'oisiveté était puni sans pitié, à moins qu'il ne le passe lui-même au bordel ou à la table de jeu. Enfin, à l'âge de dix-sept ans, alors que ma vie me semblait déjà finie, je me suis soudain retrouvé libre. Michel avait rangé bien sagement mes sœurs au couvent et il voulait que je disparaisse à mon tour de la circulation. Il m'envoya donc à Paris, où j'entrepris des études de théologie au Collège des Jésuites.

C'est à cette époque qu'il découvrit Versailles. Ou plutôt, comme tant d'exilés avant lui, il avait été happé par une force qui ressemblait à la gravité et lancé dans le tourbillon doré de son orbite comme une pièce malpropre dans le plateau de la quête. Sa plus grande ambition devint de devenir le confesseur de la véritable autorité du royaume : la maîtresse du roi.

— Mais cela ne s'est pas passé ainsi, dit Flood.

— Non, heureusement. Je n'ai pas tardé à découvrir que je n'étais pas fait pour me précipiter d'un bout à l'autre du château, comme un laquais peinturluré, dans le seul but d'assister au grandiose spectacle de la toilette du roi. Tous ces ducs au garde-à-vous qui tenaient la serviette tandis que d'autres rivalisaient pour l'insigne honneur d'emporter le pot de chambre ! Je vis que la grande réussite de Versailles était de faire tourner le temps dans une roue infinie autour du grand soleil de la cérémonie. Mais ce n'était qu'une fausse éternité, une illusion contenant sa propre fin. Je m'en suis détourné pour me mettre à écrire. Et comme on ne peut pas demander aux gens de lire des livres aux pages vierges, j'ai écrit un roman.

Pendant que l'abbé racontait son histoire, une légère neige s'était mise à tomber. Les deux hommes se regardèrent en frissonnant, puis rentrèrent en riant et en faisant tomber les flocons de leurs cheveux.

— Vous avez donc surmonté votre aversion pour le texte imprimé, remarqua Flood. Vous connaissez si bien les livres du comte.

— Bien sûr, répondit l'abbé. Dans chaque livre se cache un livre de rien. Ne le sentez-vous pas quand vous lisez une page débordante de mots ? Ce vaste abîme de vide qui bée sous le réseau fragile des lettres. L'aspect irréel des lettres elles-mêmes insuffle un semblant de vie à des êtres et à des choses qui, en réalité, ne sont rien. Rien du tout. Seule la lecture importe, j'ai fini par le comprendre, et non que la page soit vierge ou non. Les mahométans affirment que chaque heure de lecture est une heure volée au paradis. La seule chose qu'il me soit possible d'ajouter à cette idée parfaite est que chaque heure d'écriture donne un avant-goût de l'au-delà.

— Et sur quoi travaillez-vous en ce moment ? lui demanda Flood, qui s'étonna de voir s'assombrir le visage de l'abbé.

— Ignoreriez-vous, Monsieur Flood, que c'est la seule question qu'il ne faut jamais poser à un écrivain ?

φ

Irena se réveillait toujours avant tout le monde. Elle ouvrait les yeux bien avant que les domestiques n'aient entamé leur circumnavigation quotidienne. Le soleil n'était pas encore levé et, comme elle n'avait jamais surmonté une peur du noir qui remontait à sa plus tendre enfance, elle se dépêchait d'allumer une chandelle.

Ce matin, comme tous les autres matins, son lit revenu dans sa chambre s'était momentanément immobilisé. Irena écoutait dans le silence le reste du château. L'horloge battait tout autour d'elle tandis que les chaudières grondaient quelque part dans les profondeurs. Tout avait l'air de fonctionner correctement.

Elle quitta son lit en chemise de nuit, enfila une robe de chambre et trottina pieds nus dans les couloirs jusqu'à une grande armoire de chêne encastrée dans une niche. Tirant de sa poche une petite clé de cuivre, elle grimpa dans la niche, mit la clé dans la serrure et ouvrit grand les portes étroites de l'armoire pour contempler un instant l'argent terni du visage de sa mère.

Quand elle était petite, Irena avait demandé à son père où se trouvait la *pauvre comtesse* dont les nourrices parlaient souvent d'un air triste, en baissant la voix. Le comte lui avait alors révélé que sa mère était morte en la mettant au monde. Le jour de son douzième anniversaire, il l'avait menée jusqu'à cette armoire et lui avait présenté son cadeau : une mère de cuivre et d'acier poli, le premier des automates fabriqués par le forgeron de Venise. La créature s'anima, s'ébranla en bruissant comme un faisan effarouché, se pencha et ouvrit grand les bras pour embrasser l'enfant. Irena poussa un hurlement de terreur et prit ses jambes à son cou. Malgré l'ordre formel de son père, rien ne put la convaincre de s'approcher à nouveau de cette chose. Le comte finit par mettre l'automate sous clé et par l'oublier. Beaucoup plus tard, alors que personne ne la regardait, Irena s'était approchée d'elle-même de la niche. Elle avait ouvert l'armoire, fermé les yeux et s'était laissé saisir par les bras froids et métalliques.

C'était devenu un rituel, même si, dans la négligence où on laissait l'automate depuis des années, ses rouages avaient rouillé de sorte qu'il n'avançait plus les bras lorsqu'elle ouvrait l'armoire. Irena n'en avait rien dit à son père, préférant garder secret son pèlerinage matinal.

Elle se pencha et déposa un baiser sur le front luisant, prit les mains immobiles entre les siennes et sentit la chaleur de son corps se répandre de façon presque imperceptible dans le métal glacé, jusqu'à ce qu'elle ne sache plus très bien où elle commençait et où la machine finissait. Elle se demanda pourquoi il était impossible à cette chaleur d'infuser un peu de vie dans la froideur du métal et d'allumer dans les yeux de verre une petite étincelle, comme son père avait tenté de le faire avec la réplique de Ludwig. Les matins comme celui-ci, elle écoutait son cœur battre contre la peau rigide de l'automate aussi longtemps qu'elle l'osait, ou jusqu'à ce qu'elle entende les casseroles s'entrechoquer loin en dessous d'elle, signe que la cuisine s'éveillait.

Et l'imprimeur. Elle ferma les yeux et l'entendit, à peine audible parmi les sons du château qui s'éveillait, mais bien présent tout de même, suivant son propre rythme, indépendant du système réglementé avec précision par son père. Le crissement de la presse. Elle sentit son cœur battre plus vite et sourit. Ici, cela ne servait à rien de se le cacher. Elle allait le voir bientôt, quand elle lui apporterait un autre des livres qu'il lui avait demandés. Elle se demanda pourquoi son rouleau l'avait tant perturbée. Ce n'était peut-être que le plaisir qu'il tirait manifestement de la création de cet objet. Exactement comme son père, quand il posait une devinette particulièrement ardue.

— Qu'elle est belle. Tout le portrait de sa fille.

L'abbé se tenait juste sous la niche, les mains derrière le dos.

— Ceci n'est pas ma mère, Abbé Ézéchiel.

— Mais si je comprends bien, elle est censée lui servir de substitut, n'est-ce pas ?

Irena détourna son regard.

— Je vois que je vous dérange, dit l'abbé en s'inclinant. Je devrais vous laisser seule.

— Non, répondit Irena en refermant l'armoire. Vous me rappelez à mon travail.

— Permettez-moi au moins de vous demander pardon de cette grossière tentative de flatterie. Lorsqu'un homme admire une femme, ce genre de phrase est lamentablement déplacé, ne trouvez-vous pas ?

— Il n'y a pas de mal.

Il inclina la tête.

— Vous êtes fort courtoise, comtesse. Puis-je vous dire ce que j'admire en vous ?

— Encore une tentative de flatterie, alors ?

L'abbé éclata de rire.

— Cela me fait tant de bien de m'entretenir avec une personne telle que vous. Vous savez, vous devez être la seule femme que j'aie rencontrée dans mes voyages qui soit capable de s'élever au-dessus d'une certaine coquetterie étudiée.

— Permettez-moi d'en douter. Vous n'avez sans doute pas laissé à ces dames le temps de se montrer à vous telles qu'elles étaient.

— Je vous dirai alors qu'avec vous, il n'a fallu que très peu de temps. J'en ai tout de suite vu assez pour me donner envie de rester et d'en savoir plus.

— Vous m'en voyez ravie. Mais mes tâches m'appellent…

L'abbé s'avança vers elle.

— Au risque de vous offenser, comtesse, laissez-moi vous faire part de ce que j'ai appris. Bien que vous soyez fort agréable à contempler, il y a quelque chose de beaucoup plus important : vous êtes la femme la plus intelligente que j'aie jamais rencontrée. Si cette déclaration maladroite vous offusque, permettez-moi de m'excuser en admettant que je serais bien plus à l'aise en présence d'une femme dont l'esprit ne me surprendrait pas continuellement. Le vôtre me surprend, me ravit, me défie à chaque instant. Je ne peux que vous avouer que vous avez abattu toutes mes défenses.

Irena ferma les portes de l'armoire et se retourna pour regarder l'abbé en face.

— Ce n'était pas intentionnel, répliqua-t-elle froidement. J'ai certainement apprécié nos conversations, mais...

— C'est exactement ce que je veux dire. Nous avons commencé sans les inévitables attaques et contre-attaques.

— Commencé quoi ?

— Vous et moi, comtesse, nous avons la possibilité de devenir ce que peu d'hommes et de femmes osent être à notre époque mercenaire et fardée.

— Être quoi au juste ?

— Des amis.

— Je pensais que nous l'étions déjà.

— Des amis véritables, qui se parlent en toute franchise, sans rien se cacher. Qui mettent leur cœur à nu l'un devant l'autre.

— Monsieur de Saint-Foix...

— Comtesse, je parle de sentiments qui volent bien loin au-dessus des différends qui nous opposent à d'autres niveaux. Vous pouvez me croire, j'ai tout à fait conscience de vos réserves au sujet des idées que j'avance dans mon roman.

— À propos, dites-moi, croyez-vous vraiment à vos théories sur l'âme ?

— Si je n'étais pas là, votre père trouverait quelqu'un d'autre pour l'encourager dans ce sens. L'Anglais, par exemple. Vous devriez peut-être demander à monsieur Flood combien de temps il prévoit passer à tenter d'imprimer un livre infini.

— Ce n'est pas ma place.

— Vous avez raison. Vous n'êtes pas à votre place ici. Pas du tout.

Il lui tourna le dos et s'approcha de la fenêtre.

— Votre place est là dehors, poursuivit-il. À Paris, à Vienne, à Milan. Votre place est parmi les hommes et les femmes qui réfléchissent, qui agissent, qui changent le monde. Pas ici, dans cette maison de fous.

— Ce n'est pas ce que j'ai voulu dire, rétorqua Irena.

— Alors permettez-moi de formuler plus clairement ce que moi je veux dire, répondit l'abbé en lui faisant face de nouveau. J'ai hérité du domaine de mon frère à Québec et je dois y retourner avant que le gouvernement, ou l'Église, ne mette la main dessus. Vous voyez donc que je n'ai nullement l'intention de continuer à encourager les rêves de votre père. Au contraire, j'ai mes rêves à moi. Des rêves qui ne pourront devenir réalité sans votre aide.

— Je ne comprends pas.

L'abbé s'approcha d'Irena et lui prit la main.

— Comtesse, au cours des quelques mois que j'ai passés ici, j'en suis venu à me dire qu'avec vous à mes côtés comme confidente, comme interlocutrice valable et comme la plus sévère des critiques, j'arriverais peut-être à réaliser une œuvre véritablement digne de ce nom.

Avec douceur, Irena libéra sa main de l'étreinte de l'abbé.

— Êtes-vous en train de me déclarer vos sentiments, Monsieur de Saint-Foix, ou êtes-vous seulement à la recherche d'une assistante ?

L'abbé fronça les sourcils.

— J'ai en tête une association d'esprits, certes, mais j'ose également espérer que notre accord serait ratifié le plus souvent possible par une communion d'un ordre plus charnel.

— Mon cher abbé, vous êtes fort bel homme, à n'en pas douter, et excellent écrivain. Mais, comme vous le dira n'importe laquelle de vos lectrices, des goûts et des couleurs...

L'abbé eut un mouvement de recul. Les muscles de sa mâchoire se crispèrent.

— Ce n'est pas une question de goût, dit-il d'une voix tremblante. C'est d'amour que je vous parle. Cette divine folie.

Irena baissa les yeux.

— Je suis sincèrement désolée, mais si c'est de divine folie qu'il est question, je ne la partage pas.

L'abbé reprit contenance, inspira profondément et s'inclina devant elle.

— Ainsi soit-il. Pour ne pas vous causer plus d'embarras, je partirai pour Vienne dès cet après-midi.

— Vous prétendez apprécier l'honnêteté par-dessus tout, répondit Irena. Je ne vous dis rien d'autre que ce je crois que vous savez déjà. Ce n'est pas vraiment de moi qu'il s'agit.

Elle se détourna et verrouilla les portes de l'armoire. L'abbé la regardait fixement.

— Vous insinuez, articula-t-il lentement, que mes sentiments pour vous sont feints. Ou peut-être croyez-vous que c'est par pitié que je vous ouvre cette porte vers la liberté.

Irena fit volte-face. La colère empourprait ses joues pâles.

— Par pitié ?

— Lorsqu'on écrit, on devient observateur. Je vous ai étudiée. Votre façon de marcher. De vous lever d'une chaise. Je serais curieux de savoir à quel âge vous avez été frappée par la maladie qui vous a rendue infirme.

Irena remit la petite clef dans sa poche et descendit de la niche.

— Non, je ne crois pas que vous ayez pitié de moi. Je crois que vous cherchez à vous distraire d'autre chose. Quelque chose que vous espériez que je vous aiderais à oublier, ne serait-ce qu'un moment.

— Quelle intuition géniale. En avez-vous parlé à votre ami l'imprimeur ? Je suis sûr qu'il sera, comme toujours, très impressionné par la pertinence de vos observations.

— Je ne sais pas ce que vous cherchez, monsieur de Saint-Foix, mais j'espère de tout cœur que vous le trouverez. Je vois en vous un homme très malheureux.

φ

Il ferma un œil et colla l'autre contre les carreaux étroits de la fenêtre. Il la distinguait très bien. Assise à une table, immobile, elle écrivait. Elle portait des lunettes. Il ne savait pas qu'elle portait des lunettes.

Ses doigts gourds détachèrent maladroitement le minuscule loquet et parvinrent à ouvrir la fenêtre. Redoublant de précautions, il glissa une main à l'intérieur pour toucher doucement la petite figurine de porcelaine.

Il retira sa main et s'éloigna de la vitrine, partagé entre la tristesse et l'admiration. Le château tout entier représenté en modèle réduit, jusqu'au moindre détail. Le socle de la maquette comportait même une manivelle qui permettait de mouvoir les murs et les planchers.

Prenant brutalement conscience que quelque chose avait changé autour de lui, il s'immobilisa. La contemplation du château miniature l'avait tellement absorbé que, l'espace d'un instant, il avait perdu la notion du réel. Il comprit soudain que le château venait de *s'arrêter*. Les murs, les planchers, le mobilier errant : tout était immobile et silencieux. Il fut parcouru d'un frisson d'effroi, comme s'il venait d'apprendre la mort de quelqu'un.

Luttant contre l'envie de crier pour voir si quelqu'un allait répondre, il se précipita vers le bord de la galerie.

Un étage plus bas, Irena était agenouillée sur le sol d'une allée séparant deux rayonnages, un grand livre à reliure de toile à la main, ses jupons éparpillés autour d'elle en une cascade de soie bleu pâle. Flood s'imagina tout d'abord qu'à l'instar du reste du château, elle s'était arrêtée elle aussi. L'expression de son visage trahissait une concentration paisible. Puis il vit sa main remuer, tourner une page et s'immobiliser de nouveau.

Comme si ce léger mouvement avait suffi à remettre le château en marche, un concert de coups et de cliquetis métalliques monta des étages inférieurs.

Irena leva les yeux, aperçut Flood penché sur la balustrade de la galerie et se leva d'un bond.

— La fusée s'est désalignée et tout s'est mis à aller de travers, lui dit-elle. Les ingénieurs ont dû arrêter tout le château pour atteindre la source du problème.

— Votre père ne doit pas être content.

— Il n'est pas là, répondit-elle. Il est à Pressbourg pour affaires.

— Ce calme est insupportable, dit-il. Je m'étais habitué à ce bruit continuel.

— C'est très beau, le silence, remarqua Irena, remettant le livre à sa place sur l'étagère et tapotant ses jupes du plat de la main. On se croirait dans un palais enchanté, comme dans les contes.

Elle escalada l'échelle qui menait jusqu'à lui.

— Puis-je vous demander ce que vous lisiez ?

— Une vieille encyclopédie, répondit-elle. Elle s'intitule *Libraria Technicum.*

— Oh, je la connais, s'écria Flood. À une époque, je travaillais pour l'homme qui l'a imprimée. On l'appelait Synonyme Wilkins. Est-ce l'abbé qui vous a conseillé de la lire ?

— L'abbé nous a quittés. Il est parti la nuit dernière dans le même carrosse que mon père.

— Il m'avait prévenu qu'il ne resterait sans doute pas très longtemps. Je crois qu'il n'était pas très à l'aise avec... tous ces rouages.

— Il ne m'en a rien dit. J'espère qu'il appréciera mieux les rouages de sa prochaine destination.

— Alors, qu'avez-vous découvert dans l'encyclopédie de ce cher vieux Synonyme ?

Elle lui confia son amour pour les livres venus d'endroits qu'elle n'avait jamais vus. En dépit de ses phrases sèches et didactiques, quand elle lisait la *Libraria Technicum,* elle entendait presque la rumeur du port de Londres, le cri des mouettes, l'incessant tintamarre des calèches le long des rues encombrées. Elle s'était toujours demandé si l'image qu'elle se faisait de la métropole de la modernité ressemblait de près ou de loin à la réalité. On racontait tant d'histoires prodigieuses au sujet de Londres.

— Les gens des classes les plus hautes et les plus basses se mêlent dans les rues et se saluent sans cérémonie, comme de bons concitoyens.

Il était vrai que tout le monde se mêlait dans les rues, lui expliqua-t-il, mais ce n'était pas dû à un élan d'amour du prochain.

— C'est ce qui arrive lorsqu'une telle quantité de gens s'entassent dans un espace aussi restreint.

Mais n'était-il pas vrai, voulut-elle savoir, que la ville regorgeait de surprises ? Elle avait entendu dire que l'on pouvait y trouver n'importe quoi.

Il lui rétorqua que si elle désirait savoir à quoi ressemblait Londres, il lui suffisait de regarder le château.

— Là-bas, les gens se déplacent sans arrêt. Personne ne reste bien longtemps au même endroit.

— Ici, ce sont les murs et les planchers qui sont en mouvement, dit-elle ; les gens ne bougent pas.

Il plongea son regard dans le sien. Au même instant, une vérité qu'il aurait dû voir depuis le début se fit jour dans son esprit. Le château, les automates, les mécanismes, les rouages : tout cela faisait partie du système de son père et obéissait à ses lois ; mais Irena avait son système à elle, qui opérait discrètement, dans l'ombre de celui du comte. Il n'était pas certain de bien comprendre pourquoi elle avait fait arrêter le grand mécanisme, mais il frissonna de l'espoir qu'elle ait cherché à provoquer leur rencontre. Sentant le rouge lui monter aux joues, il se détourna vers la presse pour s'apercevoir que Ludwig s'était immobilisé à la barre.

— Et vous, monsieur Flood, lui demanda-t-elle, comment trouvez-vous nos rouages ?

Il hésita, conscient une fois de plus de la profondeur quasi irréelle du silence.

— En ce moment, ils me plaisent bien, répondit-il.

φ

À l'heure du souper, l'avarie des machines du château n'était toujours pas réparée. Comme cette modification de leur routine habituelle semait la confusion parmi les domestiques, Irena se chargea d'une partie de leurs tâches. Plus tard dans la soirée, elle descendit jusqu'à l'établi de Flood, lui apportant des chandelles pour remplacer celles qui achevaient de s'y consumer. À son approche, un courant d'air qui la suivait la rattrapa et souffla leurs flammes, plongeant la pièce dans l'obscurité.

— Un moment, attendez, dit-il.

Elle entendit sa chaise racler le parquet. Au bout d'un instant, elle vit s'approcher d'elle une tache confuse de lumière verte et dansante.

— Qu'est-ce que c'est ? chuchota-t-elle.

Il approcha son visage du sien. La pâle lueur verdâtre émanait d'une feuille de papier qu'il tenait à la main.

— J'ai badigeonné le papier d'une teinture qui absorbe l'encre, mais aussi la lumière.

Elle distinguait maintenant ses mains et son front, légèrement luminescents eux aussi.

— Un livre qui peut être lu dans le noir, souffla-t-elle.

Il tendit le papier vers l'étincelle agonisante de l'une des chandelles. Il s'enflamma d'un coup en craquant. Irena ralluma les autres mèches de quelques gestes vifs et lui sourit à travers le bouquet de lumière qu'elle lui tendait. Avant que le papier ne disparaisse complètement, elle distingua, se tordant et se fondant dans la flamme d'émeraude, l'image estampée qu'il portait. Elle lui demanda si c'était en pensant à des occasions comme celle-ci qu'il avait choisi le phénix pour emblème.

— La salamandre, corrigea Flood.

— La quoi?

— Cette créature est censée représenter une salamandre.

Le petit dragon qui vit dans le feu sans se consumer, expliqua-t-il, est un symbole rassurant pour les gens qui pratiquent les métiers du papier. Au départ, il avait pensé à une chimère, mais l'imprimeur qu'il avait engagé s'était trompé d'animal mythique.

— Il y en a dans le château, dit-elle. De véritables salamandres, je veux dire. On les trouve dans les cryptes souterraines, près des engrenages, là où il fait noir et humide.

— Cela me fait beaucoup penser à Londres. C'est le type de climat où les imprimeurs poussent très bien.

— Si c'est le cas, pourquoi êtes-vous parti, alors?

Il se sentit rougir.

— Je ne refuse jamais un défi.

— Si vous le désirez, rien ne vous empêche de déménager dans les cryptes, proposa-t-elle en souriant.

Elle le laissa et Flood retourna à sa plate-forme. Au lieu de dormir, il travailla toute la nuit, s'assoupissant de temps en temps, puis se réveillant en sursaut. Il finit par s'apercevoir que le matin était entré en pleine possession du château. Djinn se dressa à son côté, bâillant et se frottant les yeux où restaient des miettes de sommeil. Flood se leva de sa chaise avec raideur. Il sentit sa tête basculer et dut se rattraper au bord de la table pour ne pas perdre l'équilibre. Quand avait-il mangé pour la dernière fois ?

Il tapota l'épaule du garçon.

— Allons voir si nous ne trouverions pas quelque chose à nous mettre sous la dent.

Tout en suivant les effluves des fourneaux, il repassa dans son esprit ses conversations avec la jeune comtesse. Quelque chose qu'il ne parvenait pas encore à nommer s'était éveillé en lui. Il était amoureux d'elle, bien sûr, mais c'était autre chose. Quelque chose de plus…

À l'approche des cuisines, l'homme et l'enfant finirent par trouver un plateau chargé de pâtisseries et de café laissé sans surveillance. Ils se servirent, échangèrent un sourire en remplissant de petits pains les poches de leur tablier et allèrent s'asseoir au pied d'un escalier en colimaçon pour savourer le fruit de leur larcin.

J'ai de l'affection pour elle, pensa-t-il. C'était cela. Il se tourna vers Djinn qui, encore à moitié endormi, mâchonnait son petit pain. Un éclat de rire s'échappa de ses lèvres. L'enfant leva vers lui des yeux interrogateurs.

— Bon ?

Djinn hocha de la tête.

— Oui, c'est bon, opina Flood.

Ce matin-là, alors que sa plate-forme d'impression défilait le long d'une rangée d'étroits miroirs, il aperçut le reflet de son sourire au milieu de son visage tout bleu d'encre. Son front luisant de sueur. Son cou, ses bras, musclés comme ceux d'un charretier à force de lever la plaque. Son tablier taché, ses bas pleins de trous.

Regarde-toi.

Les jours, les mois, les années d'apprentissage, l'adresse coulante acquise en passant d'une étape à l'autre du processus, les litres d'encre que sa peau avait sans aucun doute absorbés, tout cela avait fait de lui une créature sinueuse, graisseuse, parfaitement adaptée à la froideur humide des caves d'une imprimerie. Les gens venaient le voir pour combler un besoin, bavardaient avec lui, allant jusqu'à échanger des blagues et des ragots, ignorant poliment les relents de l'urine qu'il utilisait pour assouplir pendant la nuit le cuir des flasques d'encre. Il savait écouter. Les gens lui avaient toujours fait des confidences. On lui racontait des histoires de famille, des secrets.

Ils marchandaient amicalement jusqu'à ce qu'ils s'aperçoivent que rien ne faisait changer ses prix. Qu'ils aient placé une commande ou non, ils repartaient toujours avec le sourire. La plupart du temps, il ne les revoyait plus, à moins qu'il ne les surprenne à fréquenter un autre imprimeur.

Contrairement au bel abbé, jamais aucune femme ne lui avait fait des avances, à plus forte raison un continent de femmes. Il aurait bientôt trente ans et un seul épisode amoureux avait agrémenté sa vie. Un matin, de très bonne heure, une femme était entrée dans sa boutique pour lui demander ce qu'il vendait d'autre que des livres. Alors qu'il lui présentait l'inventaire – *gravures & cartes marines ; journaux & livres de poche ; étuis à papier à lettres brodés ; bordereaux de connaissement & d'expédition* – elle retira un de ses gants et fit glisser un doigt effilé sur la surface d'un paquet d'enveloppes enrubanné – *papier à lettres doré sur tranche, bordé de noir, uni ou ligné ; sceaux & cire à cacheter* – elle retira l'agrafe de son chapeau, secoua la tête pour libérer ses cheveux et se mit à tirer sur les cordons de son corsage... *encre liquide & en poudre... ciseaux & canifs... marque-pages & signets...* Il ne sut jamais comment elle s'appelait, ni rien de ce qui la concernait, mise à part la passion évidente que lui inspiraient non ses charmes personnels, mais bien ses articles de papeterie. À la suite de cette rencontre, il considéra son commerce d'un œil neuf et prit conscience du grand nombre de femmes seules qui fréquentaient sa boutique. Mais cette unique union frénétique sur son comptoir, à moitié déshabillé dans une débauche de feuilles volantes, resta sans lendemain et la vie reprit son cours comme avant.

Il était fils, petit-fils et arrière-petit-fils d'imprimeur, simple commerçant malgré la notoriété de ses créations. Seuls les riches pouvaient s'offrir ses livres, mais il n'en connaissait aucun. C'est dans l'ombre qu'il donnait le meilleur de lui-même, à l'image des rouages qui actionnaient les aiguilles de l'horloge géante. Ou des pompes et des engrenages dissimulés au fond des cryptes, là où Irena affirmait avoir aperçu des salamandres.

Il remonta Ludwig et le mit au travail sur une nouvelle rame de papier. La plate-forme d'impression lui apparut dans un autre miroir dont la surface déformée lui renvoya un reflet allongé, ridé, liquéfié.

Il aurait juré qu'elle était encore là, devant lui. L'air doucement déplacé par l'ondulation de sa robe lorsqu'elle s'était retournée. La minceur de son cou quand elle s'était étirée pour allumer le candélabre. Il se vit, attiré par une fontaine de lumière blanche, s'arracher à la froideur humide pour tendre les mains vers cette flamme, se régénérer à cette chaleur.

— Salamandre, prononça-t-il à voix haute.

— *Alam,* répondit Ludwig comme l'écho. La tête de Djinn jaillit derrière la casse où il rangeait des caractères.

— *Alam.* Est-ce que cela signifie quelque chose ? demanda Flood au garçon. Djinn fit oui de la tête. Bien qu'il ait commencé à apprendre un peu d'anglais, il préférait, par timidité ou pour des raisons qui échappaient à Flood, s'adresser à lui au moyen de ses outils de travail. Ses doigts d'insecte s'agitèrent au-dessus d'une casse d'italiques et tendirent à Flood les caractères ainsi piochés. Ce dernier déchiffra le texte aligné à l'envers sur le composteur.

ɹǝᴉʇuǝ ǝpuom ǝl ʇsǝ ˙ɹnǝuƃᴉǝs uom ʇnoʇ ʇsǝ ɯɐlɐ

D'un geste brusque, Flood rendit à l'enfant sa règle de métal :

— Je ne suis pas ton seigneur.

φ

Qu'est-ce que l'amour, sinon une conspiration contre le reste du monde ? En fin de compte, Flood ne pouvait plus douter de ce qu'ils s'étaient transmis au moment où Irena l'avait regardé dans les yeux et où il avait deviné que c'était elle qui avait arrêté le mécanisme du château.

Il allait s'approcher de la flamme.

Il mit de côté le livre des miroirs et entreprit de fabriquer un petit in-octavo à partir d'un vieux sermon puisé dans son stock de feuilles gâtées. Le fanatique prédicateur londonien qui lui avait confié ce travail avait fui le pays, obligeant Flood à défaire tout ce qu'il avait composé et à réutiliser au petit bonheur les pages déjà imprimées.

Il encra les formes dans un état proche du délire, riant, marmonnant tout seul et priant que le comte ne survienne pas à l'improviste pour le voir sourire jusqu'aux oreilles comme un parfait idiot. Quand il cousit les cahiers ensemble, ses mains tremblaient.

Une fois le livre secret imprimé et relié, une fois le mot Désir doré à chaud sur son dos, il le glissa parmi les dix-sept volumes de la *Libraria Technicum*. Pour faire de la place à son porte-parole clandestin, il escamota le septième volume, *Hélice-Longitude,* qu'il dissimula dans le compartiment secret de son meuble à tiroirs, là où il rangeait toujours les manuscrits compromettants.

φ

La nouvelle série de caractères arriva de Venise le matin suivant, accompagnée d'une cuiller en argent terni et d'une lettre :

J'ai déjà visité le planétaire géant du comte d'Ostrov. Seul le désir de revoir la jeune comtesse pourrait me pousser à y remettre les pieds. Je me contenterai de vous demander de lui transmettre mes salutations distinguées.

J'espère que les caractères sont tels que vous les avez demandés. L'article ci-joint constitue ma réponse à vos réflexions sur l'infini. Mon père disait toujours : la cuiller ne goûte pas le bouillon.

Je vous prie d'agréer l'assurance de mes sentiments dévoués.

S. Kirshner

Elle se tenait près de lui, les mains en coupe, attendant qu'il remonte à la surface de ses pensées et prenne conscience de sa présence.

— Je ne vous ai pas entendue, bégaya-t-il en se levant à moitié.

— Je sais, dit-elle, désignant d'un mouvement de tête les angles et les lignes qu'il était en train de dessiner. Vous étiez au pays de la géométrie. J'ai trouvé au sous-sol quelque chose qui vous plaira, je crois.

Elle baissa les mains jusqu'à son pupitre et les ouvrit. Au creux de sa paume reposait une petite créature lustrée semblable à une grenouille, mais dotée d'une queue. Son corps dessinait un S d'un noir luisant éclairé de taches jaune vif. Flood s'avisa qu'il n'avait jamais vu une salamandre vivante.

— Qu'elle est belle, chuchota-t-il. Ou dois-je dire *il*?

— Je n'en sais trop rien. Nous avons le *Systema Naturæ* de Linné, mais je n'y ai pas trouvé grand-chose.

— Ah oui, le Suédois qui a inventé des catégories où ranger tous les êtres vivants.

Irena approuva de la tête. Une étincelle amusée brillait dans ses yeux.

— Il a suggéré de classifier les animaux selon qu'ils possèdent ou non des mamelles.

Dans le silence qui s'ensuivit, ils examinèrent tous deux attentivement la petite créature.

— En tout cas, elle m'a bien fait courir, finit par avouer Irena en caressant le dos de la salamandre. Elles vivent près des engrenages de la machine à vapeur, là où se trouvaient jadis les donjons.

— Elle ne bouge pas, remarqua Flood. Serait-elle…

Il tendit un doigt hésitant, mais avant qu'il ne puisse la toucher, la salamandre sauta de la paume d'Irena sur le pupitre où elle disparut dans une marée de feuilles mobiles.

— Mais où…

— Là !

— Je l'ai !

Flood leva triomphalement la main. Il tenait entre le pouce et l'index un moignon jaune et noir. Il fit la grimace.

— La pauvre bête, je lui arraché un membre.

Irena secoua la tête.

— Sa queue va repousser. Si vous lui aviez arraché une patte, elle repousserait elle aussi.

— Cela, même la salamandre mythique ne le fait pas.

— J'ai lu quelque chose à ce sujet dans Pline.

Elle ferma les yeux.

— *Un… batracien insectivore qui, issu d'une Source inconnue, apparaît lors de grandes pluies ou, selon les Anciens, surgit au milieu des flammes les plus ardentes. Saisie par ses ennemis, cette créature évite d'être capturée en laissant derrière elle une partie d'une patte ou de sa*

queue, le membre manquant étant vite remplacé par un
autre qui repousse à sa place...

Elle s'interrompit, car la salamandre émergeait de sa cachette. Flood la prit doucement dans ses mains et la remit
dans celles d'Irena.

— Je devrais la rapporter là où je l'ai trouvée.

On entendit un bégaiement mécanique : le château se
remettait en branle avec des borborygmes, des chuinte-
ments, des cliquettements. Le long gémissement du métal
se heurtant au métal. Puis, de nouveau, le silence. Irena
se pencha sur la balustrade de la galerie pour scruter les
profondeurs.

— Votre père serait-il de retour, mademoiselle la
comtesse ?

— Je l'attends d'un jour à l'autre.

— Et vous, ne quittez-vous donc jamais cet endroit ?

— Tant que mon père n'aura pas perfectionné son système, je demeurerai la seule personne à qui il acceptera
de confier l'intendance du château en son absence.

Un cri étouffé retentit non loin d'eux. Dans une des
galeries du bas, ils virent le charpentier Turini entourer de
ses bras Darka, la contorsionniste. Le visage rouge de
plaisir, elle se tortillait pour se dégager.

— Mon père, reprit Irena, rêve d'un mécanisme entièrement autonome, au même titre que les sphères des planètes. Il imagine le château sans âme qui vive, longtemps
après notre mort à lui et à moi. Les murs, les planchers,
les meubles poursuivant leur ballet silencieux. Pour
toujours.

Flood lui opposa que rien ne dure toujours en ce monde. Le métal rouille. Les pièces d'une machine s'usent. Le bois des madriers gauchit, pourrit ou est dévoré par les insectes. Sans compter les gens qui ne savent pas rester à l'écart mais se croient obligés de se mêler de ce qui ne les regarde pas, de mettre leur nez partout, d'apporter des corrections et des améliorations, quand ce n'est pas de jeter par terre ce qui est pourtant censé être fini et parfait. C'est ce qui rendait le métier d'imprimeur si difficile. La presse : voilà une invention pratiquement sans défaut, presque capable de marcher toute seule, mais qui générait autant d'opposition et d'ingérence que de pages imprimées.

Elle lui demanda pourquoi, dans ces conditions, il persistait à imprimer des livres.

— Mon père disait souvent qu'en multipliant le nombre de livres dans le monde il contribuait à multiplier le nombre de lecteurs, et que chaque nouveau lecteur réduisait d'autant les rangs des brûleurs de livres.

— Est-ce pour cela que vous êtes venu ici ? Pour échapper aux brûleurs de livres ?

— Je suis ici parce que j'ai reçu une lettre. Je voulais savoir qui l'avait écrite.

Elle se détourna lentement, la salamandre toujours abritée au creux des mains. Étourdi par sa propre audace, il demeura assis un instant quand elle fut partie. Puis il tendit le cou par-dessus la balustrade pour l'apercevoir par intermittences, au gré de la spirale sinueuse qui la menait vers les profondeurs du château.

Il se retourna vers ses croquis, reprit sa plume et dessina la courbe de ses mouvements.

Une spirale.

Il griffonna un groupe de chiffres, prit sa règle et traça un rectangle, cadre vide à l'intérieur duquel il inscrivit un seul et unique caractère : φ.

Ses pensées le ramenèrent à l'époque où son père lui donnait des leçons. *Tu m'écoutes, Nicolas ? Le nombre d'or est une proportion harmonieuse selon laquelle le rapport entre la plus grande et la plus petite des deux parties est égal au rapport entre le tout et la plus grande. On la trouve également dans la nature...*

Dans la spirale d'un coquillage, par exemple, qui ne représente en fait qu'une petite section d'une plus vaste spirale croissante. Une spirale infinie.

Oui, père, je m'en souviens maintenant. Merci.

φ

Irena, qui avait en tête l'inventaire complet de la bibliothèque, savait très bien qu'elle n'avait jamais vu ce petit volume portant l'inscription *Le Désir* en lettres dorées sur le dos. Cela devait être une création de Flood, bien qu'elle l'ait averti de ne rien ranger sur les rayons sans avoir au préalable obtenu l'autorisation de son père. Il avait sans doute cru que le fruit de son indiscrétion passerait inaperçu s'il le dissimulait dans ce rayon peu accessible.

Cette nuit-là, elle emporta le livre dans son lit et parcourut à la lueur d'une bougie le sermon qu'il renfermait.

... ces Influences terrestres qui se présentent comme des voleurs dans la nuit pour nous dérober toute Raison et Tranquillité... ces intimations dans la Chair du Seul désir véritable de l'âme, qui est de Communier avec l'Éclat de la Vérité éternelle...

Après quelques pages de cette prose, elle finit par le refermer, le déposer sur la table de nuit et souffler les bougies, déçue. Elle était sûre qu'il avait caché le livre à cet endroit précis dans le but de lui signifier qu'il cachait un message. Mais ce n'était pas celui auquel elle s'était attendue. Essayait-il de leur intimer, à lui comme à elle, de ne pas persévérer dans cette voie ?

Prenant conscience qu'une lumière ténue luisait derrière ses paupières, elle ouvrit les yeux dans l'obscurité et vit que la tranche du livre émettait une faible lueur verte. Elle se redressa et le rouvrit. Entre les lignes du sermon, répété page après page en une longue cursive continue, elle lut son nom dans chaque espace blanc.

Partagée entre la joie et le tourment, incapable de reprendre ses esprits, Irena eut pour premier élan de cacher cet aveu qui illuminait les draperies de son lit. Elle se pencha pour le dissimuler sous son matelas, mais il lui tomba des mains, heurtant le sol avec un vacarme énorme. Elle descendit de son lit, l'abandonnant à son périple pour remonter le couloir à pas de louve. Le corps du délit gisait grand ouvert, baignant les murs et le plafond de sa lueur fantomatique.

Elle se pencha sans bruit, le ramassa, l'enveloppa de ses bras et partit à la poursuite de son lit. Mais son esprit et ses pieds n'allaient pas dans la même direction. Quelques instants plus tard, elle dut admettre l'inimaginable : elle était parvenue à se perdre. Immobile, l'oreille tendue, les pieds nus glacés par la pierre froide du sol, elle entendit quelque chose s'approcher. C'était le lit de son père. Elle savait très bien qu'il n'y était pas, mais elle ne put s'empêcher de reculer lentement jusqu'au mur, de retenir son souffle et de serrer contre sa poitrine le livre de Flood tandis que le lit la dépassait en grondant et s'enfonçait dans la nuit.

Le matin suivant, elle garda *Le Désir* sur elle, dissimulé dans un pli de sa robe. L'idée de ce trou béant laissé sur l'une des étagères, grave entorse au système de son père, lui coupait le souffle. Chaque fois qu'elle se retrouvait à l'abri des regards au cours de sa ronde quotidienne, elle ouvrait le volume et tournait ses pages, articulant avec une joie secrète les phrases indigestes du sermon.

Vers la fin du jour, ayant choisi son destin, elle replaça le livre sur l'étagère. Tirant un anneau de clefs de la poche de son tablier, elle déverrouilla une trappe dissimulée au fond d'un passage retiré. S'assurant d'un regard rapide que personne ne l'observait, elle descendit une échelle qui menait aux profondeurs humides du château et disparut dans la brume et l'obscurité.

φ

À la tombée du jour, elle apporta à l'imprimeur une tasse de café sur un plateau d'argent, chatouillant au passage le menton de porcelaine de Ludwig, fidèle à son poste près de la presse. Djinn somnolait sur un divan, emmitouflé dans le manteau râpé de Flood. Il se retourna quand elle passa près de lui, murmurant quelques mots dans l'une des langues qu'il parlait à moitié.

Irena déposa le plateau près de Flood, sur son établi. Près de la cafetière reposait le petit volume du *Désir*.

Incapable de lever les yeux vers Irena, Flood les gardait rivés sur l'in-octavo.

— Quand l'horloge sonnera le quart de trois heures cette nuit, parvint-elle enfin à chuchoter, mon lit passera près du vôtre.

Elle lui tourna le dos et repartit par où elle était venue. Flood resta assis, interdit, puis il finit par s'animer et posa une main sur la couverture du livre.

Cette nuit-là, alors que le carillon de la grande horloge se répercutait dans les salles parcourues de courants d'air, Flood, en chemise et hauts-de-chausse, sauta de son lit en marche sur celui d'Irena comme un pirate passe à l'abordage. Il la trouva assise près de son oreiller, les bras autour des genoux et les yeux emplis d'étoiles. Elle portait toujours sa robe de soie bleue, mais ses longs cheveux fauves, libérés de leurs épingles et de leurs rubans, se répandaient sur ses épaules.

Il allait s'approcher d'elle mais s'arrêta net. Elle avait le visage distordu, les yeux tout plissés, la bouche grand ouverte. Allait-elle pleurer ou pousser un hurlement ?

— Comtesse…

Elle éternua. Ils se dévisagèrent un instant avant d'éclater de rire.

— Nous avons provoqué la poussière, déclara-t-elle.

— Portez-vous toujours votre robe pour dormir ? lui demanda-t-il, n'osant rien faire d'autre que parler.

— Vous ne connaissez pas grand-chose à l'habillement féminin, n'est-ce pas ?

— En effet.

Elle se pencha sur le bord du lit et souffla la chandelle.

— J'ai renvoyé camériste de bonne heure. Vous allez devoir m'aider à enlever tout ça.

La timidité le poussa à adopter l'approche méthodique :

Modestie de dentelle à la française ;
pièce d'estomac surpiquée de rosettes de soie ;
cache-cœur lacé dans le dos ;
tablier de coton des Indes à motif imprimé ;
cotillon de soie crème brodée de fil d'or ;
jupon de satin moiré ;
sous-jupons de camelin matelassé (deux).

— Devez-vous faire cela chaque nuit ?

— Et chaque matin, à l'envers.

Panier à baleines en forme de cage ;
guêpière à la persane (à baleines également) ;
sachet parfumé retenu par une sangle renforcée ;
chemise de lin *à l'angloise**.

— Voilà.

Elle écarta son dernier vêtement, il tendit la main vers elle. Ses doigts se heurtèrent à la froideur du métal.

— Continuez, chuchota-t-elle. Cela s'enlève aussi. Je n'en aurai pas besoin cette nuit.

φ

Le temps n'existait pas.

Dans le noir, ils se dévorèrent l'un l'autre, retombèrent épuisés chacun de son côté, s'unirent à nouveau.

— Je veux nous voir.

Elle alluma une chandelle. Ils contemplèrent leurs corps luisants. Sidérés. Ensemble, ils formaient un nouveau monde.

Il souffla sur la flamme. Ils restèrent blottis l'un contre l'autre dans l'obscurité. Le lit parcourait le château, s'arrêtait, repartait.

Elle lui parla de la maladie de son enfance et de ce qui l'avait amenée à porter son corset. Il lui parla de la sœur qu'il avait perdue.

— Quel âge avais-tu quand elle est morte ?

— Onze ans. Mais tout est encore si clair dans ma mémoire... on dirait que c'est arrivé hier.

— C'est peut-être vrai pour tout ce qui nous arrive, dit-elle. Nous sommes notre passé.

φ

Dans le crépuscule qui précède l'aube, il vit enfin le corset, cage sans locataire posée au pied du lit avec le reste de ses vêtements.

— Je ne veux pas te remettre cette chose, s'écria-t-il. Tous les jours...

— Avec le temps, je m'y suis habituée, répondit-elle. Cela fait partie de moi maintenant.

Le lit de Flood approchait, telle une comète revenant au terme d'une longue révolution. Elle lui annonça que son père serait de retour le jour même. Lorsqu'ils s'étreignirent une dernière fois, il lui confia à quel point il trouvait étrange la force qui les avait poussés l'un vers l'autre. Comme s'ils n'avaient pas eu le choix, à l'instar des automates du comte.

— Il travaille sur des machines, lui rappela-t-elle, qui nous remplaceront un jour, moi comme lui. Nous attendons les enveloppes corporelles, qui doivent arriver de Meissen.

— Il te traite déjà comme une machine. Je veux t'emmener loin d'ici. Nous pourrions aller à Venise. Nous y cacher, trouver un navire qui nous emmènerait en Angleterre.

Elle secoua la tête.

— Nicolas, je…

Il se leva et écarta précautionneusement les rideaux. Son lit était presque arrivé à la hauteur du leur.

— S'il l'apprenait, que ferait-il ?

Sans rien répondre, elle l'embrassa. Tout en se préparant à sauter, il fouilla dans sa poche et lui tendit un petit morceau de métal en forme de T.

— C'est une clef de serrage, expliqua-il. S'il arrive quoi que ce soit, laisse-la sur mon établi.

Il s'en fut, laissant derrière lui une phosphorescence diffuse qui persista sur les draps et sur la peau d'Irena. Elle tint ses mains devant elle et regarda la lumière s'y abîmer.

φ

Au petit déjeuner, le comte plaça sur la table une enveloppe scellée qu'il adossa contre la saucière de chocolat.

— J'ai failli oublier, dit-il à Irena d'un ton dégagé. L'abbé m'a demandé de te remettre ceci.

— Merci, père.

Le comte se tourna vers Flood.

— Je suis ravi que vous ayez pu vous joindre à nous, mon ami. J'ai tellement hâte d'apprendre ce que vous avez réalisé pendant mon absence.

Pendant qu'il parlait, Irena subtilisa l'enveloppe et la glissa dans sa poche.

— Ah, ma chérie, s'exclama le comte. Je me demandais si tu ne voudrais pas nous faire l'honneur de son contenu. Je m'aperçois que je m'ennuie déjà de l'intelligente conversation de notre abbé.

Il sourit de la mine surprise de Flood.

— Il n'y pas de secrets à cette table, monsieur.

Irena ouvrit soigneusement la lettre avec son couteau, déplia la feuille de papier et lut :

Comtesse,

Mon âme conservera éternellement l'empreinte de votre bonté. Je crains que la plume soit un bien piètre moyen d'exprimer à quel point mon cœur vous est attaché, comme par des liures infrangibles. Je conserverai toujours précieusement le souvenir de notre trop brève relation et vous remercie de tout le respect et la considération immé-rités que vous m'avez témoignés du premier au dernier jour. Croyez-en ma parole, j'espère avoir un jour la chance de vous les revaloir.

Avec toute la révérence et l'admiration qui vous sont dues,

Saint-Foix

— Hum, fit le comte en sirotant son café. Étonnamment conventionnel pour un homme de son talent. Quoique ces *liures* soient tout de même assez originales. On dit plus couramment *liens*, il me semble.

Il fit entendre un rire essoufflé.

— On dirait, monsieur Flood, qu'il a failli emprunter à votre profession et écrire *livres*.

φ

Depuis quelque temps, il était conscient d'une présence : quelque chose ou quelqu'un rôdait dans les salles et dans les galeries, un frôlement à la limite de son champ de vision, comme un reflet de soi entr'aperçu à l'extrémité lointaine d'un long corridor, mais qui s'évanouirait dès qu'on se tournerait vers lui. Il sentait cette ombre effleurer comme une invisible éclipse la surface de ses nombreuses horloges et provoquer de minuscules décalages dans leur chronométrage, d'ordinaire sans défaut.

Au début, le comte en avait rejeté la faute sur les perturbations provoquées par les activités de l'imprimeur. Les craquements marins de la vis de presse, les cliquetis des porte-caractères tombant à leur place sur la règle de métal de l'enfant, le frémissement des feuilles mises à sécher sur des cordes et soulevées par les courants d'air glacial qui trouvaient le moyen de s'infiltrer dans le château malgré tous ses efforts : tous ces irritants avaient dérangé l'ordre des choses, mais il savait que cette *autre présence* n'appartenait pas au monde mécanique. Intangible, informe, elle représentait une menace bien réelle. Depuis son retour, il ne parvenait plus à dormir, se relevant la nuit pour suivre sur les murs de mystérieuses traces de mains luisantes, sur le sol des empreintes de pieds, des pistes qui se hâtaient de disparaître et de s'effacer avant qu'il ne parvienne à l'endroit où elles menaient. Cette présence, il la devinait dans les imperceptibles et subtils changements d'humeur de ses serviteurs, un peu comme on prend conscience que l'on couve un mauvais rhume bien avant que les symptômes réels ne se manifestent. Il la voyait sur le visage de sa fille qui, manquement sans précédent, s'était mise à négliger ses devoirs et avait été vue à plusieurs reprises en train de fixer rêveusement le vide, sans même un livre dans les mains pour justifier ces entorses à la routine bien ordonnée de ses journées. Il avait d'abord cru que le passage du bel abbé avait tourné la tête des femmes de la maison, mais ce mielleux de Français était parti depuis quelque temps. Il était donc forcé de conclure que c'était l'Anglais qui avait introduit dans son système parfaitement rodé un élément pernicieux et inconnu qu'il était bien décidé à traquer, à capturer et à éliminer.

Pour ce faire, il scruta à la loupe, plus minutieusement que jamais, tout ce qui se faisait dans le château et tous ceux qui le faisaient. Il remarqua ainsi que l'une des étagères semblait affectée d'un infime déséquilibre, d'un dérangement infinitésimal de son maître plan qui se manifestait sous la forme d'une légère oscillation.

Une recherche sommaire suffit à confirmer son soupçon : il manquait un volume sur le rayon du bas. C'était le septième tome, *Hélice-Longitude*, d'une encyclopédie étrangère qu'il n'avait pas consultée depuis de nombreuses années. Une seule personne pouvait être tenue responsable d'un tel outrage. Les mains du comte tremblaient.

— Irena.

Il trouva le lit déserté de sa fille sur son itinéraire habituel. Il vida la table de nuit, arracha les draps, rejeta les oreillers, trouva un papier sur lequel s'alignait proprement une liste d'articles de toilette féminine – *poudre, pommade, savon parfumé, eau de rose* – ainsi que leur prix respectif, liste qu'elle s'apprêtait sans aucun doute à soumettre à son approbation le lendemain matin, comme elle le faisait immanquablement tous les trimestres. Mais l'innocence de la liste était démentie par le petit volume entre les pages duquel elle était glissée, volume qu'il n'avait jamais vu de sa vie. Lentement, puis de plus en plus vite, il en tourna les pages, et le tremblement qui était né dans ses mains se propagea jusqu'à l'arête grise de son menton.

— Ma phalène, murmura-t-il d'une voix rauque. Ma petite phalène.

φ

La quatrième nuit, lorsque Flood écarta d'un bond les rideaux de velours rouge du lit d'Irena, il y trouva le comte en compagnie de deux garde-chasse armés de carabines.

— Vous n'avez pas tenu compte du plaisir que j'éprouve à résoudre une bonne énigme, annonça le comte. Il brandit devant Flood *Le Désir* ouvert de façon à ce qu'il puisse voir distinctement ses pages émaillées ici et là de légères taches de rouille. Le jeune homme s'aperçut que le nom d'Irena était visible entre les travées noirâtres du sermon.

— Votre recette d'encre secrète n'est pas encore au point, laissa tomber le comte alors que ses sbires saisissaient et emmenaient Flood.

Ils l'entraînèrent vers les bas-fonds de l'horloge, jusqu'à une pièce taillée dans le roc et dont le plafond était formé par une énorme roue dentée. Une vapeur âcre montait du sol par un soupirail grillagé.

Une paillasse était posée le long d'un mur dans lequel était pratiquée une étroite embrasure qui laissait passer une fragile lumière nacrée. Il entendait un filet d'eau couler quelque part. Une fois l'heure, la roue dentée qui était tout son ciel s'ébranlait, émettait un bruit sourd et avançait d'une dent, éclaboussant la cellule d'une giclée d'eau huileuse.

Le comte descendit inspecter les nouvelles installations et fit glisser le judas de la porte pour observer son prisonnier.

— Vous n'avez pas le droit, lui lança Flood lorsqu'il vit les yeux du vieillard fixés sur lui. Je ne suis pas un de vos sujets.

— À supposer que vous puissiez consulter les plus récents relevés des géographes, répliqua le comte, vous y verriez que ce château n'existe pas. Vous non plus, maintenant.

Flood s'effondra sur sa paillasse.

— Laissez-moi au moins garder ma presse. Je peux toujours travailler sur votre livre.

— J'ai changé d'avis à ce sujet. Les livres ont besoin de lecteurs, et quand je serai mort, il n'y aura personne ici pour les lire.

— Où est la comtesse ?

— Ah oui, je l'ai amenée vous rendre visite, répondit le comte, dont le visage disparut du judas. Comme vous ne vous reverrez plus jamais, je me suis dit qu'il n'était que justice de vous permettre de faire vos adieux.

Il y eut un bruissement soyeux, puis le visage d'Irena s'encadra dans l'ouverture et parcourut la cellule du regard sans la moindre expression.

— Comtesse, murmura Flood incapable de faire le moindre geste.

— Elle ne vous était pas destinée, fit la voix du comte.

Telles des pattes d'araignée griffues, ses longs doigts minces remontèrent jusqu'aux tempes d'Irena et s'y plantèrent profondément. Avec un déclic, la peau du visage lui glissa dans les mains. Il ne resta plus que les yeux : deux globes nus encastrés dans un enchevêtrement mécanique parcouru de râles et de convulsions.

Le panneau se referma.

φ

Il hurla, donna des coups sur la porte, griffa les murs jusqu'à ce que ses doigts saignent, pleura toutes les larmes de son corps puis, exténué, sombra dans le sommeil.

Au terme d'une éternité lugubre, il entendit un bruit au-dessus de sa tête ; un panier descendit le long d'une corde passée dans le boîtier de la roue dentée : une miche de pain, une bouteille de grès remplie d'eau, la moitié d'une tourte rassise. Il ne toucha à rien et fit de même quand le panier revint le jour suivant. Le lendemain, le panier n'apparut pas. Lorsqu'il redescendit enfin au bout de trois jours, il sauta goulûment sur son contenu et, à partir de ce moment, il mangea tout jusqu'à la dernière miette.

Il s'efforça d'ignorer le bruit de la grande roue avant qu'il ne le rende fou, mais réalisa bientôt que l'effort mental nécessaire l'amènerait encore plus vite au même résultat.

Il se tourmentait de questions sans réponse. Qu'avait voulu signifier le comte en lui montrant cette caricature mécanique ? Irena était-elle morte ? Tout ce temps-là, n'avait-elle été que cette *chose* ? Non. C'était encore une de ses devinettes. Une farce pernicieuse. Il fallait qu'elle soit en vie. Dans cette prison, elle était la seule chose vivante.

Terrifié par l'abîme qui menaçait sa santé mentale, il s'astreignit à un régime quotidien d'impression imaginaire. Sans les contraintes tangibles de l'encre et du papier, sans la bêtise récalcitrante des objets inanimés, il se trouvait enfin libre de rêver d'un livre à nul autre pareil. Dans sa tête, les calculs basés sur le nombre d'or voltigeaient de concert dans un accord angélique. Tout prenait soudainement un sens. Le livre accéderait à l'existence en suivant la spirale infinie de la suite de Fibonacci. La clef, c'était le cadre, le contenant des mots.

Les différentes étapes de la production de chaque feuille étaient régies par les soubresauts de la roue dentée. Afin d'emplir le gouffre de temps qui s'étendait devant lui, il travaillait plus lentement qu'avec une véritable presse, ne composant et n'imprimant qu'une seule forme de seize pages par heure. À la nuit tombante, lorsque la cellule se trouvait plongée dans l'obscurité, il détachait soigneusement une feuille invisible de la plaque typographique et soufflait sur l'intangible surface avant de la lever devant ses yeux aveugles pour vérifier la qualité de son inexistante impression.

Ce travail fantôme ne suffit pas longtemps à le distraire de sa situation. Il se laissa sombrer dans une torpeur dont il sortait en sursaut, plongé dans le noir après être resté aveugle toute une journée à ce qui l'entourait. Il finit par attribuer le problème à un manque d'inventivité : il négligeait de se représenter le texte censé emplir ses pages spectrales. Dans son imagination, il donnait toujours son meilleur rendement, obtenant un tirage d'une netteté impeccable, sans la moindre imperfection, mais dont le propos demeurait entièrement opaque, lui échappant comme s'il ne savait plus lire. Les textes qu'il imprimait et reliait lui avaient toujours été fournis par ses clients. À son grand désarroi, il réalisa qu'il allait maintenant devoir se faire auteur en plus d'imprimeur.

Il ne lui vint pas à l'esprit de débuter autrement que par Irena. Il avait déjà rempli un livre de son nom ; cet ouvrage-ci contiendrait tous les souvenirs qu'il avait d'elle, leur première rencontre et tout ce qui s'était ensuivi. Il emplit des quantités de colonnes imaginaires avec le timbre et les nuances de sa voix, avec chacun des mots qu'ils s'étaient dits, avec la couleur changeante de ses yeux, la fraîcheur de ses cheveux répandus sur sa poitrine nue, son corps souple et volcanique enlacé au sien, le goût et l'odeur de sa peau. Mais lorsqu'il se remémora la dernière fois qu'il l'avait aperçue à l'autre bout d'une galerie, le matin de ce jour où ils aurait dû passer leur quatrième nuit ensemble, le désespoir l'envahit au point où il laissa en plan son travail pour se rouler en boule sur sa paillasse sans plus rien voir ni entendre, n'espérant plus que la mort.

S'il voulait survivre, il allait devoir commencer ailleurs. Il se souvint d'un passage lu dans un des livres du comte, un commentaire sur le *Système* d'Al-Kindi qui, au Xe siècle, postula que chaque chose exerçait une influence causale sur toutes les autres. Le cosmos tout entier, du plus infime atome aux espaces infinis qui s'étendent au-delà de la Lune, formaient dans l'esprit de Dieu une immense toile d'interrelations. À partir de cette ahurissante proposition, le philosophe arabe avait conjecturé que la connaissance parfaite d'une seule chose, qu'il s'agisse d'une chaise, d'une plume, d'une goutte de pluie ou d'un grain de poussière, mènerait nécessairement, en vertu de cette toile d'interrelations, à une compréhension de tout le reste. Une radieuse connaissance du Tout. Le moindre caillou sous nos pas métamorphosé en miroir reflétant de manière invisible la Création tout entière.

Cherchant un objet pouvant lui servir de germe d'univers, il tira de son grabat un brin de paille qu'il entreprit de décrire dans les moindres détails, n'omettant rien de sa longueur, de sa forme, de sa couleur ni de sa texture. Suivit un examen méticuleux de la paillasse d'où il provenait, puis l'inventaire de chaque centimètre carré du trapèze approximatif formé par sa cellule : chaque pierre de chaque mur, chaque lézarde et chaque crevasse du ciment qui les séparait, sans oublier les crottes de souris qu'il trouvait chaque matin sur le sol nu, les allées et venues des rats, la vermine pleine de pattes qui pondait dans son grabat et qui se nourrissait des crottes de souris, les écailles de peau sèche et morte qui tombaient comme de la neige chaque fois qu'il grattait ses membres en feu, les toiles de lumière tremblante que reflétait l'eau ruisselant sous la cellule, et jusqu'au récif de glace sale qui s'amoncelait lentement sur le rebord de la fenêtre à l'approche de l'hiver et fondait tout aussi lentement pour retourner au néant le printemps suivant.

Malgré les limites qui leur étaient imposées, ses sens ne s'atrophièrent pas. Au contraire, ils s'aiguisaient au contact du peu de matière qui leur était offerte. Avec le temps, le léger trottinement d'un mille-pattes finit par résonner à ses oreilles comme le ferait la rumeur d'une armée en marche. Il voyait les pierres du mur se tasser un peu plus chaque jour les unes sur les autres alors que l'ensemble s'enfonçait vers la rivière. Étendu dans la nuit, les yeux grand ouverts, il sentait l'odeur du sang qui coulait sous la surface de sa peau et ressentait la traction exercée par la lune montante sur les glandes de son aine et de son cou. Un jour, au lieu d'imprimer, il resta assis par terre à contempler une araignée qui tissait sa toile dans le pli de son coude.

Tout venait s'imbriquer dans son travail.

Pouce par pouce, il voyageait dans les salles du château et, de là, dans le monde entier.

φ

De temps à autre, il entendait s'ouvrir le panneau de la porte. Il ne regardait même pas qui était venu l'observer. Il continuait à imprimer. Qu'ils attendent. Ils auraient leur livre quand il serait prêt, voilà tout.

Il trouva un cylindre de papier dans le morceau de pain qu'il mastiquait. C'était une note de Djinn, rédigée à l'envers. Une fois déchiffré, le message l'avertissait du départ du comte avec ses hommes pour une *salash* de chasse dans les montagnes. S'ils ne perdaient pas de temps, Flood pouvait être délivré et s'enfuir du château dès cette nuit. Le typographe entailla son doigt sur le bord du papier et écrivit avec son sang un message demandant à Djinn d'attendre, s'il le voulait bien, qu'il ait terminé son travail.

φ

Il y eut un printemps où la rivière monta par le soupirail du plancher. Un matin, Flood descendit de son lit et se trouva plongé jusqu'aux chevilles dans l'eau glacée.

L'inondation se résorba au bout de quelques heures, non sans provoquer l'effondrement d'une partie du mur qui faisait face à la porte. Derrière les pierres écroulées, le tronc noueux et détrempé du roc nu devenait visible. Les racines brutes du château. Au crépuscule, il colla son oreille contre les crevasses pour entendre les vagissements et le battement des ailes des chauves-souris émergeant de leur sommeil.

φ

Le temps d'une saison, un couple de hérons de nuit fit son nid dans un coin de la cellule. Leurs yeux lumineux suivaient tous ses mouvements dans l'espace exigu. Après un certain temps, il les ignora complètement, convaincu qu'il s'agissait de jouets mécaniques appartenant au comte.

Le temps prit une tournure sphérique. Les événements du passé venaient se grouper autour de lui comme les mots d'un livre qu'il pouvait lire selon son bon plaisir, dans n'importe quel ordre.

Un jour, il s'écarta de la presse, s'essuya le front, accrocha son tablier de cuir et regarda dehors par la fenêtre de l'atelier. Une fraîche matinée d'hiver baignait la cour de la chapelle de la Vierge. La neige tombait doucement, silencieusement ; les pavés de la cour se cachaient sous le velours blanc. Il gratta le gel qui couvrait la vitre déformée et aperçut une petite silhouette vêtue de rouge. Meg fabriquait des boules de neige. Elle leva les yeux vers la fenêtre, l'aperçut, agita le bras et lui cria quelques mots qu'il ne distingua pas clairement. *Viens jouer dehors, Nicolas.*

Il se dirigea vers la porte et l'ouvrit. Tout avait disparu : la cour, la neige, Meg. Il retourna dans l'atelier : il se trouvait dans sa cellule.

Il recevait parfois la visite de gens qu'il avait connus. Des imprimeurs qui lui faisaient concurrence. Papa Martin, l'homme qui fabriquait des cartes à jouer, un des vieux amis de son père. D'autres gens qu'il ne reconnaissait pas. Un soir, un vieil homme à la barbe blanche enveloppé dans une houppelande verte vint se tenir près de lui alors qu'il travaillait.

— Est-ce que je vous connais ? finit par lui demander Flood.

Le vieil homme ne dit rien, levant pour toute réponse ses grandes mains puissantes pour révéler d'étranges caractères marqués au fer sur le bout de ses doigts. Flood reconnut des lettres de l'alphabet hébreu.

φ

Un matin, au réveil, il s'aperçut que l'espace occupé par sa presse imaginaire avait été envahi par le squelette de bois d'une presse véritable. Se demandant si, à force de l'imaginer sans relâche, il avait fini par en matérialiser une partie, il s'en approcha avec méfiance et passa le reste de la journée à assembler des feuilles pour ne pas céder à la tentation de toucher l'apparition, de crainte de la voir disparaître dans le néant.

Le matin suivant, le bloc d'impression (la vis, le levier, la platine) vinrent s'ajouter au châssis. Incapable de résister plus longtemps, il sourit lorsque ses mains se coulèrent dans la position familière autour du métal usé du levier et lui assurèrent que c'était bien *sa* presse, le bon vieux cheval de labour de la maison Flood et fils.

Le lendemain, le chariot au grand complet fit son apparition, avec la manivelle, le coffre, le tympan, la frisquette et jusqu'aux poches d'encre suspendues à leurs crochets près du bloc encreur. Il composa avec des caractères imaginaires une forme qu'il s'apprêtait à mettre sous presse lorsqu'il s'arrêta, déposa la forme sur le sol et posa plutôt son visage sur la surface fraîche du marbre, caressant le bois sombre et lisse tel un cavalier saluant sa monture.

Il dormit d'un sommeil agité cette nuit-là et fut éveillé à l'aube par un bruit inconnu. Se redressant sur sa paillasse, il scruta les coins de la cellule à la recherche de sa source.

Une clé, grattant la serrure comme une souris.

La lourde porte de chêne s'ouvrit avec un léger grincement qui trahissait l'application récente d'huile. Un jeune homme mince à la peau brune entra prudemment dans la cellule, portant un tiroir de caractères. Il était suivi d'une fillette de dix ou onze ans à la chevelure d'un roux pâle, vêtue d'un gilet et d'un pantalon de garçon. Dans l'obscurité, ses yeux luisaient d'un turquoise aquatique. Le jeune homme et la jeune fille contemplèrent Flood pendant un instant, puis échangèrent un regard. La fillette s'avança enfin vers lui.

— Salutations, Signore Flood, dit-elle en anglais. Je m'appelle Pica. Je suis votre fille.

Parfois, la lectrice colle une oreille contre un livre pour écouter le soupir lointain des vagues. Dans la fosse entre deux pages, elle touche du bout des doigts un banc humide de sable froid incrusté de parcelles de coquillages irisés. Le papier lui-même, avec ses nervures et sa pente douce, semble l'inviter.

Elle s'aventure avec précaution ; ses pieds nus avancent comme des escargots sur les pierres tranchantes.

LE VIOLON BRISÉ

Après avoir dérivé en mer pendant des jours et des jours, elle fut rejetée par les vagues sur le rivage d'une île où se dressait le palais d'une reine aussi belle que triste. Lorsque ses dames de compagnie ouvrirent les fenêtres ce matin-là, elles aperçurent un étrange tonneau échoué sur le sable. *Votre Altesse*, s'écrièrent-elles, espérant faire naître un sourire sur ses lèvres pâles, *venez voir la jolie petite barrique que la mer a laissée sur la plage.* La reine ordonna qu'on lui apporte le tonneau et, lorsqu'on l'ouvrit, la jeune fille en sortit, resplendissante comme la lune. *D'où viens-tu,* lui demanda la reine, *et pourquoi parcours-tu ainsi les océans ?*

Elle a encore mouillé son lit. Encadré d'une paire d'ailes blanches, le visage de sœur Beata se penche au-dessus d'elle dans l'obscurité.

— Petite dégoûtante. Trois nuits de suite. Lève-toi.

Elle doit rester debout dans la salle de bains jusqu'au lever du jour. L'eau s'écoule des becs de pierre ouverts comme des gueules béantes. La nuit s'éternise. Quelque chose trottine sur son pied. C'est un rat qui s'insinue en gigotant dans le plâtre crevassé de la muraille.

Sur ordre de sœur Beata, la jeune novice qui, chaque nuit, patrouille les dortoirs, portant à bout de bras une lampe couverte, vient vérifier toutes les heures qu'elle est toujours debout.

La novice murmure dans l'embrasure de la porte.

— Ce n'est pas étonnant que tu mouilles tout le temps ton lit. Tu es née en mer, à ce qu'on dit. Sur un navire.

Le jour n'est pas encore levé, mais déjà des filles débarquent dans la salle d'eau, lui jetant au passage des regards curieux alourdis par le sommeil. L'une des plus grandes s'approche d'elle.

— Hé, Pissette. T'as une drôle de peau. Elle brille comme celle d'une grenouille. *Francesca est si belle. À plusieurs reprises, elle a surpris Pica en train de regarder fixement sa peau laiteuse, le lustre de ses longs cheveux noirs. Elle parle à Pica, mais son regard courroucé la transperce pour s'adresser à quelque chose d'autre.*

— C'est ta mère qui t'a appelée Pica ? La pie. Alors, t'es une pie ou une grenouille ?

— Je ne suis...

— Le *maestro* aussi avait du poil de carotte, tout comme toi. Il est mort le jour où tu es arrivée à l'*Ospedale*. Peut-être es-tu le petit secret du *maestro*. Peut-être que c'est pour cela qu'il est mort. Il lui a suffi de te lancer un regard.

Les filles éclatent de rire et se détournent pour retirer leurs chemises de nuit. Elles jacassent, hurlent dès qu'elles aperçoivent un rat, se bousculent sous les becs à eau. L'écho de leurs cris dans la haute salle voûtée anime brusquement la nuit. Les cloches de San Zaccaria sonnent l'heure ; des voix s'élèvent de la chapelle :

*Venetus surge, sta in excelso, et vide jucunditatem
quae veniet tibi a Deo tuo...*

Vous portez le nom d'un type de caractères, dit Flood à la jeune fille. En anglais, cela se prononce paille-ka.

— Moi, je dis pi-ka.

Elle lui demanda s'il avait besoin de quelque chose.

— Un bain. S'il vous plaît.

Comme il refusait de quitter sa cellule, Djinn entreprit de réparer l'une des rares inventions utiles du comte : une baignoire qui se remplissait toute seule d'eau chauffée par une chaudière attenante. Flood s'allongea dans l'eau brûlante pour y dissoudre son armure de crasse. Lorsqu'il émergea de la baignoire, l'épaisse pellicule flottant sur la surface lui donna l'impression qu'il laissait quelqu'un derrière lui.

Djinn fit venir du village un barbier qui tondit la barbe enchevêtrée de Flood et tailla ses cheveux tout emmêlés. Ils étaient devenus si longs, confia-t-il à la jeune fille, qu'ils commençaient à tremper dans l'encre.

Elle lui montra le morceau de métal en forme de T qu'elle portait depuis toujours autour du cou, au bout d'un ruban.

— Je n'ai trouvé nulle part dans le château l'endroit où elle va.

— C'est une clef de serrage, lui dit-il. Cela sert à maintenir les caractères bien en place dans leur forme.

Il l'observa et parvint à la conclusion qu'elle était venue pour apprendre le métier. Voilà pourquoi elle lui avait apporté la clé de serrage. Il fouilla dans le tiroir et en tira un *a* minuscule.

— Au bas du socle, c'est le pied de la lettre, et là, c'est la gouttière. Sur le corps, il y a le cran, ici, et la chasse, là. Sur le dessus, l'approche, et pour finir, la lettre elle-même : l'œil du caractère.

Il leva les yeux. Elle parcourait la cellule du regard au lieu d'écouter.

— Qui était ta mère ? lui demanda-t-il.

— La comtesse, répondit-elle.

Elle revint le voir dans sa cellule à la tombée du soir, apportant du pain et un bol de soupe à la betterave. Lorsqu'elle déposa le plateau sur le marbre, il s'approcha tout près d'elle, tendit la main et toucha son visage.

— Tu as la peau froide. C'est de la porcelaine ?

Elle eut un mouvement de recul.

— Non, *signore*. Il fait froid ici. Voilà pourquoi j'ai cru bon de vous apporter quelque chose de chaud.

— Quel âge as-tu ?

— Onze ans. Ou douze. Je n'en suis pas sûre.

— Ce sont des vêtements de garçon que tu portes.

— J'ai abîmé mes vêtements quand j'ai traversé jusqu'à l'île, alors Djinn m'en a donné des siens.

— Tu... tu as nagé jusqu'ici ? Pourquoi n'as-tu pas pris le ferry ?

— Il était plein.

— Plein de gens ? Qui venaient ici ?

Elle détourna le regard, visiblement mal à l'aise.

— Pour visiter le château, souffla-t-elle. Ils payent pour voir...

— Les monstres, comprit-il. Et le fou.

Il leva les yeux vers la grande roue. Ses dents rouillées n'étaient plus que des chicots. Cela faisait si longtemps que la mécanique s'était tue.

— Elle est morte, n'est-ce pas ?

— Non, s'exclama la jeune fille avec force. Je ne sais pas où elle est. Personne ne le sait.

Une matinée grise et venteuse. Ici et là, le ciel déchiré laisse tomber quelques aiguilles de pluie glacée. C'est l'heure où elles prennent l'air dans la corte entourée de murs, sous la surveillance des novices, des filles plus âgées qui étaient leurs complices jusqu'au jour où on leur a rasé la tête pour les draper de noir. Les petites ne doivent sous aucun prétexte adresser la parole aux gens qui se présentent à la grille d'entrée, mais il vient souvent des hommes qui les observent et tentent parfois d'engager la conversation. Lorsque cela se produit, les novices se détournent sans rien dire.

Elle ne se rappelle pas avoir jamais mis le pied hors de l'Ospedale. Le plan de Venise qu'elle a dans la tête, elle l'a construit avec des rumeurs, des ouï-dire, des bribes d'informations pouvant constituer des indices sur ce qu'est la vie au-dehors, comme l'enseigne accrochée au mur et qui menace les parents des pires conséquences si jamais ils osent faire passer leurs propres enfants pour des orphelins.

La plupart des filles deviendront femmes de marchands et de commerçants. De temps en temps, les sœurs décident qu'une fille doit épouser le bon Dieu et devenir l'une des leurs. Et il y a celles qui disparaissent un beau jour et dont on ne parle plus jamais. Francesca est sûre qu'on les vend comme esclaves à des hommes riches.

Pica aperçoit un éclat de verre bleuté luisant sur le pavé. Elle s'arrête pile. Comment est-il arrivé ici, comment a-t-il échappé au balai de la sœur converse ? Elle se penche rapidement, ramasse le morceau de verre et le glisse dans la poche de son tablier. Plus tard, elle le rangera avec ses autres trésors, dans la cachette secrète creusée à même le mur, près de son lit.

Elle entend un bruit derrière elle. Vite, elle se redresse. Une vieille femme au visage cramoisi l'observe à travers les barreaux de la grille, enveloppée dans un châle effiloché. C'est la sage-femme qui l'a apportée à cet hospice pour enfants trouvés. Elles se sont déjà rencontrées de part et d'autre de la grille. La vieille lui raconte des histoires.

— Je suis venue voir comment tu te portes, petite souris.

— Je vais bien, merci.

— Tu m'as l'air bien maigre. Elles te donnent à manger, au moins, ces vieilles avares ?

— Oui. C'est moi qui ne mange pas, des fois.

— Pourquoi donc ?

— Je mets des choses dans mes poches pour les manger plus tard, mais je les oublie et elles se gâtent. Les autres disent que c'est pour cette raison que l'on m'appelle Pica. *(Elle ose une question qu'elle n'a jamais posée.)* Est-ce ma mère qui m'a donné mon nom ?

La sage-femme pousse un profond soupir. Pica distingue dans son haleine un faible relent de vin. Elle aime tant cette odeur. C'est celle du vin dont elles volent des gorgées dans le calice d'or pendant la messe. Les histoires que lui souffle la vieille avec cet obscur encens sont chargées d'autant de mystère que les psaumes qu'entonne le prêtre le dimanche au-dessus de leurs têtes baissées.

— La pauvrette, elle était si faible qu'elle n'arrivait pas à parler bien fort. Elle a dit tout bas : *Qu'elle est petite*, et puis : *Pica. Appelez-la Pica.* Je n'avais jamais entendu ce prénom pour une fille, je voulais lui demander de le répéter pour être bien sûre, mais ils m'ont fait sortir de la chambre tout de suite, avec toi dans les bras. Comme tu criais !

— Est-ce que c'est ma mère qui vous envoie me rendre visite ?

— Non, mon enfant. Elle, je ne l'ai plus jamais revue.

— Pourquoi m'a-t-elle abandonnée ?

— Oh, petite souris, ce n'est pas ça. Ils l'ont enlevée. Ils lui ont brisé le cœur.

— Mais qui ?

Des larmes brillent dans les yeux rougis de la sage-femme. À travers les barreaux, elle caresse les mains gelées de Pica.

— Que tu es grande, ma souris. Que tu es jolie. Comme les princesses des contes que tu aimes tant. Tu ne vas pas rester bien longtemps enfermée ici, c'est sûr. Bientôt, ce sont de riches jeunes hommes qui vont s'arrêter devant cette grille et non de vieilles folles telles que moi.

— On dit que je suis née sur un bateau.

La sage-femme laisse échapper un sanglot porteur d'une autre bouffée d'encens.

— Elle a passé un mauvais quart d'heure, la pauvre enfant. J'ai bien cru que tu ne sortirais jamais. Quand tu es arrivée, tu étais toute noire et recroquevillée. Je me suis dit : *ce petit têtard en a déjà terminé avec la vie avant même d'avoir commencé.* Et puis tu as donné un petit coup de pied tout glissant dans ma main et tu t'es mise à hurler...

— Cela se passait sur un navire.

— Oh, petite souris, j'ai juré...

— Dites-le moi, s'il vous plaît.

La vieille jette un coup d'œil autour d'elle. Pica s'étonne de lire de la peur dans son regard, la crainte de quelque chose ou de quelqu'un d'autre que les sœurs. Pour finir, elle s'approche de Pica et lui parle dans un chuchotement précipité.

— Je n'ai jamais rien vu d'aussi bizarre. Il était fabriqué de toutes sortes de planches différentes, avec des élévations à l'avant et à l'arrière, comme les tours d'un château. À croire qu'il avait été assemblé à partir de morceaux d'épaves. Il y avait de la fumée qui sortait par les hublots ; il était parcouru de grondements et d'autres bruits étranges. J'ai eu le temps de bien le regarder, tu comprends, parce qu'ils m'y ont emmenée en canot à rames. Le navire était à l'ancre dans la lagune, au large du Lido.

— Ici, à Venise ?

— Oui. Je me demandais bien pourquoi ils n'avaient pas tout simplement emmené ta mère dans une maison de couches, mais quand ils m'ont hissée sur le pont, tout d'un

coup je me suis dit : *La peste.* J'étais sûre que c'était pour
ça qu'on m'y amenait en secret. Je me suis mise à pleurer
comme un veau, j'ai fait toute une scène. C'est à ce moment que l'homme en noir me plaque une pièce d'or sous
le nez et me dit : *Tu vois ça ? Ne te préoccupe pas du reste.*
Puis il m'entraîne dans une cabine verrouillée à double
tour où ta mère est déjà bien avancée, et la dernière chose
qu'il me dit, c'est : *Ne lui dis pas un seul mot. Elle ne doit
pas savoir où nous sommes.* C'est comme ça que j'ai
compris que la pauvre enfant était leur prisonnière…

*Sœur Beata fait irruption sur les marches de l'Ospedale
et darde un regard inquisiteur sur la sage-femme, qui
s'éloigne précipitamment de la grille.*

— Tu vas avoir des ennuis, ma souris. Toutes mes
excuses.

— Je m'en moque. Revenez. Je vous en prie.

φ

Ils quittaient le château. Le carrosse les attendait déjà
sur le ferry.

Assis dans le hall d'entrée sur une chaise de velours au
dossier déchiré, il ne quittait pas des yeux Pica, Djinn et
les bateliers qui allaient et venaient avec les bagages. Non
seulement il n'avait pas encore repris assez de forces pour
faire sa part, mais la vue du ciel déployé au-dessus de sa
tête nue l'emplissait d'effroi. Pour le faire sortir de sa
cellule, ils avaient dû lui promettre d'emporter sa presse
et le reste de son matériel d'imprimerie.

Il parcourut du regard la carcasse traversée de courants
d'air du château. Arrêtés pour toujours dans leur voyage
inachevé, les murs coulissants pendaient d'un côté ou de

l'autre. Un escalier en colimaçon débouchait sur le vide. Les quelques rayonnages qui restaient se tenaient immobiles. Certains gisaient renversés, entourés de leurs étagères pillées. Pica lui avait raconté qu'à la mort du comte, les domestiques s'étaient sauvés en emportant tout ce qui pouvait avoir un peu de valeur.

À l'entrée du château, tout près des portes, elle avait trouvé ce qui restait de l'automate de sa mère. Elle avait perdu ses yeux de verre, on lui avait arraché sa perruque rousse et un de ses bras était cassé. Pica avait d'abord insisté pour l'emporter. Après tout, on avait bien emballé Ludwig avec le matériel d'imprimerie de Flood, qui descendait déjà la rivière en chaland. Mais, au dernier moment, elle décida de laisser l'automate à sa place, appuyée contre la porte, un anneau de clefs dans la main qui lui restait, comme si elle voulait s'assurer d'être accueillie par quelque chose si elle devait jamais revenir.

L'homme de la Cour impériale, qui tournait autour d'eux depuis le début de la matinée, avait fini par faire voir à Pica la pile de documents qu'il transportait. D'après ce qu'avait compris Flood, elle avait dû renoncer à ses droits sur les terres du comte au profit de l'État pour acquitter l'immensité de sa dette. Ce qui restait de ses biens meubles lui revenait.

Moi, par exemple, pensa Flood.

Elle lui avait brièvement raconté sa vie, mais il éprouvait des difficultés à suivre le fil de son histoire. Elle s'interrompait subitement, remontait le temps, repartait en avant pour aboutir ailleurs sans lui expliquer comment elle en était arrivée là.

Quant à l'endroit où ils se rendaient...

D'après ce qu'elle en avait entendu dire à l'*Ospedale*, Pica décrivit l'étrange bateau à Djinn qui hocha la tête en signe de reconnaissance. Turini, le charpentier, vivait maintenant sur le navire du comte en compagnie de son épouse contorsionniste et de leurs deux enfants, des jumeaux identiques. Ils gagnaient leur vie en présentant des numéros d'acrobatie sur les rives du Danube. Flood en conclut qu'il leur avait écrit pour les avertir que la fille de la comtesse désirait inspecter le navire.

C'est un très vieux bateau, avait dit Pica. *Avec, à son bord, d'étranges machines qui émettent de la vapeur.*

Alors seulement, Flood réalisa qu'il devait s'agir de l'étrange embarcation qui l'avait amené de Londres il y avait si longtemps.

— *Signore ?*

Il leva les yeux. Pica se tenait près de lui, la main suspendue juste au-dessus de son épaule. Près de la porte, Djinn l'observait comme il l'avait toujours fait, avec une curiosité circonspecte.

—Il faut partir maintenant, annonça doucement Pica. Je ne suis plus chez moi ici.

Le chœur et l'orchestre, trente-trois jeunes filles en robe de lin blanc, interprètent un Salve Regina. *Le chef d'orchestre frappe une fois dans ses mains pour interrompre le morceau, qui se disloque dans un dernier sanglot. Il pointe un index accusateur vers Pica, qui baisse le violon qu'elle tenait sur l'épaule.*

— Comme l'a si bien écrit l'immortel Horace, *Pleure, ami, parmi les chaises de tes apprenties !* Vous courez loin devant la mesure, mademoiselle.

— Désolée, *signore*. C'est Francesca del Contralto qui m'a marché sur le pied.

— Elle ment, *signore*. Je n'ai rien fait.

Le chef d'orchestre se frotte les tempes.

— Comment le *maestro* a-t-il supporté vingt ans ce martyre ? Je doute sincèrement qu'il ait écrit ce cantique avec l'intention de l'entendre sonner comme une horloge trop remontée. En vérité, ma petite, vous jouez toujours trop vite. Vous n'allez pas me faire croire qu'on vous marche en permanence sur le pied ? Non. Vous n'avez pas le sens de la mesure, c'est clair. Vous pouvez disposer.

Le violon repose à ses pieds. Elle gratte les plaques rouges et brûlantes qui lui couvrent les bras. Furieusement, ses ongles grimpent jusqu'à son cou et vont se prendre dans un mince ruban qu'elle tire de son corsage. Tenant à bout de bras l'objet mystérieux, elle l'examine pour la millième fois.

Sur la tige de métal sont gravées deux lettres microscopiques :

N F

C'est jour de visite aujourd'hui. Les nonnes vont et viennent tout l'après-midi comme des poules affolées. Une après l'autre, on appelle les filles au parloir où des hommes masqués et des dames enveloppées dans des capes au capuchon rabattu s'alignent avec impatience, comme des clients dans une boutique, de l'autre côté d'une longue grille de fer forgé.

Sœur Beata s'encadre dans la porte. Elle cherche Francesca, qui a disparu. Pica lui montre la clef.

— Ceci a appartenu à ma mère.

— Je t'ai déjà dit tout ce que je sais, et c'est tout ce que je veux savoir. Tu ferais bien de suivre mon exemple.

— Elle n'est pas morte. C'est la vieille dame qui me l'a dit.

Sœur Beata se renfrogne.

— Cette sage-femme est une ivrogne, une pauvre folle. *(Elle soupire et secoue la tête.)* Mon enfant, ma chère enfant, contente-toi donc de ton sort. N'oublie jamais la chance que tu as eu d'être acceptée ici, où nous sommes si nombreuses à prendre soin de toi et de ton bien-être. Rien ne pourra jamais te rendre légitime, mais ici, avec l'aide de Dieu, tu as la possibilité de racheter ta naissance.

Sœur Beata sort de la pièce dans un élan de colère ; un instant plus tard, Francesca s'extirpe de sous un lit. Les jours de visite, elle se cache toujours. Elle déteste les hommes qui viennent l'examiner avec attention, vanter sa beauté qui ne fait qu'augmenter et l'assurer que si elle sait se montrer gentille avec eux, ils feront de même avec elle.

Elle se glisse à pas de chat jusqu'à la porte, écoute, se tourne vers Pica.

— Ne crois pas un mot de ce que raconte cette vieille sorcière. Vas-y, essaie un peu de leur demander qui était ton père. Je te mets au défi. Elles te diront qu'il est mort, à toi aussi. C'est signe que l'un d'eux, ton père ou ta mère, portait un titre et l'autre non.

— Tu veux dire comme un noble ou…

— J'ai entendu des histoires racontées par des filles qui sont sorties. Elles disent que ton grand-père est un prince hongrois ou quelque chose du genre et qu'il vit dans un château au milieu d'une île. Cette clef que tu portes vient sans doute de là. Il arrive tout le temps des choses de ce genre dans les livres. Ce doit être ton grand-père qui t'a amenée ici quand il s'est aperçu que son cher fils ou sa chère fille... tu vois ce que je veux dire...

Les yeux écarquillés, Pica attend qu'elle finisse sa phrase. Francesca glousse.

— Non, tu ne vois pas. Tiens, lis ça. *(Elle tend à Pica un minuscule livre relié de toile rouge dont la tranche extérieure est toute noircie à force d'être manipulée.)* Il y a là-dedans une scène qui t'expliquera ce que tes parents ont fait pour te fabriquer.

— Je n'ai pas fini le dernier livre que tu m'as donné.

— Prends-le tout de même. Tu es plus douée que moi pour cacher des objets, ma petite pie. Si sœur Beata m'attrape encore avec un roman, c'en est fait de moi.

Elle s'accroupit dans un renfoncement du mur extérieur du réfectoire et lit à la lueur d'une unique bougie. Depuis qu'elle s'est mise à lire les livres interdits que lui prête Francesca, elle connaît par cœur les chemins qui permettent d'éviter les rondes invariables des sœurs à travers l'Ospedale.

... ses yeux brillants nageaient dans une mer de langueur, ses joues rougies luisaient telles des braises neuves, son sein battait à coups redoublés : une douce confusion régnait dans tout son être. Éperdu, son amant la serra sur son cœur d'un geste vif, fit pleuvoir sur ses lèvres d'innombrables baisers puis l'éloigna de lui pour mieux contempler ses charmes livrés – séduisantes beautés qu'il n'avait jusque là connues qu'en rêve. Ses mains ardentes secondaient en tout son regard, voyageant de çà et de là, alors qu'elle, par ses doux soupirs et les accents défaillants de sa voix, confessait recevoir un plaisir non moindre que celui qu'elle donnait…

Elle entend du bruit, referme le livre. Deux jeunes religieuses glissent près d'elle sans la voir, enveloppées dans le murmure d'une conspiration privée. Elle a entendu dire que certaines d'entre elles sont enfermées ici pour avoir commis un crime semblable à celui de sa mère. C'est ainsi que Francesca appelle cela : un crime. Voilà pourquoi elle était retenue prisonnière sur le navire. Pica essaie d'imaginer son père et sa mère en train de faire ce que décrit le passage qu'elle vient de lire. Deux êtres sans visage. Ils brûlaient l'un pour l'autre, comme disent toujours les livres de Francesca.

Elle est née de ce feu.

Distraite par une lueur tremblante, elle se tourne vers la bougie. Faible et vacillante, la langue de feu lui apparaît comme un fragile animal zigzaguant à la recherche de quelque chose. Elle tend lentement le bras et touche la flamme de sa main.

Tout allait trop vite. Un jour ils étaient à Vienne, le lendemain à Pressbourg et deux jours plus tard à Buda où les attendaient Turini et sa famille. Chaque journée de leur périple débutait par une épreuve : Flood devait sortir de l'auberge où ils avaient passé la nuit pour plonger dans le monde sans limites. Il faillit plusieurs fois rester en arrière, traînant dans une chambre ou dans une cour intérieure longtemps après l'heure du départ, dérouté par la rapidité avec laquelle se bousculaient les événements. Comme un enfant, il souhaitait fuir ce qui échappait à son contrôle.

Dans les villes, les foules entières sillonnaient les rues tels des vols de pigeons effarouchés. Tous ces gens ne voyaient-ils pas qu'à force de foncer tête baissée, ils couraient droit à la collision ? Après onze ans passés dans une petite cellule trapézoïdale, il s'attendait à ce que le monde se conforme à cette forme aussi insupportable que fondamentale. Comme un aveugle, il marchait les mains tendues devant lui, s'attendant à rencontrer partout des murs, des angles. En diligence, il se recroquevillait dans son manteau, incapable de supporter la vue de la route qui montait, descendait et tournait dans tous les sens avec une telle liberté, une telle désinvolture.

Le monde entier, chaque objet, semblait taillé dans un cristal exquis dont chaque facette, chaque sensation brillait d'un éclair miraculeux. Au lever du jour, la vue d'une toile d'araignée rutilante de perles de rosée, tendue sur un arbre mort. Un relent de paille humide apporté par le vent depuis une ferme lointaine. L'impact étoilé du crachat d'un charbonnier contre une borne. Pica cessa bientôt de le laisser payer les cochers et les porteurs, car il avait tendance à leur donner toute la monnaie de sa bourse, enchanté par le tintement sourd des pièces tombant dans leur paume tendue.

Pendant leurs déplacements, Pica se mit à lui faire la lecture dans sa petite collection de livres. Il finit par s'apercevoir qu'elle tentait de calmer son esprit inquiet en lui donnant de quoi s'occuper. Elle lui lisait des passages des *Métamorphoses* d'Ovide, des *Voyages de Gulliver* et du septième volume de la *Libraria Technicum*, que Flood avait retrouvé là où il l'avait dissimulé onze ans auparavant. Il lui confia qu'il s'agissait d'un des ouvrages favoris de sa mère, mais avant de le lui tendre, il prit le temps de lui en désigner les principales parties : *la tranche, la reliure, la nervure.*

— Avant que je t'enseigne à imprimer un livre, tu devras en disséquer un et l'assembler de nouveau.

— Pas celui-ci, fit-elle en lui retirant des mains le septième volume.

— Ce n'est qu'en défaisant les livres morceau par morceau que l'on apprend à les aimer.

Par la suite, elle s'assura de ne jamais perdre le livre de vue. Elle était en train de lui en lire un passage ; elle faisait bien attention et répétait chaque mot jusqu'à ce qu'elle en soit bien sûre.

Inoculation : Depuis les temps les plus anciens, les femmes des régions rurales de la Circassie communiquent la petite vérole à leurs enfants en pratiquant une incision dans un bras pour y introduire une pustule prélevée sur le corps d'un autre enfant malade...

Il lui demanda de lui relire ce passage. Elle leva les yeux de sa lecture.

— Djinn dit que ma mère a été très malade quand elle était petite, remarqua-t-elle. Est-ce qu'elle a eu la petite vérole ?

— Je ne pense pas.

Elle feuilleta les pages du livre, tomba sur un autre article.

Huguenots : Protestants français qui, fuyant la persécu-
tion et les massacres, ont trouvé refuge auprès de nations
plus tolérantes telles que l'Angleterre, la Hollande et les
colonies américaines. Ils comptent de nombreux artisans
habiles qui exercent des métiers tels que l'horlogerie, le
tissage ou l'impression...

— C'est nous, dit Flood.

L'enfant le regarda par-dessus son livre.

— Qui, nous ?

— Tu es huguenote par ma branche.

Elle y réfléchit un instant et lut le reste de l'article en
silence. Quand elle eut fini, elle referma le livre.

— Parlez-moi de nous, dit-elle.

Quand il ne discutait pas de son métier, il s'exprimait
de façon hésitante. Il lui raconta comment son arrière-
grand-père avait ouvert une imprimerie à Londres à la fin
du siècle précédent, comment il avait changé de nom lorsqu'il avait découvert que les Anglais n'étaient pas aussi
tolérants qu'il l'avait cru.

— Ta mère aimait lire tout ce qui portait sur Londres,
lui dit-il.

Elle feuilleta de nouveau le livre, trouva l'article et le lut
à haute voix, après quoi elle se tut un long moment. Se
détournant de la fenêtre, il s'aperçut qu'elle avait repris
depuis le début la lecture intégrale du volume, sans sauter
un seul mot. De temps en temps, elle marquait un passage
au moyen de fragments de papier journal qu'elle cueillait
en chemin, déposant soigneusement chaque bandelette

de papier entre les pages comme un prêtre marquant une page de la Bible.

— Un homme est venu me voir une fois, dit-elle. Il parlait français.

Jamais on ne l'a appelée au parloir. Quand sœur Beata crie son nom depuis la porte, elle est trop abasourdie pour bouger.

Elle porte déjà ses habits du dimanche. Les jours de visite, toutes les pensionnaires doivent revêtir leurs plus beaux vêtements. Il ne lui reste plus qu'à la suivre docilement en gardant les yeux fixés sur le sol. Mais elle n'arrive pas à remuer. Son front se couvre de sueurs froides, son cœur bat la chamade. Elle se demande si elle ne va pas se sentir mal.

À la sortie de la salle, on siffle son nom une fois de plus. Elle sort de sa paralysie et suit l'ourlet de la tunique de sœur Beata jusqu'au parloir, osant à peine respirer. On lui a gravé dans le crâne l'étiquette à respecter : debout près de sa chaise, les yeux baissés, elle attend d'être invitée à s'asseoir. Ce que fait une voix d'homme. Au bord de l'évanouissement, elle s'exécute et peut enfin lever les yeux vers la grille.

Elle a en face d'elle un grand homme mince vêtu de la soutane noire des prêtres, une paire de gants noirs et un masque à la main. Il l'examine un long moment dans un silence impénétrable avant de lui adresser la parole d'une voix douce mais parcourue de courants glacés.

— *Signorina*, je viens vous porter les salutations de votre grand-père. Quand il a su que je passerais par Venise, il a émis le souhait que je vous rende visite. Il m'a demandé de lui confirmer que vous êtes heureuse et en bonne santé. C'est bien le cas, n'est-ce pas ?

— Oui, *signore*, répond-elle comme on lui a appris à le faire. J'ai de la chance d'être ici. Merci.

L'échange s'est déroulé en français. Il semble enchanté de sa maîtrise de la langue.

— On me dit que vous aimez lire.

— Oui, *signore*. Beaucoup.

— Moi aussi.

L'inconnu joue distraitement avec son masque et ses gants sans la quitter du regard un seul instant.

— Bon. Je suis heureux d'apprendre que tout va pour le mieux. Eh bien… il semble que je me suis acquitté de ma mission.

L'inconnu enfile ses gants. Pica cherche du regard sœur Beata qui se détourne justement pour aller chercher une autre enfant. La petite se penche, s'agrippe à la grille.

— Pardonnez moi, *signore*. S'il vous plaît. Mon grand-père… qui est-ce ?

L'inconnu fronce les sourcils comme le font tous les adultes à qui elle pose les mauvaises questions. Mais Pica est sûre d'avoir vu autre chose dans les yeux noirs qui l'observent avec tant d'attention : une lueur d'amusement semblable au scintillement lointain d'une étoile.

— Désolé, *signorina*. Je ne suis pas autorisé à divulguer ce genre de renseignement. Disons que votre grandpère préfère poser des énigmes plutôt que les résoudre. Mais je suis sûr que vous saurez tout, en temps et lieu.

L'inconnu commence déjà à s'éloigner quand les mots de la sage-femme lui reviennent à l'esprit :

L'homme en noir.

Il tient à bout de bras une pomme de terre crue qu'elle a achetée à un marchand ambulant et pelée pour la partager avec lui.

— Suppose que ceci est un morceau de cuivre.

De l'autre main, il tient un caractère d'imprimerie.

— Le fondeur le frappe avec un poinçon d'acier, comme ceci, et voilà : une impression en creux de la lettre *a.*

Un corbeau croassa non loin. Flood leva des yeux pleins d'espoir vers la masse sombre et humide des arbres qui bordait la route. Leur diligence s'était embourbée à quelques lieues de Buda. Djinn était parti chercher de l'aide en compagnie du cocher et ils n'étaient toujours pas revenus. Le ciel, qui avait été couvert toute la journée, commençait à s'éclaircir ; Flood ressentit l'anxiété familière lui serrer le cœur à l'idée de cet océan de bleu sans limites. Il se retourna vers Pica qui grignotait une carotte, le regard perdu vers l'horizon. *L'écoutait-elle seulement ?*

— On place la matrice de cuivre dans un moule, poursuivit-il, et on y verse l'alliage en fusion. Le métal remplit tous les creux et, quand il durcit, on obtient un caractère comme celui-ci, avec la lettre en relief et à l'envers, comme sur le poinçon initial.

— Mais alors, s'étonna Pica, pourquoi n'utilise-t-on pas le poinçon pour imprimer, tout simplement ? Ah, je vois. Il faut beaucoup de *a* sur chaque page.

— C'est cela. De cette façon, le fondeur peut fabriquer tous les caractères nécessaires et ils sont tous identiques. Pas d'autres questions jusqu'ici ?

— Tu vas la manger, la pomme de terre ?

— Prends-la. Maintenant, on place le caractère, notre lettre *a* terminée, dans le composteur, comme ceci.

— Elle a la tête en bas.

— C'est la première leçon du typographe, opine Flood en hochant la tête. Il faut parfois savoir déjouer le sens commun.

Un cri retentit sur la route. Il aperçoit une charrette de foin tirée par deux bœufs. Assis à côté du charretier, Djinn agite le bras.

Elle est assise bien droite dans son lit. Sa chemise de nuit relevée sur ses épaules laisse voir son dos nu. Les doigts gras et huileux du docteur lui tâtent les côtes, lui tapotent le sternum, lui serrent le cou. Derrière lui, dans l'ombre, sœur Beata émet un chuintement horrifié.

— Serait-ce... la peste ?

Le docteur lui ouvre la bouche de force, se penche pour y regarder.

— Non, remercions la Providence. C'est une inflammation de la peau qui ne me semble pas contagieuse. Les éruptions de ce genre, j'en suis persuadé, apparaissent en réaction à l'atmosphère chargée et confinée qui règne dans ce cloître. Nous commencerons par une saignée suivie d'un astringent rafraîchissant, comme du vitriol de zinc, par exemple, ou un onguent à base de lait de chaux et de vif-argent. Cela peut aussi être de l'eau froide. Si les symptômes n'ont pas diminué demain matin, faites-la monter jusqu'à la plus haute lucarne du bâtiment, déshabillez-la et ouvrez grand les battants pour faire entrer le vent.

— Docteur, une telle oisiveté lui serait plus nuisible que la maladie.

— Alors faites-lui faire des gammes ou je ne sais quel exercice pratiqué par les jeunes filles douées pour la musique.

— Elle ne fait plus partie du chœur ; elle va plutôt se consacrer à d'autres formes utiles d'art.

— Peu importe ce qu'elle fait, sœur Beata, du moment qu'elle reste exposée au grand air au moins une heure par jour.

Assise sur un lit de camp, enroulée dans une couverture usée, occupée à broder des roses minuscules sur un mouchoir de poche, elle lève de temps en temps les yeux vers la fenêtre. De l'autre côté du canal, le campanile de l'église San Giorgio scintille sous la neige.

Juchée sous les combles de l'Ospedale, la mansarde est parcourue de courants d'air. Pica frissonne, pose son

ouvrage sur le lit et se lève pour arpenter la chambre, cla-
quant des mains pour les réchauffer.

Sur les murs sont accrochés des instruments cassés ou
inutilisés. Tout en haut, dans un coin, se cache un violon
poussiéreux, meurtri. Il n'a plus qu'une corde et une fêlure
en zigzag déchire sa table d'harmonie. Pica se remet au
travail, mais elle ne peut empêcher longtemps son regard
de retourner se poser sur le violon. Elle finit par tirer une
chaise jusqu'au coin. En s'élevant sur le bout des pieds, elle
parvient tout juste à soulever l'instrument de son clou. Elle
l'apporte jusqu'à sa couche, le tourne et le retourne dans
ses mains, suit du bout de l'index la ligne délicate de son
filet, colle son nez à la fente obscure de ses ouïes, s'inter-
roge sur l'étrange poinçon gravé dans son dos :

Planté les mains derrière le dos près de la fenêtre, le
maestro porte une soutane noire.

— J'en ai joué si fort qu'il s'est fendu. C'était à Milan, je
pense. Oui. En plein milieu du *Grand Mogol*.

Pica lui tend le violon. Il le prend délicatement dans ses
bras, comme on le fait avec un nourrisson ou une bouteille
de vin rare.

— On m'a apporté un autre instrument, mais j'étais
incapable de continuer. Le public me foudroyait du regard
et puis quelqu'un a éclaté de rire. Les critiques ont écrit :
le pacte qu'a conclu Vivaldi avec le diable est enfin échu.
Personne ne savait ce qui m'avait pris. Je venais d'entendre le cri silencieux de mon cœur.

Il coince le violon sous son menton, pince la corde, fait tourner sa cheville, pince de nouveau la corde.

— *Cento donzelle festose e belle.* Cent demoiselles joyeuses et belles. Cela dit ma joie de partager chaque jour votre vie. D'entendre chaque matin votre innocent babillage quand vous descendiez l'escalier qui mène aux salles de classe, de voir tendus vers moi vos visages luisants à force d'être frottés, vos yeux attentifs à mes explications sur l'harmonie, la figuration et la ritournelle. Fou que j'étais ! Je n'avais rien compris ! Je jouais de mon violon tout en restant sourd au chant extasié de mon coeur ! Mais le monde a entendu. Le monde m'a vu jouer comme un homme possédé par la fièvre. Le monde en voulait encore. *Il prete rosso !* criait le public. Nous voulons le prêtre roux ! Ils me réclamaient à grands cris… alors j'ai quitté l'*Ospedale*, séduit par le mirage de l'or, de la gloire, de l'amour, de tout ce que je croyais vouloir.

*Loin en dessous d'eux, dans l'une des salles de répétition de l'*Ospedale*, une voix de soprano monte et descend laborieusement les notes de la gamme.*

— Et vos noms, vos beaux noms. Arcangela dell Cornetto. Lucia Soprano. Anna Maria della Viola.

Pica s'avance vers lui.

— Moi aussi, j'ai joué du violon, Mais je n'arrivais pas à garder la mesure alors le chef d'orchestre m'a renvoyée. Maintenant, on m'appelle Pica tout court.

Le maestro lui rend le violon.

— Depuis que j'ai compris le désir profond de mon cœur, je n'ose plus revenir. Je sais qu'une joie si parfaite n'est pas permise à un homme en ce monde. J'ai envoyé cet objet de beauté à ma place, en chargeant les bonnes sœurs de le mettre de côté sans le réparer. Tu vois, je savais bien qu'il me trahirait, qu'il suffirait à quiconque d'entendre sa musique, la petite musique des choses cassées, pour tout comprendre.

Pica suit du bout de l'index la ligne de la fêlure sur la table d'harmonie.

— Oui. Quand j'ai vu qu'il était brisé, j'ai su qu'il avait une histoire.

Le manteau noir du maestro se confond avec le rideau qui claque au bord de la fenêtre ouverte. Pica se redresse, tenant toujours le violon serré dans ses bras. Le docteur est penché sur elle, palpant son front de ses doigts boudinés.

— Cette petite est brûlante.

Sœur Beata est assise à côté du lit, un chapelet enroulé autour des mains.

— Elle retombe sans cesse dans cet état. Elle parle à un homme invisible… Je crains que cette enfant ne soit… possédée !

Le docteur pousse un grognement excédé.

— Sauf tout le respect que je vous dois, sœur Beata, nous ne vivons plus au Moyen Âge. La petite souffre de crises de délire provoquées par la fièvre, sans plus. La cure d'air frais a parfois cet effet, quoique d'après mon expérience le phénomène soit plutôt rare. Mais venons-en au fait : j'ai consulté plusieurs de mes éminents collègues et je crois avoir isolé la cause de ses symptômes. Il s'agit d'une affection extrêmement rare connue sous le nom de *batracisme,* caractérisée par des sécrétions glandulaires cireuses et une perméabilité excessive de la peau.

172

— Est-ce qu'elle en mourra ?

— C'est peu probable, mais le prurit risque de la rendre folle. Les symptômes sont généralement plus aigus chez les enfants et s'estompent graduellement lorsque le patient atteint l'âge adulte, un peu comme les éruptions que l'on voit si souvent sur le visage des jeunes filles. Je recommande des bains de lait chaud coupé d'eau, trois fois par semaine. Mais attention, pour que le remède puisse être d'une quelconque efficacité, elle doit rester chaque fois immergée pendant au moins une heure.

Elle se déshabille dans la mansarde et se plonge en grimaçant dans le brûlant liquide velouté. Sœur Beata l'observe depuis la porte, les bras croisés, les lèvres serrées, exsangues à force de réprobation.

— Je n'ai pas le temps de te regarder te prélasser dans ton bain toute la journée comme la reine de Saba. Je demanderai à d'autres pensionnaires de se charger de cette besogne.

Il fait nuit. Les draps blancs suspendus au plafond pour la protéger du vent s'agitent autour d'elle comme les voiles d'un navire. Elle part à la dérive...

— Hé, la pie, réveille-toi.

Francesca entre dans la pièce. Elle porte une bassine de lait chaud et fronce les sourcils, comme toujours. Enfoncée jusqu'au cou dans la cuve de bois, Pica la regarde s'approcher à travers ses yeux mi-clos.

— Francesca, fais ceci, fais cela. Pour qui me prennent-elles, une esclave nubienne ? Après tout, je suis fille d'archevêque.

Les yeux de Pica s'ouvrent brusquement.

— Comment le sais-tu ?

— Je le sais, c'est tout. Sœur Beata le sait. Même le pape est au courant, sans aucun doute.

— Mais comment l'as-tu appris ?

— Comme tout le reste, bécasse. On commence par trouver qui sait ce que l'on veut savoir, ensuite on trouve ce qu'ils veulent en échange.

— Et que veulent-ils ?

— La plupart du temps, de l'argent. Ou autre chose. Parfois, il faut faire cette autre chose pour trouver l'argent. *(Elle pousse un juron et donne à Pica une tape sur la tête.)* Mais pourquoi est-ce que je te raconte ça ? Pauvre petit bébé malade qui se fait servir au doigt et à l'œil.

Elle vide le contenu de la bassine sur la tête de Pica, donne un coup de pied dans la cuve et sort en claquant la porte. Une vague de lait dilué déborde de la baignoire et, lento, se répand sur les lattes du plancher. Pica s'enfonce encore plus profondément jusqu'à ce qu'elle soit complète- ment submergée dans un silence blanc et chaud. Elle ouvre les yeux.

Plus tard, une autre bassine de lait sur les bras, Francesca revient, s'arrête pile, fait rapidement le tour de la pièce du regard, se penche sur le baquet et pousse un hurlement. La bassine se fracasse sur le parquet, rayant le sol sombre d'une comète de lait.

Encore plus tard, la nuit, au dortoir, Pica écoute en fai- sant semblant de dormir le compte rendu chuchoté par Francesca à leurs condisciples assemblées autour de son lit.

— Je vous le jure, Prudenza, Zillah, je l'ai vue comme je vous vois. Elle dormait comme un bébé. Je voyais les bulles remonter à la surface.

La voix de Zillah : C'est un tour qu'elle t'a joué, idiote.

— J'y ai pensé, vieille sorcière. Je l'ai tirée par les cheveux. Je lui ai crié dans les oreilles. J'ai tapé sur la baignoire. Rien. Je ne savais pas quoi faire, j'étais morte de peur, alors je l'ai sortie de là et, tout d'un coup, elle s'est mise à suffoquer comme si je la noyais, mais dans l'air ! Elle a vomi une cuvée de lait par terre, elle a ouvert les yeux et elle m'a regardée comme si elle n'avait aucune idée de ce qui venait de se passer. *(Elle plisse les yeux en direction de la forme allongée de Pica.)* Je vous le dis, celle-là, elle respire sous l'eau.

Prudenza : C'est peut-être une *stregha*.

Zillah : Oui, une sorcière.

Francesca : Je me fiche qu'elle soit la fille du diable en personne, du moment qu'elle peut nous être utile.

Les membres ankylosés, ils descendirent tant bien que mal de la diligence. Sur le quai, le charpentier les considérait sans rien dire, l'air méfiant. Pas étonnant, songea Flood, étant donné notre allure à tous les trois. Un vieux qui a peur de son ombre, un jeune homme à la peau brune avec douze doigts et une fille habillée en garçon. Il s'attendait, comme toujours, à sentir une main lourde atterrir sur son épaule, à entendre retentir une sommation sans appel.

Brusquement, Turini s'avança et s'inclina devant eux.

— Comtesse, j'ignorais… juste avant de mourir, le comte m'a envoyé ici pour démanteler le bateau, mais je n'ai pas pu. J'ai désobéi. Si vous souhaitez que nous partions…

Pica secoua la tête en triturant son chapeau.

Dans la grisaille de ce soir de pluie, ils entrevoyaient à peine la silhouette du navire. Darka, la femme de Turini, et les jumeaux, un garçon et une fille, les accueillirent sur le gaillard d'arrière avec une respectueuse révérence, ce qui mit Flood mal à l'aise sans que Pica semble incommodée le moins du monde. Tout comme le charpentier, sa femme et ses enfants semblaient incapables de faire autre chose que de les fixer d'un œil incrédule, surtout la jeune fille. *Leur nouvelle maîtresse.* Darka prit la main de Pica et la baisa, puis recula en agitant silencieusement les lèvres, les mains agrippées l'une à l'autre.

— Elle voudrait que vous sachiez, intervint Turini, qu'elle aimait beaucoup votre mère.

Comme il était tard, le charpentier les mena à la cabine préparée en prévision de leur arrivée et leur apporta du pain, du fromage et du vin en guise de repas improvisé.

Au lieu de manger, Pica entreprit d'explorer la cabine, regardant sous les couchettes, ouvrant les tiroirs de la table grossière, explorant les armoires. Elle découvrit en bas de la porte une étroite fente horizontale dans laquelle elle glissa une main qu'elle retira aussitôt.

— Sais-tu à quoi sert ceci ? demanda-t-elle à Turini.

Le charpentier haussa les épaules.

— Le comte a fait beaucoup de changements ici. Personne ne sait pourquoi. Une chose est sûre : vous allez vous perdre sur ce bateau. Cela nous est tous arrivé, au début.

Quand il fut parti, Pica s'assit sur le bord de sa couchette pour enlever ses souliers. Flood la regarda se perdre dans ses pensées. Depuis leur départ du château, c'était elle qui les avait aiguillonnés et qui les avait menés jusqu'à leur destination. Maintenant qu'ils étaient arrivés, elle semblait un peu perdue.

Assis à la table, Djinn mâchonnait un bout de pain dans un silence morose. Flood l'observa, incapable, comme d'habitude, de deviner ce qui pouvait bien se passer dans la tête du jeune homme. Djinn parlait encore moins, si la chose est possible, que lorsqu'il était enfant. Il s'accommodait sans sourciller de toutes leurs péripéties, comme si ce voyage en pays étranger n'était ni mieux ni pire que les longues années passées au château. À la connaissance de Flood, Djinn ne riait jamais et ne souriait que très rarement. Il était devenu un jeune homme superbe, et la timidité dont faisait preuve Pica en sa présence disait clairement qu'elle partageait cet avis, bien qu'elle semblât encore considérer le monde avec les yeux attentifs et innocents de l'enfance.

Flood frissonna, avala une gorgée de vin et réfréna un spasme qui lui contractait la gorge. Même si les coups répétés de la coque du navire contre l'appontement lui rappelait la pulsation des machines du château, la cabine sombre, humide et froide lui semblait bien étrange.

Voyant Pica tirer sur ses bas sales, il lui suggéra de demander à Darka de lui trouver des vêtements de fille.

Pica se renfrogna et Flood vit ses joues s'empourprer.

— Mais j'aime ces vêtements-là. Ils sont amples. J'ai la peau cireuse, il faut qu'elle respire. C'est le docteur qui l'a dit.

— Encore une chose que nous avons en commun.

Son visage s'éclaira soudainement.

— Alors, toi aussi tu peux faire ça ?

Elle se leva d'un bond, s'appuya sur la table et tendit une main au-dessus de la chandelle. Bouche bée, incapable de réagir, Flood vit s'échapper de son index un filament de fumée huileuse.

— Ne fais pas ça ! s'exclama-t-il en traversant la pièce.

Levant vers lui des yeux à la fois surpris et déçus, elle retira lentement sa main. Le bout de ses doigts baignait dans un léger halo bleuâtre.

Elle frissonne de la tête aux pieds.

Debout, en chemise de nuit, sur une butée du pont, elle entoure de ses bras un panier lesté de pierres. Prudenza attache une corde épaisse autour de sa taille et serre bien le nœud. Elle pose une main sur l'épaule de Pica.

— Tire une fois sur la corde quand tu voudras remonter, deux fois si tu as des ennuis.

Francesca pousse Prudenza de côté.

— Pas question que tu aies des ennuis. Et ne remonte pas les mains vides : nous te rejetterions à l'eau aussitôt.

Francesca passe l'anse du panier autour du cou de Pica, qui s'accroupit lentement avant de se laisser tomber à la renverse dans l'eau glaciale. À moitié submergée, elle s'arrête, tente frénétiquement de s'agripper aux parois visqueuses de la butée, mais le panier est trop lourd : elle lâche prise pour plonger sous la surface, dans un monde plein d'échos où règne une lumière glauque.

Ses pieds s'enfoncent dans un limon glacé. Elle vient de toucher le fond.

Propulsée par la peur, elle se met en marche, soulevant à chaque pas un panache de sédiments. L'eau dormante est plus chaude ici, ce qui n'empêche pas des courants glacés de la frôler comme des âmes errantes.

De temps en temps, elle se penche pour cueillir une pièce à l'effigie effacée, une poignée de rapière rouillée, un soulier de dame en soie brodée de sequins. Tout ce qui brille dans la fange.

La corde se tend. Elle est parvenue jusqu'aux piles d'un autre pont aux arches délicates entre lesquelles le courant s'engouffre en mugissant de sa voix grave. Près du pont, à moitié enfoncé dans la vase, repose un squelette couvert de chaînes. Il porte encore des fragments de dentelle et un reste de manteau de velours qui le désignent comme un noble. Elle trouve quelques sequins en déboutonnant la petite poche du manteau. Quelque chose brille au milieu de la cage thoracique : une broche sertie de turquoises.

Le panier gît à l'envers sur les pavés humides. Pica est assise à côté, trempée, frissonnante, les mains enfoncées sous les bras. Prudenza essuie du revers de sa manche une tabatière laquée incrustée de gravier jaunâtre.

— Regardez ça. C'est sûrement plus vieux que sœur Beata.

Francesca pouffe de rire. Et aussi miteux. Nous allons être riches comme Crésus, mes amies. Riches comme le Doge. Riches comme les Médicis.

Zillah glisse une bague à son doigt fin. Riches comme Salomon.

— On dit *sage* comme Salomon, andouille.

— On s'en fiche, peau de vache. Avec tout cela, nous pourrons acheter… acheter…

Francesca arrache un peigne en ivoire des mains de Zillah.

— Tout ce nous achèterons, les nonnes nous le prendront. Non, pour le moment, nous allons devoir dissimuler notre butin quelque part, le laisser s'accumuler jusqu'à ce que nous sachions clairement ce que nous voulons en faire. Il n'y a qu'à dire à la pie de redescendre avec le panier et de le cacher en attendant.

Prudenza chuchote en désignant Pica d'un mouvement de tête.

— Il faudrait lui donner quelque chose, non ?

L'une d'elle lui tend les pièces ternies du mort.

— Tiens, la pie, voilà ta part !

Pendant que Francesca et ses amies se disputent leur part du butin, Pica se retourne, recrache la broche dans sa paume ratatinée et referme dessus ses doigts engourdis. L'épingle mord dans sa chair tremblante et fatiguée.

Un son le tira de son sommeil. Une note vibrante et grave, comme le vent bercé par le creux d'une vague.

Il leva la tête et se heurta à quelque chose de doux, de soyeux et de brodé. Il respira un instant le soupçon de parfum qui persistait sur le sachet qu'il avait pris au cou d'Irena, écoutant l'écho de son souffle tout contre son oreille, dans le même lit vibrant sous eux.

Il ouvrit les yeux. Quelqu'un avait attaché un coussin aux lattes de la couchette au-dessus de sa tête avec du fil à pêche.

Il était sur un bateau qui faisait route vers le large. Il resta étendu sans bouger. Son esprit luttait pour échapper à la nappe de temps qui le submergeait.

Il l'entendit de nouveau : un sifflement grave, inhumain.

Quittant sa couchette, il traversa la cabine d'un pas incertain, tâtant de ses pieds nus les lattes inégales du plancher. La porte de la cabine n'était pas fermée à clef. Il suivit tant bien que mal un petit couloir menant à un mur aveugle qui s'effaça en glissant à son approche, révélant une longue pièce basse de plafond au centre de laquelle il trouva sa presse, soutenue par des poutres et fixée au pont par des barres de fer. Turini avait suggéré de la monter ainsi pour la mettre à l'abri du tangage et du roulis.

Plusieurs meubles à tiroirs retenus par de gigantesques fixations de métal s'alignaient le long de la paroi extérieure du navire en compagnie de bouteilles d'encre rebondies fermées par d'énormes robinets de cuivre. Dans un coin, Ludwig, suspendu à un crochet, fixait la presse de son regard vitreux.

Installé à l'établi, Djinn s'affairait à nettoyer les caractères longtemps inutilisés à l'aide d'un pinceau qu'il trempait dans une bouteille de solvant.

— Tu as entendu ce bruit ? lui demanda Flood.

L'apprenti leva les yeux, surpris, puis secoua la tête.

Flood entra dans la pièce, regardant autour de lui avec un plaisir coupable. Alors qu'il avait passé ces quelques premiers jours en mer roulé en boule sur sa couchette, aux prises avec le mal de mer, Djinn, lui, n'avait visiblement pas perdu de temps. Tout luisait de propreté, tout était à sa place. Tout, comprit-il soudain avec un pincement de cœur, était prêt à servir s'il le souhaitait. *Imprimer en mer.* Il secoua la tête pour déloger cette pensée saugrenue, puis se souvint de sa plate-forme, au château, et de la façon dont elle s'arrêtait pile quand chaque heure sonnait.

Il remarqua alors que chaque fois que Djinn finissait de nettoyer un caractère, il le déposait dans son composteur.

— Sur quoi travailles-tu ? s'enquit-il.

— Le souvenir.

Flood suivit le son mystérieux jusque dans les entrailles du navire, puis, escaladant échelle sur échelle, remonta d'un pont à l'autre. Il fut accueilli par la lumière brute du soleil, le claquement d'une toile, l'odeur du goudron sur les cordages mêlée à celle du bois fraîchement astiqué. Un courant de terreur le traversa lorsqu'il s'aperçut qu'on ne voyait plus la terre.

Sur le gaillard d'arrière, Turini, appuyé sur un genou, frappait deux planches l'une contre l'autre. Avec sa barbe ligneuse et ses mains noueuses, le charpentier faisait penser à un arbre, comme si le bois vivant avait pris forme humaine pour se transformer en chaises, en étagères, en tout ce qu'il fabriquait depuis leur arrivée sur le bateau pour leur rendre la traversée plus confortable.

Darka tenait la barre à ses côtés, aussi différente de son mari qu'il était possible de l'être. Elle ne marchait pas : elle coulait comme de l'eau. Son corps d'une souplesse inouïe semblait capable de prendre toutes les formes. C'était elle qui se glissait dans les espaces que son mari ne pouvait atteindre dans son incessante chasse aux planches disjointes et aux voies d'eau. Apercevant Flood, elle étendit une jambe pour attirer l'attention de mari d'un coup d'orteil. Turini se leva précipitamment.

— Vous sentez-vous mieux, *signore* Flood ?

Flood répondit d'un hochement de tête. Sans Turini et son agile famille, jamais ils ne seraient parvenus aussi loin. Le lendemain matin de leur arrivée à bord, il avait observé les jumeaux, le garçon et la fille, grimper dans les haubans et courir comme des singes le long des vergues, parfaitement à l'aise dans ce monde aérien qui n'était pour Flood qu'un enchevêtrement complexe de cordes et de chaînes. Bien que n'étant pas sourds et muets comme leur mère, Lolo et Miza avaient hérité d'elle, en plus de leur adresse acrobatique, tout un langage fait de gestes et d'expressions faciales qui les dispensait presque entièrement de l'usage de la parole. Malgré leur déconcertante ressemblance physique, Flood avait vite appris à les discerner : il lui avait suffi de réaliser qu'il prenait toujours Miza pour son frère.

Flood leva les yeux, s'attendant à voir les étranges enfants évoluer dans leur élément, mais c'est Pica qu'il aperçut, suspendue aux enfléchures comme un pétrel déposé là par une tempête. Elle tenait dans une main le violon fêlé qu'elle avait pris à l'*Ospedale*. En proie à une nouvelle attaque de vertige, il la vit porter le violon à ses lèvres et souffler sur l'une de ses ouïes, en tirant une note déchirante qui s'envola au-dessus du silence pour aller se perdre dans le vent.

Chaque livre a sa propre histoire.

Examinez-le de près, vous verrez bien les contours irréguliers des caractères craquelés, bossus, crevassés, les lettres penchées ou qui dépassent leurs congénères vers le haut ou vers le bas, les variations d'intensité, de texture et de teinte de l'encre, les grains de poussière et les gouttes de sueur incorporées dans la trame même du papier, les minuscules insectes pris au piège sous le poids de la platine et fixés à jamais, déguisés en virgules ou en points superflus.

Dans ces imperfections se lit toute l'histoire humaine des graveurs de caractères, les yeux plissés des compositeurs et des ouvriers typographes, le visage noirci des apprentis toucheurs, leur course contre la montre, contre les peines et le chaos, contre la vie, pour créer cette chose qui, bien que n'existant pas dans la nature, est tout de même soumise à son action.

Pages tachées, roussies, desséchées. Papier qui s'effrite comme du métal rouillé. Fils décousus, bandeaux effilochés. Couvertures pendantes, à moitié arrachées, pages de garde manquantes, écoinçons de bougran défaits. Les acariens, les blattes et les termites se régalent de papier et de colle à relier. Les rats et les souris se creusent des nids douillets dans l'épaisseur de leurs chapitres. Et à l'abri du regard, par l'action chimique du temps, les mots eux-mêmes sont vidés de leur sève. Dans chaque bibliothèque, les lecteurs restent assis dans un silence placide alors qu'autour d'eux, des forêts entières se désagrègent.

LE PUITS DE LÉGENDES

Venise, cloîtrée dans une brume épaisse qui l'écrasait déjà depuis une semaine, frôlait dangereusement la certitude d'exister quand un étrange navire fit son apparition le matin du huitième jour, annonçant joyeusement le retour du doute. Les premiers témoins qui l'aperçurent dès la pointe de l'aube, quelques rares promeneurs et fêtards attardés errant sur la *Riva degli Schiavoni,* se persuadèrent qu'ils venaient enfin de traverser les brumes tenaces du réel pour entrer dans un autre âge. Sur le canal flottait un vaisseau de songe qui n'aurait pas déparé les vagues tarabiscotées, hantées de monstres marins, qui ornent les coins cornés des vieilles cartes de navigateurs. Son château arrière évoquait celui d'un antique galion espagnol et son bastingage crénelé descendait en droite ligne des palais flottants qui ramenèrent jadis Marco Polo de son voyage au royaume de Cathay.

Sa figure de proue écaillée tenait à la fois de l'homme, de la bête et de l'oiseau, mais sa coque rebondie, couverte de mollusques, évoquait surtout, aux yeux des badauds assemblés sur la rive, la peau incrustée de pierreries d'un dragon, ressemblance accentuée par le mélange de vapeur et de fumée que crachaient ses sabords inférieurs en émettant, à chaque exhalaison, une lamentation vaguement musicale qui n'était pas sans rappeler les notes les plus graves d'une cornemuse.

Mais il n'était pas bien gros. Un plaisantin ne tarda pas à le comparer à un dragonnet, mâle sans aucun doute, à en juger par sa parure nuptiale. Les rares privilégiés qui avaient pu monter à bord pour y charger des provisions colportaient au sujet de l'équipage des histoires plus fabuleuses encore.

On ne tarda pas à murmurer que le capitaine était sorcier, sa fille une sirène qui contrôlait les marées, ce qui souleva une vive controverse : oui ou non, les sirènes peuvent-elles vivre sur la terre ferme ? À quoi ressemblent-elles au juste ? Les anciens se souvenaient du jour où l'on avait pêché une sirène dans le canal, à l'époque du doge Venier. Certes, le bas de son corps manquait et il ne fut établi qu'il s'agissait d'une sirène que lorsqu'on retrouva la partie animale sur la rive, non loin de là. La preuve irréfutable du sexe de la créature était si choquante pour la sensibilité chrétienne que l'évêque se hâta de la dissimuler dans les caves de son palais, conservée dans un baril de vinaigre balsamique.

D'autres affirmaient que la donzelle n'était pas la fille du sorcier, mais bien une machine à jouer du violon qu'il avait volée dans le château d'un prince hongrois afin de faire fortune en l'exhibant dans les foires des grandes villes.

Il y avait aussi à bord une famille de saltimbanques qui dormaient dans les cordages, suspendus par les pieds comme de vulgaires chauves-souris, un soldat mécanique qui marchait, parlait et soufflait du feu, sans oublier un Chinois âgé de trois cents ans qui possédait six doigts à chaque main et se laquait le corps pour ne pas vieillir, selon la coutume de son étrange pays où, c'est bien connu, les habitants marchent la tête en bas.

De toute évidence, ce navire était une sorte de machine impossible. À la barre se trouvait une console munie de touches et de jeux dont le timonier jouait comme d'un orgue d'église pour hisser ou baisser les voiles. Ses cales étaient remplies d'engins diaboliques sifflant et crachant du feu ainsi que des vapeurs servant sans aucun doute à quelque alchimie démoniaque.

Les rumeurs trouvèrent bientôt des bribes de vérité auxquelles se raccrocher : on sut que le capitaine de l'archaïque vaisseau était un éditeur qui parcourait le monde pour vendre les livres moites qu'il imprimait à l'encre de seiche sur des feuilles faites d'algues pressées et reliées avec des peaux de requins. En circulant, l'histoire se bonifiait comme un vieux fromage, acquérant de plus en plus de piquant pour devenir celle du *Bourdon perdu et retrouvé*, se mêlant dans la bouche de ses colporteurs avec les contes et légendes appris sur les genoux de leur grand-mère.

La nouvelle du retour de l'incertitude à Venise fit sortir tout le monde de chez soi ; les rues un instant désertées se remplirent bientôt de leur foule habituelle : vendeurs, acheteurs, ceux qui aiment voir, ceux qui aiment être vus.

Par un bel après-midi, alors qu'ils se frayaient un chemin sur la rive en direction de la place Saint-Marc, Flood et Pica ne purent faire autrement que d'entendre les racontars dont ils étaient l'objet. Flood crut un instant que ses idées bizarres d'impression marine l'avaient devancé dans le temps pour se réaliser sans lui.

Ils longeaient la façade austère de l'*Ospedale*. Pica baissa la visière de son chapeau et hâta le pas sans lever les yeux. Sous les colonnades bondées de la place couverte d'une foule bruyante, ils trouvèrent une table où s'asseoir pour attendre une réponse à la lettre, accompagnée d'une cuiller, qu'ils avaient envoyée le matin même au métallurgiste Kirshner.

Un serveur sorti de nulle part se matérialisa pour prendre leur commande. Il leur demanda en passant s'ils avaient vu le bateau.

— Quel bateau ? demanda Pica.

— Vous savez, la librairie flottante, répliqua le serveur. Le *Bourdon*.

Dans les rues grouillantes, Flood n'avait pas seulement entendu parler de lui-même. Il était aussi question du métallurgiste. On lui attribuait une longévité prodigieuse qu'il entretenait en buvant le jus de fruits étranges et en pratiquant des étirements rituels de tous ses membres. On chuchotait que le redouté Conseil des dix enquêtait sur Kirshner depuis quelque temps. Sévère gardien de la pureté morale de la Sérénissime, le Conseil employait de façon courante des espions, des voleurs et des pyromanes pour parvenir à ses fins. Quand vous appreniez que vous étiez inscrit à leur index des indésirables, une chose était sûre : un jour, ils viendraient vous chercher pour vous enfermer dans la terrible prison dont on ne sortait que rarement : les *Piombi*[1].

Cela peut prendre des jours ou des mois, l'avait informé Pica un peu plus tôt. Elle avait entendu parler du Conseil des dix pendant son séjour à l'*Ospedale. Ou même des années. Mais un jour, ils viennent te chercher.*

Ce n'est pas sans anxiété que Flood écoutait ces terribles histoires, souhaitant de tout cœur remonter à bord. Comme une chambre se déplaçant partout avec lui, l'atmosphère trouble et saumâtre de Venise bloquait toute vue du ciel, annihilait toute suggestion de distance, mais refusait de le protéger comme le feraient des murs normaux. Des amincissements et des porosités laissaient passer des apparitions comme celle qui se dressa soudain à leur table, un grand escogriffe en costume de Juif : chapeau noir à larges bords, grand nez recourbé retenu par une ficelle et barbe de diable à deux pointes.

---

1. Ainsi nommée parce qu'elle était située immédiatement sous le toit de plomb du Palais des Doges (NDLT).

Si la menace du Conseil pesait sur lui, pourquoi le métallurgiste, ou son représentant, avait-il choisi de se déguiser en double grotesque de lui-même ? Flood s'apprêtait à vérifier qu'il avait bien devant lui la personne qu'il était censé rencontrer à trois heures sonnantes ainsi que le stipulait sa lettre, lorsque l'homme costumé se pencha et lui souffla, dans un italien encore plus mauvais que le sien :

— Combien pour passer la nuit avec votre fille-garçon ?

Flood se détournait déjà quand Pica, à sa grande surprise, cracha au nez du masque un juron de gondolier : *coglione !* L'homme recula, ouvrant de grands yeux qu'il braqua tour à tour sur Flood et sur Pica.

— Connaissez-vous le métallurgiste ? demanda Flood à tout hasard.

L'homme darda sa langue hors de son masque à la façon d'un serpent. Comme on ne pouvait voir l'expression de son visage, le geste était difficile à interpréter. C'est alors qu'une main tapota l'épaule de Flood et qu'un unique mot fut chuchoté à son oreille : *Kirshner.* Il fit volte-face et se trouva nez à nez avec un garçon qui, estima-t-il, avait à peine un ou deux ans de plus que Pica. Il était vêtu d'une cape et coiffé d'un tricorne.

Le garçon tenait dans sa main une cuiller en argent terni.

— Je les ai vus le premier, geignit sans conviction l'homme masqué. Si nous partagions ? Mais le garçon entraînait déjà Flood et Pica vers la sortie de la place.

— Ah, ces étrangers, soupira-t-il, ajustant le bord de son tricorne et pressant le pas.

Se hâtant à son tour, Flood demanda au garçon pourquoi, dans les rues, tout le monde semblait si agité.

— C'est le vent du doute. Tous les deux ou trois mois, il déferle sur la cité pour nous secouer un peu.

— Je pense que nous l'avons amené avec nous, avoua Pica.

— Ce soir, c'est la fête. Le *forse*[1] : le carnaval de l'incertitude.

Ils croisèrent un homme qui allumait des lanternes, bien que l'on soit au beau milieu de l'après-midi, puis passèrent devant une vieille femme en haillons accroupie au-dessus d'une grille et qui sifflait joyeusement tout en soulageant sa vessie. Ils furent suivis pendant quelque temps par un individu dépenaillé, vêtu de toile de jute, qui les abreuva d'imprécations dont il ressortait que le huitième niveau des Enfers affichait presque complet. Au risque de se perdre, ils tournèrent et retournèrent dans le dédale des ruelles jusqu'à ce que ses cris terribles cessent de retentir derrière eux.

Trébuchant dans l'obscurité sur deux corps prostrés et puant l'alcool, ils parvinrent finalement devant un pont étroit barré d'une lourde chaîne. Un homme en uniforme, assis dans une guérite, se pencha lentement pour les examiner de la tête aux pieds, à la suite de quoi, ayant reconnu le garçon, il détacha la chaîne pour les laisser passer. Ils traversèrent un *campiello* désert où résonnaient leurs pas, descendirent quelques marches de pierre inégales et pénétrèrent dans le passage le plus étroit qu'ils aient jamais vu. Les gouttières des murs opposés, en se rejoignant presque, obscurcissaient le ciel au-dessus d'eux.

---

1. Littéralement, *peut-être* (NDLT).

Le garçon les fit passer sous une arche, puis ils suivirent un long *sottoportico*[1] qui s'arrêtait brusquement devant une porte sans inscription, enfoncée dans un mur de pierre lisse d'un gris de plomb. Un petit tube de métal percé d'une minuscule ouverture était fixé à la porte. Flood vit qu'il contenait un parchemin roulé. Le garçon ouvrit la porte, libérant un chat gris qui se coula dans l'ombre comme une goutte de vif-argent.

— Vous avez un message, annonça Pica. Dans votre boîte aux lettres.

Le visage solennel du garçon s'éclaira d'un sourire.

— Merci de me prévenir.

Lorsqu'ils furent tous à l'intérieur, il verrouilla la porte puis mena Flood et Pica le long d'un passage faiblement éclairé. À l'autre extrémité, ils descendirent prudemment une autre volée de marches inégales qui menait à un canal souterrain puant la moisissure et l'humidité. Une rangée de torches projetait des reflets dansants sur la voûte de pierre. Flood fit halte pour regarder autour de lui, haletant et suffoquant presque. Pica lui toucha la manche.

— Cela ira.

Ils longèrent la berge du canal jusqu'à un appontement où était amarré un petit bateau. Le garçon s'assit à la poupe ; ils l'imitèrent, s'installant sur d'étroits bancs de bois à la proue de l'embarcation. Utilisant une longue perche, le garçon leur fit descendre un tunnel éclairé par des puits d'aération pratiqués dans l'arcade qui frôlait presque leurs têtes. De temps en temps, Pica se retournait pour le regarder par-dessus son épaule. Chaque fois que

---

1. Passage public sous une habitation privée (NDLT).

leurs yeux se rencontraient, un sourire mal contenu faisait frémir les coins de sa bouche.

Ils débouchèrent du tunnel dans un jardin ensoleillé, empli du bourdonnement des insectes et du pépiement des oiseaux. Le monde était un puits de jade où des tourbillons de pollen dansaient comme de la neige folle. Le garçon les aida à descendre du bateau et les conduisit le long d'une allée sinueuse bordée d'une haie sombre, au bout de laquelle était agenouillé un vieil homme aux cheveux blancs occupé à biner une rangée de plants de tomates. Autour de lui, divers objets étaient répandus sur l'herbe : un meuble de typographe, une table couverte d'un assortiment de limes en désordre et d'outils servant au travail des métaux, un plateau contenant les reliefs d'un repas. Le vieil homme leva la tête à leur approche.

— Je vous les amène, grand-père.

— Merci, Nathan.

Le garçon repartit par où ils étaient venus, lançant un dernier sourire à Pica avant de s'en aller. Le vieil homme se leva péniblement et s'inclina pour les saluer. Pica répondit par une révérence, geste de politesse appris à l'*Ospedale* et qui était nouveau pour Flood.

— Ceci est à la fois mon atelier et mon potager, expliqua Kirshner en époussetant son pantalon. La lumière joue un grand rôle pour l'un comme pour l'autre. Mais pardonnez-moi.

Il tapota le banc vide à côté de lui.

Ils s'approchèrent et s'assirent, attendant qu'il leur adresse de nouveau la parole. Kirshner ne les avait pas encore regardés directement. De près, Flood s'aperçut que le métallurgiste avait les pupilles voilées et le visage criblé de minuscules cicatrices. Quelque chose avait dû lui exploser en plein visage, supposa-t-il. Les risques du métier.

Kirshner tâta le panier qui reposait à ses pieds et en tira deux tomates.

— Avez-vous faim ?

Flood déclina l'invitation.

— Dommage. Ce sont les meilleurs légumes de toute la ville. Et vous, jeune fille ?

— Avec plaisir, *signore*.

— Attrapez-la.

Il lança une tomate à Pica.

— Merci.

— Vous avez la voix de votre mère, mon enfant.

Pica baissa les yeux en rougissant.

Le vieil homme poussa un soupir.

— J'aimerais pouvoir vous dire où elle est. Malheureusement, mon dernier contact avec la maison Ostrov remonte à la commande de caractères que j'ai eu le plaisir de remplir pour votre père, il y a déjà douze ans. Mais, monsieur Flood, j'ai souvent repensé à vous depuis. Fait étrange, j'ai reçu récemment la visite d'un gentilhomme qui pourrait sans doute vous aider dans vos recherches : il s'agit de l'abbé de Saint-Foix. Il m'a annoncé que vous n'étiez plus à l'emploi du comte et qu'il avait repris la direction de votre projet. Il était fort désireux de savoir si vous m'aviez passé une commande à cet égard.

— Vous a-t-il dit où il se rendait ?

— Il n'a pas manqué d'y faire allusion, assez lourdement d'ailleurs. Il a tenu à ce que je sache qu'il avait été invité à Alexandrie par le gouverneur ottoman. Un poste prestigieux à la cour, bien qu'il n'ait pas voulu me dire exactement de quoi il s'agissait. De mon côté, je ne lui ai donné ni aide ni conseils. Pas même une petite cuiller.

— La cuiller, fit Flood. Je n'ai jamais compris pourquoi vous me l'aviez envoyée.

Le vieil homme esquissa un sourire.

— Moi non plus.

L'HISTOIRE DU MÉTALLURGISTE

Il était né dans les environs du château d'Ostrov, de l'autre côté des montagnes, dans un petit village de Pologne. Son père, Avram, travaillait lui aussi le métal. Il fabriquait des chandeliers, de la coutellerie, des boucles de ceinture, des broches, expérimentant avec différents alliages. Il était passé plusieurs fois à un cheveu de tout faire sauter. Il se rendait régulièrement à Cracovie pour se renseigner sur les dernières modes et prospecter de nouveaux clients. Quand il rentrait, il faisait asseoir Samuel sur ses genoux et lui racontait ce qu'il avait vu à l'aller et au retour. Chaque voyage lui donnait matière à des anecdotes étranges ou amusantes. Avec sa haute taille et sa longue barbe, Avram ressemblait plus à un ours qu'à un homme. Samuel écoutait son père, les yeux fixés sur son visage, plongé dans une sorte de crainte révérencieuse devant ses yeux noirs étincelants et sa grande bouche souriante. Ce n'est que de nombreuses années plus tard qu'il commença à soupçonner que ce qu'il avait accepté comme l'absolue vérité n'était que pure invention.

Quand Samuel fut assez grand, il fut enfin autorisé à accompagner son père dans le grand voyage à Cracovie. Lorsqu'ils entrèrent dans la ville, il demeura maussade et silencieux jusqu'à ce que son père lui demande ce qu'il avait. En guise de réponse, il lui demanda pourquoi ils n'avaient pas rencontré le paysan. *Quel paysan ?* répliqua son père. *Celui que tu m'as raconté avoir vu la dernière fois, celui qui portait une selle sur son dos.*

Le garçon s'était attendu à voir tout ce que son père lui avait décrit, comme si les choses et les gens observés en chemin faisaient partie d'un tableau fixé une fois pour toutes à leur intention. Trouvant bien perfide ce monde qui refusait de rester tel que le lui avait décrit son père, il résolut qu'on ne l'y prendrait plus et qu'à l'avenir, il ne croirait que ce qu'il aurait vu de ses propres yeux.

Lorsque Samuel commença son apprentissage, Avram Kirshner prit l'habitude de brandir devant lui une cuiller ou un couteau fraîchement ouvré et d'enjoindre à son fils de se rappeler à quel point il était étrange et miraculeux que toute chose dans l'univers soit en réalité un mot, une idée se pensant elle-même dans l'esprit de Dieu.

Il passait autant de temps à lire d'obscurs manuels cabalistiques qu'à fabriquer des broches ou des bougeoirs, et il n'était pas le seul. La moitié des hommes du village se réunissait le soir dans sa cuisine pour commenter les visions fantasmagoriques de mystiques disparus. Avram et ses compères aux yeux tristes restaient debout toute la nuit à boire du thé et à ergoter sur le sens caché des textes mystiques, sur l'*aïn-sof*, la destruction des vaisseaux de lumière et l'ange Métatron, dont le petit doigt est aussi long que la distance de la Terre à Saturne. Ils parlaient comme si l'infini était aussi réel, aussi proche, solide et indéniablement *présent* qu'une table, une chaise, un plancher sur lequel on peut taper du pied.

Lorsqu'il fut en âge de quitter la maison paternelle, Kirshner alla s'établir à Venise, haut lieu du trafic des choses que l'on peut voir, toucher, goûter, vendre et acheter. Pour tout cadeau d'adieu, il demanda à son père une petite cuiller en argent terni.

Pendant que le vieillard leur racontait son histoire, le vent s'était levé et un nuage était passé devant le soleil. Une goutte de pluie se posa sur le dos de la main de Pica, qui se secoua et leva les yeux vers le ciel changeant, pressée de partir maintenant qu'elle savait que le vieil homme ne leur serait d'aucun secours.

— Peut-être la cuiller goûte-t-elle effectivement le bouillon, monsieur Flood, disait Kirshner. Dites-moi, ce livre imaginaire dont vous me parliez dans votre lettre, avait-il un nom ?

— L'*alam*, répondit Flood. Je l'appelais *alam*.

— *Alam*. Très bien. Cela me plaît beaucoup. On lui a donné beaucoup d'autres noms, bien entendu. Le *Zohar*. Un jardin de papier. *Il'bal*.

— D'autres noms ? Comment serait-ce possible ?

— En imaginant votre *alam*, monsieur Flood, vous êtes devenu membre de la plus ancienne société de lecture du monde. Elle existe depuis des siècles, sous d'innombrables appellations, partout dans le monde. Cette société se donne pour mission de rêver à des livres fabuleux, des livres impossibles, des livres inimaginables. Avez-vous entendu parler de l'*Histoire du silence* en quatre-vingt-dix-huit volumes ?

— Non.

— Il y en a beaucoup d'autres. Moi-même, je n'ai entendu parler que de certains d'entre eux, et j'en ai lu encore bien moins. Le *Livre de l'eau*. Le *Chronopticon universel*. L'*Almanach du désir*. Le *Formulaire des dix mille choses*. Ce sont tous des livres imaginés par notre société. Quelques-uns, après avoir débuté comme des rêves sans substance, se sont faits encre et papier.

— Moi aussi, je fais cela, intervint Pica. Parfois, avant d'ouvrir un livre, j'imagine que c'en est un autre.

Flood la dévisagea d'un air surpris.

— Merci, comtesse, répondit Kirshner. Avec les années, j'ai fini par comprendre que ce sont les livres eux-mêmes qui désirent être. Si l'on rêve d'un livre, peu importe à quel point il est saugrenu ou improbable, ce livre trouvera le moyen d'exister, dût-il attendre mille ans.

Un coup de vent agita la cime des arbres.

— Il y a douze ans que j'ai recommencé à réfléchir à l'infini, leur confia Kirshner. Et aux livres.

Il souleva la nappe verte de la table pour leur montrer un cadre de fer, de la taille approximative d'un in-folio et contenant déjà une forme de caractères assemblés.

— Il reste un espace vide, fit remarquer Pica. Ici, au milieu.

Kirshner approuva d'un signe de tête.

— Bien. Vous êtes très observatrice. J'ai omis d'insérer un caractère.

Il ouvrit un des tiroirs du meuble de typographe pour en tirer une espace qu'il laissa tomber dans le petit trou carré qui restait dans la forme. Après avoir bien serré les coins autour de la bordure du cadre, il étendit une main juste au-dessus de la surface des caractères. Ses doigts tremblaient.

— Tout comme vous, monsieur Flood, pendant de nombreuses années, je n'ai jamais soupçonné l'existence d'une telle société. Du moins, jusqu'à ce que je me mette à travailler sur ceci, pour vous. Il m'a fallu beaucoup de temps pour réaliser ce qui ne m'aurait pris que quelques jours lorsque j'étais jeune et que je possédais encore de bons yeux.

Il poussa le cadre vers le bord de la table. À la place des lignes et des mots qu'il s'attendait à y trouver, Flood ne vit qu'une banale plaque de métal uni.

— J'ai toujours trouvé intriguant, poursuivit Kirshner, qu'un alphabet soit à la fois le plus durable et le plus éphémère des éléments du monde. Dans la langue de mon peuple, l'alphabet se compose de vingt-deux lettres. Vingt-deux rivières, vingt-deux ponts.

Il sourit à Pica tout en lui désignant le cadre.

— Et maintenant, si vous le voulez bien, soufflez légèrement sur la forme.

Elle se pencha et expira doucement sur la surface lisse. Immédiatement, les lettres se soulevèrent au-dessus du métal jusqu'à ce que la forme entière ait réapparu. Pica éclata de rire.

— Vos caractères sont de véritables hérissons, plaisanta-t-elle.

— Dans mon journal, j'ai nommé ce type *Kirshner galliard romain trente-sept*, mais je préfère de beaucoup votre suggestion. Il s'appellera dorénavant *Hérisson*.

Flood ne parvenait pas à détacher son regard des lettres posées à l'envers devant lui. Vierges de toute encre, elles flamboyaient sous le soleil, rendant toute lecture impossible. Le métallurgiste effleura de la main les caractères en relief, qui se soulevèrent pour replonger dans leur bain de mercure. Ils virent plusieurs formes apparaître et disparaître, exactement comme si quelqu'un tournait les pages dans les profondeurs du métal.

— Est-ce seulement le hasard, demanda Flood subjugué, ou y a-t-il un système ?

— On pourrait poser la même question au sujet de l'univers, répondit Kirshner. On connaît peu de choses sur l'infini, à l'exception peut-être de sa générosité.

Flood repensait au livre qu'il avait imprimé pour Irena. *Le Désir*. Son nom dissimulé partout comme ces caractères surgis du métal.

— Les différentes pièces sont plus fragiles seules qu'assemblées, remarqua Kirshner alors que les caractères se soulevaient de nouveau pour former un bloc de texte immobile, d'apparence anodine. Il faut les manipuler avec soin. Ainsi que je l'ai découvert à mes dépens, ils sont plutôt instables.

Il tendit les mains. Flood aperçut, brûlés sur le bout de ses doigts, de minces caractères hébraïques.

— Les *séphirot* font partie intégrante de mon alliage. J'aurais dû prendre plus de temps pour apprendre à les connaître, à les comprendre. Mais elles m'ont beaucoup appris. On pense couramment que le monde est *plein*. Plein de choses, de phénomènes, comme une vaste salle remplie d'objets solides et inaltérables. Mais si on le lit à la lumière des *séphirot*, le monde s'avère illusoire, évanescent, composé principalement d'espace vide jusqu'à ce que la conscience entreprenne de le meubler.

Kirshner saisit une clé de serrage, desserra le cadre et en retira les petits coins de métal.

— Si telle est la nature du monde, les livres imaginaires, loin d'être des rêves absurdes, évoquent la réalité.

Soulevant le couvercle du tiroir, il entreprit de remettre les caractères à leur place avec un soin méthodique. Une libellule passa en vrombissant pour aller se perdre dans un massif de roses trémières. Kirshner referma le couvercle et fit glisser le cadre sur la table à l'intention de Flood.

— C'est pour moi ?

— J'ai fait ce que j'avais à faire. Quelqu'un d'autre devra découvrir à quoi peut servir mon invention.

Ils suivirent Kirshner autour du jardin où, tout en terminant de récolter des légumes pour le repas du soir, il leur raconta que pendant les nombreux siècles de son existence, la société s'était attiré des ennemis aussi puissants qu'implacables. S'ils emportaient le jeu de caractères Hérisson, ils allaient devoir se tenir sur leurs gardes.

— J'ai entendu dire que le Conseil des dix vous surveille, souffla Flood.

— C'est la pure vérité. Et maintenant, vous allez vous aussi vous retrouver dans leur ligne de mire, j'en ai bien peur. Je vous suggère de rester ici jusqu'au début du carnaval. Dans la foule, on vous remarquera moins facilement.

Ils passèrent la soirée en compagnie du vieillard, qui insista pour qu'ils mangent avec lui et son petit-fils. Ils se régalèrent et burent jusqu'à la fin du jour autour d'une table installée à l'extérieur. Puis le garçon alluma tout autour du jardin des torches dont le vent nocturne vint agiter les flammes. Derrière les murs, on entendait la rumeur grandissante des rires des fêtards.

Flood et Pica prenaient congé de Kirshner lorsqu'ils entendirent de grands claquements d'ailes : un pélican glissa au-dessus de leurs têtes jusqu'à la surface du canal qu'il rasa avant de s'élever de nouveau pour se fondre dans le bleu lavande du crépuscule. Les premières étoiles s'allumèrent doucement. Le garçon les raccompagna le long du tunnel jusqu'à l'entrée de la maison.

— Je vais vous escorter jusqu'à la place Saint-Marc, offrit-il en enfilant une cape.

— Je la trouverai bien, rétorqua Pica qui s'éloignait déjà.

— Je pense que tu lui plais, chuchota Flood en la rattrapant.

— Je connais vraiment le chemin, plaida Pica. Il est inscrit dans ma tête. Tu verras.

φ

Elle ouvrit la montre de gousset de son père, examina le cadran à la lumière qui tombait de l'écoutille au-dessus de sa tête et referma le couvercle. Laissant pendre la montre au bout de sa chaîne, elle la plongea rapidement dans le métal liquide et chatoyant.

Elle attendit en retenant son souffle. Après un peu plus d'une minute, elle retira la montre, regarda l'heure et esquissa un sourire. Elle se pencha de nouveau sur le châssis de caractères Hérisson, le contempla un long moment, fit la moue et laissa tomber une goutte de salive.

Quelqu'un toussa dans l'embrasure de la porte. Elle se retourna et vit son père qui l'observait.

— Je voulais savoir ce qui allait se passer, expliqua-t-elle.

— Alors ?

— Là-dedans, le temps ralentit.

— Et la bave ?

— Je ne sais pas. Ça m'est passé par la tête.

Il sourit.

— Garde la montre. Elle pourrait te servir.

Quand l'encre fut prête, Djinn se mit à composer un texte, mélangeant les caractères Hérisson avec des caractères ordinaires. Il imprimait les formes ainsi créées sur des feuilles de papyrus et il les ajoutait à un rouleau qui croissait sans cesse. Quand Flood lui demanda d'où il tirait l'histoire, le typographe lui répondit qu'il s'agissait de sa propre vie.

Grâce au pouvoir de l'encre et des caractères de Kirshner, Djinn avait réussi à remonter de plus en plus loin, par-delà sa jeunesse, pour plonger dans son enfance évanouie et jusqu'au premier son jamais sorti de ses lèvres, lorsqu'il était encore dans le ventre de sa mère. Il avait retrouvé tous ses souvenirs, annonça-t-il à Flood.

— Le goût du lait que donnait le sein de ma mère. La première fois que j'ai vu mon père faire danser devant mes yeux un petit cheval de jade. La fraîcheur du cocon de soie dans lequel ma mère me portait.

Djinn savait maintenant que son père était chinois et sa mère éthiopienne, qu'ils s'étaient rencontrés à Alexandrie, où il était né, et qu'ils avaient beaucoup voyagé pendant sa petite enfance. Il pensait que son père était marchand de soie. Un jour, il s'était retrouvé séparé de ses parents, puis, beaucoup plus tard, de ses souvenirs.

— Comment les as-tu perdus ? lui demanda Flood.

Mais Djinn ne voulait rien dire de plus.

— Je n'aime pas raconter l'histoire vers l'avant.

— C'est pourtant ce que tu imprimes.

Ce ne l'était pas : en fait, la mélancolique histoire qu'il était en train d'imprimer était celle de la vie qu'il lui restait à vivre.

— Si l'on regarde assez loin dans le passé, expliqua Djinn, le futur nous rattrape. Je suis d'humeur mélancolique en ce moment, cela doit provenir de peines à venir autant que de chagrins passés.

— Je ne suis pas philosophe, répondit Flood, mais il me semble qu'une cause ne peut se produire avant son effet.

Djinn haussa les épaules.

— Je trouve réconfortant de savoir qu'on ne peut pas être pris au dépourvu.

— Mais alors, que raconte l'histoire sur laquelle tu travailles ?

— Il y a une femme. C'est difficile à expliquer.

Pica, qui polissait les madriers de la presse, s'interrompit pour mieux entendre.

— Première nouvelle, s'exclama Flood. De qui s'agit-il ?

— Je ne l'ai pas encore rencontrée.

Turini, que sa perpétuelle campagne contre les voies d'eau amenait justement dans la salle d'imprimerie, ne put s'empêcher de donner son avis.

— Le meilleur remède contre la mélancolie restera toujours une bonne saignée. Il faut faire sortir la bile noire. Darka en pratique régulièrement sur moi.

Ainsi fut résolue la question du *vitalo*. Darka ouvrit une veine sur l'avant-bras du jeune homme. Le sang qui en jaillit, d'une inquiétante couleur noire, alla se mélanger au reste des ingrédients qui mijotaient dans le chaudron.

Afin de mettre à l'épreuve l'affinité de l'encre et du papier, ils imprimèrent un exemplaire du *Livre des larmes* de Djinn en utilisant un mélange de caractères Hérisson et de Bembo romain de dix points. Une fois l'ouvrage terminé, Flood apposa son emblème sur le dernier feuillet et réalisa que c'était la première fois depuis douze ans. Après toutes les heures passées dans sa cellule à imprimer rame sur rame de papier imaginaire, tout ce qu'il avait réalisé de concret se résumait à ce mince rouleau de papyrus. Le livre d'un autre.

C'est d'abord à Pica que Djinn fit lire son livre. Elle parcourut rapidement les premières pages, qui décrivaient confusément l'or vert des méandres d'une rivière. Les yeux emplis de larmes, elle releva subitement la tête :

— C'est comme un oignon qu'on épluche. C'est vraiment ce que tu veux ?·

— Cela devra suffire, répondit-il.

Selim emporta le *Livre des larmes* au palais. Ils se préparaient déjà à une autre longue attente, mais le fonctionnaire revint sur le navire dès le lendemain, porteur d'excellentes nouvelles : non seulement le Lecteur des âmes, qui exerçait à la cour la fonction de censeur, avait-il approuvé le livre, mais le pacha leur accordait une audience. En réalité, cet honneur insigne était accordé à Flood et à Pica, car en tant qu'esclave d'un Européen, Djinn n'y avait pas droit.

Flood se récria. Après tout, le livre était l'œuvre de Djinn. Mais ce dernier ne semblait en avoir cure.

— Allez-y. Ça ne fait rien.

Comme par magie, le cœur interdit du palais leur était maintenant ouvert. Solennellement précédés par un garde chargé d'une matraque d'or massif, Flood et Pica traversèrent la foule des fonctionnaires qui discutaient à voix basse dans le hall d'entrée, puis une cour d'apparat à ciel ouvert où un groupe de janissaires bouchonnaient leurs chevaux en papotant. À la porte du sérail, les gardes leur ordonnèrent d'enlever leurs souliers de cuir et d'enfiler des mules feutrées couleur pistache. Il régnait à l'intérieur un silence absolu. On leur fit parcourir une série d'antichambres et de couloirs communicants menant à la salle du Divan, un long rectangle bordé de colonnes, orné de tentures de brocard noir et faiblement éclairé par un profond puits de lumière percé dans le toit du palais. Selim se tenait à l'entrée ; il se pencha pour murmurer à l'oreille de Flood :

— N'oubliez pas de saluer bien bas. Et souvent.

Ils traversèrent la longue salle à la suite du garde. Les courtisans vêtus de djellabas allant du brique au grenat s'écartaient sur leur passage comme un cortège funèbre après l'enterrement.

Déjà à moitié momifié sous des bandelettes imprégnées d'un baume saumâtre, le corpulent souverain d'Alexandrie reposait sur un sofa de cèdre capitonné. En réponse au susurrement du garde, il leva une main chargée de bagues pour signifier à l'imprimeur de s'approcher.

Flood fit un pas en avant, Pica se recroquevilla dans son dos.

— Le garçon aussi, indiqua le garde.

Pica était cachée derrière Flood. Elle s'avança. Le pacha l'examina longuement, puis chuchota quelque chose à l'oreille de Selim penché si bas pour répondre à son maître que Flood se demanda s'il parviendrait jamais à se relever.

— Nous avons vu votre livre, susurra le pacha en français. Nous vous en remercions.

Apercevant la mimique frénétique de Selim, Flood se souvint qu'il était censé saluer. Il plongea vers le sol sans plus ressentir ni crainte, ni désir. Dans le filet de voix étranglé du monarque, il avait perçu un épuisant effort pour s'intéresser au monde, à toute chose si futile soit-elle. Comme s'il suffisait d'un brin de curiosité pour se retenir à la vie. Mais derrière tout cet étalage, la fin s'approchait inéluctablement. Au mieux pouvait-on espérer la repousser en vivant chaque jour comme si c'était le dernier, de sorte que le simple fait d'y survivre semblait un miraculeux sursis.

Pour éloigner la mort, meurs chaque jour.

La certitude que la dernière énigme du comte resterait à jamais sans réponse occupait toutes les pensées de Flood. Il se tourna vers Pica, lut sur son visage une résolution attisée par la peur et détourna les yeux. Pourquoi l'avait-il amenée ici ? Le monde tel qu'il était, un labyrinthe brisé d'histoires inachevées, allait toujours leur échapper, les dérouter et, pour finir, réduire en cendres tous leurs espoirs. C'est ce qui était arrivé chaque fois qu'il avait essayé d'atteindre quelque chose. Seul le pacha semblait avoir percé clairement cette vérité qu'il vaut mieux consentir à la disparition que de continuer à se mentir à soi-même.

Ne pensant même plus à se demander comment leur offrande allait être reçue, Flood se força à faire quelques pas de plus vers le despote et se tint devant lui, privé de volonté, alors que Selim se penchait de nouveau pour recevoir un ordre émis à voix basse.

— Vous allez demeurer ici, annonça-t-il, en tant qu'hôtes du pacha.

Une étincelle d'intérêt scintilla un instant dans le regard du vieillard, puis se résorba aussitôt en indifférence aveugle.

— Je vous prie de nous quitter maintenant, reprit le pacha en agitant vaguement la main dans leur direction. Ouvrez toutes les fenêtres, poursuivit-il dans un tremblement de bajoues, la voix tentant désespérément de s'accrocher à un semblant de force, comme si un espoir inespéré venait de s'emparer de lui. Tout autour de la grande salle, on se mit à tirer sur des cordons dorés ; les lourdes tapisseries se relevèrent en se chiffonnant et la lumière envahit l'espace.

— Qu'on laisse entrer le vent, ajouta le pacha encore plus faiblement, car je sens que le ciel s'est posé sur la terre et que, pris entre eux comme dans un étau, je ne respire plus que par le chas d'une aiguille.

Il esquissa un sourire et Flood comprit soudain l'étrange espoir que l'élan d'éloquence du pacha avait fait naître en lui. Ces paroles étaient trop belles, trop parfaites pour être les derniers mots d'un homme. L'instant allait passer, la grotesque mascarade se poursuivre jusqu'à une conclusion sûrement beaucoup moins noble. Flood se courba encore plus et observa que le temps, rempli à déborder, vacillait sur lui-même avant de se déverser dans l'instant suivant. Le pacha se trompait. Il y a toujours autre chose. L'abattement qui était tombé sur lui se dissipa d'un coup et il retint son souffle, étreint par le désir de savoir ce qui allait se passer ensuite.

Sur son sofa, le pacha souriait encore. Toujours plié en deux pour saisir les ordres de son maître, Selim sonda les yeux vitreux de son souverain. Il sursauta, lança un regard de pure terreur au garde qui fit de même avec son plus proche voisin. Dans l'agitation contenue qui s'empara de l'entourage du trône, tout le monde oublia les étrangers, sauf Selim qui se fraya calmement un chemin vers eux dans l'essaim bourdonnant des courtisans.

— Attendez un peu, puis suivez-moi.

Le fonctionnaire se glissa hors de la salle par une sortie dissimulée derrière une tenture. Ils attendirent quelques secondes et se faufilèrent à sa suite. Sans dire un mot, il les précéda le long d'une enfilade de passages creusés dans le roc. À mesure que s'éloignait la rumeur de la salle du Divan, les couloirs s'élargissaient et devenaient plus lumineux, éveillant en Flood une sensation d'envol vers la liberté. Mais lorsque Selim s'arrêta enfin devant une étroite porte de chêne frettée de fer, l'imprimeur fut assailli par une idée folle et terrifiante : il s'apprêtait à connaître le même sort que celui qu'il avait subi au château. Selim ouvrit la porte et s'effaça.

— Je ne peux rester avec vous un instant de plus. Allez.

À la surprise de Flood, Pica prit les devants et fonça devant lui dans l'obscurité. Il la suivit avec prudence, tâtant les murs de l'étroit passage et murmurant : *Pica. Où es...* Ses mains battirent soudain l'air libre. Il s'arrêta au son de la voix flûtée qui résonnait quelque part au-dessous de lui. *Il y a des marches ici.* Il descendit dans le noir, ses pieds chaussés de mules ne se risquant qu'avec précaution d'une marche à l'autre. La sueur lui coulait sur la nuque. Parvenu au bas de l'escalier, il sentit la main fraîche de Pica sur la sienne.

— Il y a une autre porte.

Cette fois, elle lui céda le passage et il découvrit un loquet du bout des doigts. La porte se montra récalcitrante. Il l'ouvrit d'un coup d'épaule. Ils se trouvèrent plongés dans les ténèbres, à l'orée d'un espace invisible où gémissait un vent froid et humide.

— Il n'y a rien ici, articula Flood. Il faut remonter.

Pica s'accrocha à son bras.

— Attends. Écoute.

Sous leurs pieds grondait le son d'un fracas de chaînes et le couinement d'une poulie ; une faible lueur jaune émergeait de l'obscurité. À son approche, ils virent qu'ils se tenaient sur une étroite plate-forme de bois, accrochée à la paroi d'un puits cylindrique dont les murs de terre glaise étaient percés d'innombrables et minuscules orifices, comme un nid de troglodyte.

Les chaînes qu'ils avaient entendues montaient et descendaient le long du puits, tirant lentement vers le haut la lumière qui provenait d'une lanterne suspendue dans une cage de métal.

Dans cette cage se tenait l'abbé de Saint-Foix, affublé d'un turban et d'un caftan couverts de poussière grise. La cage s'immobilisa brutalement à leur niveau.

— Le puits de légendes, c'est ainsi que je l'appelle, dit Saint-Foix en s'époussetant les manches. Je ne sais pas jusqu'où il descend. À une certaine profondeur, la lanterne s'éteint par manque d'air. C'est le grand-père du pacha actuel qui l'a découvert, mais il ne s'en servait que pour… se débarrasser des importuns.

Il s'inclina devant Pica.

— Mademoiselle la comtesse. Vous avez grandi.

Flood luttait contre le vertige qu'éveillait en lui l'odeur des chaînes huilées et de l'humidité rance. Il avait l'impression que le plancher de son ancienne cellule venait de se dérober sous lui.

— Cela plairait beaucoup au comte, souffla-t-il.

— À cela près qu'ici, répliqua l'ecclésiastique, le temps n'a pas cours. Le pacha, qui partage ma haine des horloges, m'a très aimablement permis d'explorer ce puits tout à loisir.

Parmi les éclats de roche et d'argile séchée, Flood aperçut les outils posés aux pieds de Saint-Foix : des brosses, un porte-poussière, un marteau, un burin.

— Mais vous êtes prisonnier !

— Seulement quand je travaille dans le puits. Et strictement pour assurer ma protection. Autrement, je suis libre d'aller et venir dans le palais.

— J'ai du mal à croire que vous vous soumettez à tout ceci.

— J'ai accepté, il est vrai, quelques restrictions de ma liberté. Vous aussi, Flood, vous accepterez, quand vous viendrez me rejoindre ici.

— Pourquoi diable ferais-je une chose pareille ?

— Pour la même raison que moi : vous serez incapable de résister. Ces alvéoles que vous voyez autour de nous regorgent de rouleaux, de parchemins et de manuscrits enfouis dans la glaise humide depuis des siècles et des siècles. Quelqu'un, on ignore qui et quand, a visiblement tenté de les y noyer pour toujours. N'est-ce pas ironique, alors que le monde entier est persuadé que l'antique bibliothèque s'est envolée en fumée ? Imaginez la gloire qui attend celui qui imprimera le contenu de la bibliothèque perdue d'Alexandrie.

— J'ai passé assez de temps sous terre. Aucun livre au monde ne m'y replongera.

— La connaissance se paie toujours, d'une façon ou d'une autre. Vous le savez.

— Vous saviez que j'étais prisonnier du comte et vous n'avez rien fait.

— Vous avez peut-être passé douze ans dans cette cellule, mais vous n'avez pas été prisonnier du comte pendant tout ce temps. Quand j'ai eu vent de votre sort, vous étiez devenu votre propre geôlier. Il m'a semblé plus sage, ou en tout cas plus charitable, de ne pas intervenir. Puis le pacha m'a offert cette chance unique.

— Une chance de quoi ?

— Toujours fidèle à son unique passion, le pacha est à la recherche de ce que l'on appelle ici des *sihr*. Des grimoires, des livres de magie. Jusqu'à maintenant, je n'ai exhumé que des fragments d'histoires, des légendes, des récits de famines ou d'épidémies. Mais le pacha et moi avons de bonnes raisons de croire qu'il y a plus à trouver ici. Comme vous le savez peut-être, depuis les premiers jours de la conquête ottomane, les dirigeants d'Alexandrie brûlent d'une préoccupation constante pour leur propre mort.

LA LÉGENDE DE SESHAT

On raconte que c'est de leurs sujets égyptiens que les Ottomans ont attrapé la maladie consistant à décorer leur propre tombe avant leur mort. Les guerriers ottomans étaient censés traiter avec mépris la mort, qui venait en son temps et selon la volonté d'Allah. L'essentiel, lorsque la mort survenait, était d'être occupé à quelque action digne du paradis.

En ce pays conquis où les morts semblaient plus nombreux que les vivants, les suzerains turcs oublièrent cette simple vérité. Longtemps après l'anéantissement de l'ancienne bibliothèque, longtemps après que soient dispersées les cendres de ses livres calcinés, ils cherchaient toujours un manuscrit célèbre dont on disait qu'il contenait le secret de l'immortalité.

Ils savaient que certains des livres de l'ancienne bibliothèque avaient été relégués au plus profond du labyrinthe des catacombes à une époque que les libraires de l'Antiquité considéraient déjà comme reculée. Selon Zénodote, un des premiers chroniqueurs du destin de la bibliothèque, de nombreux feux étaient déclenchés par des scribes ensommeillés qui renversaient des lampes à huile. Au fil du temps, de nombreux ouvrages avaient ainsi été endommagés ou perdus. Sans parler des ravages exercés par divers envahisseurs.

La rumeur se répandit un jour que les moines chrétiens, dont l'influence et la puissance ne cessaient de croître dans la ville, projetaient la destruction définitive de la bibliothèque, cette fontaine de sagesse païenne. Un de ces vieux bibliothécaires, dont le nom ne nous est pas parvenu, fit le vœu de chercher par tous les moyens à

217

préserver les livres confiés à sa charge, bien à l'abri dans leurs alvéoles, tout en les libérant de l'immobilité qui les rendait vulnérables, afin qu'ils échappent à toute catastrophe menaçant la bibliothèque. Un matin, il remarqua les taches d'encre qui ornaient les mains des nombreux scribes employés à copier les livres du monde entier. Il fut pris d'une idée abracadabrante.

Le bibliothécaire convoqua tous ses assistants, jusqu'au moindre scribe, copiste ou relieur. Il engagea des tatoueurs, les équipa d'épines d'oursins et d'encre à base d'huile d'acacia et ordonna que l'on inscrive le texte de chaque livre sur la peau d'un homme. Seules les parties du corps impossibles à dissimuler sous des vêtements devaient rester vierges de toute marque. On dicta et l'on tatoua pendant des jours. Il fallait procéder par courtes séances, car les pauvres tatoués tressaillaient sous la douleur intolérable, ce qui risquait de gâcher le travail délicat des tatoueurs.

Le reste de l'histoire, je suis sûr que vous le connaissez. La bibliothèque brûla non pas une fois, mais plusieurs, chaque nouvel empire n'ayant de cesse d'écumer la perle d'Alexandrie. Ce qui restait des rouleaux, des parchemins et des manuscrits disparut dans le dernier incendie ou subit les atteintes du temps et de la décrépitude. Lettrés et érudits furent lapidés ou exilés. Le secret des hommes tatoués aurait pu durer longtemps si l'un d'entre eux, poussé par le démon de la curiosité, ne s'était pas déshabillé devant un miroir de cuivre pour déchiffrer laborieusement les signes curvilignes qu'il voyait s'enrouler à l'envers autour de lui.

C'était un poème épique détaillant par le menu les nombreuses rencontres intimes entre dieux et mortels. À son grand déplaisir, certaines parties du livre, inscrites au bas de son dos, sur ses omoplates et en d'autres lieux difficilement accessibles, échappaient à son regard en dépit des plus douloureuses contorsions. Obsédé par le désir de connaître ces passages interdits, il se rendit au bordel et demanda une fille sachant lire, ignorant que l'ennemi, instruit par sa longue fréquentation de ces lieux propices à la découverte des secrets les mieux gardés, avait placé des espionnes dans chaque lupanar de la ville.

Sous la torture, l'homme finit par dévoiler les détails du plan du bibliothécaire. On dressa sans plus tarder la liste des hommes-livres et, un par un, ils furent traqués, exécutés, écorchés et leur peau réduite en cendres.

La légende veut toutefois qu'une femme, une esclave abyssine que le bibliothécaire, à court de temps et d'hommes, avait choisie par pure nécessité, fut la dernière à se faire tatouer. Elle seule parvint à conserver son secret et à garder la vie sauve. Elle prit le nom de Seshat, déesse de l'archivage et sœur de Thot, mieux connu des Grecs sous le nom d'Hermès Trismégiste.

Pendant des années, Seshat erra dans l'empire des conquérant chrétiens, gardant le dernier des livres du bibliothécaires bien caché de ses ennemis. Au fil du temps s'assembla autour d'elle un petit groupe de lecteurs fidèles à qui elle avait révélé son secret.

On raconte que le livre qu'elle portait sur la peau, un traité rédigé par Hermès en personne, portait sur l'art de ne jamais mourir. Nul ne sait si c'est mensonge ou vérité, mais la légende veut qu'une Seshat vieillissante ait pris soin de faire copier ses tatouages sur l'une de ses jeunes disciples, qui jura de faire la même chose à son tour. À sa mort et selon sa demande, le corps de Seshat fut enveloppé, selon la méthode traditionnelle, dans des bandes de mousseline imbibées d'hysope.

La couverture d'un livre est le premier signe de la présence du texte. Seshat et ses disciples représentent une exception à cette règle. En effet, ce n'est qu'en se découvrant qu'elles rendaient possible la découverte du texte qu'elles portaient.

***

L'abbé tira de sous sa soutane le *Livre des larmes* de Djinn.

— Alexandrie n'est pas la première ville où j'ai agi en tant qu'interprète de livres anciens. Depuis notre dernière rencontre au château, j'ai parcouru le monde : Jérusalem, l'Orient, le Brésil, la Nouvelle-Espagne.

Il défit le rouleau jusqu'à la page centrale.

— Saviez-vous que les anciens Mexicains adoraient un dieu dont l'image ressemble de très près à celle que vous apposez sur vos ouvrages ? C'est Xolotl, le dieu des transformations. Dans leur mythologie, c'est un amphibien géant et hideux capable de sortir de l'eau pour prendre la forme d'un chien, d'une femme de feu, du futur. Voyez-vous, c'est lui que j'ai pris pour emblème de ma quête. Je l'ai maintes fois perdu de vue pour mieux le retrouver. Je commençais à me demander si je ne gaspillais pas mon temps ici, car je ne trouvais pas beaucoup de traces de lui. Jusqu'à ce que vous arriviez avec ce merveilleux rouleau.

— Qu'attendez-vous de nous, Saint-Foix ?

L'abbé secoua la tête.

— Demandez plutôt ce que j'ai à vous offrir, à vous et à votre fille. J'ai le moyen de savoir tout ce qui se passe à l'extérieur du palais. Par exemple, je sais que vous avez apporté de Venise quelque chose qui vous a servi à fabriquer ceci. Je suis au courant de la maladie de peau de votre fille. Pourquoi errer comme des feuilles dans le vent alors que vous trouverez ici tout ce dont vous avez besoin ?

— Ainsi, vous cherchez à prendre la place du comte. Je ne vous en aurais pas cru capable.

— Ce serait dans votre intérêt, Flood. La populace est superstitieuse, et voit déjà comme des artifices de Satan les inventions venues d'Europe. Imaginez sa réaction si elle apprenait que vous êtes capables de mettre au monde des livres affirmant à la face de toutes les frontières et de toutes les vérités : *Il y a autre chose.*

— Est-ce là ce que vous me croyez en train de faire ?

L'ecclésiastique enroula soigneusement le livre sans perdre Flood des yeux.

— Vous ne voyez donc rien ? s'étonna-t-il. La possibilité qui transparaît derrière cette... cette tentative.

— Je me doute bien que vous allez m'éclairer à ce sujet.

L'abbé sourit.

— C'est ce que nous verrons.

Du bout du pied, il repoussa une motte d'argile séchée jusqu'à la limite de sa cage et lui donna un petit coup, suffisant pour la faire passer par-dessus bord et plonger dans le silence du puits.

— Je ne resterai pas ici bien longtemps, reprit-il. Il y a des canaux souterrains qui coulent de la rivière. Ce serait un jeu d'enfant de noyer de nouveau ce puits en quelques minutes. D'ailleurs, cela risque fort d'arriver si la faction anti-européenne prend le dessus au palais.

— C'est fort possible, répondit Flood. Le pacha est mort.

Saint-Foix eut un battement de paupières.

— Mort ?

— À l'instant, dans la salle du Divan.

L'abbé leva les yeux dans la nuit et fut parcouru d'un éclat de rire glacial.

— À l'instant. Et voilà que le temps marque encore un point.

Pica se planta devant lui.

— Vous étiez sur le bateau, dit-elle. Quand je suis née.

Saint-Foix resta un instant bouche bée, puis se ressaisit et s'inclina légèrement devant elle.

— Vous avez une excellente mémoire, damoiselle.

— C'était vous. L'homme en noir.

— Ah. Je vois. La sage-femme. Je me doutais bien qu'on ne pouvait pas lui faire confiance, mais votre naissance s'annonçait difficile et il fallait tenter quelque chose pour sauver à la fois la mère et l'enfant. Autrement dit, petite comtesse, vous devriez vous féliciter de ma présence au chevet de votre mère, car c'est moi qui ai veillé à ce que vous soyez toujours vivante lors de votre... arrivée en ce monde.

222

— C'était donc vrai, dit-elle.

— Que vous a-t-on raconté sur votre mère à l'*Ospedale* ? Qu'elle était morte, sans doute. Pardonnez-moi, mais vous est-il jamais venu à l'idée que les bonnes sœurs disaient peut-être la vérité, dans un sens ou un autre ? Peut-être, mon enfant, cherchaient-elles à vous éviter plus de malheur et de souffrance.

Pica scrutait son regard comme pour y chercher des indices. L'abbé se retourna vers Flood.

— Vous avez sûrement préparé cette petite à la possibilité que sa mère ne souhaite pas qu'on la retrouve. Surtout pas l'enfant qu'il lui est impossible de reconnaître.

— Je n'en crois pas un mot, se défendit Pica.

— Comme vous voudrez. Croyez-moi au moins si je vous dis que j'ignore où se trouve votre mère. Je serais même en peine de vous dire si elle est morte ou vivante.

Il désigna l'obscurité qui les entourait.

— Voici le monde, damoiselle. Peu de questions y trouvent une réponse. Peu d'histoires se terminent comme on le voudrait. Votre père en sait quelque chose.

Les chaînes reprirent leur plainte, les poulies leurs couinements ; la cage de Saint-Foix poursuivit sa lente ascension vers des hauteurs enténébrées.

— Mes tâches de comptabilité m'appellent, s'excusa-t-il en glissant le rouleau sous son bras. Je vous conseille vivement de rester où vous êtes. Après tout, vous n'avez nulle part d'autre où aller.

Selim les trouva dans un couloir où ils erraient et les aida à sortir du palais sans encombre.

— Comme vous pouvez le voir, je n'existe pas, leur chuchota-t-il alors qu'ils traversaient furtivement la cour d'apparat où les janissaires se pomponnaient et brossaient leurs chevaux. Du moins, pas ici.

Ils empruntèrent des chemins détournés pour aller chercher Djinn chez Selim.

Le fonctionnaire insista pour qu'ils logent chez lui jusqu'à ce que la fièvre déclenchée par la mort du pacha soit retombée. Après tout, poursuivit-il, quel besoin avaient-ils de quitter Alexandrie ? Il y avait sûrement assez de travail pour occuper un imprimeur à temps plein.

— Nous ne pouvons pas rester, objecta Flood. On finirait par nous retrouver un jour ou l'autre.

— Toi, au moins, s'entêta Selim en serrant Djinn contre son cœur, les yeux pleins de larmes. Ta place est ici. Cela, je le sais.

Djinn répondit par un sourire.

— J'aimerais détenir ce genre de certitude.

Quand ils regagnèrent le *Bourdon*, un énorme navire de guerre faisait son entrée, toutes voiles déployées, dans le Port des infidèles. Sa coque criblée de coups de canon, décolorée par le sel et la violence des éléments, disait assez le long voyage mouvementé d'où il revenait.

Le *Bourdon* s'éloignait déjà du quai. Le grand bateau blanc le frôla de si près que sa proue se dressa au-dessus d'eux telle une imposante falaise de craie. Sa figure de proue, une harpie au sourire grimaçant, les fusilla un instant du regard avant de leur tourner le dos. Titubant dans le sillage du navire, le *Bourdon* se dirigea vers le large, poussé par une brise favorable.

L'après-midi tirait à sa fin. Alexandrie reculait sur l'horizon comme un mirage opalescent. Flood cherchait Pica. Il finit par la trouver là où il s'y attendait le moins : dans la coquerie, où elle s'affairait à nettoyer une seiche que Djinn avait achetée au souk avant leur départ.

— Nous sommes en route vers Londres, annonça-t-il. C'est le seul endroit qui nous reste maintenant.

Pica ne répondit pas. Elle retourna la seiche et plongea son couteau dans la pâleur translucide de sa chair.

— Je pourrais m'y établir de nouveau, reprit-il. Si tu veux, tu pourrais m'aider. Te rendre utile à l'atelier. Après tout, on ne peut pas rester indéfiniment sur ce bateau.

Elle retira la poche à encre encore frémissante.

— Pourquoi pas ?

φ

Elle n'arrivait pas à dormir.

Avec le temps, elle en était venue à connaître si bien le *Bourdon* qu'elle parcourait avec aisance ses entrailles compliquées, même dans l'obscurité quasi totale. Elle faisait sa ronde chaque nuit, gardant le plus souvent fermés ses yeux trop enclins à se laisser prendre aux artifices du bateau. Elle préférait explorer du bout des doigts et des orteils ses recoins intimes, ses panneaux coulissants, ses passages secrets menant d'un pont à un autre. À sa connaissance, personne n'était au courant de ses pérégrinations nocturnes, ni de l'existence du fantôme qui errait juste hors de sa portée dans le vaisseau assoupi. Elle ignorait lequel, de son imagination ou du navire lui-même, lui jouait des tours.

Elle crut quelque temps que c'était Darka, qu'elle voyait souvent ramasser les affaires des enfants dans les coins les plus reculés du bateau. Mais, même en tenant compte de sa manie de la propreté, pourquoi ferait-elle le ménage en pleine nuit ? D'autant plus qu'elle était souvent de quart sur le pont quand Pica allait et venait dans les profondeurs.

Elle prit son tour à la barre, n'écoutant qu'à moitié Turini qui s'étonnait de ce que le *Bourdon* semblait n'en faire qu'à sa tête depuis qu'ils avaient quitté Alexandrie. Jour après jour, il luttait contre les vents et les courants qui faisaient de leur mieux pour les dérouter vers l'est. Chaque nuit, il réduisait les voiles et regagnait sa couchette, pour s'apercevoir, le lendemain matin, que le navire avait réussi ce dont il était incapable et remis tout seul le cap sur le nord-ouest.

La nuit suivante, son quart de barre lui parut interminable. Quand Turini vint enfin la relever, elle descendit poursuivre ses recherches et se glissa le long des coursives, l'oreille tendue. Sans reprendre son souffle, elle passa la nuit à la poursuite du moindre craquement évoquant le bruit de pas sur des planches. À l'approche de l'aube, elle allait enfin se coucher quand, mue par une impulsion subite, elle s'accroupit dans un passage secret, s'immobilisa et attendit. Au bout de quelque temps, elle entendit une respiration haletante : quelqu'un venait vers elle dans l'étroite galerie. Elle attendit le bon moment, tendit le bras dans l'obscurité et saisit un poignet osseux.

Le fantôme se débattit, tira les cheveux de Pica, la frappa en plein sternum d'une main lancée au hasard. Mais elle tint bon.

— Très bien, murmura une voix de femme. Vous m'avez trouvée.

Elle suivit son invisible captive jusqu'à la sortie où brillait une lanterne suspendue au capot d'échelle. Plus de doute : c'était un fantôme en chair et en os, une femme à la peau brune, vêtue d'une blouse blanche qui lui flottait jusqu'aux genoux, au visage zébré de traînées sales, à moitié caché par une toison emmêlée, où luisaient des yeux sombres.

φ

Elle refusa tout net de leur dire comment elle s'appelait.

Quand tout le monde fut levé, ils se retrouvèrent dans la grande cabine pour regarder la jeune Noire dévorer le pain et le fromage qu'elle avait commencé par leur demander. Son repas terminé, elle se renversa sur sa chaise, rota et se mit à se ronger un ongle, les dévisageant chacun leur tour sous ses cheveux en boudins. Turini rompit le silence.

— C'est vous qui redressez notre trajectoire. Mais pourquoi ?

La jeune femme cracha un fragment d'ongle.

— Vous allez à Londres, fit-elle. Moi aussi.

Ignorant leurs autres questions, elle s'empara de la lunette d'approche qui reposait sur la table à cartes et se rua sur le gaillard d'arrière. Ils la suivirent comme des moutons sans berger.

Elle braqua la lunette vers la poupe. Au loin, ciel et mer se fondaient dans la brume grisâtre de l'aube.

— Ce navire est une vraie maison de fous, marmonnat-elle en baissant la lunette. J'ai mis des jours à comprendre comment tout cela fonctionne. Nous avons perdu beaucoup de temps.

— De temps ? Pour quoi faire ? s'enquit Flood.

Elle toisa Pica et les jumeaux avant de se tourner vers Turini.

— Les fusils que j'ai vus dans la cale. Il faudra les monter jusqu'ici.

— Ce sont des antiquités, protesta ce dernier. Du ballast. Ils exploseraient sans doute au premier coup de feu.

— C'est ce qu'on verra.

C'est alors que Miza montra la poupe du doigt.

— Regardez !

Ils se retournèrent tous en même temps. Une pyramide éblouissante de blancheur sortait de la brume. Il sembla tout d'abord à Flood qu'une parcelle d'Alexandrie s'était détachée pour les suivre à la nage. Il arracha la lunette des mains de la jeune femme. C'était un grand navire battant pavillon anglais et naviguant toutes voiles dehors.

— Il s'appelle l'Achéron, leur apprit la jeune femme, et il est à ma recherche.

LA VÉRIDIQUE HISTOIRE
DE LA CÉLÈBRE PIRATE AMPHITRITE SNOW
ET DE SA BANDE D'AVENTURIÈRES, DE FILLES
DE JOIE ET DE CATINS SANGUINAIRES

Le navire cargo *Gold Coast* avait pour port d'attache Southampton et faisait route vers New Providence, aux Bahamas, chargé de bière, de viande et de femmes. Ni la bière ni la viande ne causèrent de problèmes, mais il en alla tout autrement des jeunes femmes. La plupart étaient des domestiques à qui l'on avait fait miroiter un poste lucratif dans une bonne maison. Mais le véritable plan visait à remédier à la déplorable pénurie de chair blanche dans ces colonies sujettes aux troubles et aux soulèvements. Le gouverneur avait écrit au roi pour le mettre en garde : si rien n'était mis en œuvre pour fournir à la population masculine des femmes blanches mariables (ou du moins désirables), l'île tout entière serait bientôt envahie par des bâtards mulâtres.

En dépit de ces instructions, le *Gold Coast* transportait également, histoire d'amortir les frais du voyage, quelques femmes noires entassées tant bien que mal dans la cale comme des marchandises de moindre valeur. Parmi elles se trouvait celle qui allait devenir Amphitrite Snow. C'était son premier maître, un amiral de l'armée britannique, qui l'avait dépouillée de son véritable nom pour la rebaptiser *Amphitrite*. *Une déesse de la mer*, l'avait-il appelée un beau matin où il inspectait ses cuisines en compagnie de sa femme. Depuis ce jour, l'épouse l'avait gardée sous étroite surveillance, saisissant la première occasion de s'en débarrasser en la faisant monter sur le *Gold Coast*.

L'équipage était chahuteur et buvait beaucoup. De la cale, Amphitrite entendait la majeure partie de ce qui se passait à bord. Cris et bruits de poursuites lui apprirent bientôt que le capitaine, pour adoucir les rigueurs du voyage, avait permis aux matelots de profiter un peu de la cargaison.

Les gars de New Providence, disait-il à qui voulait l'écouter, *ne seront pas trop regardants sur la qualité.*

Contrairement à ses compagnes, les marins la regardaient souvent, mais ne lui adressaient jamais la parole. Un jour où elle avait reçu la permission de prendre l'air sur le pont, l'un deux la saisit par le bras, le visage tordu d'un clin d'œil grotesque.

— Tu dois être blanche comme neige à l'intérieur, poupée. Le capitaine t'a réservée pour lui tout seul.

C'est ainsi qu'elle reçut son surnom. Avant d'être reconduite dans la cale, Amphitrite Snow mit la main sur un clou égaré par le charpentier du navire. Ce soir-là, le capitaine l'envoya chercher et amener dans sa cabine. Quand il lui grimpa dessus, elle lui enfonça le clou dans la main, la transperça et se l'enfonça dans la poitrine.

Juste ciel, tu nous a crucifiés, s'exclama-t-il en arrachant le clou, la bouche tordue d'un rictus. S'attendant à recevoir une correction, elle ferma les yeux et tenta désespérément de s'arracher à son corps, mais seul le silence s'abattit sur elle. Elle rouvrit les yeux. Le capitaine était en train d'inspecter la blessure qu'elle s'était infligée.

Ce n'est pas aussi grave que je l'aurais cru.

Ordonnant qu'on lui apporte une cuvette d'eau chaude et un linge, il nettoya lui-même le sang de la jeune femme.

Elle resta immobile, laissant l'eau fraîche sécher sur sa peau sans faire un geste.

Il ne faudrait pas gâter la marchandise, finit-il par laisser tomber en reculant pour mieux la regarder. *Du moins pas tant que je n'ai pas été payé. Alors, pour commencer, je vais te vendre. Ensuite, rassure-toi : je viendrai te voir au nom du bon vieux temps.*

Peu de temps après, l'équipage se livra à une nuit de beuverie surpassant toutes les autres. Comme il n'y avait aucun esclave mâle à bord, même les marins qui étaient de quart reçurent leur écot de rhum, et même plus, de sorte qu'on les vit bientôt allongés ici et là, incapables de se relever.

Amphitrite prit la tête d'un groupe formé de sept autres jeunes femmes. Ensemble, elles s'introduirent dans l'armurerie où elles s'équipèrent jusqu'aux dents. En quelques minutes, elles prirent le commandement du navire et rassemblèrent l'équipage, qui comprenait mal ce qui lui arrivait. Le premier à se ruer sur elles reçut un coup de pistolet en plein ventre. Il tomba assis sur le pont en se tenant les tripes et se mit à pleurer jusqu'à ce que le capitaine lui ordonne de se taire. Quand elle eut tiré, la peur l'abandonna, laissant dans son cœur le même vide que lorsqu'elle avait été arrachée à sa terre natale.

Au début, elles dérivèrent pendant quelques jours, se demandant quoi faire et où aller, sous les menaces du capitaine et des matelots prisonniers dans la cale. *Vous serez pendues. Vous serez écartelées par des chevaux. Vous serez brûlées comme sorcières sur la place publique.* Certaines voulaient se rendre, ou conclure un pacte avec le capitaine, et qu'on oublie toute cette histoire. Elle mit une barque à l'eau et leur ordonna de prendre ce dont elles auraient besoin. Pas une seule ne la prit au mot.

Elles finirent par tirer les hommes de la cale, les firent descendre à la pointe du fusil dans la plus grosse chaloupe et les abandonnèrent sur les eaux glaciales de l'Atlantique Nord, ne gardant à bord que le médecin et le maître voilier, qui était à moitié aveugle. Amphitrite se disait qu'elles auraient grand besoin de leurs connaissances, du moins jusqu'à ce que le nouvel équipage du *Gold Coast* se débrouille tout seul.

Elles parcoururent les mers pendant plusieurs mois, craignant de mouiller l'ancre ailleurs que dans les baies les plus isolées. Dès qu'un autre navire approchait, elles hissaient le pavillon de la peste. Mais elles finirent par nouer suffisamment de contacts avec le monde pour entendre parler de la récompense de cent guinées promise à quiconque *capturerait, morte ou vive, Amphitrite Snow et son équipage, pour Perturbation du trafic et du commerce hauturiers ; ainsi que pour Rapt & enlèvement de jeunes femmes dans l'intention manifeste de corrompre leur moralité et de les entraîner dans une vie de crime, d'infamie et d'assassinats.*

Il circulait également deux rumeurs qu'elles trouvèrent du plus haut intérêt.

La première concernait le grand pirate Henry Avery, qui ne s'était jamais laissé prendre. On disait qu'avec son voilier, le *Fancy*, il avait navigué jusqu'aux mers du Sud et qu'il avait fondé une république de pirates sur une île tropicale, à l'écart du monde.

— C'était l'île de Shekinar, apprit Amphitrite aux passagers du *Bourdon*. Le seul état vraiment libre du monde entier. Sans roi, sans magistrats, sans prisons. Sans hommes ni femmes à vendre ni à acheter.

Si improbable et si ténu soit-il, leur errance avait maintenant un but : l'espoir de parvenir un jour en un lieu où elles seraient à l'abri de tout châtiment. Mais dans les anses cachées, dans les sombres tavernes des confins du monde, on parlait aussi d'un homme que l'on nommait tout simplement le Commandant.

Il pouvait flairer un pirate à cent milles à la ronde, même dans la tempête la plus violente, et prédire le résultat des batailles avant même qu'elles commencent.

… Ils dérivèrent à bord de la chaloupe pendant trente-trois jours et trente-trois nuits dans la neige et le froid. C'est ainsi qu'il acquit ses pouvoirs étranges. Quatre des hommes moururent de froid. Un autre, persuadé d'être le Christ, descendit du bateau et s'enfonça dans l'eau. Un autre encore, voulant faire des provisions pour le jour où ils manqueraient vraiment de nourriture, se coupa les doigts de la main gauche et se vida de son sang sous leurs yeux.

Les survivants furent enfin secourus par un brick transportant du sel vers les pêcheries de Terre-Neuve. Le Commandant avait subi en plusieurs endroits des engelures si graves qu'il fallut lui couper des morceaux pour sauver le reste, comme on rogne les coins desséchés d'une meule de fromage.

Des petits morceaux, répétait-il quand il racontait son histoire comme pour bien insister sur le pire. *Pas une main, ni un œil, ni un membre entier. À peine une tranche par ci, un échantillon par là. Treize morceaux de ma chair en tout, mais pas de mot pour les nommer. Officiellement, je n'ai rien perdu, voyez-vous ? Il aurait mieux valu que je sois coupé en deux plutôt que de subir cette infâme diminution qui ne m'a valu aucun surnom. Ah, cette sorcière noire savait ce qu'elle faisait. Tant qu'à tailler en pièces un homme de la mer, il faut au moins lui prendre*

quelque chose qui le fera entrer dans la légende. Pierrot le
Manchot. Bertrand la Béquille. Jean Borgne-Couille.

L'Amirauté lui confia le commandement de l'*Achéron*,
une toute nouvelle frégate armée spécialement pour la
chasse aux pirates, du moins ceux qui échappaient au
contrôle du gouvernement. Avec le temps, alors qu'il
faisait pendre un écumeur de mer après l'autre, le titre fut
précédé de l'article défini et l'on oublia comment s'appelait l'ancien capitaine du *Gold Coast*. Dans n'importe quel
port, il suffisait de faire allusion au Commandant pour que
les hommes hochent la tête, lancent à droite et à gauche
des regards prudents et se penchent pour échanger des
récits à voix basse.

Mais le Commandant avait payé très cher sa terrible
renommée. On chuchotait que cette humiliation de sa
chair, en venant s'ajouter aux tourments endurés pendant
son abandon en mer, avait marqué son âme d'un fer si
brûlant que son regard intérieur avait acquis une nouvelle
faculté : il lui suffisait d'observer à la longue-vue la ligne
d'une côte pour savoir si l'île, la péninsule, le pays ou le
continent qu'il scrutait ferait un jour partie de l'Empire
britannique. Lorsque l'Union Jack flottait déjà sur le
territoire en question, le Commandant savait mystérieusement s'il cesserait un jour de le faire, sans être en mesure
de préciser quand. De Cork à Madras, il distribuait ses
prédictions sur les acquisitions impériales avec un tel
manque de discipline, une telle imprudence que l'Amirauté n'eut d'autre choix que d'ordonner à l'Achéron de
rentrer à Spithead. Ne comprenait-il pas que ce qu'il faisait
était très mauvais pour le moral du peuple ? Sans parler
des autres nations qui s'intéressaient fort à ses prédictions.
La France, par exemple, n'avait pas été ravie d'apprendre
que la Nouvelle-France était destinée à devenir la Plus-
que-Nouvelle-Angleterre.

Le Commandant se sentait peu disposé à obéir à l'ordre de ses supérieurs. C'est qu'il ne l'avait pas encore trouvée, et d'ici là, il se contenterait d'inscrire dans le livre de bord que le vaisseau était empêché de rentrer au port en raison de forts vents contraires et de la nécessité d'importants travaux de radoub. C'est ainsi qu'il devint lui-même une menace, un renégat. L'Amirauté donna l'ordre à tous ses navires de tirer à vue sur l'Achéron.

Nous serons bientôt en guerre contre la France, disait-il souvent. *L'Angleterre mettra la main sur toute l'Amérique du Nord, pour la reperdre ensuite. C'est cela qui leur déchirait les écoutes de grand-voile, et c'est tellement évident que je n'ai pas besoin de mes dons pour le savoir. Si la menace française disparaissait, les coloniaux du Sud chercheraient vite un autre ennemi à qui faire la guerre. C'est pourquoi ils viendront bientôt me supplier de revenir. Il leur faut un visionnaire, quelqu'un qui ait la tête claire.*

On racontait que tous les jours à midi pile, il dressait sur le gaillard d'arrière une table nappée de blanc où il disposait, comme sur un autel, un formidable assortiment de mystérieux instruments soigneusement alignés et préparés pour une messe marine. La cérémonie comprenait la lecture de la boussole, celle du sextant, la mesure de la vitesse du vaisseau à l'aide du loch. Pour finir, il levait son nez, tronqué mais hypersensible, à l'oblique du plan de l'écliptique, reniflant le vent à la recherche, comme il aimait à dire, de traces de neige.

Il finit par rattraper Amphitrite au large de Chypre. Le reste tient en peu de mots.

— Ils nous ont réduites en chair à pâté, conclut Amphitrite alors que l'Achéron grandissait toujours sur leur hanche bâbord.

Le *Gold Coast* fut coulé. Elle supposait que les filles de l'équipage qui n'avaient pas péri dans les flots avaient été offertes au gibet. Cat Nutley. Jane aux mains crochues. Brigitte O'Byrne. Lucy Teach.

— Mais pas moi, ajouta-t-elle. Il n'en a pas encore terminé avec moi.

Après une brève escale de ravitaillement à Alexandrie, l'Achéron volait droit au but.

φ

La première bordée de canon fut tirée alors que le navire se trouvait encore à une distance considérable. Prenant même Amphitrite par surprise, le boulet s'abîma en sifflant avant de les atteindre, projetant une brume d'embruns qui flotta jusqu'à eux.

— Il est impatient, conclut la jeune femme. Il veut nous faire baisser les voiles et en finir avec nous le plus rapidement possible.

— Croyez-vous qu'il vous veuille vivante ? lui demanda Flood.

— J'espère que non.

L'Achéron gagnait sur eux. Leur maigre arsenal de pistolets vétustes cracha des grenailles qui n'infligèrent aucun dommage visible à leur puissant adversaire. À travers le nuage de leur vaine salve, ils virent s'approcher avec une lenteur royale le grand vaisseau altier. Décrivant sans se presser un large arc de cercle, il aligna ses épaulures afin de les aborder par le flanc et ouvrit brusquement ses sabords à canons, laissant présager le pire.

Sans être vue, Pica se glissa sous le pont par l'écoutille centrale. Elle entrait dans l'atelier d'imprimerie quand elle entendit un grand craquement. Le navire gîta violemment et elle fut projetée sur le plancher.

Elle comprit tout de suite qu'un boulet de l'Achéron les avait atteints, elle ne savait où. En se relevant, elle vit que le choc avait jeté à terre l'établi de son père et délogé deux bouteilles d'encre, qui s'étaient brisées en tombant et s'épanchaient à gros bouillons. Dans l'étang noir tourbillonnant gisait Ludwig l'automate, la tête à moitié dévissée, agitant inutilement un de ses longs bras.

Elle se précipita sur la presse. Son cœur battait la chamade. La forme de caractères Hérisson que Djinn venait de composer reposait toujours dans le chariot. À l'intérieur du châssis, le métal imitait parfaitement la solidité la plus ordinaire. D'une chiquenaude au centre de la forme, elle engendra des anneaux qui rayonnèrent lentement vers les bords du cadre.

Elle posa ses mains sur ses hanches, puis sur les deux longueurs du châssis. Le cadre de métal était à peine plus large qu'elle. Elle saurait s'y glisser comme dans une des trappes du navire.

Pica envoya valser ses souliers dans un coin, se débarrassa de ses bas et grimpa sur le marbre. S'agrippant à la barre pour ne pas tomber, elle se pencha et souffla sur la forme. Le métal poursuivit sa liquéfaction jusqu'à ce que des vaguelettes viennent agiter sa surface à chaque frémissement de la coque.

Elle y trempa prudemment un orteil.

— C'est froid.

S'appuyant contre les bords du cadre, elle se pencha de nouveau et contempla son reflet tremblant sur la surface de métal. L'idée lui vint subitement de suspendre sa montre au bout de sa chaîne.

— Là-dedans, le temps ralentit, murmura-t-elle.

Elle prit une grande inspiration et plongea la tête la première.

Tandis que les vagues de métal se refermaient autour d'elle, elle se souvint d'une histoire, une ancienne légende où une fille marchait sur le fond bourbeux d'un canal pour y chercher des babioles.

Elle fit surface dans l'atelier et crut tout d'abord que, dans les profondeurs liquides du métal, elle avait fait demi-tour pour ressortir par où elle était entrée. Mais en se hissant sur le marbre, elle aperçut la montre arrêtée en pleine oscillation. Les aiguilles s'étaient immobilisées sept secondes après qu'elle eût plongé. Elle était de l'autre côté. Dans le puits de légendes.

Où avait-elle passé ces sept secondes ? Il y avait eu d'abord les ténèbres, puis elle était revenue à elle-même, comme au sortir d'un long somme.

Elle descendit de la presse en tremblant. Aucun mouvement, aucun bruit. Dans la cabine, la lumière s'était transformée en pâte d'or pailletée d'un grain fin qui lui donnait la texture d'une gelée diaphane.

Elle fit quelques pas, sentit sur son visage un frôlement arachnéen et tendit la main pour l'écarter. Tout son champ de vision – la presse, les bouteilles d'encre, la longue cabine et jusqu'aux strates de lumière gélatineuse – s'étira en se tordant légèrement comme une image peinte sur un tissu tendu et transparent. Elle comprit alors que cette sensation ténue était celle de la lumière sur sa peau.

Elle serra le poing ; quand elle rouvrit la main, un foyer lumineux palpitait au creux de sa paume.

Toujours allongé au milieu d'une mare d'encre qui durcissait comme de la glace noire, Ludwig ne bougeait plus. Elle s'agenouilla près de lui et lui remit la tête à l'endroit. Son éternel sourire adolescent était fendu en deux par une mince fêlure qui descendait du front jusqu'au menton.

Elle ressortit par l'écoutille. Au-dessus d'elle, une silhouette immobile se détachait dans la lumière du soleil. C'était son père, suspendu et muet, un pied dans le vide, qui descendait à sa recherche.

Elle se hissa à sa hauteur, examina longuement son visage à contre-jour. La tension des muscles de sa mâchoire montrait qu'il serrait les dents. Ses yeux, dont les pupilles n'étaient pas encore pleinement dilatées pour accommoder l'obscurité de la descente, plongeaient dans les siens sans la voir. Elle y lut de la peur, pour elle. Ou d'elle. Peur de ce qu'il allait trouver dans l'imprimerie.

Pour la première fois, elle lui toucha la main, caressa ses jointures calleuses, les nervures de ses veines. Froides, sans vie, pétrifiées. Elle remarqua les bords effrangés de sa manche de chemise, les minuscules taches d'encre dont elle était criblée.

Elle contourna Flood et prit pied sur le gaillard d'arrière. Le bateau commençait à gîter sur bâbord. Amphitrite et Turini jouaient les statues de sel près du gouvernail. Darka et les jumeaux étaient figés en pleine course le long de la passerelle, dans des postures impossibles même pour eux. Tout autour d'elle stagnaient des bouffées de fumée noire. Elle voulut donner une poussée à celle qui flottait juste au-dessus de sa tête, mais sa main s'y enfonça et y imprima sa marque en creux.

Elle pouvait regarder sans sourciller la face d'or assombrie du soleil et ses doux rayons, filaments de miel étirés dans le ciel.

Et le silence.

La solitude. Elle seule respirait dans un monde suspendu qui comptait sur elle pour le ramener à la vie.

Levant les yeux vers le ciel figé, elle se remémora soudain un incident survenu à l'*Ospedale* de Venise. Blottie dans le grenier, elle lisait un des romans interdits de Francesca. Ennuyée par cette histoire de chevaliers sans peur et de dames vertueuses, elle avait décroché du mur le violon du maestro et s'était allongée sur le dos, la tête pendant au bord de son lit de sorte qu'elle regardait à l'envers par la croisée ouverte. Elle avait pincé l'unique corde restante du violon, se demandant si ce son suffirait à invoquer de nouveau l'ombre du maestro. Elle avait le souvenir très net du lac de ciel bleu qui entrait par la fenêtre. L'incessante rumeur de la ville s'était retirée dans un lointain distant. Elle avait senti la vibration de la corde se propager du ventre de l'instrument à sa joue, écoutant la note se dissiper lentement dans l'air immobile. Le son ressemblait au temps : chaque instant était un fil tendu, chargé de possibilités qui s'évanouissaient dans le passé sitôt joué. Chaque vague de son l'avait rendue plus légère jusqu'à ce qu'elle fût envahie par la sensation qu'elle allait s'envoler et sortir par la fenêtre en flottant. *Libre.*

Dans le puits de légendes, le monde était pareil à cette voûte vide et bleue : une corde bien tendue, mais pas encore jouée.

Elle devait faire très attention. Elle pressentait qu'en l'absence du temps, le monde était vulnérable à toutes les suggestions. L'instant avait une peau très fragile. Elle seule avait le pouvoir de choisir. *C'est comme lire un livre*, se dit-elle. *C'est moi qui fais arriver la suite.*

Elle se pencha contre le bastingage. L'océan luisait comme une pellicule de verre translucide. Juste sous la surface, elle vit, à quelques pouces à peine de la coque du *Bourdon*, un œuf noir d'incube, la coquille déjà à moitié ouverte le long de fissures volcaniques écarlates.

La silhouette blanche de la frégate se détachait, illuminée par le feu fixe de ses canons, derrière l'écran de fumée qui lui faisait plisser les yeux. Terrifiée, elle se vit marcher sur l'eau, traverser jusqu'à l'Achéron, désarmer ses canons. Prendre le Commandant en otage. Lui faire réintégrer le temps avec une épée dans le ventre. Elle eut une autre idée, désarmante dans sa simplicité, qu'elle rejeta à l'instant où elle se présenta à son esprit : craquer une allumette dans leur poudrière et l'y laisser en suspens, au bord de la chute, stalactite de feu.

Son regard délaissa l'Achéron pour se porter vers la haute mer. Au nord-est s'amassait l'énorme vaisseau gris d'une tempête, amarré aux flots par le fil fulgurant de l'éclair. Elle eut une pensée pour ce globe immense avec ses villes, ses villages et tous leurs habitants, les fermes, les vignobles, les forêts, les déserts, les créatures vivant au plus profond des abysses sous-marines ou au sommet des montagnes. Chaque être, chaque chose, immobile comme sur une toile peinte en cet instant précis. Gouttes de pluie suspendues à quelques pouces du sol. Arbres courbés sous l'invisible poussée du vent. Cerfs figés en plein saut. Nouveau-nés interrompus dans leur premier cri. Condamnés en sursis au bord de la trappe du gibet.

Même la Terre ne tourne pas, songea-t-elle en se détournant du bastingage, sidérée. Elle sentait son sang ralentir dans ses veines, le temps se désintéresser de sa chair, de ses os. Elle pressentit obscurément que si elle restait de ce côté du monde, elle ne connaîtrait jamais la vieillesse ni la maladie, mais vivrait une enfance éternelle.

Il manquait quelqu'un. Djinn.

Elle ouvrit prestement le capot de descente et descendit dans la grande cabine.

Dans l'obscurité, elle tâtonna autour d'elle à la recherche de la table à cartes d'Amphitrite. Alors que ses yeux s'habituaient à l'obscurité, elle toucha du bout des doigts le globe terrestre de plâtre peint.

Djinn était accroupi sous la table, les mains sur les oreilles, la bouche ouverte en un cri muet, comme un petit garçon terrorisé. Elle se pencha et lui embrassa doucement le front.

Elle s'aperçut que le silence l'affectait profondément, l'emplissant de la solitude la plus absolue de toute sa vie. L'idée qu'elle retrouverait son père au même endroit en remontant la rasséréna. Avant de partir, elle prit le temps d'examiner le dos des livres alignés sur l'étagère au-dessus de la table. C'était ceux de Turini : manuels de navigation, observations météorologiques. Ses livres à elle se trouvaient dans l'atelier de presse, à l'abri de l'humidité dans une armoire vitrée que Turini avait fabriquée à leur intention : les *Voyages de Gulliver*, *Robinson Crusoé*, les *Mille et une nuits*, le septième volume de la *Libraria Technicum*.

Tout ce qu'elle avait à faire pour les protéger indéfiniment, c'était de rester ici, plongée dans ses lectures. Pour l'éternité.

Ici, elle était libre d'attraper le monde par le rebord, de s'y envelopper comme dans un grand châle et de chercher tout à loisir ce qu'elle avait perdu dans ses plis et ses replis. La terre serait un jouet mécanique qu'elle ferait tourner selon son caprice, brûlant tous les secrets, toutes les misères dans les flammes glacées de son désir.

Elle frôla le globe qui se mit à tourner lentement, oscillant légèrement sous l'impulsion de ses doigts. Des rivières, des chaînes de montagnes et des lieux qu'elle n'avait jamais visités défilèrent sous ses yeux. *Cathay. Londres. Nouvelle-France.*

L'étendue vide du Pacifique apparut et disparut. Où donc, se demanda-t-elle, pouvait se trouver l'île de Shekinar dont rêvait Amphitrite ? Si elle passait assez de temps ici, elle finirait par la trouver, ou par la faire exister.

Son cœur se mit à cogner. Une vague de panique lui glaça la peau. Il fallait partir maintenant, pendant qu'elle le pouvait encore.

D'une claque, elle lança le globe dans une ronde folle.

Elle retourna dans l'atelier de presse, prit de nouveau une grande inspiration et replongea tête la première dans le métal chatoyant. Lorsqu'elle refit surface, elle vit avancer les aiguilles de sa montre et entendit tourner les rouages métalliques de Ludwig. La grande horloge du monde avait repris son tic-tac.

Parfois on rêve de s'évader vers une autre partie du livre.

On arrête de lire, on laisse défiler les pages entre le pouce et l'index, on épie l'histoire dans sa fuite en avant, non pas au-dessus du monde mais à travers lui, à travers les forêts, les complications, le chaos des intentions, les villes.

Plus on approche des dernières pages, plus on galope dans le livre, de plus en plus vite et soudain, le pouce relâche son étreinte, on s'échappe de l'histoire et on revient à soi. Le livre n'est plus qu'un fragile réceptacle de toile et de papier. On est allé partout et nulle part.

UN JARDIN DE PAPIER

Il y avait eu une bataille en mer. Tout le monde était d'accord là-dessus, mais personne ne se rappelait exactement quand ni comment elle s'était terminée, si ce n'est qu'ils l'avaient échappé belle.

Pica avait rejoint les autres sur le pont où ils clignaient des yeux comme des rêveurs tirés d'un sommeil profond. Le *Bourdon*, durement frappé, gîtait légèrement sur tribord. Ses mâts, tapissés de givre malgré la chaleur, se balançaient dans l'air lourd et immobile.

Ce soir-là et les jours qui suivirent, que ce soit en vaquant aux nombreuses réparations requises par les membrures ou en transportant du ballast dans la soute, ils ne cessèrent de tomber sur des objets que personne ne se rappelait avoir vus auparavant : une flèche plantée au sommet du mât de misaine, des amas de neige entassés par le vent dans les coins sombres du pont supérieur, un gant de peau de serpent séparé de son jumeau. Selon Amphitrite, cette amnésie collective étant un signe avant-coureur du scorbut, il devenait pressant de faire le plein de vivres frais.

Un matin, il se trouvèrent environnés de grandes îles cristallines parmi lesquelles ils se frayèrent un chemin, tels des découvreurs dans une ville de géants surprise par le gel. Le blizzard se leva. Ils jetèrent l'ancre à l'abri d'un îlot rocheux colonisé par des phoques, invisibles dans la tourmente, mais dont les cris ne cessèrent de résonner tant qu'elle dura. Au matin, un vent aigu comme une épée soufflait dans l'air lavé. Amphitrite Snow se rendit seule de l'autre côté de l'îlot, emportant le vétuste mousquet de

Turini, la seule arme à feu en état de marche du navire. Ils entendirent cinq coups de feu séparés par de longs intervalles de silence. Peu après, Amphitrite réapparut. Dans la barque étaient chargées trois carcasses. Après que Turini eut hissé l'embarcation, elle projeta l'une des bêtes par-dessus le plat-bord. L'énorme masse de fourrure ensanglantée vint s'affaler sur le pont et ne bougea plus.

Amphitrite s'accroupit, la retourna, tira son couteau et pratiqua dans le ventre une incision allant du gosier au croupion. Pica vit la lame tourner dans la chair, les boyaux jaillir et s'enrouler en un amas grisâtre strié de traînées sanguinolentes. Vinrent ensuite le foie, flottant dans une mare de sang telle une île fumante, ainsi que le cœur et les poumons.

— Le mieux est de le manger cru, annonça Amphitrite en leur tendant le foie à pleines mains. C'est souverain contre le scorbut.

Elle planta ses dents dans la viande sombre, puis, la bouche dégoulinante, insista pour qu'ils suivent tous son exemple.

Un par un, les autres prirent une bouchée de foie cru. Ivre de dégoût, Turini alluma dans la coquerie un feu sur lequel il fit rôtir ce qui restait. Ils en mangèrent tous, enfournant les tranches de chair fumante dans leurs bouches haletantes. Quand ils furent rassasiés, Amphitrite tendit la peau à Darka en faisant le geste d'enfiler un manteau.

— S'il lui en faut plus, dit-elle à Turini, j'irai en chercher.

La contorsionniste leur confectionna des pelisses qui les tinrent au chaud pendant la traversée de ces contrées glaciales. La plus grosse des îles de glace défila pendant trois jours sur leur flanc bâbord ; ils en virent à se demander si elle avait une fin. Le quatrième jour, Amphitrite tira tout le monde du lit pour leur annoncer que, pendant la nuit, le *Bourdon* et sa voisine avaient dangereusement dérivé l'un vers l'autre. De loin, elle leur avait paru comme un bloc solide, mais ils voyaient bien que les vagues et le ressac en faisaient ce qu'ils voulaient. Portée par la houle, la muraille de glace s'élevait devant eux, puis retombait de tout son poids dans un grondement qui ébranlait le *Bourdon* jusqu'à la quille. Dans son ombre, le vent modérait ses hurlements, laissant la parole au crépitement grondant de la glace.

Implacable figure de proue, Amphitrite jouait des serres pour les sauver du désastre. La coque gémit sous les vagues, raclant pendant d'horribles siècles une chose innommable. Ils s'arrachaient enfin à l'attraction de la paroi culminante lorsqu'ils reçurent une éblouissante grêle d'aiguilles de cristal que les jumeaux accueillirent en glapissant, mains et langues tendues pour attraper les diamants offerts. Amphitrite leur siffla de se taire, leva les yeux et poussa un cri : dans un craquement de tonnerre, un immense pan de la falaise blanche s'était détaché du sommet.

Turini et Darka sautèrent chacun sur un de leurs enfants pour les couvrir de leur corps. Djinn et Amphitrite plongèrent sous le pont. Pica s'accroupit avec Flood sous un capot d'échelle.

Un éclat colossal s'abattit sur le balcon avant du *Bourdon,* le faisant éclater en éclisses innombrables. Au même instant, une masse d'ivoire de la taille d'une maison fondait sur la poupe alors qu'une trombe d'eau glaciale balayait toute la longueur du pont.

L'instant d'après, ils émergèrent d'un nuage de brume tournoyante dans la lumière tombante du jour. Pica, agrippée à la main de Flood, leva les yeux : les planches du gaillard d'arrière étaient criblées de stalactites acérées. Djinn et Amphitrite se relevèrent en secouant leurs cheveux pour en déloger une poussière opaline.

Ils quittèrent la mer de glace pour sombrer dans une longue somnolence. Pendant des jours, personne ne prit le quart, laissant sans surveillance les voiles et le gréement. Le navire dériva au gré du vent et des courants. Ils dormirent comme des loirs pendant qu'un coup de vent sans pitié jonglait avec le *Bourdon* et lui arrachait sa voilure. Lorsque la faim les poussait à se rassembler dans la coquerie, ils tentaient de reconstituer une image cohérente des dernières heures, chacun faisant don de ses instants de lucidité. Mais cet effort de mémoire collective était souvent contrarié par l'effacement progressif de la frontière entre leurs rêves et la vie réelle. Tous les matins, les jumeaux décrivaient leurs étranges voyages nocturnes, les forêts et les villes traversées à toute vitesse par le voilier. L'un d'entre eux avouait alors avoir fait un rêve semblable. La seule qui n'eût jamais d'aventures oniriques à raconter était Pica. Chaque fois que son tour venait de nourrir la conversation du petit déjeuner, son mutisme plongeait la table dans un silence gêné.

Bien que l'Achéron ait complètement disparu, Amphitrite Snow ne relâchait guère sa vigilance pendant ses tours de quart. Par contre, elle se mit à s'adonner au somnambulisme durant ses moments de repos, parfois même en plein jour. Un matin, Flood, ne trouvant pas Ludwig à son poste, suivit ses traces d'encre jusqu'à la cabine d'Amphitrite, qu'il trouva paisiblement endormie dans les bras de l'automate.

Djinn était le seul à rester impassible face à toutes ces mésaventures.

—Je savais qu'il allait nous arriver des pépins de ce genre, assurait-il. C'était à prévoir. Nous voilà tout à fait perdus.

φ

Les étoiles n'étaient plus les mêmes.

Ils avaient dérivé sur la houle pendant des jours, sans voir la terre ni sentir le moindre courant d'air. Les tonneaux d'eau potable étaient pratiquement à sec et il ne restait presque rien des provisions embarquées à Alexandrie.

Un matin, tirée du sommeil par le son de la pluie, Pica monta sur le pont et constata que le *Bourdon* paissait au milieu d'une abondante prairie d'herbe verte. Amphitrite, déjà penchée au bastingage, s'affairait à jeter une sonde.

—C'est sans doute la calenture, dit-elle. Ce délire qui frappe les marins. J'en ai vus, persuadés qu'ils étaient entourés d'une prairie verdoyante, descendre se promener sur l'eau et périr noyés.

—Cela semble si réel, remarqua Pica.

Il n'y avait qu'une façon d'en avoir le cœur net. Amphitrite demanda à Turini de la descendre dans la chaloupe, qui se posa solidement sur l'herbe sans se balancer comme elle s'y était attendue. Elle laissa pendre par-dessus bord une main qu'elle remonta pleine de tiges vert foncé. Pour finir, elle mit carrément pied à terre et fit plusieurs fois le tour de l'embarcation.

Elle dut se rendre à l'évidence : ils avaient heurté un banc d'algues. Elle sentait sa surface poreuse se dérober à chaque pas avec un bruit de succion. Le banc était si épais que d'autres formes de vie végétale y avaient pris racine.

La pluie cessa. Les Turini se levèrent et se joignirent sans tarder à Amphitrite pour une petite promenade. Avec des perches et des toiles, Turini érigea un abri contre le soleil. Quand Flood finit par émerger à son tour, il les trouva assis sur l'herbe autour d'un pique-nique. Il descendit les rejoindre. Djinn préparait le thé sur la fournaise qui lui servait à fondre des caractères. Les enfants avaient cueilli des feuilles vertes pour la salade, des tubercules et même des escargots irisés. Darka et Turini gloussaient et roucoulaient comme des amants dans la fleur de l'âge.

Pica restait dans son coin, plongée dans un des ses romans bien-aimés, calée contre un tonneau d'encre vide. Flood n'osa pas la déranger. Elle lui rappelait trop l'expression d'Irena le jour où il l'avait regardée lire entre les rayonnages de la bibliothèque un instant muette.

Ils passèrent toute la journée et une bonne partie de la soirée à fainéanter sur l'herbe fraîche, le dos tourné au bateau. Djinn et Turini partirent à l'aventure et ne revinrent pas avant le coucher du soleil. Ils avaient trouvé les carcasses pourrissantes d'autres navires. L'île d'algues était donc un cimetière de vaisseaux, dont les plus anciens vestiges semblaient remonter à la période romaine.

Les jours passaient. Ils se demandaient si l'île les laisserait partir. Même Djinn était bien incapable de prédire quoi que ce soit. Turini profita de cette inactivité forcée pour se lancer dans la réparation du navire, mais il devint vite évident qu'il avait en tête un projet encore plus ambitieux. Il s'agissait au départ de le réarmer en utilisant les parties récupérables des épaves. Pour y parvenir, il fallait tout d'abord dénuder complètement le squelette du *Bourdon*. Un soir, autour de la table, Flood se demanda à voix haute si une opération de cette envergure était vraiment nécessaire. Amphitrite se porta immédiatement à la défense de Turini, citant un adage marin bien connu de tous et même des baleines : *Un jour ou l'autre, on finit toujours par croiser quelqu'un qu'on connaît*. Ce ne serait pas une mauvaise idée, plaida-t-elle, de changer d'aspect afin de brouiller le plus possible les perceptions du Commandant. S'il espérait toujours écraser un bourdon, pourquoi ne pas se métamorphoser en une autre créature ?

Turini était loin d'avoir terminé quand un vent violent qui dégénéra vite en tempête s'abattit sur la petite île d'algues. La nuit, blottis tant bien que mal sous leur abri précaire alors qu'autour d'eux les éléments faisaient rage, ils sentaient sous leurs pieds l'agitation du limon soulevé par un fort courant. Ils trouvaient au matin le banc d'algues déchiré par endroits, troué de flaques et d'étangs qui n'existaient pas la veille. Ce fut la fin des promenades quotidiennes qui brisaient si agréablement leur routine.

Turini travaillait dans la fièvre. L'inconnue qui ornait jusqu'alors l'avant du *Bourdon* fut délogée pour faire place à l'ancienne figure de proue d'une galiote hollandaise, une sirène rubiconde aux tresses écarlates savamment entrelacées. Comme elle était trop grande pour s'encastrer correctement sous l'attache du beaupré, Turini dut la raboter à grands coups de doloire. Pica et les jumeaux prêtèrent main-forte pour la repeindre. Ils durent terminer debout dans la chaloupe, car l'île était en train de se disloquer sous l'assaut des vagues.

La seule liqueur forte qui restait à bord étant l'encre poreuse, ils en utilisèrent une bouteille pour rebaptiser le *Bourdon.*

Cette nuit-là, sous une lune pleine à craquer, le navire s'affranchit complètement de son cocon d'algues. Le lendemain matin, la mer était redevenue un désert stérile.

φ

Pour se ravitailler en vivres et en eau, ils jetèrent l'ancre à proximité d'une île peuplée de myriades de chauve-souris naines, pas plus grosses que des fauvettes, aux ailes fines comme du crêpe. Dès le coucher du soleil, elles sortaient de leurs grottes par grands essaims sombres et silencieux. L'équipage du *Bourdon* ne pouvait en détacher les yeux jusqu'à ce qu'elles se fondent dans la nuit. Au petit matin, on pouvait voir leur immense nuage rentrer au bercail.

Flood poursuivait ses expériences avec l'encre poreuse et les caractères Hérisson. Bien après que Djinn fût parti se coucher, il traînait encore à l'atelier, triant et retriant les caractères, imprimant une épreuve de temps en temps, jusqu'à ce qu'il tombe de fatigue à l'aurore. Il dormait toute la journée, se levait à la fin de l'après-midi et recommençait. Indifférent aux douzaines de chauve-souris qui venaient se loger dans les recoins de la pièce et jusque dans ses cheveux, il passait des heures à griffonner sur son pupitre dans le halo de sa lanterne.

Pica lui apportait ses repas. Elle se rendait bien compte que, depuis qu'elle était descendue dans le puits, il perdait la mémoire et se repliait encore plus sur lui-même. Elle se mit à inspecter avec méfiance les formes de caractères Hérisson qu'il déposait sur l'établi, lisant derrière son dos les mots alignés et constatant qu'ils étaient tirés des ouvrages de typographie, de calcul ou de géométrie rangés sur son étagère. Sans trop savoir pourquoi, elle laissa traîner *Les voyages de Gulliver* bien en vue dans l'atelier.

Ils finirent par rencontrer un vent favorable qui poussa le *Bourdon* vers le nord-ouest, où les eaux étaient plus clémentes. Un soir qu'elle était de vigie, Amphitrite leur signala une bande de baleines. Ils passèrent si près des grandes bêtes qu'ils respirèrent l'infecte puanteur de leur souffle.

Le même jour, ils eurent la visite d'un comité de mouettes qui entama une ronde autour du bateau pour lui crier la bienvenue. Amphitrite se mit à jeter la sonde toutes les heures. Elle toucha enfin le fond à douze brasses ; quand elle remonta la sonde, elle y trouva des traces irisées de coquillages et de sable fin.

Ils mouillèrent aux abords d'une plage de sable blanc qui s'étirait à l'infini d'un côté comme de l'autre. À une centaine de pas vers l'intérieur des terres, alors qu'ils cherchaient de l'eau, ils escaladèrent une dune de sable fin et se retrouvèrent face à l'océan.

Il n'y avait rien d'autre sur cette île que cette étroite bande de plage sur laquelle ils firent la rencontre d'un Écossais naufragé.

Comme il avait oublié son vrai nom, il leur dit qu'il s'appelait monsieur Zéro. Ils le suivirent le long des vagues jusqu'à la hutte sur pilotis qu'il avait bâtie avec les débris de son navire, brisé par les flots non loin de là. Peu de temps après le naufrage, il avait eu la chance d'être happé comme un moucheron par une vague qui l'avait déposé sur ce fil d'araignée tendu en pleine mer. Il se nourrissait de polypes et de crustacés amenés par la mer sur les côtes de son infime continent.

Monsieur Zéro les invita à partager son potage de crabe au varech et leur narra, aussi bien que sa mémoire délavée le lui permit, la façon dont il était devenu le seul citoyen d'Exilia, ainsi qu'il avait baptisé l'île. Selon les vents et les courants, il arrivait que les extrémités de l'île s'enfoncent lentement sous les vagues jusqu'à ce qu'elle se trouve submergée. Il courait alors d'un côté et de l'autre jusqu'à ce qu'il détermine avec certitude où se situerait le terrain sec.

— Ça vous remet un homme à sa place, leur confia-t-il, de régner sur un banc de sable avec les vagues jusqu'aux chevilles. Mais je vous assure que, pour l'instant, nous n'avons rien à craindre. La marée ne sera pas haute avant trois jours.

Le navire sur lequel il s'était embarqué comme subrécargue avait quitté avec quatre autres vaisseaux le comptoir établi à Canton par la Compagnie des Indes orientales. Ils se dirigeaient vers un continent récemment découvert dans les mers du Sud par des explorateurs néerlandais qui, avec une belle arrogance, l'avaient baptisé Nouvelle-Hollande. Attirés par des histoires de montagnes de rubis et d'étendues désertiques de poussière d'or, ils s'étaient aventurés au-delà du bord méridional de leur carte.

— Ah, nous l'avons découvert, fit monsieur Zéro. Le désert existait bel et bien, je peux vous l'assurer.

Ils se consolèrent avec le gibier, qu'ils trouvèrent fort abondant. Dès le jour de leur arrivée, Zéro avait abattu trois aigles.

— Est-ce vrai, lui demanda Pica, qu'il y vit une espèce de lapin géant qui porte ses petits dans une poche ?

— Tout à fait, confirma Zéro. Les indigènes appellent *Gan-garoo* ces remarquables créatures. J'en ai moi-même abattu une quantité respectable. J'entends encore le miaulement des petits dans la poche ventrale de leur mère morte.

— Et qu'en est-il de cet autre animal, voulut savoir Djinn, qui serait moitié canard et moitié castor ?

— Jamais vu l'ombre d'un, admit Zéro. Peut-être qu'on les a tous déjà chassés.

Pendant le voyage de retour vers Canton, au large des îles de l'Amirauté, son navire s'était trouvé séparé du reste de la flotte par un violent ouragan. Démâté, faisant eau par douze brèches, il avait dérivé pendant des jours sans eau ni vivres. Pour finir, le maître coq désespéré avait attrapé et apprêté une espèce de méduse nauséabonde qui leur avait donné de la fièvre et des hallucinations. La moitié de l'équipage avait sauté par-dessus bord. Quant au capitaine, il était mort pendu aux barres traversières en essayant de faire appel aux nuages.

De son côté, Zéro se persuada que les autres marins voulaient le tuer. Il se barricada dans sa cabine, sortit son miroir de poche et tira en se tordant de douleur une dague miniature de son oreille gauche. Il savait qu'il devenait fou. Il accusait ses récentes mésaventures – par-dessus tout cette désastreuse idée de détourner un navire de la Compagnie du Levant pour contourner le cap de Bonne-Espérance jusqu'à ces antipodes marins où il avait tout perdu – de lui avoir fait perdre la raison. *Cela m'apprendra,* se dit-il, *à me fier à ces nouveaux chronomètres nautiques. Je l'avais bien dit au capitaine Tristan (maudit soit ce nom de mauvais augure) !* Ce soir-là, privé de pilote, le bâtiment devint le jouet du vent, finit par heurter un récif et sombra corps et biens.

— Tout le monde fut jeté par-dessus bord et périt, moi y compris, leur assura Zéro.

— Seriez-vous donc le seul survivant ? s'enquit Flood.

— Je viens de vous dire que nous avons tous péri, y compris moi. J'entends par là qu'au lieu d'être déposé ici par les vagues, accroché à un baril, j'ai la conviction que je suis devenu citoyen du royaume des morts.

— Et nous, alors ?

— Je doute d'avoir l'imagination assez puissante pour conjurer une apparition telle que votre navire et son équipage. Non, je crois plutôt que vous êtes des vivants séjournant pour un temps sur ces sombres rivages et que vous êtes ici pour me venir en aide, peu importe comment vous y êtes arrivés. En effet, les navires postaux ne s'arrêtent pas dans ces parages. Or, il se trouve que j'ai besoin de faire livrer une lettre à un résident du monde des vivants.

— Nous sommes justement à sa recherche, insinua Amphitrite.

— En partant d'ici (une fois que vous aurez fait le tour de l'île), mettez le cap au Nord et vous finirez par tomber droit sur la Chine. Si vous donnez mon nom aux marchands britanniques que vous y trouverez, ils vous viendront en aide. La lettre est pour mon fils. Il allait sur son quatrième anniversaire lorsque je suis parti pour ce qui devait être, mais je l'ignorais alors, mon dernier voyage.

Zéro fouilla dans une de ses bottes et en tira un morceau de papier qu'il déplia soigneusement.

— Il s'appelle Robert. J'ai adressé la lettre aux bureaux cantonnais de la Compagnie du Levant, car je ne me souviens plus où je vivais. Quand je vivais.

Djinn demanda à voir la lettre, qu'il tourna et retourna dans sa main. C'était la fin de l'après-midi et sous les rayons obliques du soleil, sa surface se couvrait de dunes désertiques traversées par la caravane de l'écriture effilée qui s'étirait en longues ombres. Comme à Alexandrie, il entendit l'écho de son prénom lui parvenir de très loin : *Xian Shu...*

— Voilà un papier d'une finesse rare, déclara-t-il. D'où vient-il ?

Le regard de Zéro s'éclaira.

— Je vois que j'ai affaire à un connaisseur. Oui, il est d'une confection inhabituelle, n'est-ce pas ? Les Chinois, qui sont les seuls à connaître le secret de sa fabrication, l'appellent *serpent fin*. Les chiens d'étrangers que nous sommes ne sont même pas censés y poser le regard, mais lors de mon dernier séjour à Canton, j'ai remué ciel et terre pour en tenir quelques feuilles dans mes mains alors pleines de vie. Il y a dix-sept ans de cela. À voir la liasse, elle paraissait contenir tout au plus dix ou douze pages doubles, mais il est d'une finesse telle que j'ai réussi à le faire durer jusqu'à aujourd'hui. Voici donc tout ce qui me reste de *serpent fin.* Je le gardais justement pour une occasion de ce genre.

Zéro refusa de les laisser partir avant d'avoir tiré un tison du feu et de leur avoir dessiné, sur la porte de sa hutte blanchie par le vent, la carte de la région et de ce qui les attendait sur leur route vers la Chine, si sa mémoire était bonne.

Il les avertit de rester à l'écart de la terrible île de Durgo, dont les habitants passent leur vie enterrés jusqu'au cou dans le sable volcanique le plus noir. Sur leur tête tombe jour et nuit une pluie de cendres brûlantes. Quand vient le soir, leur raconta-t-il, des chacals aux yeux jaunes descendent de la montagne en hordes affamées contre lesquelles les malheureux habitants de Durgo n'ont d'autre recours que de cracher, en se contorsionnant la face, des mots sans queue ni tête que les chacals écoutent patiemment, comme hypnotisés. Certains d'entre eux ont appris par cœur le charabia qu'ils répètent nuit après nuit, alors que d'autres, plus imaginatifs ou moins bons élèves, inventent chaque fois une litanie différente.

— Malheur à celui dont la langue s'épuise, indiqua Zéro, car dès qu'il se tait, les chacals lui sautent dessus pour lui dévorer le crâne.

Il fallait aussi se méfier des rochers perfides dissimulés aux abords de l'Oronymie, une longue muraille de montagnes escarpées jaillies de la mer. C'est là qu'habite la Glose, une race de dormeurs troglodytes qui niche au bord de précipices vertigineux, dans des orifices creusés à même la paroi par les mouvements qu'ils font en se retournant pendant leur sommeil. Les membres de la Glose ne s'éveillent que rarement, mais si cela leur arrive et qu'ils prennent conscience de la précarité de leur situation, ils perdent à la fois leur sang-froid et l'équilibre et vont s'abîmer dans les flots.

— En venant ici, poursuivit-il, j'ai pénétré à l'intérieur de l'Oronymie, jusqu'à une ville silencieuse où je suis demeuré quelque temps, errant de rue en rue et de maison en maison sans trouver une âme qui ne soit plongée dans un profond sommeil. Chaque nuit, je m'installais dans un salon différent, un chien couché à mes pieds, le temps de fumer une pipe au son d'une symphonie de respirations. De temps en temps, je me penchais pour border un enfant qui s'était agité dans son sommeil. La tristesse de ce lieu a fini par m'envahir et je l'ai fui.

Si le mauvais temps ou quelque autre revers de fortune les y poussait, dit-il encore, ils pourraient mettre en panne sans encombre près d'une île voisine habitée par des cannibales qui ne se dévoraient qu'entre eux, car ils étaient très difficiles et trouvaient la chair des étrangers bien inférieure à la variété locale.

— Mais il se peut qu'entre-temps l'île soit devenue déserte, s'avisa-t-il.

En cas d'urgence, ils pouvaient toujours jeter l'ancre au large d'Alluvion, un immense récif en arc de cercle composé entièrement d'ordures, d'immondices et d'excréments humains. Plusieurs dizaines d'années auparavant, les habitants d'une nation industrieuse et surpeuplée située quelques lieues à l'est s'étaient avisés de transférer, par bateau, leurs abondantes montagnes de déchets sur Alluvion : c'était la seule solution qu'ils avaient trouvé pour ne pas périr enfouis. Zéro ignorait qui avait créé Alluvion, mais le récif était maintenant habité par une espèce de singes très intelligents qui vivait en bonne intelligence avec les mouettes.

Amphitrite Snow lui demanda s'il avait jamais visité Shekinar.

— Ce nom me dit quelque chose, répondit Zéro. Ne serait-ce pas cette utopie des pirates où tous les hommes vivent dans la paix et l'harmonie ?

— Oui.

Il lui sourit gentiment et passa au point d'intérêt suivant.

Lorsqu'ils furent de retour à bord du *Bourdon*, Pica remarqua que Djinn et son père descendaient précipitamment à la salle de presse, leur emboîta le pas et les trouva plongés dans l'examen des fibres du papier à lettres au moyen du microscope de poche. À son entrée, ils levèrent tous deux la tête.

— Nous allons en Chine, n'est-ce pas ? dit-elle.

Le *serpent fin* était le papier le plus cher du monde. On le disait composé d'un mélange de coquilles d'œufs de colibri broyées, d'ailes de libellule et de la pellicule interne des nids de guêpe. Mais sa composition réelle ainsi que la méthode de sa délicate fabrication restaient un secret bien gardé transmis de génération en génération depuis l'époque légendaire des grands maîtres. Le prix d'une rame était exorbitant, mais Flood était bien décidé à en acheter au moins quelques feuilles. Malheureusement, le *serpent fin* n'était pas en vente, l'avertit le papetier britannique de Canton.

— Qu'avez-vous de presque aussi fin ?

— Il y a bien ce qu'ils nomment le *pli soufflé*, mais je n'en ai pas non plus.

Cela faisait une semaine que le *Bourdon* était entré dans la colonie portugaise de Macao. Il leur avait fallu tout ce temps pour passer la douane et recevoir l'autorisation de remonter l'estuaire de la Rivière des perles jusqu'à Canton. Le navire se balançait maintenant au milieu d'une cité flottante de frégates, de caboteurs, de jonques, de barques d'officiels, de salons de coiffure et de sampans où s'entassaient des acteurs et des diseuses de bonne aventure venues de l'île de Hanan. Dès qu'il leur avait été permis de poser le pied sur le sol chinois, Flood et Djinn s'étaient adressés au papetier du 13, rue de la Fabrique. Mais dans toute l'enclave étrangère, pas la moindre feuille de papier n'était à vendre en ce moment.

— Pourquoi cette interdiction ?

— C'est un décret du gouverneur chinois, leur apprit le marchand. Il adore jouer au chat et à la souris avec les négociants blancs. Si les Occidentaux veulent avoir accès aux fabuleuses porcelaines de Chine, ils doivent le mériter en se comportant ainsi qu'il convient à leur rang.

— C'est-à-dire ?

— Juste un cran au-dessus des chiens galeux, si j'en crois le dernier édit impérial. Comme les négociants n'aiment pas trop ramper, ils ruent dans les brancards une fois de temps en temps. Le gouverneur explose comme un feu de Bengale et décrète que nous n'avons plus le droit de vendre ni d'acheter d'objets fabriqués par son peuple. Le mois dernier, justement, c'était la poudre à canon. Le mois précédent, les boussoles. Si vous n'êtes pas pressés, l'interdiction sur le papier finira bien par être levée pour être remplacée par une autre : les sorbets, les ombrelles, les socs de charrue. Nul ne sait sur quoi cela tombera. Nous vivons dans une ambiguïté obscure illuminée de temps à autre par des éclairs d'incompréhension totale.

Le marchand leur apprit que dans un rayon de cent milles autour de Canton, l'unique endroit où l'on puisse trouver du *serpent fin* était le palais d'un grand mandarin de la province voisine, qui avait à sa solde les seuls artisans possédant le secret de la fabrication des précieuses feuilles.

La rumeur voulait que la bibliothèque de ce haut fonctionnaire recèle de nombreux trésors : une encyclopédie en onze mille volumes, un livre de jade qui prédisait l'avenir et le plus long roman érotique du monde, frappé d'interdiction à la cour impériale en raison de son pouvoir éhonté de changer ses lecteurs, hommes ou femmes, en bêtes en rut. On disait qu'il avait été rédigé par le dieu de la tumescence en personne, au cours des brèves pauses qu'il s'accordait dans son régime d'exercices sexuels incessants, et qu'il avait été imprimé sur du *serpent fin* sous la dynastie Xia.

Ce monumental cantique de la chair avait pour titre *La Veine de Dragon s'étirant sur mille lieues.*

— Mais en attendant, sur quoi écrivez-vous donc? demanda Djinn au marchand.

— Sur du bois. À moins qu'il ne soit laqué : il y a aussi une interdiction là-dessus.

Flood fit le tour de la boutique et remarqua pour la première fois le nombre de Chinoises non accompagnées qui fouinaient distraitement dans les boîtes de plumes et de cire à cacheter. Il se pencha vers le papetier et lui demanda à voix basse :

— Êtes-vous absolument certain qu'il n'y a pas de papier du tout? Même pas pour une transaction, disons, officieuse?

— Absolument certain, *sir*. Même si j'en avais, je ne vous le vendrais pas à moins du triple du prix que je vous ai indiqué.

— Bonté divine !

— En effet. Ici, le commerce, tout comme le climat, vient à bout des constitutions les plus robustes.

— Alors, vous êtes papetier, mais vous ne pouvez pas me vendre de papier?

— Je peux vous offrir des feux d'artifice. Ou des cerfs-volants. Pour l'instant.

En se dirigeant vers la sortie, Flood s'aperçut que Djinn n'était plus à ses côtés. Le typographe s'était aventuré jusqu'au fond de la boutique où il examinait les cerfs-volants suspendus au plafond par des cordes fines. Parmi les couleurs vives des dragons, des poissons rouges et des hirondelles, un volumineux cerf-volant cellulaire fait de soie noire sans ornement tendue sur des baguettes de bambou tournait lentement sur son fil.

Le long d'une arête luisait une inscription en petits caractères rouges que le papetier traduisit pour Djinn :

Le tigre ouvre le cercueil des rêves.

— Je vais prendre celui-là, dit-il.

Ce soir-là, en plus du cerf-volant noir, Djinn introduisit sur le bateau une cartouche de fusées de bambou, mais comme il pleuvait, il dut remettre à plus tard le spectacle qu'il voulait offrir aux jumeaux.

Ils attendirent pendant des jours, entourés d'une flotte de négociants anglais sur le retour. Ils furent retardés tout d'abord par les salamalecs à n'en plus finir des fonctionnaires du port, puis parce que les vents de mousson sur lesquels ils comptaient pour traverser l'océan Indien jusqu'à l'Afrique se faisaient attendre cette année-là. Pica, Darka et Amphitrite, obligées de passer le plus clair de leur temps sous le pont à cause de l'interdiction faite aux femmes étrangères de se montrer dans Canton, partageaient la même cabine pour se tenir compagnie. Lorsqu'elle s'éveillait dans la lumière dorée de l'aube, Pica s'attendait toujours à ce qu'Amphitrite se soit sauvée pendant la nuit pour se fondre dans ce grouillement de vaisseaux à la recherche d'un passage vers Londres. Mais chaque matin, la jeune femme était toujours là, assise dans son lit avec sa pipe, perdue dans ses pensées. Un jour que

Pica y faisait allusion sans en avoir l'air, Amphitrite éclata de rire :

— Petite fille, n'as-tu donc pas encore appris la patience ?

Pendant ce temps, Flood, qui avait fini par trouver le bureau de poste de la Compagnie des Indes Orientales, alla leur livrer la lettre de Monsieur Zéro. L'employé l'inspecta en se grattant la joue avec son porte-plume.

— Zéro, Zéro, répétait-il à voix basse. Où cette rencontre a-t-elle eu lieu, dites-vous ?

Confus, Flood se tourna vers la carte de l'hémisphère Sud qui était punaisée sur le mur, hérissée d'épingles et couverte de courbes et de flèches crayonnées d'une main hâtive. Il lui résuma du mieux qu'il put – n'oublions pas qu'il avait passé la majeure partie du voyage sous le pont – le trajet qui les avaient menés d'Exilia à Canton. Dans le grand classeur de chêne situé derrière son bureau, l'employé ouvrit un tiroir puis un autre, feuilletant d'un index brusque les fiches qui s'y trouvaient.

— Nous tenons le registre de tous nos ressortissants naufragés, expliqua-t-il en refermant le second tiroir d'un bruit sec avant d'en ouvrir un troisième. On trouve actuellement plus de cent solitaires dans la région que vous décrivez, en plus de quelques paires ici et là. Et un groupe de six. Selon tous les rapports, ce n'est pas une île bien heureuse. Voyons voir maintenant. Voyons voir.

Comme le *Bourdon* ne semblait pas près d'aller où que ce soit, Flood décida qu'il était temps de s'aventurer vers l'intérieur des terres pour y trouver du *serpent fin*. Malheureusement, l'Empereur venait de révoquer de nouveau l'Édit de tolérance et d'expulser les Jésuites hors de Chine. Le peuple était encouragé à se montrer hostile envers les *fan kwae lo*, ou démons étrangers. À la lumière de ces récents événements, il valait mieux considérer l'empire céleste comme une vaste zone interdite à tous, à l'exception des plus téméraires.

Lors de leur première visite à la papeterie, Flood et Djinn avaient emmené Ludwig dans l'intention de lui faire porter les rames de papier dont ils s'attendaient à faire l'emplette. Flood s'était vite aperçu que l'homme de porcelaine ne provoquait aucun remous particulier dans la rue. Lorsqu'il retourna au magasin, alors qu'il cherchait à se renseigner sur la faisabilité d'un voyage vers l'intérieur, il apprit la raison de ce remarquable manque d'intérêt pour ce qui, dans n'importe quelle ville d'Europe, aurait été considéré comme un prodige.

Ils étaient en Chine, lui rappela le marchand, au pays des inventeurs de la porcelaine, tous plus fascinés les uns que les autres par les automates occidentaux et leurs mouvements d'horlogerie, qu'ils appelaient *sing-song*. Tout Européen s'attendant à être traité convenablement par un dignitaire local avait intérêt à en distribuer quelques-uns. Depuis que les Chinois adaptaient à leur mode de vie l'ingéniosité occidentale, les automates de porcelaine pullulaient dans plusieurs régions. Les mandarins les envoyaient porter des messages sur de longues distances, car ils ne se laissaient jamais distraire, corrompre ni recruter comme espions.

— Mais que se passe-t-il quand leur ressort se démonte ou qu'ils s'écartent de la route ?

Comme il était de notoriété publique que ces messagers ne portaient que d'importantes missives impériales, les passants s'arrêtaient toujours pour les remonter ou les remettre dans le droit chemin. La terre comme le ciel se devaient de tourner rond.

De retour sur le navire, Flood entreprit de mesurer Djinn à l'aide de sa règle à niveler.

— Tu parles chinois, n'est-ce pas?

— Lequel?

— Combien de langues parlent-ils donc?

— Plusieurs, paraît-il.

— Du moment que tu en parles au moins une.

Lorsque le jeune homme comprit ce que Flood attendait de lui, il n'émit aucune protestation.

— J'irai donc à la rencontre de mon destin, dit-il simplement.

Il s'avéra que Djinn était un peu plus mince et petit que Ludwig. Turini démonta soigneusement l'automate, le vida de ses rouages et ajusta son enveloppe de porcelaine sur Djinn comme une armure. Ils remplacèrent les orbites de métal peint de Ludwig par des lentilles de verre afin qu'il puisse voir où il mettrait les pieds, et adaptèrent à sa mâchoire inférieure une charnière pour lui permettre de boire et de manger ainsi qu'un dispositif semblable sur son postérieur pour les autres fonctions naturelles. Darka mit la dernière main en remplaçant le costume militaire de Ludwig par des habits chinois, puis en dissimulant ses traits européens sous un chapeau de paille tel qu'en portaient les indigènes.

Ils l'accompagnèrent le long des rues jusqu'au mur blanchi à la chaux qui isolait le district des commerçants étrangers et lui dirent au revoir devant une porte coiffée d'un auvent de tuiles rouges. Avant qu'elle ne se referme, Pica n'eut que le temps d'apercevoir le vert sombre d'une haie luisant sous la pluie.

LE VOYAGE DE DJINN

Après plusieurs jours de route en solitaire, il atteignit au crépuscule la rive d'un large fleuve où un passeur attendait sur son bac. La lumière mourante, le battement nostalgique de l'eau sur les parois de l'embarcation et la douce lueur rouge de la lanterne contribuaient à nourrir en Djinn le sentiment que son destin mélancolique approchait, ce qui le remplit de joie. Alors qu'il descendait à la hâte la berge abrupte et rocheuse, le passeur lui apparut, une dague nue à la main, les yeux injectés de sang.

— Une nuit sens dessus dessous, aboya-t-il en grimaçant de toutes ses dents sous sa barbe hérissée. Un jour de lune.

À la vue de cette apparition, Djinn hésita, mais garda le silence pour ne pas se trahir. Le batelier répéta son salut et s'approcha de lui pour le flairer.

— Ah. Ce n'est qu'un messager mécanique. Je n'y vois rien dans ces ténèbres.

Une fois le bac engagé dans le sens du courant, le passeur eut tout le loisir d'observer son passager à la lueur de sa lanterne.

— Vous n'êtes pas vraiment un automate, n'est-ce pas ? l'interrogea-t-il en le foudroyant de ses yeux plissés.

Djinn ne dit rien.

— Un étranger ?

— Bien sûr que non, laissa échapper Djinn dans son meilleur cantonais. Voyez-vous, en fait, je viens de…

— Encore un étranger, marmonna le batelier en secouant la tête. Voulez-vous bien me dire ce que vous venez faire ici ? Vous n'y trouverez que ce que l'on trouve partout ailleurs : peines et souffrances.

Comme il semblait vouloir poursuivre, Djinn se tut, car il savait que le silence est la meilleure façon de pousser quelqu'un à parler.

— Il y a de cela trois ans, reprit le batelier, ma jeune et jolie femme s'est noyée dans ce fleuve. Pas loin d'ici, aux abords de ce passage.

Renonçant à feindre plus longtemps, Djinn s'assit lentement.

— Voilà des années, poursuivit l'homme, j'étais un marchand de sel riche et respecté. Je m'étais marié jeune avec une femme bonne et vaillante. Quand la mort me l'arracha subitement, je la pleurai longtemps, persuadé que je passerais le reste de mes jours dans la solitude. Seul me réconfortait le souvenir de ma chère compagne. Si seulement le ciel avait permis que mon vieil âge s'écoule ainsi à l'abri du monde, dans l'isolement et la dignité.

Il se tut un instant. Tout autour d'eux, dans la moiteur de la nuit, résonnait le croassement de tout un peuple de grenouilles.

— Mais le ciel voulut, reprit le passeur, qu'un jour j'aperçoive un visage. Un visage ! Je me suis arrêté net au milieu de la rue. Négligeant mes affaires, je suis immédiatement rentré chez moi et je me suis renseigné. La jeune femme venait d'une province lointaine. Sa famille, noble et appauvrie, était venue chercher fortune dans la ville où j'habitais.

Elle s'appelait Lac de jade. Toute la nuit, la blancheur parfaite de son visage restait suspendue devant ses yeux et l'empêchait de dormir. Le jour, il s'occupait de son commerce dans un état dont il avait pratiquement oublié l'existence : la vertigineuse ivresse de l'amour fou. Pris d'une sorte de fièvre, il assiégea sa maison, lui fit une cour éperdue, fit pleuvoir les cadeaux sur elle et sa famille jusqu'à ce qu'il finisse par s'en faire accepter.

Dans le feu de la passion, il l'épousa en toute hâte, contre l'avis de son frère aîné. Ce dernier, qui était moine, lui rappela avec tact le large fleuve d'années qui le séparait de sa bien-aimée et lui conseilla d'exercer sur elle une stricte autorité. Le marchand de sel répliqua à son frère cloîtré qu'il ne connaissait rien à l'amour, après quoi il se voua entièrement au bonheur de sa femme.

— Je vois bien maintenant que je la gâtais beaucoup trop. À ses yeux, je n'étais qu'un pauvre fou obséquieux et ennuyeux. Pas étonnant qu'elle se soit vite lassée des timides ardeurs d'un vieillard aux cheveux déjà gris.

Après sa mort, il avait trouvé des lettres couvertes de sous-entendus grivois qui ne pouvaient provenir que de certains libertins libidineux de la ville. Il comprit alors qu'elle avait trouvé ce qu'elle cherchait vraiment : un jeune amant.

— Qui était-il ? Je ne l'ai pas encore découvert. Pas encore.

Il savait seulement que la nuit, aidée par sa fidèle servante, elle se glissait dehors et courait jusqu'à la rive où ce vaurien l'attendait pour l'emporter vers le lieu de leurs rendez-vous galants. À cette époque, il n'y avait pas encore de traversier. Depuis toujours, les gens de la région appelaient cet endroit le Gué du désir d'amour. Il n'avait jamais compris pourquoi.

— Maintenant, je le sais, à mon grand désespoir, soupira le batelier. Pourquoi ne remarquais-je pas ses absences, me demanderez-vous sans doute. Figurez-vous qu'elle s'était procuré chez un apothicaire une fiole de somnifère dont il lui suffisait de verser quelques gouttes dans ma tasse de thé du soir pour me plonger jusqu'à l'aube dans un sommeil profond.

Calmer les clients, adoucir les inspecteurs du gouvernement, intimider ses employés : les péripéties quotidiennes de sa boutique l'occupaient tant qu'il ne s'était pas méfié de sa soudaine somnolence, croyant simplement que l'âge avait fini par poser sa main pesante sur son épaule.

— Une nuit de printemps, alors que ma femme et sa servante se rendaient à leur rendez-vous clandestin, une tempête se leva qui obscurcit la lumière de la lune. Dans la pluie et l'obscurité, ma femme ne vit pas la lanterne de son amant et fut emportée par le courant. J'imagine que son intrépide galant, l'entendant appeler à l'aide, a pris la fuite plutôt que de risquer sa vie à tenter de la sauver.

La servante trouva le chemin du retour, le tira du sommeil et lui apprit d'une voix entrecoupée par les larmes le malheur qui était arrivé à sa maîtresse. Abruti par le soporifique, il ne pensa même pas à se demander ce que faisait sa femme dehors en pleine nuit. Il s'habilla en toute hâte et se précipita sous la pluie, suivi par la servante qui balbutiait des mots sans suite où il était question des démons du fleuve. Il la chercha toute la nuit, mais ce n'est qu'à l'aube qu'il la trouva, couchée parmi les roseaux.

Le passeur se tut, le regard perdu dans les flots sombres.

— L'attache de sa robe était défaite sur son épaule, reprit-il enfin. Quand je l'ai soulevée dans mes bras, j'y ai vu une trace de dents, sans aucun doute une morsure infligée dans le feu de la passion.

Vraisemblablement terrorisée à l'idée du châtiment qui l'attendait pour le rôle qu'elle avait joué dans ces funestes événements, la servante prit la fuite et il ne la revit plus jamais. Il resta seul avec le souvenir de cette marque livide, si profondément gravée en lui qu'il se sentait mordu lui aussi. Un seul et unique signe pour tout indice. Il se jura de retrouver l'homme et de l'occire.

— Mais cela ne peut suffire, s'exclama Djinn, car après tout, rien ne ressemble plus aux dents d'un homme que celles d'un autre homme.

— Ah, mais pas dans ce cas précis, ricana le batelier. En effet, le gibier que je chasse laisse des traces très particulières.

Une de ses canines avait été limée de façon à former une double pointe, sans doute afin de servir de sceau marquant sans équivoque chaque proie séduite. Il n'existait que deux façons de retrouver cette double arête : soit en examinant de près la dent dans la bouche de son propriétaire, soit en la découvrant sur la peau d'une autre victime.

— Comment allais-je m'y prendre pour attraper le misérable chien qui avait causé la perte de mon bonheur ? Si je demandais à chaque homme qui entrait dans ma boutique de me montrer les dents, je passerais bientôt pour fou et le gouvernement m'arracherait non seulement mon permis de marchand, mais aussi la tête.

Il songea quelque temps à ouvrir une pâtisserie ou un salon de thé, un de ces lieux où il aurait la possibilité d'examiner les traces laissées par ses clients dans les restes de biscuits ou de galettes. Mais comment déterminer avec certitude qui avait laissé quelles marques ? Cette stratégie comportait un risque d'erreur trop élevé à son goût.

Supposant que le coupable vivait sur les berges du fleuve, il opta pour un plan qui lui semblait plus prometteur. Il commença par vendre son prospère commerce de sel, puis il annonça à tous ses amis et connaissances qu'il allait quitter la région pour retourner vivre dans la lointaine province de ses ancêtres. Il disparut ensuite de la ville et alla se réfugier auprès de son frère, dont le monastère était perché dans les montagnes. Les moines se firent un plaisir de le cacher en échange de sa généreuse contribution. Un an plus tard, sous un nouveau nom et rendu méconnaissable par la tignasse qu'il s'était laissé pousser, il s'établit comme passeur au Gué du désir d'amour.

— Au début, j'espérais qu'il emprunterait mon bac une nuit ou l'autre avec une de ses nouvelles conquêtes. Alors je le tiendrais, j'en étais sûr. Mais je me suis vite aperçu que les nuits sont plutôt tranquilles ici. Trop tranquilles.

Il se tut un instant comme pour mieux entendre le chœur des grenouilles, le clapotis de l'eau, le vent dans les arbres.

— Le jour comme la nuit, j'accueille chaque homme qui passe ici avec un rictus grimaçant et des mots sans queue ni tête, dans l'espoir d'en tirer un sourire et de pouvoir lui examiner les dents. Si cette manœuvre échoue, je lui raconte des histoires égrillardes pendant le reste de la traversée. Nul doute que mon gibier soit homme à rire de bon cœur des faiblesses de la chair et de l'humiliation des femmes. Quant à ceux qui s'offusquent, qu'y puis-je ? Après tout, si les manières du passeur vous déplaisent, vous n'allez pas l'envoyer promener au beau milieu du fleuve, n'est-ce pas ? Je me doute bien que le magistrat local a entendu formuler plus d'une plainte à mon égard, mais comme il est confortablement installé dans ma bourse et que celle-ci est encore bien garnie, je n'ai pas à craindre de perdre mon poste avant longtemps.

« J'attends ma chance. Un jour ou l'autre, cette créature des ténèbres, ce démon à forme humaine aura besoin de traverser le fleuve, sans doute pour aller rejoindre une autre conquête illicite. Soupçonnera-t-il sous des traits si humbles le riche marchand hautain qu'il a si allègrement fait cocu il y a tant d'années ? Non, il se dira la même chose que tous ceux qui passent ici, tout comme vous quand je vous ai adressé la parole. Ce pauvre vieux solitaire a perdu la raison, voilà ce qu'il se dira, mais pour arriver plus vite auprès d'un bon feu, devant un bol de soupe chaude ou dans la douceur des bras de ma maîtresse, je vais jouer le jeu, rire de lui tout en faisant semblant de rire avec lui et le tour sera joué.

Le bac heurta le quai de bois aménagé sur l'autre rive.

— Et quand il montrera ses dents blanches, poursuivit le passeur en plantant sa perche comme une lance dans la berge humide, ce sera la dernière fois que ce sourire fourbe sera vu sur cette terre.

Djinn descendit tant bien que mal du bac instable et se tourna vers le passeur.

— Qu'en est-il de ces hommes qui ne rient jamais ?

— Je suis très patient, répondit le batelier. Il est peut-être déjà monté sur mon bateau des quantités de fois, et il reviendra sans doute encore et encore avant que je lui arrache un sourire. Après tout, les méchants doivent voyager plus souvent que les gens vertueux.

— Transportez-vous aussi des femmes ?

— Souvent, répondit le passeur en haussant les épaules devant cette évidence. Par respect pour mes deux épouses, j'évite de froisser leur délicatesse féminine...

Il s'interrompit au milieu de sa phrase, les yeux écarquillés. Sa perche lui glissa des mains et tomba avec fracas au fond du bac. Laissant le passeur dans cet état de transe muette, Djinn poursuivit son chemin dans le crépuscule matinal.

Il parvint dans une région montagneuse et entra dans Ching-te chen, la cité de porcelaine, où se trouvait le palais du mandarin.

L'étroite vallée où était bâtie la cité haletait sous la fumée de centaines de fours céramiques. Alors qu'il s'acheminait tranquillement vers la rue principale, Djinn fut témoin des diverses étapes de la création d'un automate. La fabrication de chaque enveloppe de porcelaine se décomposait en une ribambelle d'opérations distinctes dont chacune s'effectuait dans un quartier spécialisé où vivaient les travailleurs qui en étaient responsables. Chaque cité dans la cité formée par un de ces secteurs portait le nom du risque principal que couraient ses habitants.

Dans la cité des Estropiés, on broyait l'argile et le roc arrachés aux flancs de la montagne pour les réduire en pâte.

Dans la cité des Arthritiques, les artisans versaient la porcelaine brute dans des moules afin de constituer les différentes parties du corps de l'automate.

C'est dans la cité des Aveugles, suffoquant sous les cendres, que l'on cuisait les différentes pièces dans des fours chauffés au rouge.

Dans la cité des Bossus, on y appliquait au pinceau de délicates arabesques de peinture avant de les vernir.

Djinn traversa encore la cité des Mécontents, où les porcelaines étaient emballées, étiquetées et chargées dans des barges. Lorsqu'il finit par atteindre le palais, il ne parvint à s'introduire ni dans la bibliothèque ni dans l'imprimerie à cause de son déguisement de messager mécanique. Chaque fois que l'un des nombreux gardes et fonctionnaires qui lui barraient le chemin découvraient qu'il ne transportait aucun papier officiel, il était traité comme une machine défectueuse et expulsé dans les jardins du palais. Il y resta plusieurs jours, exposé au soleil et à la pluie, dérobant subrepticement des noix ou des fruits tombés d'un arbre quand personne ne le regardait.

La curiosité le poussa jusqu'à une zone du parc entourée d'un haut mur derrière lequel il eut la surprise de découvrir un jardin artificiel. Dans cet enclos, la terre était couverte de tuiles de malachite polie d'un vert ardent qui offraient l'illusion d'un gazon à l'épreuve des mauvaises herbes et de la sécheresse. On y avait érigé des arbres de cuivre et de laiton peints de couleurs vives et ornés d'encensoirs, de sorte que les membres de la cour du mandarin qui passaient par là respiraient le doux parfum du jasmin, du miel ou des fleurs de pêcher. Les fleurs qui ornaient les allées de marbre étaient formées de délicates feuilles de jade, de cristal et d'améthyste. Des oiseaux de céramique nichaient au sein d'arbustes de métal ; dans des étangs de verre allaient et venaient des poissons de bronze aux reflets vermillon.

Djinn se dit qu'il y serait à l'abri des regards indiscrets, car ce jardin d'artifice n'avait sûrement pas besoin de jardinier. Mais il ne tarda pas à s'apercevoir qu'il se trompait. Des jardiniers, il y en avait partout. Munis de balais, de brosses, de pincettes et de filets, ils pullulaient dans l'enclos à toute heure du jour et de la nuit, astiquant et frottant chaque élément pour que tout reste luisant, propre et sans tache. Il ne se lassait pas de les regarder travailler : la moindre feuille morte, brindille, mouche ou patte de souris s'introduisant par-dessus ou par-dessous le mur se voyait traquée et extirpée sans délai.

Un de ces jardiniers passa bien près de surprendre Djinn dans l'acte peu mécanique de satisfaire un besoin naturel par l'ouverture inférieure de son enveloppe de porcelaine.

— J'ignore qui t'a introduit ici, lui dit-il, mais tu ne dépares pas cet endroit. Je vais te remonter, mais pas tout de suite. Tu peux aussi bien rester où tu es pendant que je me repose.

Le jardinier lança autour de lui des regards furtifs et appuya son balai contre un banc voisin avant de s'y asseoir lourdement.

— Je n'ose confier mon secret à quiconque dont les oreilles entendent vraiment, soupira le jardinier. Je vais donc me livrer à toi, ami automate.

Djinn retint son souffle et tâcha de rester immobile.

— Vois-tu, je ne peux raconter à personne ce que j'ai découvert ici, dans le Jardin de la perfection céleste.

... Je ramassais de la paille que le vent d'automne avait soufflée par-dessus le mur quand j'ai vu la langue rouge de son marque-page dépasser entre deux dalles de pierre. À moitié caché par un mimosa d'opale délicatement ciselée, j'ai fait semblant de chercher des brindilles au pied de l'arbuste. Je me suis agenouillé et j'ai soulevé le coin d'une dalle avec ma pelle, révélant un des angles pointus de l'intrus. Au prix de nombreux efforts, je suis parvenu à arracher le livre des épaisses racines qui l'ancraient de toutes leurs fibres dans la terre noire. Je n'ai eu que le temps de jeter un rapide coup d'œil sur ma trouvaille avant de la cacher dans un repli de ma tunique. Sa couverture était de bois et ses pages, alourdies d'humidité, diffusaient une âcre odeur de terre, de pluie, de feuilles en décomposition. Je me dépêchai de retourner à ma cellule, me demandant ce que j'allais faire du livre. Le transporter, avec la paille et le reste, jusqu'au bûcher allumé derrière le mur du jardin ? Le remettre au surintendant pour qu'il lui fasse remonter la hiérarchie jusqu'au mandarin, en passant par les clercs et les ministres, et aille s'ajouter aux livres jamais feuilletés de sa bibliothèque ? Après avoir passé la matinée dans l'indécision, j'ai écarté ces deux possibilités, choisissant plutôt de tenir ma découverte secrète.

Dans mes moments de solitude, je saisis le volume. Son épineuse reliure à la texture grossière vibre entre mes mains comme une ruche. Quand je tourne ses pages, de la résine de pin se colle à mes doigts. Dans le bruissement du papier, j'entends le frémissement nocturne de la chouette. Les lettres deviennent des insectes iridescents qui déboîtent leurs ailes avec des cliquetis avant de s'élancer dans l'air en vrombissant. Ce livre est une mêlée de mots sauvages, un sombre ravin parcouru de bêtes fauves qui font bruisser ses pages au passage.

Au mitan du livre, j'ai trouvé l'histoire d'un vieil ermite vivant dans une forêt. Lui aussi lit le soir à la lueur d'une chandelle, et dans son livre est décrite une calme étendue d'eau, enveloppée du parfum des fleurs nocturnes, où il imagine s'asseoir à la tombée du jour et se pencher pour boire, les mains en coupe ; quand il aperçoit son reflet, un jeune homme d'une grande beauté lui rend son regard.

Je lis et chaque page jaunit lentement, se fane, se détache et tombe sur le sol carrelé. Je ramasse en hâte ces feuilles perdues, puis je les enterre secrètement à l'endroit où j'ai vu le livre pour la première fois. J'ai lu tout l'été et je sens venir le moment de l'année où même un décret impérial ne saurait retarder l'inévitable. C'est la saison où le mandarin s'enfuit vers sa maison d'été, loin vers le sud, pour échapper à la grisaille du ciel et à la vue des arbres, même artificiels, ployant sous la neige. C'est la saison où nous autres jardiniers devons lutter ardemment contre la grêle et le gel, la décrépitude et la putréfaction.

Je suis persuadé qu'au printemps prochain le livre sera la première promesse de vert à émerger du blanc sommeil de l'hiver ; je vois déjà ses pâles feuilles cornées frissonner dans la fraîcheur du vent. Pendant les pluies, je sortirai sous mon ombrelle pour inspecter les pousses tendres et observer les escargots se traîner sur leurs nervures délicates, sachant que je pourrai bientôt relire un livre à la fois familier et entièrement nouveau.

Au début, je me demandais comment le livre était parvenu jusqu'à moi et qui en était l'auteur, mais je me suis vite lassé de réfléchir à ces questions sans importance. Tout ce que je sais, c'est que ses feuilles viennent d'un autre jardin lointain, légendaire, mince comme du papier, un jardin qui serpente sur des milliers de milles comme un mur sinueux qui n'empêcherait rien ni personne d'entrer ou de sortir. Je rêve de ce jardin chaque nuit dans ma petite cellule et je sais qu'il existe vraiment, même s'il est inaccessible. Il ne se trouve sur aucune carte et il est impossible de le voir, mais si, sans te douter de rien, tu marchais sous son rideau miroitant de verdure, tu saurais et tu te souviendrais. Il y aurait un instant, le plus fugitif des instants, où tous tes sens trembleraient d'un bonheur infini.

La nuit, dans ma cellule, quand je cache le livre sous mon matelas et que je souffle la chandelle, je distingue par la fenêtre le toit de tuiles du palais qui surplombe la forêt artificielle. Certaines nuits de pluie et de vent, j'aperçois de la lumière dans une fenêtre élevée ; elle brûle toute la nuit. Alors je sais que dans son grand lit à baldaquin, entre ses draps de la plus pure soie couleur de fleur de pêcher, le mandarin lui aussi a rêvé de ce jardin et qu'il s'est réveillé en sursaut, terrifié.

Parvenu à la fin de sa confession, le jardinier se leva de son banc et tourna avec douceur la clé de l'automate. Djinn fit obligeamment semblant de reprendre vie, ce qui lui valut un sourire mélancolique. L'homme se pencha et lui souffla à l'oreille :

— Emporte mon secret avec toi, étranger.

Un soir, sur le chemin du retour, Djinn escaladait un sentier rocheux abrupt qui longeait l'orée d'une forêt de sapins. Deux hommes chargés de lourdes besaces allant en sens inverse firent leur apparition au sommet de la colline. Lorsqu'il les croisa, l'un d'eux tendit le bras, l'arrêta et lui dit dans un grognement furtif :

— Hé, la théière, oui, toi avec ton sourire ridicule, depuis combien de temps as-tu quitté le dernier gîte de voyageurs ?

— Si on le prenait avec nous ? suggéra l'autre. Il pourrait porter ces satanés sacs à notre place.

— Je ne crois pas que ce soit une bonne idée. Si l'on nous attrapait en train de détourner un messager impérial, nous aurions encore plus d'ennuis que pour avoir volé tout ceci.

— Il en a de la chance, soupira le premier voleur. Les machines n'ont pas à s'inquiéter de la terreur qui rôde dans la forêt.

Djinn poursuivit son chemin, non sans appréhension. La nuit tomba. Le vent se leva. La lune s'éleva parmi les étoiles d'un ciel sans nuages. Le long du chemin, les cimes des sapins dansaient et se frottaient les unes contre les autres. Dans la fraîcheur du soir, les yeux de son masque étaient couvertes de buée, de sorte qu'il voyait à peine où il mettait les pieds. Une ombre d'un noir argenté envahit brusquement son champ de vision déjà limité.

Il fit halte, tourna la tête d'un côté et de l'autre en retenant son souffle, entendit quelque chose gratter le gravier derrière son dos et fit volte-face, mais ne vit rien. Il se retourna de nouveau pour prendre la fuite, mais se retrouva subitement nez à nez avec un tigre, tapi sur le chemin, dont la lune argentait la robe rayée. Djinn resta bouche bée, cloué sur place plus par l'étonnement que par la peur. Dans une longue détente oblique, l'énorme bête se dressa très lentement sur ses membres postérieurs, brandit une énorme patte et l'abattit sur Djinn, le projetant au sol.

Il resta étendu, les yeux remplis d'étoiles, le souffle coupé par le choc. Puis le tigre fut sur lui, ombre confuse, sa gueule immense soufflant une haleine fétide qui obscurcissait encore les lentilles de Djinn. Il ferma les yeux, s'attendant à sentir d'un instant à l'autre les griffes puissantes labourer son enveloppe pour l'en extraire comme un œuf à la coque. Au lieu de cela, il entendit le mufle de la bête racler sur son masque et renifler avec bruit. Une de moustaches du tigre s'introduisit dans une des narines de porcelaine, chatouillant le nez du jeune homme qui ne put s'empêcher d'éternuer. Amplifié par la cavité vocale de l'automate, le son prit les proportions d'une explosion. Le tigre recula en grognant, enfonçant ses griffes dans les cailloux du chemin, puis il tourna les talons et se fondit d'un bond dans l'obscurité.

Il ne tardera pas à se remettre de sa surprise, se dit Djinn en se relevant maladroitement. Il se hissa tant bien que mal sur les plus hautes branches de l'arbre le plus proche et s'y accrocha de son mieux. Frissonnant dans la brise nocturne, il se demandait comment, malgré sa connaissance intuitive de tout ce qui l'attendait, il avait pu ignorer cette mort horrible autant que spectaculaire. Il était seul, perdu dans une forêt au milieu d'une vaste contrée où personne n'avait jamais entendu parler de lui, sans amis, sans amour, presque assuré de périr dévoré par une bête féroce. Qui pleurerait sa mort ? Certes, cette fin ne lui ressemblait guère, mais il lui reconnaissait une forme de perfection. Il n'éprouvait qu'un seul regret :

l'absence de témoin pouvant confirmer qu'il ne s'était pas trompé sur son avenir.

Le tigre fut bientôt de retour. Beaucoup plus calme, il foulait le sol de la forêt d'un pas feutré. Il était suivi d'une forme mince dissimulée sous une cape et un capuchon verts, munie d'un arc et d'un carquois. La bête se glissa jusqu'au tronc où Djinn s'était cru dissimulé par l'ombre des feuilles.

La silhouette s'approcha du tigre, leva la tête vers la cime et cogna de son arc contre le tronc.

— C'est inutile, fit une voix étouffée. Si vous ne descendez pas, je vous abats d'une flèche.

Une femme, comprit Djinn.

— Le tigre ne vous fera rien, dit-elle.

— Alors pourquoi vient-il de me sauter dessus ?

— Vous n'êtes pas le premier faux automate qu'il rencontre. Vous devez avoir quelque chose de différent. Nous deux, nous aimons bien défendre cette forêt contre les brigands, les assassins et tous les types louches. Et vous, qu'avez-vous sur la conscience ?

— Personne, bredouilla Djinn. Je veux dire rien.

— Alors vous n'avez rien à craindre. Maintenant, descendez avant que je vous soupçonne de cacher quelque chose et que j'envoie mon compagnon vous chercher.

Au terme de sa délicate descente, Djinn s'aperçut que la femme, comme lui, était enveloppée de porcelaine de la tête aux pieds. Son visage d'archer à la mince barbe peinte souriait comme Ludwig.

— Je parie que vous êtes un autre de ces étrangers déguisés.

Djinn hocha la tête avec lassitude. Épuisé par cette rude épreuve, il se laissa guider sans broncher dans les profondeurs de la forêt jusqu'à une caverne. Celle-ci était très bien meublée, constata-t-il avec surprise lorsqu'il se redressa après avoir franchi son seuil couvert de mousse. Des lampions jaunes répandaient une chaleur joyeuse sur une abondance de tapisseries et de coussins. La femme lui dit de s'asseoir où il voulait, puis elle alluma un feu de branchages dans un petit poêle et prépara du thé. Dans un coin s'entassaient des rouages, des ressorts et des tessons luisants : tout ce qui restait d'un ou de plusieurs messagers de porcelaine.

— J'en trouve souvent, abandonnés ici et là, commenta la femme après avoir suivi son regard. Je les apporte ici. Les pièces peuvent servir à tout : couteaux, vaisselle et j'en passe. Mon ami a dû vous trouver un défaut quelconque. Voilà pourquoi il vous a attaqué.

— Un défaut ? Quel défaut ?

La femme défit son armure morceau par morceau, gardant le visage pour la fin. Elle secoua la masse de ses cheveux. Sous la coquille de porcelaine, sa peau était couverte de bandelettes de gaze qu'elle entreprit de dérouler et avec lesquelles elle s'éventa. Surprenant l'expression de Djinn, elle s'excusa, passa derrière un paravent de papier et en ressortit vêtue d'une tunique et d'un pantalon.

— On porte partout son éducation avec soi, remarqua-t-elle. Jusque dans la forêt.

Ils s'installèrent sur des tapis de paille pour boire le thé dans de minuscules bols de terre cuite. Le tigre, étendu à leurs pieds, entreprit de lécher ses grosses pattes velues.

— Je me demandais comment vous faisiez pour vous nourrir avec votre costume, dit-elle. Il a l'air plus difficile à démonter que le mien.

— Je me suis posé la question, moi aussi, répondit Djinn. Mais sur le chemin, il y a toujours des enfants pour vous glisser un fruit ou une noix dans la bouche. Ils savent que les automates ont besoin de manger, comme tout le monde.

Entre deux gorgées, il raconta à la femme d'où il venait et lui parla de Flood et du *serpent fin* qu'il cherchait.

— Vous n'êtes pas la seule à avoir percé mon déguisement à jour, avoua-t-il. J'ai rencontré un batelier qui a deviné tout de suite. Il faut dire qu'il était déguisé, lui aussi.

— Déguisé ? murmura la femme. Attendez. Je parie qu'il avait déjà été marchand de sel.

— En effet. Comment le savez-vous ?

La femme garda le silence.

— La servante, c'était vous, devina Djinn.

— Sa femme l'aimait vraiment, chuchota-t-elle en secouant la tête avec colère. Profondément. Tout ce qu'il lui a donné en retour, c'est sa jalousie.

Son cœur, dominé depuis toujours par la possessivité, était incapable d'aimer. Il n'avait voulu que l'épouse désirable et non la femme désirante. Chaque nuit, il lui souhaitait un repos réparateur avant de se retirer dans sa chambre pour faire ses comptes, comme si la bonne gestion de son entreprise suffisait à garantir une vie de famille harmonieuse.

— La pauvre petite, qui souhaitait désespérément lui donner un enfant, me suppliait de lui venir en aide. Au début, la croyant simplement innocente des gestes de l'amour, je lui écrivis, en imitant la signature de son mari, des lettres d'une passion telle qu'elles auraient dû accomplir ce dont ce vieux brochet desséché était incapable. Mais elle déjoua mon stratagème et me supplia de trouver une autre façon de l'aider. Je voulus lui enseigner ce que je savais de l'art d'aimer, mais elle refusa d'écouter une domestique parler crûment de choses si intimes.

En dernier recours, elles s'étaient résolues à droguer le mari chaque nuit afin de sortir à son insu pour mettre à exécution le plan de la servante. Celle-ci savait que les femmes qui souhaitaient connaître la passion se rendaient depuis toujours au Gué du désir d'amour, dont les eaux, disait-on, conféraient aux femmes un charme irrésistible. Nuit après nuit, elles se rendirent en secret sur la rive du fleuve. Lac de jade se baignait dans l'eau glacée jusqu'à ce que sa peau d'albâtre pur se teigne de bleu.

— La nuit fatale, un grand vent s'est levé. Le fleuve était gros, le courant trop fort. En regagnant la rive, elle a perdu pied et s'est enfoncée sous mes yeux.

La femme tendit la main et gratta le tigre derrière les oreilles. La grosse bête se mit à ronronner de contentement.

— Mais les traces de dents, s'étonna Djinn. Qui donc a pu les laisser ?

La femme esquissa un sourire amer.

— Avant de travailler pour elle, j'étais couturière. Plus vite je travaillais, plus je gagnais d'argent pour nourrir ma famille. Je me suis servi de mes dents pour couper tant de fils et tenir tant d'épingles qu'il a fini par s'y creuser un sillon, ici.

Elle ouvrit la bouche et lui montra une de ses canines.

— C'est vous qui l'avez mordue !

La femme hocha la tête, le regard perdu dans sa tasse de thé.

— Je l'aimais comme une servante se doit d'aimer sa maîtresse et sa protectrice. J'ai longtemps ignoré la vraie nature de mes sentiments.

Alors qu'elle lui écrivait des lettres passionnées, elle ne se rendait pas compte qu'elle donnait libre cours à ses propres désirs inavoués. Une nuit, elle entreprit d'enseigner à sa maîtresse diverses méthodes de séduction. Pour montrer à Lac de jade où et comment toucher un homme, elle la toucha. Elle la prit dans ses bras. Elle l'embrassa. Elles comprirent soudain qu'il n'était plus question de leçon. Pendant un instant, elles se donnèrent complètement l'une à l'autre, sachant, en ce moment précis, que cela ne pouvait être.

— Si nous voulions vivre, cela devait commencer et finir d'emblée. Je me suis enfuie dans ma chambre où je suis restée cachée longtemps. Plus tard, elle est venue m'y rejoindre. Sans dire un mot, elle a dénudé son épaule. Avec quelle douceur j'ai baisé sa peau brûlante ! Tel un papillon, ses longs doigts sont venus se poser sur ma nuque. Mais quand j'ai senti ses ongles s'enfoncer dans ma chair, j'ai montré les dents… c'est alors que je lui ai infligé la morsure découverte par son mari. Elle s'est arrachée à mon étreinte en poussant un grand cri, et nous n'avons plus jamais reparlé de cette nuit-là.

La femme vida le fond de la théière en secouant tristement la tête.

— Après sa mort, j'ai vagabondé et j'ai fini par m'installer ici, dans la forêt. J'ai adopté un bébé tigre dont la mère avait été tuée par des braconniers. Il est devenu mon ami. Puis, quand j'ai découvert les carcasses d'automates vides, j'ai fait le vœu de devenir la protectrice de tous ceux qui se perdaient dans cette forêt.

— Un si grand pays, et il fallait que je tombe sur vous.

— Ce n'est pas si surprenant. La route que vous avez suivie est connue dans la région comme *la Veine de Dragon s'étirant sur mille lieues*. Et sur chaque lieue, on ne rencontre que des gens comme vous et moi. Ou comme le passeur. Des gens qui ont une histoire. Ainsi que le sang d'un dragon circule sous son impénétrable armure, toutes ces histoires sont mystérieusement reliées les unes avec les autres.

À l'intérieur de Ludwig, Djinn souriait.

— Maintenant, mon histoire passe par ici, elle aussi, dit-il.

— Mais nous ne savons pas encore comment elle se termine.

Le tigre bâilla, ouvrant une large gueule.

— Oui, ami, fit la femme en lui assénant des tapes sur le flanc. C'est l'heure d'aller se coucher.

Sans plus de cérémonie, elle fit bouffer une pile de coussins et s'y installa, les mains glissées sous sa tête.

Djinn s'étendit sur le sol de pierre. Son armure de porcelaine lui irritait la peau depuis le jour de son départ, rendant ses nuits très inconfortables. Il se retourna d'un côté et de l'autre, poussant des grognements exaspérés chaque fois qu'il se voyait forcé d'essayer une nouvelle position.

La femme se redressa sur sa couche.

— Vous ne pouvez vraiment pas enlever ça ?

— Pas sans aide, avoua Djinn.

Elle alla d'abord remuer les braises du poêle, puis se glissa près de lui.

— J'ai une petite cheville de métal dans le dos, là où est dessinée la queue de cheval, expliqua Djinn en levant la main vers un point derrière sa tête. Les cheveux de la femme lui effleurèrent l'oreille. Sa peau sentait le sapin, la mousse et quelque chose qui évoquait les taches de lumière sur les feuilles au printemps.

— Elle est bien coincée. Je n'arrive pas…

— Je vois, dit-elle. Voilà, je l'ai.

Elle sépara de force les deux hémisphères du crâne de Ludwig. Djinn sentit son visage et ses cheveux fumer dans l'air de la nuit.

— Merci, soupira-t-il. Je m'appelle Djinn.

— Et moi Gentiane. Elle soupesa la tête de l'automate. Comme elle est lourde. Ici, nous faisons en sorte qu'elles soient plus faciles à mettre et à enlever.

— Est-ce que beaucoup de gens circulent travestis en messagers mécaniques ?

Elle éclata de rire.

— Cela fait longtemps qu'il n'y a plus de véritables automates messagers. Presque tout le monde le sait, mais il est plus pratique de faire semblant de croire le contraire. On ne sait jamais quand on aura besoin d'un déguisement. Pendant que j'y pense, avec un peu d'adresse et de chance, vous ne devriez pas avoir trop de mal à mettre la main sur ce papier que vous cherchez.

— Vraiment ?

— Votre idée n'était pas mauvaise, mais ça... ça ne va pas du tout.

Elle lui tendit le visage de l'automate. C'était la première fois qu'il le voyait depuis le jour où Flood avait pris ses mesures pour l'ensevelir dans ce sarcophage de faïence. C'était donc ce sourire qu'il avait porté tout au long de son périple. Pas étonnant que les enfants se soient précipités vers lui. Il éprouva pour Ludwig un élan tardif d'affection accompagné du désir de libérer son corps une fois pour toutes, de se rappeler, grâce à la simple caresse de l'air sur sa peau nue, qui était le véritable habitant de cette coquille.

— Si ce n'est pas trop vous demander, reprit-il, voyez-vous ces charnières dans mon dos, juste entre les omoplates ?...

— Un instant.

Djinn fut bientôt nu jusqu'à la ceinture. La poitrine et les bras de Ludwig reposaient autour de lui sur le sol de la cave. Gentiane l'examina de la tête aux pieds.

— Vous avez de très beaux tatouages.

Il ouvrit la bouche, mais hésita à parler. Ses épaules s'affalèrent.

— Je comprends, assura-t-elle. C'est une longue histoire, comme celle de la veine de dragon. Nous reprendrons notre conversation demain matin. J'ai de nombreuses questions à vous poser au sujet du monde extérieur à la Chine.

Elle se pencha vers la lanterne. Ses cheveux glissèrent sur son visage. La lumière lui caressa l'épaule.

— Je peux bien répondre à une ou deux questions, s'empressa de répondre Djinn. Cela ne me dérange pas du tout.

— Eh bien, fit Gentiane en se redressant, pour commencer, je me suis souvent demandé si tous les hommes sont aussi obtus dans le domaine des sentiments que ceux de mon pays. Je maudis encore cet imbécile de marchand de sel. Il avait l'amour devant les yeux et il n'a rien vu.

— Quelle bêtise, opina Djinn en se grattant allègrement le nez pour la première fois depuis plusieurs semaines.

— Je veux dire, insista Gentiane, que les occasions de goûter aux incomparables délices de l'amour se présentent si rarement, et souvent si miraculeusement, que c'est véritablement se moquer du Ciel que de les laisser glisser entre nos doigts.

Le tigre leva la tête et huma l'air. Il se leva, s'étira et sortit de la caverne à pas feutrés.

— On dirait qu'il a compris ce que vous disiez, remarqua Djinn en étirant sa nuque raidie, et qu'il est parti à la recherche d'une compagne.

— Je lui souhaite bonne chance, chuchota Gentiane. Elle s'approcha de Djinn et posa une main sur sa cuisse de porcelaine froide. Et du bonheur. Voyons voir le reste de ces charnières.

φ

L'automate revint par une matinée pluvieuse. Abritée sous son parapluie, le visage dissimulé derrière le bord de son chapeau, Pica, comme chaque jour depuis le départ de Djinn, faisait le guet près de la porte pratiquée dans le mur d'enceinte.

Comme il pleuvait trop fort pour discuter à l'aise, elle attrapa Ludwig par le bras, inquiète de sentir à quel point il était léger – *avaient-ils réduit Djinn à la famine avec ce stratagème insensé ?* – et elle le ramena sur le bateau.

Il n'y avait personne à l'intérieur. Le mécanisme d'horlogerie qui remplissait l'automate leur était inconnu. Flood fit tourner les minuscules rouages de laiton et ausculta les délicats cylindres de cuivre tandis que Pica scrutait l'intérieur des membres. Ils trouvèrent dans l'une de ses jambes un billet de la main de Djinn leur annonçant, avec un jeu de mots dont la rareté trahissait le sérieux de sa décision, qu'il avait décidé de rester en Chine plutôt que de rester une machine.

Au bas de la page, Djinn avait gribouillé un postscriptum :

Je m'étais trompé au sujet du futur. À moins que le futur ne se soit trompé à mon sujet.

L'autre jambe de l'automate contenait un tube de bambou scellé qui renfermait un rouleau de papier dont l'odeur délicate sembla vaguement familière à Flood, sans qu'il parvienne à l'identifier. Amphitrite le renifla à son tour.

— C'est du *kong hu*. Du thé noir. C'est tout ce que nous avions à boire à bord du *Gold Coast* quand il n'est plus resté de rhum.

Le papier était mince et léger à l'extrême, mais très résistant, sans plus de translucidité que le papier chiffon ordinaire.

Pica se remémora la première fois qu'elle avait aperçu ensemble le typographe et l'automate. Djinn était en train d'imprimer une feuille d'essai sur la presse de son père, dans le but de s'assurer de son bon fonctionnement avant de la démonter pour l'installer dans la cellule de Flood. Dans un état proche de la transe, elle avait regardé travailler en silence ces deux êtres d'une beauté surhumaine.

Ce n'est qu'à cet instant où ils se rendaient compte que Djinn ne reviendrait pas, alors qu'elle aidait son père à assembler Ludwig et à le nettoyer, que Pica réalisa à quel point lui manquait déjà l'étrange duo formé par l'homme et la machine.

Ce soir-là, lorsqu'elle apporta à son père son habituel souper tardif, Pica s'étonna de constater que toutes les lampes étaient éteintes. Ludwig n'était pas au garde-à-vous près de la presse, là où elle s'attendait à le trouver, mais suspendu à son crochet où il se balançait doucement au rythme de la houle. L'air sentait la vapeur et le métal chauffé, ce qui ne fut pas sans lui rappeler la buanderie de l'*Ospedale*.

Elle trouva son père au fond de la salle de presse, tenant une feuille de papier sous la lumière de la lune hachurée par l'écoutille. Il ne fit pas un geste à son approche. Dans la clarté glaciale, sa peau avait pris la pâleur sévère qui sied aux automates.

— Ce papier, c'est la clef, murmura-t-il comme pour lui-même. Cela ne fait que commencer.

— Quoi donc ?

— L'*alam*.

Elle s'approcha encore. Il sursauta soudain et se retourna avec raideur, clignant des yeux comme s'il ne la reconnaissait plus très bien.

φ

Il ne quittait pratiquement plus la salle de presse, faisait de temps à autre un somme dans son hamac et ne travaillait plus qu'avec Ludwig. Il semblait préférer sa compagnie et ne demandait plus à Pica si elle voulait l'aider. De temps à autre, hébété, mal rasé, il faisait une rare apparition sur le pont. Il considérait d'un air ébahi la ville brumeuse et voilée par la bruine incessante et la toile changeante des voiles et des mâts qui encombraient le port, plongeait la tête dans la citerne qui servait à recueillir l'eau de pluie, en ressortait tout dégoulinant et replongeait sous le pont comme un fantôme chassé par le chant du coq.

Aux rares occasions où il prenait son repas avec le reste de l'équipage, il ne tenait pas en place et riait étourdiment de ses mauvaises blagues, comme un mauvais garnement. Dès qu'elle le voyait s'asseoir, Pica trouvait une excuse pour sortir de table le plus tôt possible et se réfugier sur le pont. Elle ne redescendait qu'après avoir entendu la presse se remettre en marche.

La flotte britannique fut enfin prête à lever l'ancre. Pica apprit de Turini que l'anniversaire des jumeaux venait d'avoir lieu. Elle secoua sa mauvaise humeur, résolue à offrir à Lolo et Miza une fête comme elle n'en avait jamais eu.

— Ce sera aussi une fête d'adieu, annonça-t-elle. Pour Djinn. Et Ludwig sera l'invité d'honneur.

On accrocha des guirlandes d'un bout à l'autre du *Bourdon*. Chaque hauban, chaque étai fut orné de lampions multicolores. Flood mit la main sur les feux d'artifice qu'il avait achetés avec Djinn plusieurs semaines auparavant. Darka les suspendit un peu partout sur le navire. Tandis qu'elle préparait un festin dans la coquerie avec Amphitrite, les jumeaux et Pica, habillée comme un garçon, essayèrent sur le quai le cerf-volant de Djinn. Le vent se leva soudain avec une telle férocité que Lolo manqua d'être emporté en plein ciel. Les filles étaient en train de le ramener à terre pour faire un nouvel essai lorsque Turini les rappela à bord. Des centaines de vaisseaux de toutes sortes et de toutes les tailles remontaient le chenal vers le rivage, telle une immense flotte d'envahisseurs. Le *Bourdon* fut bientôt entouré d'une foule d'embarcations qui, dans leur hâte de se mettre à l'abri, s'entrechoquaient et se prenaient dans les cordages les uns des autres.

La houle se leva. Les mats se balancèrent, dans les gréements les lampions s'agitèrent frénétiquement et quelques-uns churent même avec fracas. Ils sentaient le bateau tirer puissamment sur la chaîne de son ancre.

Dans un crépuscule sinistre, ils s'attablèrent autour du festin d'anniversaire, puis s'empressèrent de remonter sur le pont. Il s'élevait au sud-est une muraille de nuages noirs qui ne tarda pas à vomir sur le port des trombes d'eau cinglantes. Les rafales de vent qui suivirent poussaient devant elles des paquets de mer qui allaient s'écraser sur le pont des navires.

Alors que Turini et Darka s'affairaient à assujettir les voiles et le gréement, un grand vaisseau blanc déchira le voile de pluie qui fermait l'entrée du port, apparaissant et disparaissant tour à tour. Les canons du fort tirèrent une salve unique signalant un navire en détresse, suivie de la double salve qui signalait un navire de pirates. Une vague monstrueuse gonfla d'un coup la rivière. Lorsqu'elle se résorba, abandonnant des tonnes de poissons dans les rues qui jouxtaient la rade, le voilier blanc avait disparu.

À l'aube du lendemain, sous un ciel dégagé, le coup de vent n'était plus qu'une bonne brise. Il ne restait plus à l'équipage du *Bourdon* qu'à se colleter avec un imbroglio de voiles en lambeaux, de cordages enchevêtrés, de guir- landes délavées et gorgées d'eau. Les créatures fantasti- ques qui, à en croire le papetier, étaient cachées dans les fusées qu'il avait vendues à Flood, étaient mortes noyées. Toutes sauf une, découvrirent-ils, subtilisée par Lolo qui l'avait cachée sous son oreiller. Bien qu'on fût en plein jour, ils cédèrent à ses prières confuses et l'allumèrent pour lui faire plaisir. L'engin s'envola en crachant de la fumée, décrivit une spirale hésitante et s'abîma en sifflant dans les flots sans avoir éclaté.

Darka et Turini passèrent la matinée à faire des répa- rations en prévision d'un départ précipité. Juste avant la fin du quart d'avant-midi, ils s'apprêtaient à lever l'ancre lorsqu'une voiture fermée remonta le quai à grand bruit, tressautant sur les cordes d'algues sèches qui jonchaient le sol un peu partout. Ils entendirent une voix indistincte héler le navire. Amphitrite se pencha par-dessus bord pour apercevoir un jeune homme élégamment vêtu qui descendait du fiacre en vacillant, suivi d'une bouteille de brandy vide qui roula jovialement vers une bite d'amarrage, rendit un son creux et ne bougea plus. Parodiant à grands gestes exagérés l'approche furtive d'un chat, l'inconnu rampa jusqu'à la bouteille et sauta dessus. Vite relevé, il brandit sa proie qui lui glissa aussitôt des mains et se fracassa sur le pavé.

Cette catastrophe fut saluée par les applaudissements du reste des passagers, trois filles poudrées et fardées qui dardaient leurs beaux yeux derrière les franges de leurs éventails en écaille. Le jeune homme les salua jusqu'à terre, pivota tant bien que mal sur ses talons et agita les bras vers l'équipage du *Bourdon*.

— Ohé, mariniers, beugla-t-il. Pardonnez-moi, mais on m'a dit qu'une fête absolument délectable se déroulait à votre bord. Arrivons-nous trop tard ?

— Vous êtes Anglais, n'est-ce pas ? répondit Flood.

— On ne peut rien vous cacher, mon cher monsieur, bien que je n'en sois plus très sûr, je l'avoue. On prétend que ce climat envoie les hommes de mon pays dans l'autre monde et je suis toujours ici. Mon cher papa s'est dit que cela me ferait le plus grand bien de passer quelques années aux antipodes pour me familiariser avec la philosophie chinoise du commerce. Le plus grand bien, mon œil ! C'est plutôt pour son bien à lui, car je l'ai surpris dans l'orangeraie par un bel après-midi, à folâtrer comme un âne avec le jardinier.

À ce moment, Pica se pencha près d'Amphitrite. Le jeune homme ouvrit des yeux comme des soucoupes et chancela comiquement, la main sur le cœur.

— Par la barbe de Confucius, s'écria-t-il, vous pourriez passer pour la fille de Madame Beaufort. Je lui ai rendu

visite le jour même où j'ai quitté Londres pour lui demander si j'arriverais à bon port. Jeune demoiselle, si vous
n'êtes pas sa réplique exacte, alors je suis un orang-outan.

Le livre invente un autre livre.

Il vous arrive de l'entrevoir, cet autre livre qui vous désire comme lecteur, comme lectrice. Il existe alors que le livre n'est pas encore ouvert ; il existe quand vous le refermez. Le temps de battre des cils, les lettres d'encre sur le papier blanc semblent des ombres projetées par son rayonnement à travers les mailles du monde.

Les Sages parlent de quatre Nobles livres : le Livre concret, le Livre liquide, le Livre de feu et le Livre invisible. À leur confluent se trouve, dit-on, le Livre caché, celui qui se dissimule dans chacun des autres, que l'on entend dans les craquements de la reliure, que l'on frôle dans les fibres du papier, que, l'espace d'un instant, on devine tout entier sur l'arête de la page que l'on tourne.

Certains disent que la presse mécanique, tel un miroir ne produisant que des copies mensongères, est l'ennemie du Livre caché. Ceux-là auraient intérêt à ne pas oublier que la brochure la plus banale participe elle aussi de la substance du Livre concret. De cette subtile affinité se nourrissent bien des rêves. J'ai entendu parler de fous divins qui lisent avec leurs jambes allongées nues sur le sable. Ils lisent de bas en haut à partir de la plante de leurs pieds, de haut en bas depuis le sommet de leur tête. Un livre, disent-ils, est fait d'ongles, de dents, de peau, de tendons, de moelle ; d'un cœur et de deux poumons, d'un foie, d'une rate, de reins, d'un estomac et d'un intestin ; du feu de la respiration, du vent des entrailles ; d'huile de coude, de sueur, de larmes, de morve, de bave, d'urine, de bile, de lymphe et des humeurs de la procréation.

Ils s'enfoncent dans le livre tout chaud et vivant qu'ils tiennent entre leurs mains, détachent ses pages une à une comme des couches de peau et parviennent enfin à la blancheur du néant, une page d'os.

LE PALAIS DES MERVEILLES

C'était inévitable : il finit par perdre le compte quelque part après la douze millième feuille. Mais il ne perdit pas le rythme pour autant. Les caractères de Kirshner, en se soulevant de leur propre chef, continuaient de produire forme après forme. Il poursuivait son travail d'impression sur les feuilles qu'il découpait soigneusement dans le rouleau. Il s'interrompit le temps de remarquer que la pile de feuilles, qu'il s'était attendu à voir envahir son établi, sembla ne plus s'épaissir de façon perceptible une fois qu'elle eut acquis l'épaisseur d'une Bible ou d'un roman de Samuel Richardson. Il estima que cela n'était possible que si chaque section détachée du rouleau de *serpent fin* était moins épaisse que la précédente, et il se demanda ce qu'il trouverait lorsqu'il atteindrait le cœur du rouleau, si jamais il y parvenait.

Pendant ses brefs moments de repos, il demandait à sa fille si elle voulait bien jeter un coup d'œil aux pages qu'il venait d'imprimer. Pica refusait invariablement, mais elle aimait le regarder travailler. Un jour, elle lui demanda comment il saurait qu'il avait terminé. Il répliqua en élevant dans sa main la pomme qu'elle venait de lui apporter avec son repas de midi.

— Si le livre avait cette forme-ci, lui demanda-t-il, me poserais-tu la même question ?

Elle s'éloigna en se grattant la tête et finit par conclure que la solution, s'il en existait une, avait moins d'importance que le fait que son père s'était mis à lui parler par énigmes.

Il vivait maintenant dans un autre monde, une lune déclinante. Son regard traversait les objets sans s'y arrêter. Il ne parlait plus que rarement et ses paroles semblaient venir de très loin. Il mangeait sans aucun intérêt pour ce qu'il absorbait et, selon son habitude, il ne dormait presque pas, à cette différence près qu'il ne semblait plus en avoir besoin.

Le jour où il lui posa l'énigme concernant la forme du livre, elle revint un peu plus tard lui porter du café et s'aperçut que la pomme, toute luisante et juteuse quelques heures auparavant, était devenue ratatinée comme l'une des têtes réduites qu'elle avait vues à Canton, dans la devanture d'une boutique de curiosités.

Après cette révélation, toutes les excuses lui furent bonnes pour traîner dans la salle de presse et ouvrir l'œil en silence. Dans cette pièce envahie par les toiles d'araignée, les chandelles se consumaient deux fois plus vite que n'importe où ailleurs sur le bateau. Les montants de la presse commençaient à se disloquer sous l'effet de l'humidité. Une odeur tenace de pourriture antique qui évoquait la bibliothèque souterraine de l'abbé persista même après qu'elle eut ouvert tous les hublots et astiqué le parquet. En observant Ludwig à l'ouvrage, elle constata que les mouvements de l'automate s'exécutaient plus rapidement, si bien qu'au terme d'une longue session de travail, il avait les doigts brûlants. Sur l'émail fané de sa porcelaine commençait à se dessiner tout un réseau de fines craquelures.

Les premiers jours qui suivirent leur départ de Canton, le *Bourdon* naviga de conserve avec la flotte de la Compagnie des Indes orientales, mais il ne tarda pas à distancer les énormes navires de commerce alourdis par leurs soutes bien remplies. Entraîné par le vent qui, jour après jour, gonflait ses voiles, le Bourdon fendait les vagues. Des gerbes blanches jaillissaient de l'étrave du navire.

Une fois sortis du détroit de la Sonde, ils se laissèrent porter par la mousson et remontèrent vers le nord-ouest jusqu'à Ceylan où ils firent relâche dans le port de Trinco-malee le temps de calfater les voies d'eau de la coque. Abrités du soleil par une voile faisant office d'auvent, Pica, Darka et les jumeaux s'installèrent sur le pont pour fabri-quer des bandes d'étoupe en torsadant des brins de corde goudronnée. Amphitrite et Turini enfonçaient celles-ci à grands coups de marteau afin de boucher les joints relâ-chés ou les fissures des planches. Même Flood, échappant à son étouffante réclusion, finit par les rejoindre et mit la main à la tâche. La fin du jour les trouva affalés sur le pont, se désaltérant du lait frais des noix de coco.

— Quel dommage, fit Pica, que nous ne puissions pas coudre le bateau comme si c'était un livre.

Le lendemain, à sa grande surprise, son père les em-mena en excursion dans la ville. Laissant derrière eux les rangées de maisons bien alignées le long du port, ils pé-nétrèrent dans le secteur métis, une zone étroite exposée au soleil aveuglant, entre les ombres biseautées du quar-tier européen et le silence altier de la forêt voisine. Le long d'une rue en lacets gravissant un coteau nu, un mince serpent de sang écarlate coula jusqu'à leurs pieds dans la poussière. Ils en trouvèrent la source : une tannerie déla-brée au sommet de la colline. Ils s'apprêtaient à fuir la puanteur du sang et les gémissements des bêtes condam-nées, mais Flood s'attarda, attiré par un étalage de peaux écrues disposé près de l'entrée.

La nuit précédente, le commentaire de Pica lui avait rappelé qu'il ne savait pas encore comment relier son tas de pages.

Pendant que les autres attendaient, il palpa longuement le cuir jaune pâle qui répondit avec une souplesse élastique lorsqu'il l'étira entre ses mains. Le tanneur, un Cingalais à la peau colorée d'un bleu profond, savait quelques mots d'anglais, de français et de hollandais. Flood se servit de ces bribes de langage et apprit qu'il s'agissait des peaux d'une espèce de singes rares que l'on trouvait dans les montagnes de l'intérieur. S'il souhaitait en apprendre plus long, lui indiqua le tanneur, il allait devoir s'adresser à l'*alam*.

— À qui ?

— *L'alam*, répéta le tanneur. Il poussa un soupir et fit signe à Flood de le suivre derrière un rideau de perles qui donnait sur un escalier en colimaçon. Sur le toit, abrité par un parasol, un vieil homme nu comme un ver était assis en tailleur sur un tapis de palmes.

— Beau-père, indiqua le tanneur.

Flood s'accroupit devant le vieillard. La tête penchée en avant, il était absorbé dans une récitation à voix basse. Sa longue barbe noueuse couvrait entièrement son corps nu.

— Êtes-vous… l'*alam* ?

L'homme interrompit son chuchotement et leva lentement la tête. Deux yeux sans aucune profondeur clignèrent à quelques reprises avant de se fixer sur Flood.

— *Alam*… oui. C'est ainsi qu'elle murmurait mon nom, comme un secret, dans le jardin du consul d'Angleterre. Ses lèvres contre mon oreille. Le jacaranda allait bientôt perdre ses pétales.

La tête du vieillard retomba.

HISTOIRE DU BEAU-PÈRE DU TANNEUR

Il était le chef des rabatteurs des seigneurs blancs. Elle était la nièce du gouverneur. Il l'approcha sans bruit, comme un animal sauvage, en décrivant des cercles autour d'elle. Un soir, après la chasse, il fut invité parmi les pavillons : il connaissait tant de contes pittoresques. Elle était là, allongée sur un drap de soie sombre étalé sur l'herbe humide et fraîche ; un petit singe marron jouait entre ses bras si blancs. Elle ne le quitta pas des yeux pendant toute la légende du prince Rama et du loyal Hanuman, qui élevèrent un pont de pierres par-dessus la mer pour se rendre à Lanka et délivrer la belle Sita de Ravana, le monstre à dix têtes, et de ses démons.

Il décrivit l'armée de singes menée par Hanuman, leur raconta comment ils moururent par milliers sur le champ de bataille et comment leur général, ivre de douleur, alla chercher au loin, parmi les monts Himalaya, une montagne entière sur laquelle poussait une herbe magique qui guérissait toutes les maladies et ressuscitait les morts.

Est-ce que cela signifie, demanda-t-elle, que mon petit ami est immortel, puisqu'il fait partie de leurs descendants ?

Sa question déclencha l'hilarité générale. Il répondit avant d'avoir eu le temps de détendre l'arc de sa colère.

Vous devriez demander cela aux habitants de la forêt, dit-il. Ils étaient là bien avant nous tous.

À compter de ce jour, ils le surveillèrent plus étroitement qu'avant, mais il vit dans ses yeux qu'elle seule avait deviné la vérité, le secret qu'il cachait à ses nouveaux maîtres : le nom enveloppé comme une semence dans des feuilles de bétel.

Elle vint à lui. Il lui apprit son nom secret. Ils s'enfuirent ensemble vers la forêt de son peuple. Pour trouver leur chemin, il suivit les signes anciens tatoués sur les arbres. Des yeux et des flèches. Dans la forêt, elle donna naissance à leur enfant, mais il n'y avait pas en elle assez de vie pour deux.

Après sa mort, il tua le singe bien-aimé dont elle n'avait pu se séparer, le fit rôtir, en mâcha la chair, mets très délicat parmi son peuple, et la donna à l'enfant. Puis il s'arma de son arc et tua ses frères, les faisant descendre de leurs branches en leur chantant ces comptines absurdes qui amusent les enfants.

— J'en ai abattu et dépouillé plusieurs, poursuivit le vieillard, puis, portant notre enfant dans les bras, je suis sorti de la forêt. Les Portugais, les Hollandais et les Anglais ne se lassaient pas de la beauté de mes peaux. Ils m'ont renvoyé en chercher d'autres dans la forêt.

Il se tut et parut ne plus entendre Flood le presser de questions. Derrière eux, le tanneur toussa ostensiblement.

Ce soir-là, Flood rapporta sur le *Bourdon* plusieurs peaux de singe brutes. Il en étira une sur une planche afin de préparer le parchemin des pages de garde. Puis il demanda à Darka de lui apporter ce qui restait des peaux de phoque utilisées pour la confection de leurs manteaux.

φ

Après Trincomalee, ils mirent le cap au sud-ouest vers Madagascar, espérant traverser rapidement la zone équatoriale, qui dédaigne de se conformer aux prévisions météorologiques des almanachs. Pendant des jours, ils furent poussés par le vent et trempés par la pluie. Puis la tempête se retira, laissant le *Bourdon* encalminé dans une brume blonde. Sur la mer d'un vert de bile, rien ne bougeait. La chaleur était si humide que le linge se refusait à sécher. Au matin, lorsqu'ils décrochaient leurs vêtements des haubans, ils étaient aussi trempés que la veille. Ils en attrapèrent des plaques d'urticaire le jour et des refroidissements la nuit.

En plein midi, il n'y avait pas le moindre courant d'air. Ils vaquaient à leurs tâches quotidiennes dans un silence maussade, en évitant de se regarder dans les yeux. À table, la conversation était réduite aux plus élémentaires exigences de la politesse. Darka entreprit de coudre ensemble plusieurs petites pièces de toile pour obtenir une vaste poche que Turini suspendit à deux bouts-dehors. Ils eurent ainsi une baignoire de fortune qui les mettait hors d'atteinte des requins, du moins en théorie, et où tout le monde, excepté Flood, put passer au frais les heures les plus chaudes de la journée.

Ils furent bientôt en vue de Madagascar, où ils firent escale pour s'approvisionner en eau douce avant de poursuivre vers le Sud. Les nuits se firent plus fraîches ; avec l'humidité accablante, ils furent tous atteints par la fièvre, à l'exception de Flood. Les jumeaux furent les plus sérieusement touchés. Étendus dans leur hamac, ils tremblaient de concert et poussaient de temps à autre des cris surgis des profondeurs de cauchemars qu'ils semblaient partager. Suivant une suggestion d'Amphitrite, Turini fit chauffer dans la fournaise un boulet à chaîne qu'il accrocha ensuite dans leur cabine où, pendant des heures, le métal répandit une chaleur sourde.

Un coup de vent du sud-est les propulsa jusqu'à Cape Town, où ils mouillèrent pendant les quinze jours que dura la convalescence des jumeaux. Sur cette pointe au bout du monde, le temps semblait alterner par vagues : un jour régnaient une chaleur et un calme surnaturels, le lendemain le vent crachait une pluie glaciale.

Flood, qui avait jusque-là échappé à la fièvre, succomba à son tour aux rigueurs du voyage. En dépit de sa patte folle, il insista pour escalader avec Pica la montagne de la Table afin d'observer les terres qui s'étendaient au-delà de la colonie. Au nord, toute l'Afrique semblait s'étaler sous leurs yeux, avec ses plaines sablonneuses et ses collines mordorées, au-delà desquelles on devinait l'ardoise bleutée d'une lointaine chaîne de montagnes.

Alors qu'ils redescendaient, le ciel s'obscurcit rapidement. Ils levèrent les yeux et aperçurent un grand nuage laiteux déchargeant sur le versant de la montagne une volée de flocons de neige humide qui les enveloppa pendant toute la descente. À plusieurs reprises, Flood trébucha sur les pierres du chemin et Pica dut le soutenir dans la pente rocailleuse.

Ils atteignaient enfin la route qui menait à la ville quand le soleil fit voler les nuages en éclats, soulevant partout des oiseaux cachés dans l'herbe fumante. Au détour du chemin, ils aperçurent un groupe d'enfants vêtus de peaux de moutons en loques qui traversa la route et disparut dans une haie de buissons. Le dernier de la troupe s'arrêta au bord de l'impénétrable muraille verte et se retourna pour les regarder passer. Pica vit qu'il s'agissait d'une jeune femme dont la peau jaunâtre luisait sous le rebord de son couvre-chef en peau de chèvre.

Elle se retourna vers son père pour lui faire part de son observation et le trouva étendu face contre terre.

Ils furent secourus par une Hollandaise qui passait par là dans sa calèche. Elle les emmena chez elle, à la périphérie de la colonie, où elle mit Flood au lit et le fit servir par ses domestiques hottentots. La calèche ramena Pica jusqu'au navire, où elle apprit aux autres ce qui s'était passé. Elle fut de retour avec le soir. Son père était levé et semblait rétabli. Il était en grande discussion avec la Hollandaise sous l'énorme véranda blanchie à la chaux. En s'approchant, Pica remarqua que leur hôtesse était pourvue d'une façade aussi imposante que celle de sa maison.

— Votre fille, remarqua la dame, est une fleur rare. Si elle vivait ici, elle serait sûrement mariée à l'heure qu'il est.

— Pas question, s'écria Pica.

La dame éclata de rire et posa une main sur l'épaule de Flood.

— À cet âge, elles disent toutes cela. Moi aussi, à l'époque. Mais avec le temps, j'en suis venue à aimer mon mari bien plus que je ne l'aurais cru possible.

L'ÉTRANGE CONFESSION DE LA VEUVE JANSSENS

Lorsqu'il s'était retiré du commerce de l'ivoire, son mari avait entrepris une dernière expédition pour tenter de réaliser son rêve : découvrir la source du Nil. Comme tant d'autres chasseurs, il était persuadé que les origines de ce grand fleuve devaient se trouver non loin, au nord des terres qu'il avait déjà explorées à partir du Cap. Après tout, la superficie de l'Afrique n'était pas illimitée !

Elle était née dans ce pays. Elle savait bien qu'il engendrait le type d'homme qui entreprend de tels voyages, à commencer par son père. Peu importait le but rêvé de leur voyage, ni dans quelle direction ils partaient : c'était toujours la même destination.

Quelques jours avant le départ de l'expédition, une de ses servantes hottentotes était venue la trouver, lui avait offert une petite pierre grise en forme d'œuf percée d'un trou à chaque extrémité et lui avait parlé du petit animal qui vivait à l'intérieur.

Son peuple avait pour coutume de porter une pierre comme celle-là chaque fois qu'un être cher partait en voyage. L'insecte qu'elles contenaient, appelé *kamma*, tissait son fil d'après l'itinéraire de l'être aimé dans le monde, un fil aussi difficile à entrevoir que les Hottentots eux-mêmes lorsqu'ils ne désirent pas être vus (l'un d'entre eux pouvait très bien se tenir pendant des heures juste à côté de vous sans que vous soupçonniez jamais sa présence).

— Le peuple à la peau luisante, risqua Pica.

La veuve but une gorgée de café et acquiesça d'un signe de tête.

— Ils s'enduisent de graisse de mouton. Cela ne sent pas la rose, loin de là, mais cela éloigne les puces, qui sont un véritable fléau dans cette région. C'est le peuple le plus pragmatique du monde.

Pendant l'absence de l'être cher, ceux qui restaient entrelaçaient le fil de *kamma* dans leurs vêtements, leurs cheveux ou même leur peau. C'était une façon de lier le voyageur à leur corps vivant.

Sans rien dire à son mari, qui affichait le plus grand mépris pour ces usages païens, elle défit les coutures de sa robe de mariée et, après son départ, elle les recousit lentement avec le fil de *kamma*, à raison de quelques points par jour.

Les premiers temps, il put lui envoyer des lettres en les confiant aux membres de l'expédition qui abandonnaient et s'en retournaient chez eux. Elle apprit ainsi qu'ils avaient voyagé pendant des semaines et des semaines, traversant toujours plus de velds, plus de déserts et plus de montagnes, et des rivières qui coulaient vers l'est ou vers l'ouest, mais jamais vers le nord.

Puis les lettres cessèrent de lui parvenir et elle dut se rabattre sur le fil de *kamma* pour savoir s'il vivait toujours.

Les semaines se changèrent en mois et le fil se fit de plus en plus mince. Elle sut ainsi que ses compagnons l'abandonnaient un à un. Dans le tremblement du fil arachnéen, elle entendait résonner les torrents qui envahissent soudainement le lit des rivières desséchées, emportant hommes et chevaux. Quand ses doigts la démangeaient à son contact, elle voyait des corps noircir au soleil, à moitié dévorés par les fourmis carnivores. Lorsqu'elle se piqua avec son aiguille, elle eut une vision d'hommes allongés, nus, criblés de flèches xhosa.

Puis le fil du périple s'épaissit de nouveau, enrichi d'un autre brin, noir et mince comme un cheveu. Elle devina que sa route avait croisé celle de quelqu'un d'autre, sans doute une femme. Le jour où le bout du filament parut hors de la pierre sans être remplacé par un nouveau fil, elle sut qu'il ne reviendrait pas.

— Je l'ai tant haï de m'avoir trahi, leur confia la veuve. Mais les années ont passé et j'ai compris ce que j'avais fait : moi aussi, je l'ai trahi en me servant de la fibre intime de ce continent pour le lier à moi. Ce n'est pas pour me quitter qu'il est parti, mais pour se joindre à une toile sans fin.

La nuit était tombée pendant que la veuve achevait son récit ; elle convainquit sans trop de mal Flood et Pica de passer la nuit chez elle. Le lendemain matin, elle les régala d'un abondant déjeuner, qu'ils prirent de nouveau sous la véranda, et elle insista pour qu'ils passent encore quelques jours en sa compagnie avant de repartir pour un si long voyage.

La veuve Janssens se pencha par-dessus la table pour prendre dans sa main le poignet de Flood.

— Le pouls de votre père, dit-elle à Pica, palpite encore comme celui d'un oiseau. Il ne faut pas le laisser partir.

Pica fut bien soulagée que Flood refuse l'invitation de la veuve, ce qui ne l'empêcha pas d'accepter en souvenir un écheveau de fil de *kamma*.

Lorsque le *Bourdon* finit par quitter le Cap, une procession de navires aux voiles en loques le suivit. C'était la flotte marchande. Le capitaine du vaisseau amiral vint à leur rencontre à bord d'un petit cotre pour s'enquérir de la façon dont ils avaient accompli si rapidement le passage vers les eaux menant à la mère patrie.

Ils mirent le cap au nord-ouest, vers l'Atlantique où, une fois de plus, au bout de quelques jours de course haletante avec les lourds géants, ils laissèrent la flotte derrière eux.

À l'île Sainte-Hélène, ils firent provision d'eau douce. Amphitrite en profita pour arpenter les quais du port en remorquant Pica. Elle apprit que l'Achéron avait été vu trois jours auparavant, cap au sud.

Comme ils approchaient des côtes anglaises, Flood se mit à leur raconter des anecdotes londoniennes quand l'envie lui en prenait et sans prévenir, comme s'il s'agissait de prophéties.

Il y était question des bandes de racoleurs armés de gourdins qui patrouillaient le port, remplissant les navires de guerre d'hommes au crâne cabossé enrôlés de force, des souteneurs qui rôdaient comme des requins à l'affût de filles naïves et sous-alimentées. Ou de garçons. Et du Mohock Club, formé d'aristocrates qui se grimaient le visage avec de la peinture pour errer dans les rues, la nuit, à la recherche de victimes à qui trancher le nez ou crever les yeux.

φ

Londres n'était que fumée.

Ils dépassèrent au petit jour le quai des exécutions, où des pirates couverts de goudron se balançaient sous une potence, et entrèrent dans un monde fantomatique. Lisses et gréements se couvrirent de cendre blanche. Sur les vagues dérivaient des spectres de brume. Parvenu au poste de douane, le *Bourdon* se glissa sans se faire remarquer entre deux grands charbonniers à l'ancre dont les mâts se perdaient dans une purée de pois jaunâtre. D'énormes cuves de goudron à calfeutrer bouillonnaient sur les docks, remuées par des moussaillons à la face noircie.

Ils ne pouvaient voir la ville, mais tous leurs autres sens leur criaient son existence. À la puanteur des caniveaux et des monceaux de détritus en combustion, au brouhaha de l'activité humaine, à la vibration d'innombrables pieds, pattes et roues de carrosses venaient s'ajouter les souvenirs de Flood qui emplissaient les ruelles de périls occultes.

Pica disparut avec Darka dans la grande cabine. Une heure plus tard, à la surprise générale, il en ressortit une jeune fille parée d'une robe à paniers de brocard de soie jaune, d'un jupon lilas et de souliers de satin damassé. Les cheveux en désordre de la petite, qui avaient poussé pendant le voyage, étaient relevés en chignon poudré maintenu par une boucle en dentelle. On apprit que Darka avait passé plusieurs jours à ajuster dans le plus grand secret un de ses costumes aux dimensions de Pica. En effet, se disait-elle, pour trouver madame Beaufort, la jeune fille allait devoir franchir de nombreuses portes dont la plupart resteraient fermées devant un gamin malpropre attifé de culottes rapiécées.

Flood comprit que la contorsionniste avait observé la réaction des autres à ses histoires et qu'elle avait saisi leur signification sous-jacente. Cette ville ne se parcourait pas seulement en suivant les directions coutumières des points cardinaux, mais en traversant des zones fragmentées de chance et d'infortune, reliées par des passages secrets pouvant vous transporter de l'une à l'autre en un clin d'œil.

Amphitrite fit tourner Pica sur elle-même, l'inspecta sous toutes les coutures et, contre toute attente, hocha la tête d'un air approbateur.

— On pourrait cacher un arsenal entier sous tes jupes.

Flood se risqua sur les quais et loua un petit bateau avec lequel ils pourraient remonter la rivière. Ils s'entassaient dans la petite embarcation quand Amphitrite les salua et s'en alla de son côté. Elle avait conclu un marché avec Flood : une fois qu'il serait bien installé, elle aurait l'usage du *Bourdon* quand elle le désirerait, à condition qu'elle parvienne à recruter un équipage.

L'esquif fendait la fumée grasse qui flottait sur la rivière, évitant à la dernière minute les navires fantômes qui se profilaient sur les vagues menaçantes : chalands, yoles et autres bateaux chargés de passagers. Flood questionna le batelier. Il leur apprit que le printemps était inhabituellement humide et chaud, ce qui favorisait inévitablement les incendies. L'accumulation inégalée de ce matin s'expliquait en grande partie par les feux de joie et les pétards allumés la nuit dernière, dans un élan de ferveur patriotique provoqué par les dernières nouvelles des colonies américaines.

Comme s'il ne pouvait s'en empêcher, il entonna une chanson :

Et nous lui apprendrons, à l'ennemi vantard,
qu'il y a plus de vigueur dans la bière et le bœuf
que dans pommes pont-neuf et potage aux têtards !

Pendant que le rameur alignait les alexandrins, le petit bateau passa le courant qui écumait entre les piles délabrées du pont de Londres et se retrouva enfin parmi les nombreuses embarcations qui se pressaient aux abords du quai de Blackfriars.

Ils grimpèrent jusqu'à Ludgate Hill dans un crépuscule de cendre en se fiant à la mémoire de Flood pour la disposition des rues. Ils dépassaient de temps à autre une ruelle sombre où luisaient de maigres feux. Des silhouettes dépenaillées s'y bousculaient, lançant des regards glauques vers le trafic des rues. Ils virent un homme accoutré en derviche, entouré d'un cercle d'enfants bouche bée, qui se préparait à avaler une torche enflammée. À leur gauche, au pied d'un talus avachi, l'égout à ciel ouvert de Fleet Ditch, étranglé d'ordures puantes, fumait dans le matin gris comme un fleuve infernal.

Au sommet de la colline, ils se retrouvèrent devant une grande voie de circulation sans savoir quelle direction prendre. Quelqu'un poussa Pica dans le dos, l'envoyant valser au milieu de la rue. Seule la rapidité de Darka, qui agrippa aussitôt la petite par son manteau, l'empêcha de se faire écraser par un attelage qui passait par là au même instant. Ils eurent beau scruter les alentours pour identifier son assaillant, bien malin qui aurait pu retrouver qui que ce soit dans cette foule.

Ils hélèrent le premier fiacre qui voulut bien s'arrêter. Le cocher avait épinglé à son chapeau une main de cartes à jouer sales et cornées. Lorsqu'il leur demanda où ils allaient, nul ne répondit. Ils étaient si déconcertés par cette ville qu'aucun d'eux ne s'était posé la question.

— Nous cherchons quelqu'un, finit par préciser Pica. Mais nous ne savons pas par où commencer.

Le cocher lui répliqua qu'au cas où cette personne s'avèrerait difficile à trouver, le mieux était d'aller faire un tour chez les bouquinistes, du côté de la cathédrale Saint-Paul.

— Après tout, chaque livre est une confession. Ces gens-là connaissent tous les secrets du monde.

— À une certaine époque, on disait que l'on trouve absolument de tout ici, remarqua Flood.

— C'est plus vrai que jamais, m'sieur, assura le cocher en hochant solennellement la tête. Même la fièvre espagnole.

Flood lui demanda quelles étaient les nouvelles des colonies.

— C'est un jeune chef d'état-major, répondit le cocher, un dénommé Washington, qui est tombé sur une troupe de Français qui se cachaient dans les bois et qui les a bien arrosés. On dit qu'il a tué leur commandant alors qu'il brandissait un document soi-disant officiel qu'il était censé lui apporter. Mais si c'est vrai, je vous le demande un peu, pourquoi se cachait-il ainsi ? Toujours est-il que Paris crie au meurtre. À ce train-là, il va y avoir la guerre, c'est moi qui vous le dis. Des deux côtés de la Manche, le peuple veut du sang.

Parvenus au pied de la colline, ils passèrent devant une auberge dévastée par le feu. Un homme en tablier noirci était assis sur le pavé, la tête entre les mains.

— Tragédie à la Belle sauvage, leur cria soudain le cocher comme s'il était leur guide. Bel officier, jeune demoiselle, jolie comme un cœur. De retour d'une fête à la campagne, ils prennent une chambre en se faisant passer pour mari et femme. Vers minuit, le mari arrive, entre de force, grimpe l'escalier et surprend les tourtereaux en état de négligé. C'est un mot français qui veut dire : presque pas de vêtements sur le dos. Jurons furieux. Hurlements à vous glacer le sang. Scintillement des rapières à la lueur des chandelles. *Tic, tac, pif, paf.* Et pour finir, *dzzzzt.* Le mari, blessé à mort, expire sur le parquet. Le veilleur de nuit accourt et met la main au collet du capitaine qui s'enfuyait par la fenêtre en chemise de nuit. Dans la confusion, une chandelle dégringole, le rideau s'enflamme. Incendie.

Le cocher tapota les cartes qui ornaient son couvre-chef et leur asséna la suite.

— La jolie demoiselle est ramenée chez elle sans connaissance. Hier, elle reçoit des nouvelles de son galant : le nouveau pensionnaire de Newgate. Rendez-vous public avec une corde prévu pour bientôt. Le désespoir de la belle ne connaît plus de bornes. Elle verse du poison dans son *five o'clock.* Dernier murmure à la nourrice : *Que l'on m'amène ma petite fille.* Dernier baiser. Pauvre petit agneau, la voilà orpheline.

Le fiacre s'arrêta brusquement pour laisser passer un luxueux carrosse dont le revêtement doré, couvert de licornes et de griffons, luisait dans la pénombre. Tels des spectateurs perdus dans l'obscurité d'un parterre, ils ouvrirent de grands yeux tandis que la créature mythologique traversait la scène.

— Que va-t-elle devenir ? demanda Pica. La petite fille.

— Si elle a un peu de chances, elle sera recueillie par de riches parents. Quoiqu'avec un pareil début, je ne miserais pas cher sur ses chances de connaître une vie heureuse.

Leur course fut de nouveau ralentie, cette fois par un attroupement de badauds envahissant la chaussée. Le boniment des camelots offrant qui des oranges ou des châtaignes, qui des partitions de rengaines à la mode, était presque couvert par le tintamarre de la foule, les hurlements des enfants perdus dans la cohue et les aboiements des chiens. Les Turini se rencognèrent ensemble sur leur siège, contemplant avec une frayeur étonnée la vague grondante de cette humanité qui grouillait autour d'eux.

— Juste en haut de cette rue, c'est la prison de Newgate, leur indiqua le cocher. Grosse cargaison de condamnés sur la charrette pour Tyburn ce matin. Vous entendez sonner la cloche ? Ils n'en ont plus pour longtemps.

Ils passèrent le reste de la matinée à parcourir les ruelles étroites lovées autour de la cathédrale Saint-Paul, allant de librairie en librairie et demandant à qui voulait les entendre s'ils connaissaient une certaine madame Beaufort. Ici et là, un boutiquier reconnaissait Flood et maugréait que cela faisait bien longtemps qu'il n'avait pas daigné lui confier sa marchandise. Pica insista pour qu'ils entrent aussi dans toutes les autres boutiques – marchands d'estampes et de musique en feuilles, horlogers et bijoutiers, orfèvres et graveurs – où ils glanèrent quelques bribes peu prometteuses de cancans et de ragots. Il y avait un duc qui possédait un cheval de course primé nommé Beaufort, ainsi qu'un Beaufort établi ruelle Saint-Martin comme perruquier pour dames et rendu célèbre par les formes scandaleuses de ses créations. Vers midi, la fumée s'était suffisamment dispersée pour qu'ils puissent apercevoir le dôme de la cathédrale dont la croix d'or vacillait au soleil comme une flamme distante et froide.

La fumée fit place à une chaleur humide et étouffante. La foule suante qui se pressait autour d'eux empestait comme du bétail. À l'exception de Pica, à qui le bruit et la confusion semblaient plaire énormément, la troupe donnait des signes d'épuisement. Turini et sa femme, pâles de fatigue et d'étonnement, s'accrochaient aux jumeaux qui, commençant à surmonter leur peur initiale, cherchaient à se libérer de leur emprise.

Quant à Flood, il oscillait à mi-chemin entre la ville réelle et celle de son souvenir, reconnaissant à l'occasion une rue, une enseigne ou un monument dressé comme une île familière dans une mer inconnue.

Ils traversaient à grand fracas la poussière et la paille de Smithfield Market quand Flood prit soudain la parole.

— C'était près d'ici, dit-il. L'ancienne imprimerie.

Pica voulut s'y arrêter, mais Flood, anticipant sa déception à la vue du genre de lieu où il se proposait d'habiter, insista pour qu'ils poursuivent leur chemin.

— Il n'y a plus rien à voir ici.

Il lui apparaissait clairement qu'elle n'avait pas encore saisi la futilité de cette chasse à l'aveugle avec un si vague indice : un nom, rien de plus, dans la ville la plus grande du monde. On pouvait s'y prendre autrement, orienter les recherches vers des lieux plus propices, mais il se retenait d'en parler tout de suite pour ne pas lui faire perdre trop tôt ce semblant d'espoir.

Comme les boutiques de la cathédrale n'avaient pas donné grand résultat, le cocher se fit de nouveau leur guide.

— Covent Garden, annonça-t-il. Le moulin à rumeurs de la ville.

De Fleet Street au Strand, le fiacre fut emporté dans la ville par un fleuve débordant de piétons, de chevaux et de voitures, assiégé d'un millier d'impressions diverses, de sons discordants et d'effluves que leur apportait le vent brûlant. À Londres, ils retrouvaient tous les lieux qu'ils avaient parcourus : la populace et la crasse de Venise, la chaleur d'Alexandrie, les multiples dialectes de Canton.

Lorsqu'ils heurtèrent un banc d'étals d'huîtres aux abords de Haymarket, ils abandonnèrent le fiacre et partirent à pied, non sans retenir les services du cocher pour une période indéterminée. Ils se mirent d'accord pour le retrouver au quai de Blackfriars tous les matins à huit heures.

Ils déambulèrent dans un dédale de ruelles où s'alignaient des boutiques regorgeant de merveilles et de curiosités. Les jumeaux s'arrêtaient pour coller leur visage sur chaque vitrine crasseuse, ouvrant des yeux ronds devant les masques grotesques, les déguisements d'animaux, les jouets au mécanisme ingénieux, les pâtisseries aux décorations d'une délicieuse délicatesse ou les confiseries au chocolat, jusqu'à ce que leur père ou leur mère les arrache à leur contemplation en les tirant par la manche.

Leur flânerie les mena sous une galerie couverte, au milieu de deux rangées de boutiques. Une femme au teint cireux appuyée dans l'embrasure d'une porte les regarda passer avec des yeux impassibles et froids. Elle portait au visage une longue cicatrice violette. Juste avant de quitter la galerie, Pica se retourna, mais elle avait disparu.

À Covent Garden, les Turini découvrirent une dimension compréhensible de Londres : le monde des amuseurs.

327

Sous les colonnades de la place, bouffons, prestidigitateurs et charmeurs de serpents jouaient des coudes pour attirer l'attention des badauds. Où qu'ils se tournent, un spectacle différent les attendait. Près du centre de la place, deux amazones en armure de pacotille se donnaient de grandes claques sur une estrade surélevée. Des théâtres de marionnettes bigarrés mettaient en scène le Déluge ou le siège de Troie. Des musées de cire ambulants proposaient de répugnantes reconstitutions d'exécutions célèbres. Des aboyeurs tonnaient du haut de plateaux entourés de rideaux où, pour la modique somme de six *pence*, la géante, l'homme à deux têtes et autres bêtes humaines se produiraient bientôt devant le public ; des chaises de Turquie étaient mises à la disposition des dames sensibles.

En guise d'essai, la famille d'acrobates s'appropria, dans le voisinage d'un marchand de glaces sucrées, un petit emplacement inoccupé où Darka et les enfants se lancèrent aussitôt dans un numéro d'équilibrisme improvisé. Au début, Lolo boudait car on venait de lui refuser un moulin à vent de papier bariolé qu'il avait vu tourbillonner dans la vitrine d'un magasin de jouets. Quand son père lui fit miroiter la possibilité de le gagner par son travail, sa mauvaise humeur le quitta d'un seul coup et il rejoignit sa mère et sa sœur. La proximité du marchand de glaces aidant, ils furent vite entourés d'une petite foule et la jolie musique d'une pluie de piécettes résonna bientôt dans le chapeau renversé de Turini.

Pica connut elle aussi son premier succès en s'adressant à une jeune fille déguisée en oiseau qui distribuait des prospectus pour un spectacle intitulé *Reconstitution de la chute de Rome*. Cette dernière lui expliqua qu'une grande dame telle que la Duchesse de Beaufort ne saurait être vue dans un capharnaüm tel que celui-ci. Il valait mieux se rendre à Ranelagh Gardens, où les gens de qualité venaient se voir et se montrer. Et manger aussi. Elle était bien placée pour le savoir, ayant déjà joué devant ce public très occupé à se goinfrer de dinde généreusement arrosée de vin nouveau.

— Je ne connais pas cet endroit, dit Flood à Pica. Il n'existait pas à mon époque.

Comme il se faisait tard, il soutint que la meilleure chose à faire était sans doute de remonter à bord pour la soirée et de se mettre à la recherche de Ranelagh le lendemain matin. À sa grande surprise, elle se rendit à son argument sans protester. Il l'examina plus attentivement et comprit, en voyant ses épaules voûtées, que la ville avait réussi à l'épuiser autant que lui. En revenant vers l'endroit où ils s'étaient séparés des Turini, Flood s'arrêta brusquement devant une devanture étroite surmontée d'un auvent d'un bleu gris sale. Près de la porte, une plaque de cuivre annonçait : *A. Martin. Colle, carton, cartes à jouer.**

— Qu'est-ce que c'est ? demanda Pica. Mais Flood ouvrait déjà la porte.

Monsieur Martin avait beau être incapable de se déplacer sans sa chaise à roulettes, il n'en supervisait pas moins ses quatre fils, qui avaient repris la fabrique des meilleures cartes à jouer de Londres. À la vue de Flood, les larmes montèrent aux yeux du vieillard.

— Nicolas, grommela-t-il en s'essuyant les yeux. Mon garçon, je t'ai cru mort, tu sais.

— Pas encore, papa Martin. Mais je suis parti longtemps.

Le vieil homme se pencha dans sa chaise en fronçant les sourcils pour mieux voir Pica.

— Serait-ce… Marguerite ?

— Voici ma fille, papa Martin.

Martin agita dans l'air une main tremblante.

— Oui, bien sûr, bien sûr. Pardonne-moi, je deviens gâteux. Tu imprimes toujours des livres, Nicolas ?

— Oui. Et j'ai besoin de votre meilleure colle.

— Pour quelque chose de spécial, n'est-ce pas ? Ton père serait fier de toi.

Le vieux Martin frappa dans ses mains et l'un de ses fils passa la tête entre les lanières de cuir qui servaient de rideau à la porte de l'arrière-boutique.

— Jean, apporte-moi une bouteille de la réserve familiale. *Vingt-neuf.**

Quand son fils se fut incliné et retiré, le vieillard se tourna vers Pica.

— Ton papa t'a-t-il raconté, *ma petite miette**, pourquoi tant de nos coreligionnaires ont choisi un métier nécessitant de la colle ?

— Non, *monsieur**.

— En France, à l'époque des jours atroces, on ne nous permettait pas d'enterrer nos morts. Nous avons dû les transporter avec nous jusqu'à ce que nous puissions leur donner une sépulture convenable. Devine un peu comment nous les cachions ?

— Les os, répondit Pica au bout d'un instant de réflexion. La colle est faite avec des os.

— Quelle intelligente petite *coquille**, Nicolas, gloussa le vieil homme. Elle tient de toi, ça se voit. Oui, mon enfant. Quelle meilleure façon de dissimuler des ossements illicites que dans un tas d'os ? À n'en pas douter, il a dû arriver qu'un morceau d'ancêtre se retrouve par accident dans un pot de colle...

Le rire se changeant en toux, il faillit s'étrangler avant de finir sa phrase.

— Nous autres Huguenots, ajouta-t-il entre deux hoquets, pouvons dire sans mentir que nous sommes plongés jusqu'aux os dans notre travail.

Le fils du vieux Martin revint leur apporter une grosse bouteille marron étiquetée avec soin. Flood fouillait déjà dans son escarcelle quand le vieillard, les yeux embués, agita de nouveau la main.

— Prends-la, Nicolas. C'est très gentil d'être venu me voir. Les vieilles dépouilles comme moi ne vivent que dans le souvenir des autres.

— Nous reviendrons bientôt, papa Martin.

Mais le vieil homme reculait déjà vers la pénombre du fond de la boutique sans plus faire attention à eux.

— Oui, oui. Bientôt.

— Qui est Marguerite ? demanda Pica quand ils se retrouvèrent dans la foule.

— C'est ma petite sœur Meg. Elle est morte quand nous étions enfants.

φ

Un linceul de fumée s'abattait de nouveau sur les rues. Ils retrouvèrent les Turini et ils s'acheminèrent vers le quai de Blackfriars, les pieds endoloris, abrutis de fatigue. Quand ils atteignirent le bateau, ils trouvèrent Amphitrite déjà de retour, mais encore plus bredouille qu'eux. Elle avait constaté que les rares marins qui n'étaient pas déjà liés par contrat sur un autre navire passaient le plus clair de leur temps à se cacher des embaucheurs de force. Le peu d'entre eux qu'elle avait réussi à coincer au fond d'une taverne ou d'un tripot l'avaient traitée avec méfiance et s'étaient refusés à jeter ne serait-ce qu'un regard au *Bourdon*, visiblement persuadés qu'une femme, *et qui plus est une femme noire*, ne pouvait être qu'un leurre inventé par la marine.

Pica passa une partie de la nuit assise sur sa couchette, attentive comme toujours à l'écho sonore des activités nocturnes de son père. Au cours de leur voyage, le craquement régulier des madriers de la presse avait souvent bercé son sommeil, mais ce soir-là, elle n'arrivait pas à trouver le repos et son pouls lui semblait battre à contre-temps par rapport au rythme de la presse.

Toute la journée, elle avait ouvert des yeux si grands que même dans le noir, elle ne parvenait plus à les fermer. Avec sa fumée, son animation, son éclat, la ville avait envahi son être intime ; sa nature mercurienne s'était infiltrée sous sa peau et jusque dans ses veines. Sans compter le sombre courant de la vie passée de son père qui coulait lui aussi dans ce lieu.

Poussée par le tourbillon de ses pensées, elle se releva et monta sur le pont. Malgré le clapotis des vagues et le grattement familier de la coque contre la jetée, la rumeur étrangère de Londres était clairement audible. Fragments de conversations, voix rieuses ou querelleuses, rires et chansons lui parvenaient par intermittences comme une langue inconnue. Le vacarme des voitures transportant des fêtards d'une beuverie à une autre. Le fracas d'une assiette cassée.

Le mur de la nuit s'éclairait par endroits de la lueur des feux de plein air qui brûlaient sans répit. Un vertige s'empara d'elle ; elle se sentit planer dans le noir infini où flottent les étoiles. Pica eut une pensée pour les enfants des rues qu'elle avait vus fouiller les poubelles pendant la journée. Seule leur taille les différenciait des adultes. Leurs yeux exprimaient la même réserve, la même vigilance.

Madame Beaufort était là, quelque part.

Elle se souvint d'une femme aperçue aux abords de la cathédrale pendant la matinée. Longue et gracieuse, elle sortait de la boutique d'une modiste, emportant un carton à chapeau enveloppé dans du papier bleu ciel. Pica s'était dit qu'elle semblait avoir le bon âge. Laissant son père pénétrer dans une librairie, elle l'avait suivie dans la rue, répétant mentalement ce qu'elle lui dirait quand elle la rattraperait : *Pardonnez-moi, madame, mais je me demandais si...*

Elle s'apprêtait à l'aborder lorsqu'un homme s'était approché de l'inconnue, penchant son visage près du sien pour lui parler d'un ton sévère. Fronçant les sourcils, la femme avait pris l'homme par le bras et ils avaient disparu à l'angle d'une rue. Pica était revenue sur ses pas jusqu'à la librairie où était entré son père, qui l'attendait près de la porte. Il avait posé une main sur son épaule : *Ce n'est pas elle*, avait-il dit d'une voix très douce.

Une planche craqua. Amphitrite Snow se tenait derrière elle, portant la redingote et le chapeau de son père.

— Tu me prends sur le fait encore une fois, fillette.

— Où allez-vous ?

Amphitrite décrocha le chapeau et l'imperméable de Turini du crochet où ils étaient suspendus, sous l'habitacle.

— Tu veux le savoir ? Enfile ça.

Pica obéit et suivit la jeune femme à terre. Elles s'enfoncèrent dans l'obscurité des rues avoisinant les quais.

— J'ai repensé à l'ivrogne mondain que nous avons rencontré à Canton, murmura Amphitrite. Je me dis qu'il ne doit pas être le seul de son espèce.

Elle avançait vite dans le noir, à croire qu'elle avait des yeux de chat. De temps à autre, en s'arrêtant au coin d'une rue, elle étendait un bras pour barrer le passage à Pica tandis qu'un carrosse ou un homme du monde en route vers chez lui traversait leur route, éclairé par un domestique chargé d'une lanterne. Apercevant un autre groupe de rôdeurs nocturnes, elles se dissimulèrent sous un porche et retinrent leur souffle tant que ne fut pas dissipée l'odeur de poudre à canon qui, seule, trahissait leur présence. Pica avait la tête pleine des anecdotes de son père sur les horreurs de Londres. Quand elle les avait entendues, elles lui avaient paru issues d'un autre âge, mais cette ville de légende était maintenant tapie dans la nuit tout autour d'elle, la frôlant presque. Elle était sur le point d'exiger de faire demi-tour, mais elle parvint à tenir sa langue et continua d'avancer en silence.

Sous un passage voûté qui reliait deux arrière-cours, Amphitrite trouva enfin ce qu'elle cherchait. Un homme, tête nue, émergeait du tunnel d'un pas mal assuré, se trempant à plusieurs reprises les pieds dans le caniveau.

— Il a des boucles en argent, il me semble, fit Amphitrite. Et des passements dorés. Nous tenons notre pigeon.

Pica sentit un objet dur lui fouiller les côtes. Amphitrite venait de tirer de son manteau les deux antiques pistolets qu'elle conservait habituellement accrochés au-dessus de la porte de la grande cabine.

— Je croyais qu'ils ne marchaient pas.

— Ils feront l'affaire.

À quelques pas seulement de la flaque d'ombre où elles se tenaient accroupies, l'homme s'arrêta soudain et se tourna vers le mur. Elles l'entendirent jurer à voix basse en triturant maladroitement ses vêtements, puis pousser un soupir de soulagement quand un jet fumant commença à arroser le mur.

Amphitrite poussa Pica du coude.

— Allons-y.

— Non.

Elle attrapa Pica par la manche de son manteau et la tira au milieu de la ruelle, où elles s'immobilisèrent au son tranchant de la voix de l'ivrogne.

— Ça ne vaut pas de la pisse.

Il était penché vers l'avant, la tête appuyée contre le mur.

— Vous m'entendez ? Ça ne vaut pas une goutte de pisse. Mais attendez que je m'endurcisse. Pas mal comme rime, non ? Il faudra que j'en fasse part à ma maîtresse.

Amphitrite se précipita en avant et lui planta les deux pistolets dans le dos.

— Votre argent, feula-t-elle à son oreille. L'homme sursauta, puis éclata d'un rire amer.

— Puis-je terminer d'abord ce que je suis en train de faire ?

Le jet d'urine se réduisit à un filet, puis cessa tout à fait. L'homme se secoua d'une main experte et entreprit calmement de reboutonner son pantalon.

— Merci. Vous êtes un garçon bien élevé.

— Grâce à ma chère maman, répliqua Amphitrite. Allez, donnez-moi ça.

— Quoi ? Mon braquemart ?

— Votre argent. Et ne vous retournez pas.

L'homme fourragea dans la poche de sa veste et lui tendit une bourse de cuir par-dessus son épaule.

— Toujours l'argent. Le monde ne me demande jamais rien d'autre. Mes opinions philosophiques. Les nobles sentiments de mon cœur. Les leçons que cette existence cruelle a gravées dans mon âme.

— Votre montre aussi. Et vos bagues.

La montre changea de main. L'homme n'avait pas de bagues. La tête toujours appuyée contre le mur, il marmonna quelques mots que Pica ne comprit pas. Distraite de son rôle, elle murmura à Amphitrite :

— Qu'a-t-il dit ?

— J'ai dit : allez-y, faites ce que vous avez à faire. Finissez le boulot, mes chéries.

De retour dans la grande cabine, Amphitrite vida le contenu de la bourse sur la table et se mit à trier les pièces de monnaie.

— Pas mal. Pas excellent, mais c'est un bon début.

Appuyée au chambranle, Pica croisait les bras sur sa poitrine pour se protéger du froid. Amphitrite la regarda et leva les yeux au ciel.

— Nous n'avons fait de mal à personne, assura-t-elle. De toute façon, il aurait dépensé cet argent à boire ou à jouer.

Pica détourna son regard.

— Sans argent, insista Amphitrite, je ne pourrai jamais recruter un équipage.

Pica était convaincue que la jeune femme leur cachait quelque chose. Elle s'était montrée si pressée de rentrer à Londres, seul endroit de la Terre où le Commandant n'oserait pas la pourchasser. Mais maintenant qu'elle était arrivée, elle n'avait qu'une hâte : repartir.

— Quand vous partirez, demanda Pica, où irez-vous ?

— Penserais-tu à m'accompagner, par hasard ?

— Je...

— Tu n'en sais trop rien, n'est-ce pas ?

Amphitrite s'empara d'une pièce.

— Je connais une façon de t'aider à te décider.

D'un coup de pouce, elle lança la pièce qui s'éleva en tournoyant, puis elle la rattrapa dans son poing fermé.

φ

Le lendemain matin, les Turini se levèrent bien avant tout le monde et se hâtèrent de réserver leur précieux emplacement à Covent Garden. Après cette première journée prometteuse, Darka avait déballé et réparé leurs costumes. Turini les accompagnait, poussant une estrade pliante à roulettes qu'il avait fabriquée avec les planches qui restaient de la remise en état du *Bourdon*.

Flood et Pica trouvèrent le cocher au quai de Blackfriars ; il les attendait, emmitouflé dans une pèlerine qui le protégeait contre la froideur de l'aube. Il s'ébroua, asticota son cheval pour le réveiller et ils s'ébranlèrent vers le sud. Ils traversèrent Charing Cross et pénétrèrent dans les rues cossues du district de Westminster. Ils demandèrent au cocher de les attendre aux portes de Ranelagh Gardens, prirent chacun un billet et entrèrent avec étonnement dans un autre monde, un labyrinthe élégant d'arbres, de fontaines, de colonnades et de pavillons où régnait un calme profond.

Ils s'y promenèrent quelque temps avant d'oser aborder certaines des gravures de mode qu'ils croisaient. Les femmes daignèrent à peine les regarder. Quant aux hommes, ceux dont ils parvinrent à attirer l'attention ne montrèrent d'intérêt que pour l'étrangeté de Pica. Un gros monsieur maquillé, juché sur des talons hauts, les suivit de loin pendant un instant avant de se décider à venir à leur rencontre, observant Pica à travers son lorgnon.

— Ne nous sommes-nous pas rencontrés à Venise ? Il y a environ un an, je crois.

Flood prit sa fille par le bras pour l'entraîner, mais elle se dégagea de son étreinte.

— Connaissez-vous la duchesse de Beaufort ?

— La duchesse, dites-vous ? répondit l'homme grimé. Ma chère enfant, si tel est votre bon plaisir, je me ferai duchesse pour vos beaux yeux. Mais il est vrai que nous sommes de vieilles connaissances, elle et moi. En fait, je crois même qu'elle nous fait aujourd'hui l'honneur de sa présence en tenant salon au Temple du chocolat. Voyez-vous ces tourelles mauresques qui dominent l'orangeraie ?

Flood le remercia sèchement. Ils se détournaient déjà lorsqu'il les héla :

— C'est exquis de vous rencontrer ainsi de nouveau. Si jamais vous cherchez quelqu'un d'autre, vous me trouverez ici.

La duchesse était minuscule ; elle ressemblait à une poupée déguisée en grande dame. Balançant le bout de ses souliers au-dessus du tapis persan, elle avait fort à faire pour puiser avec ses doigts boudinés dans le gigantesque plat de service en porcelaine.

— Comme c'est gentil de votre part de me rendre visite, minauda-t-elle en versant à Pica une deuxième tasse de chocolat. Vous qui venez de si loin. Bonté divine, que le monde est grand, c'est terrifiant. Il ne faut pas trop y penser. Mon père est parti pour les Indes il y a dix ans. J'étais encore un bébé. Je ne me souviens pas de lui. Il est mort là-bas, des suites d'une méningite cérébrale. J'aime m'imaginer qu'il repose à l'ombre d'un banian. J'ignore complètement à quoi ressemble un banian, mais je suis sûre qu'il fait bon s'y reposer, ne trouvez-vous pas ?

— Oh oui, mademoiselle, souffla Pica.

— Maintenant, il ne reste plus que maman et moi, et elle passe toutes ses journées au lit. Elle a beaucoup grossi, la pauvre chérie, et elle refuse de voir qui que ce soit.

Elle gloussa : la pagode de ses cheveux poudrés se mit à trembler.

— Presque personne, en fait. Mon frère est parti, lui aussi. Il se prénomme George. C'est un fils et un frère si aimant, si attentionné. Comme nous avons pleuré quand il est parti vers cette île des Caraïbes dont le nom m'échappe… Saint-Quelque chose… Il nous écrit six lettres par an. Mais nous les recevons quelquefois toutes en même temps, s'il s'est produit un ouragan par exemple, ou s'il y a des pirates. Nous restons parfois très longtemps sans recevoir de ses nouvelles. Ses affaires vont à merveille, cependant. Quelque chose à voir avec les nègres. Il m'en a envoyé un pour mon anniversaire.

— Un quoi, mademoiselle ?

— Un noir. Pour me servir. Maman l'a baptisé de notre nom. Il est si joli avec sa peau de chocolat, et si fort. *Beau. Fort.** Vous saisissez ?

Elle tendit une menotte et tira sur le cordon qui pendait près de son divan.

— Il est juste à côté. Je vais le faire venir. Vous verrez.

Ses yeux vigilants dansaient dans le masque blanc de son visage.

— Encore du chocolat ?

La chocolatière se balançait d'un air menaçant au-dessus des genoux de Flood.

— Non merci, répondit-il. Votre famille a-t-elle toujours vécu ici ? En Angleterre, je veux dire ?

Elle gloussa de nouveau.

— Bien sûr que oui, gros bêta ! Maman et moi, nous sommes nées de l'autre côté de la rue. Pensiez-vous que nous venions de la Tartarie orientale ?

— Non, mademoiselle. Mais nous cherchons quelqu'un qui porte le même nom que vous...

— Ah oui, je vois. Quand on a une famille aussi ancienne que la nôtre... les gens passent leur temps à nous voler notre nom sous toutes sortes de prétextes. Il y a un perruquier...

— Je sais, nous avons entendu parler de lui, coupa Flood.

— ... Une diseuse de bonne aventure, un boxeur...

— Une diseuse de bonne aventure ? répéta Pica, se penchant avec intérêt.

La duchesse fit la moue dans sa tasse.

— Je ne suis jamais allée la voir, vous savez, dit-elle. Maman me le défend. Comme si elle n'avait pas elle aussi des idées bizarres. Elle dit qu'après sa mort, elle veut être enterrée sous un arbre, comme papa. Un palmier. Beaufort a réussi à en faire pousser un ici, habile comme il est.

Ils ressortirent dans le jardin où régnait une chaleur humide et suffocante, digne des pires moments de leur traversée. Attirés par l'ombre fraîche qui y régnait, ils se dirigèrent vers une allée sinueuse située non loin de là, bordée d'arbres et repliée sur elle-même en forme de huit. Entre les arbres se dressaient des déesses de pierre. Pica courut de l'une à l'autre jusqu'à ce qu'elle se retrouve en face du Temple du chocolat. Elle s'aperçut alors que Flood n'était plus à ses côtés.

Elle revint sur ses pas et le trouva planté au centre de l'allée. Il tourna vers elle un regard vide, sans paraître la reconnaître.

— Ce n'est qu'en restant immobiles... murmura-t-il.

Pica insista pour qu'ils retournent au bateau. Dès qu'ils furent arrivés, il fila droit vers la salle de presse.

Cette nuit-là, lorsque Amphitrite vint la chercher pour une autre excursion nocturne, Pica s'enfouit sous sa couverture et resta immobile, écoutant s'éloigner les pas de la jeune femme. Elle remarqua alors qu'aucun bruit ne montait des profondeurs du navire. Elle se leva et s'engagea silencieusement sur l'échelle d'écoutille. Assis à son établi, son père enfilait une aiguille. Non loin de lui mijotait un pot de colle plongé dans un bain-marie. Elle l'observa un instant et sursauta lorsqu'il lui adressa brusquement la parole.

— Que se passe-t-il, Pica, tu n'arrives pas à dormir ?

Elle termina sa descente et alla le rejoindre.

— Je n'entendais pas la presse, expliqua-t-elle. Je suis venue voir si...

— Si j'en avais terminé ?

Ne sachant exactement ce qu'il avait voulu dire, elle ne répondit pas.

Il déposa sur l'établi l'aiguille enfilée et se tourna vers elle.

— Presque.

Il désigna d'un signe de tête le cousoir posé devant lui. Il contenait un petit volume sans couverture qu'elle n'avait pas remarqué jusque là.

— Les caractères sont toujours liquides, annonça-t-il, mais ils ne produisent plus de nouvelles formes. Je me suis dit qu'il était temps de relier ce que j'avais. On verra bien ce que cela donnera.

S'emparant du fil et de l'aiguille, il se pencha sur sa besogne. Pica tira une chaise, s'assit à côté de son père et le regarda terminer sa couture, puis le reste de la reliure. À l'aide d'un rabot, il égalisa la gouttière jusqu'à ce qu'elle soit bien lisse, soulevant de fins copeaux qui s'envolaient en spirales dans la lumière des chandelles. Au bout d'un instant, Flood leva la tête et se détourna pour éternuer.

— Ça m'arrive à chaque fois, dit-il.

Il colla la peau de phoque teinte et amidonnée sur les pages de garde en parchemin de Trincomalee, l'arrondit autour du dos et travailla le cuir pour l'aligner le long du mors, puis il façonna les tranchefiles inférieure et supérieure. Comme toujours lorsqu'il effectuait les dernières étapes de la confection d'un livre, il murmurait des paroles d'encouragement à l'intention des matériaux inanimés qu'il pressait de prendre forme.

Pica ouvrait grand les yeux et les oreilles. Elle finit par lui demander :

— De quoi parlais-tu ce matin, dans le jardin ?

Il leva la tête en fronçant les sourcils.

— Quand cela ?

— Tu as dit : *Ce n'est qu'en restant immobiles…*

— Ah oui. Je pensais à un livre que j'ai fabriqué il y a longtemps, pour ton grand-père. Cela parlait de deux amoureux qui se cherchaient dans une ville. Leur histoire ne pouvait se terminer tant qu'ils se déplaçaient tous les deux. Mais le comte n'a pas particulièrement apprécié… alors je l'ai offert à ta mère. Il doit être perdu maintenant.

Mince et compact, le volume reposait sur l'établi dans sa reliure de cuir vert sombre, à peine plus étroit qu'un livre de poche ordinaire. Bercée par le rythme des gestes de son père, Pica s'étira lorsqu'il parla enfin, comme si elle s'éveillait d'un profond sommeil.

— Nous allons le laisser dans l'étau toute la nuit pour que la colle prenne bien, annonça-t-il en se frottant les yeux, appuyé au dossier de sa chaise.

Prenant le livre pour le placer entre les mâchoires, il le retourna un instant dans ses mains avant de le lui tendre.

— Mon père disait souvent : *Fais un bel ouvrage, mais n'oublie jamais que ce n'est pas seulement l'objet matériel que nous nous efforçons de créer. Le travail n'est pas fini tant qu'un lecteur n'a pas le livre entre les mains.*

Pica prit le livre dans les siennes. La couverture semblait respirer entre ses doigts comme la peau d'une bête vivante.

— Comme il est chaud, souffla-t-elle.

— C'est la colle, fit Flood en hochant la tête. Elle va refroidir.

Elle était sur le point d'ouvrir le livre, mais le reposa plutôt sur l'établi.

— Tu as tellement travaillé. Ne devrais-tu pas le garder ?

— Celui-ci ne ressemble à aucun autre. On dirait qu'il est fait de tout ce qui nous est arrivé : ce que nous étions, ce que nous serons. Même ce qui est caché ou perdu. De ce point de vue, il t'appartient autant qu'à moi. Peut-être même plus.

— C'est impossible ! Il est à toi.

— J'ai repensé à l'histoire que tu m'as racontée il n'y a pas si longtemps, répondit-il. À propos de ta vie à Venise.

— Je ne l'ai pas bien racontée, maugréa-t-elle en rougissant. Enfin, pas comme je l'aurais voulu. Je n'arrivais pas à trouver les mots qu'il fallait.

— C'est parce que tu essayais de tout raconter en même temps. Tout ce qui était important pour toi, tout ce qui te définissait. Te souviens-tu de ce que disait Samuel Kirshner au sujet de la façon dont les livres se mettent à exister lorsque quelqu'un les rêve ?

— Oui.

— Peut-être que celui-ci prendra vie pour toi de cette façon. En entrant dans ses pages, qui sait ce que tu trouveras. Je suis sûr qu'il t'enchantera, te posera des énigmes, t'égarera même. Mais peu importe où te mènera ce livre,

Pica, souviens-toi du chemin t'a menée jusqu'ici et tu sauras comment continuer.

Il plaça le livre entre les deux lourdes mâchoires de l'étau et les fixa soigneusement. Pica eut soudain très sommeil et très froid. Elle se leva pour aller se coucher. En montant l'échelle, elle s'interrompit pour le regarder ranger la pièce. Il nettoya méthodiquement chaque outil avant de le remettre à sa place comme s'il venait de terminer une journée de travail pareille à toutes les autres. Elle eut le sentiment qu'elle devait ajouter quelque chose pour lui montrer combien tout cela lui importait, à elle aussi.

— Père...

— Oui ?

Cette fois encore, elle ne parvint pas à trouver les mots qu'il fallait.

— Bonne nuit.

φ

Le lendemain matin, Pica descendit dans la salle de presse, mais il n'y était pas. Dans la pâle lumière de l'écoutille, le livre reposait sur l'établi, ordinaire, inconnu.

Son père était parti en ville, lui apprit Turini pendant le déjeuner, à la recherche de son ancienne boutique.

Mue par une vague inquiétude, elle grimpa sur le gaillard d'arrière. Jusqu'alors, ils étaient allés partout ensemble. Appuyée contre la lisse de couronnement, elle laissa son regard errer sur les toits et les clochers qui émergeaient lentement de la grisaille de l'aube.

Il était tout à fait capable de se débrouiller. Il avait déjà vécu ici. C'était sa ville, après tout.

Elle redescendit dans la salle de presse, s'installa à l'établi et contempla longuement le livre que son père avait fabriqué, puis elle le prit dans ses mains et l'ouvrit au hasard vers le milieu. Sa crainte de découvrir un désert de papier blanc se dissipa devant les petits caractères densément alignés. Elle n'essaya pas de les déchiffrer tout de suite, mais feuilleta plusieurs pages du pouce, puis elle referma le livre, le pesa dans sa main et fut rassurée par son poids d'objet tangible.

Tout ce qui importait, avait dit son père. Tout ce dont elle faisait partie. Même ce qui était perdu, caché.

Elle ouvrit de nouveau le livre, au début cette fois. Plusieurs pages, elle n'aurait su dire combien, glissèrent entre son pouce et la deuxième de couverture. Elle tenta, sans y parvenir, d'atteindre la toute première page, si tant est qu'elle existât. Les premiers feuillets, incroyablement minces, se dérobaient sous ses doigts trop épais.

Elle entama sa lecture à partir de la première page qu'elle put atteindre. C'était une table des matières, ou plutôt une liste de chapitre numérotés, mais sans ordre apparent.

XC. Le plus bref des chapitres, mais qui contient néanmoins un très long baiser.

VII. Où le lecteur a le choix entre deux maux.

LV. Tempête, naufrage, tremblement de terre et une note préliminaire sur ce qui s'ensuivit.

XXXVII. Qui contient peu ou presque rien.

IX. *Comment ils se préparaient à couper la tête de la Princesse et comment ils ne la lui coupèrent pas.*

DC. *Où le lecteur découvrira une multitude d'objets qu'il ne s'attendait pas à y trouver.*

MCDLV. *Un chapitre dont la place idéale serait à la suite du chapitre final de la narration, et qui a donc été placé ici afin d'éviter son exclusion du présent ouvrage.*

Elle comprit aussitôt qu'elle pourrait chercher ces chapitres sans jamais les trouver. Dans un tel livre, rien ne les empêchait de rester à jamais hors d'atteinte. Parfaits et fascinants. Elle pensa à la façon dont elle abordait les autres livres : qu'il soit encore sur l'étagère ou à peine ouvert, chaque livre, merveilleuse boîte de papier, contient tous les possibles.

CCLXV. *Un chapitre dans un chapitre dans un chapitre dans un chapitre dans un chapitre...*

La formule se répétait jusqu'au bas de la page et se poursuivait sur la suivante. Elle tourna une autre page, puis une autre et une autre encore.

... dans un chapitre dans un chapitre dans un chapitre...

Prise d'un élan de panique, elle referma la couverture. La peur étourdissante l'avait envahie que, pendant ces quelques instants de lecture, le temps ait filé à toute allure dans le monde réel pour se changer en jours, en mois, en années... Un bruit de pas sourd au-dessus de sa tête l'informa que les autres étaient toujours à bord, se préparant pour la journée.

Bientôt, elle les rejoindrait, mais pas tout de suite. Pas encore.

Elle rouvrit le livre et le parcourut rapidement, s'arrêtant ici et là, au hasard.

La description minutieuse de l'oreille droite d'un personnage, du contenu étonnant d'un coffre de fer enfoui dans un banc de sable au bord du fleuve Orénoque, de la pluie s'écoulant des pétales d'une fleur dans une forêt, la nuit...

Elle retrouva la table des matières, mais bien plus loin dans l'ouvrage, comme si les minces feuilles de papier repoussaient la couverture ; comme si le livre était un arbre.

Des pages dans d'autres langues, plusieurs pages de nombres, de calculs, de uns et de zéros. Des poupées de papier à découper et à parer de vêtements imprimés sur les pages avoisinantes. Un almanach du temps et des marées de l'an 2092.

Elle sautait d'un passage à un autre. Y avait-il un ordre dans tout cela ?

Des pages et des pages d'hiéroglyphes hermétiques. La description du contenu d'un autre livre infini. Une suite d'amants oubliés. Un manuel élémentaire sur la lecture des hiéroglyphes...

La réponse à sa question lui vint du fond de sa mémoire. *On pourrait poser la même question au sujet de l'univers.*

Elle leva les yeux. La petite Miza l'observait, appuyée au chambranle.

— On y va, annonça-t-elle.

Pica ferma les yeux, distraite par le sentiment incongru qu'elle était toujours en train de lire. Sans trop savoir pourquoi, elle pensa à l'abbé et aux manuscrits extraits de leurs niches creusées dans des parois d'argile humide. Elle rouvrit les yeux et glissa le livre dans la poche de son tablier.

— Eh bien, allons-y.

Elle referma tout doucement le livre sur lui-même, presque certaine d'entendre, comme des grattements d'insectes, ses pages continuer à tourner.

φ

Flood ne savait pas très bien pourquoi il n'était pas remonté à bord. Il se demanda si cela n'avait pas un rapport avec les rêves qui s'étaient mis à hanter les brefs épisodes de sommeil dans lesquels il sombrait aux premières lueurs du jour. Dans ces rêves, où il vivait et travaillait de nouveau dans la boutique, il finissait toujours par se présenter quelqu'un qui lui annonçait le départ de Pica. Il ne connaissait jamais le messager, qui lui donnait chaque fois une raison différente. Furieuse contre lui, elle était retournée à Venise. Elle avait retrouvé sa mère, mais elles ne pouvaient attendre qu'il ait terminé son travail. Une fois, elle s'était mariée ; il s'était précipité dehors juste à temps pour apercevoir le carrosse nuptial, énorme et absurde, s'éloigner dans la lumière matinale.

Les années passées dans sa cellule lui avaient appris à faire confiance à ses rêves. Plus tard, il avait réalisé qu'ils avaient contribué à l'enraciner dans une couche profondément saine de son être, bien plus efficacement que l'impression d'un livre imaginaire. Il sentait aujourd'hui qu'il courait le risque de perdre irrémédiablement quelque chose de mystérieux en retrouvant les lieux de sa jeunesse. Mais s'il n'y allait pas, il ne saurait jamais de quoi il s'agissait.

Il longea Cloth Fair plongée, à cette heure de la journée, dans l'ombre de la haute falaise de l'église dédiée par les Normands à Saint-Barthélemy, toute grise dans la brume dorée. L'ancien édifice était tombé en ruines bien avant sa naissance. Ses cloîtres étaient depuis longtemps transformés en étables, ses porches et ses chapelles envahis par les commerçants. Le transept nord abritait la forge d'un maréchal-ferrant ; les heures de son enfance n'avaient pas été rythmées par la ronde des hymnes et des sonnailles, mais par le martèlement régulier du marteau sur l'enclume. Enfant, attiré par de vagues rêves d'aventure, il allait souvent flâner parmi les dentellières et les tailleurs dont les devantures étaient encore flanquées de gargouilles grotesques et de saints se désagrégeant avec mélancolie. Pas une fois il ne s'était demandé ce qui avait poussé ses ancêtres à se fixer au pied d'une église nommée en l'honneur d'un saint dont la fête était souillée de leur sang.

Plus étroite que dans son souvenir, l'allée menant à la chapelle de la Vierge n'était plus qu'une brèche dans la pierre grise environnante. La petite place était déserte à l'exception d'un chat roux qui faisait sa toilette sur un perron. Au centre, la vieille pompe rouillée tenait toujours, posée de guingois au-dessus de sa goulotte délabrée.

C'est là qu'ils jouaient à cache-cache ou à colin-maillard avec les enfants des autres artisans huguenots rassemblés autour de l'église. Il se souvint d'un matin de Noël où Meg, debout près de la fenêtre, l'avait éveillé d'un chuchotement fébrile : *Nicolas, viens voir.* La neige qui était tombée la nuit précédente avait disparu et les pavés sombres étaient nus, sauf là où un passant avait marché ; la neige moulée et durcie sous ses pas n'avait pas fondu avec le reste. La place était traversée d'une guirlande d'empreintes blanches qui faisait deux fois le tour de la pompe et revenait sur elle-même, rendant le parcours de l'inconnu difficile à discerner. Pendant la nuit, quelqu'un avait traversé la cour et transpercé le voile de Noël. Des années plus tard, il s'était dit qu'il s'agissait sans doute d'un fêtard revenant d'un réveillon bien arrosé. Mais au matin d'un de ces jours d'hiver opalescents où le monde entier paraît magique, irréel, Meg et lui avaient lu dans les spirales capricieuses de ces traces de pas un tout autre message : il y avait en ce monde d'autres êtres comme eux.

Après la pompe, ses pieds retrouvèrent tout seuls le chemin qui descendait les pavés en pente vers la porte au-dessus de laquelle l'enseigne en forme de livre de Flood et fils, Imprimeurs, ne se balançait plus. Les volets des fenêtres étaient fermés.

Il se préparait à frapper lorsque la porte s'ouvrit brusquement. Une femme maigre au teint cireux sortit, les bras encombrés d'une bassine emplie d'eau sale. Lorsqu'elle l'aperçut, elle ouvrit de grands yeux craintifs.

— Puis-je vous parler un instant, madame ?

Elle continuait à le regarder fixement, sans rien répondre, ce qui lui donna le temps d'observer ses lèvres sèches, gercées, et le goitre qui enflait sous son menton.

— J'ai déjà vécu ici, expliqua Flood. Au temps où c'était une imprimerie.

La femme hocha lentement la tête.

— Je suis parti très longtemps, poursuivit Flood, et je suis venu voir si la maison était libre… si elle est à louer.

Les yeux de la femme s'ouvrirent encore plus grand. Elle se cramponna à sa bassine comme pour s'en faire un rempart.

— C'est le propriétaire qui vous envoie ?

— Non, je suis ici de mon propre chef. Je voudrais seulement savoir…

— Il n'est pas là.

— Qui ?

— Il ne sera pas rentré avant la brune. Vous pouvez entrer et regarder, vous verrez bien qu'il n'est pas là.

Flood faillit protester, mais l'idée de revoir la boutique l'attira à l'intérieur. Il se baissa pour passer sous la porte et attendit dans l'obscurité que la femme prenne les devants. Elle répandit le contenu de la bassine sur les pavés, ferma la porte et se tint près de lui, la bouche et les yeux grands ouverts, le regard fixe.

La pièce qui donnait sur la rue, et où ils tenaient boutique à l'époque, lui parut bien plus petite et plus sombre qu'auparavant. Des guirlandes de chemises et de bas pendaient mollement à des cordes à linge accrochées le long des murs. Cela sentait le renfermé et l'odeur terreuse des vieilles pommes de terre. Près de la fenêtre, une petite table croulait sous de la vaisselle sale où grouillaient de grosses mouches.

— Je m'occupe habituellement du ménage, dit la femme. Seulement, je ne me sens pas bien depuis quinze jours. Vous pouvez lui dire ça de ma part.

Flood opina de la tête, cherchant du regard ne serait-ce qu'un vestige de la pièce qui vivait dans son souvenir.

Il finit par le trouver dans les crochets qui retenaient les cordes à linge. Son père mettait à sécher les feuillets fraîchement imprimés en les suspendant à des fils de fer fixés à ces mêmes crochets. Il leva les yeux au plafond : les poutres portaient encore des trous aux endroits où ils avaient vissé la presse pour l'empêcher de vibrer.

— C'est pas nous qui les avons faits, dit-elle immédiatement. C'était déjà comme ça quand on est arrivé.

Il hocha la tête et escalada les marches étroites et raides qui menaient à l'étage. Il s'arrêta à mi-chemin pour masser sa jambe où se propageait un éclair de douleur. En se retournant, il vit que la femme l'observait depuis le bas de l'escalier.

Les portes des deux chambres à coucher étaient légèrement entrebâillées. Il entra dans celle qui avait été la leur, à Meg et à lui. Une loque informe, rideau ou couverture, était pendue en travers de la fenêtre. Les mains tendues devant lui, il traversa la pièce obscure et écarta ce semblant de rideau. La lumière le frappa comme un coup de poing ; quand il eut de nouveau l'usage de ses yeux, il regarda par la fenêtre et la vit.

Elle tournait sur elle-même ; son manteau rouge se détachait sur la neige blanche. Pour mieux la voir, il gratta le givre avec son ongle. Elle tomba à la renverse dans la neige en riant, les bras grands ouverts.

Il essaya d'ouvrir le loquet, mais s'aperçut qu'il était englué de peinture. Quand il regarda de nouveau à l'extérieur, elle levait les yeux vers lui, assise par terre, et l'appelait. Il vit ses lèvres bouger et sut ce qu'elle disait bien qu'il ne puisse pas l'entendre.

Nicolas. Viens jouer dehors.

Il posa le bout de ses doigts sur le carreau inégal et sentit la chaleur du soleil sur la vitre. Elle avait disparu. La place était nue sous la poussière.

Un filet de voix vibra derrière lui.

— C'est toi ?...

Il pivota sur lui-même. Dans un coin de la pièce se dressait un lit étroit qu'il n'avait pas remarqué dans l'obscurité. Sur ce dernier, couvert d'une pile de haillons, reposait un squelette d'homme ou de femme, il n'aurait su le dire. Une longue chevelure blanche sur un crâne jauni et, dans leurs orbites creuses, deux yeux voilés, aveugles.

Il sortit à reculons de la chambre, lentement, et quitta la maison sans adresser de nouveau la parole à la femme du rez-de-chaussée.

Il vagabonda tout le reste de la matinée, laissant ses pieds le mener là où ils le voulaient tandis que ses pensées tournaient en rond autour d'un centre vide. Il finit par se heurter à un mur, regarda autour de lui et s'aperçut qu'il se trouvait au fond d'une impasse qu'il ne reconnaissait pas. Il n'y avait aux alentours personne à qui demander son chemin. Quand aux maisons, elles étaient majestueuses, mais froides et peu invitantes. Avait-il erré vers le nord ou vers le sud ?

Après avoir tourné et retourné un nombre incalculable de fois, il émergea subitement dans la cohue de Fleet Street. Il s'accorda une pause pour s'orienter tout en reposant sa jambe douloureuse, mais la rue se mit à danser devant ses yeux. Il fit un effort pour se rappeler depuis quand il n'avait pas mangé et se souvint qu'à l'aube, avant le réveil de Pica, il avait englouti un peu de pain. S'il allait se ravitailler dans ce café que le cocher lui avait recommandé ? Mais il en avait oublié le nom. Il tendit les mains et s'alarma de les voir trembler. Un souvenir remonta qui le fit sourire : la main blanche d'Irena à la table du petit déjeuner, le dernier matin ; le bout de ses doigts effleurant les siens l'espace d'un instant, message secret glissé parmi l'argent et la porcelaine.

Il sentit sa tête monter en flèche vers le ciel, la rue tomber à la renverse, et se retrouva à genoux, fasciné par des gouttes de sang fleurissant sur le trottoir.

— Mauvaise chute, m'sieur.

Quelqu'un s'agrippait à son bras.

— Tout va bien.

Il se redressa tant bien que mal et fit face à son bon samaritain, un jeune garçon au visage grêlé affublé d'un galurin de paille et d'un tablier sale.

— Vous vous êtes éraflé, on dirait.

Flood leva la main et constata que le sang venait d'une entaille sous son pouce.

— Ça va aller, m'sieur ?

Près de lui reposait un grand panier d'osier, couvert d'une serviette immaculée sous laquelle Flood vit luire l'or grège d'un monceau de petits pains et le sombre éclat de plusieurs bouteilles de bière couvertes de buée.

— Pourrais-je…

Il palpa ses poches sans se rappeler dans laquelle il avait mis son porte-monnaie.

— Pourrais-tu m'en vendre un peu ?

— Désolé, m'sieur, fit le garçon en le considérant avec une méfiance nouvelle. Il y a déjà un gentilhomme qui a payé pour ceux-là et je m'en vais les lui livrer.

Il chargea le panier sur son épaule avec un grognement, parut hésiter et pour finir, tira la serviette du panier et la tendit à Flood.

— Tenez. Pour votre main. 'Revoir, m'sieur.

Hébété, Flood prit la serviette et regarda le garçon s'en aller en chancelant sous le poids de sa charge. Il approcha de son visage le tissu tiède et empesé et respira l'arôme humide des petits pains chaud. Il plia deux fois la serviette dans le sens de la longueur, enveloppa sa main dedans et la noua, réprimant le spasme de douleur qui lui remontait le long du bras.

Il devait retourner sur le navire avant qu'il ne lui arrive quelque chose d'encore pire. Mais au lieu de bouger, il resta planté au milieu de la rue, laissant l'inépuisable flot des passants couler autour de lui.

Tel un papillon de nuit, une parole d'Irena voleta à travers ses pensées. Qu'est-ce que c'était ? Il scruta le pavé autour de lui comme si la réponse devait s'y trouver

Ici, ce sont les murs et les planchers qui sont en mouvement, avait-elle dit *; les gens ne bougent pas.* Elle parlait du château de son père et du système qui, en se transformant constamment, ne changeait jamais rien d'important.

Il repensa soudain à une image fugitive aperçue la veille en passant ; c'était seulement maintenant, dans les couloirs obscurs de son esprit, que cette vision entrait en contact avec ses paroles d'alors. Il sut à cet instant où il pourrait la trouver, mais resta immobile, plongé dans l'attente, tirant sur le fil qui reliait l'image aux mots pour voir s'il tiendrait bon, s'il n'allait pas se briser et le laisser en plan.

Il était presque à bout de forces. Il valait mieux qu'il remonte à bord pendant qu'il en était encore capable. Il pourrait trouver Pica et l'emmener avec lui au cas où il se perdrait de nouveau. Mais si le fil menant hors du labyrinthe était un faux ? Si c'était la réponse à la mauvaise devinette ?

Il devait faire enquête seul, sans donner de faux espoirs à la petite. Si jamais il se trompait, il valait mieux qu'elle n'en sache rien.

φ

Pica se trouvait au milieu d'une grande place qui n'avait pas de nom, cernée par le grouillement d'une foule d'inconnus. Elle venait d'acheter une orange à un marchand ambulant, mais ne l'avait pas encore épluchée. Si elle parvenait seulement à trouver le fleuve, elle était sûre d'y apercevoir un repère familier qui lui permettrait de s'orienter. Elle avait déjà demandé à trois personnes comment revenir au quai Blackfriars et obtenu trois réponses différentes, ce dont elle avait tiré une seule certitude : elle était loin de la rive.

Elle avait commencé la matinée en accompagnant les Turini jusqu'à Covent Garden, puis elle était partie de son côté, poussée par une vague idée de la direction dans laquelle chercher l'imprimerie de son père. Mais elle s'était vite perdue dans le labyrinthe des ruelles entourant la cathédrale, après quoi elle s'était contentée de marcher au hasard. Chaque fois qu'elle s'arrêtait, elle tirait le livre de son tablier et le retournait dans ses mains, tentée, mais elle était réticente à parcourir deux labyrinthes en même temps.

Haut perchée, suave, parfaite, une voix s'éleva non loin d'elle, survolant la rumeur de la foule.

Si douces lèvres appellent le baiser, lui dis-je.
Douces en effet, vraiment jolies, dit-elle.
Je l'embrassai, l'emprisonnai, ma tendre oiselle
qui s'envola, et sur la plaine encore voltige.

Le chant éclatait comme un carillon dans l'atmosphère lourde et poussiéreuse. Elle regarda autour d'elle sans trouver la chanteuse dans la multitude qui circulait dans tous les sens, à pied comme à cheval.

Telle Daphné, à mon étreinte elle s'efforçait d'échapper ;
Tel Phébus, je la suivais et courais pour la rattraper.

Pica leva les yeux. Une brise ténue soulevait des spirales de poussière sur le pavé. Tout autour d'elle, les gens levaient la tête dans l'attente d'un secours céleste.

Ce qui se passa, ô amants, n'en parlons point,
Sachez seul'ment que nous eûmes
le plus joli des entretiens.

Le dernier vers résonnait encore lorsqu'une ombre persistante, aux limites de son champ de vision, la fit se retourner. Amphitrite Snow se dressait près d'elle, accoutrée du bonnet de paille et du tablier des servantes.

— Si tu as la peau noire, habille-toi en esclave, lança-t-elle en réponse au regard surpris de Pica, et personne ne s'avisera d'y regarder à deux fois. C'est très utile, aujourd'hui plus que jamais.

— Vous m'avez suivie.

— Tu devrais me remercier, fit Amphitrite. Tu ne serais pas un peu perdue, par hasard ?

Pica refoula ses larmes.

— Nous devrions retourner vers le *Bourdon*, dit Amphitrite.

— Je n'ai pas trouvé mon père.

— Il est peut-être rentré tout seul.

Elle prit le bras de Pica, lançant à la ronde des regards soupçonneux.

— Que se passe-t-il ?

Elle avait descendu le fleuve jusqu'à Wapping, dit-elle à l'enfant tout en la traînant derrière elle, jusqu'aux tavernes où les marins fraîchement débarqués boivent en attendant la prochaine partance.

— Ils ne parlaient que de l'énorme navire de guerre qu'ils avaient dépassé dans l'estuaire, murmura Amphitrite.

Un songe immaculé flottant calmement sur les eaux du fleuve. Depuis combien de temps était-il arrivé ? Qu'était-il venu faire là ? Les suppositions allaient bon train, mais elle avait tenu sa langue. Si le Commandant osait narguer ainsi ses anciens patrons de l'Amirauté, cela ne pouvait signifier qu'une chose : il savait sa proie proche.

φ

Une enseigne fraîchement peinte se balançait au-dessus de l'entrée.

La Charade et l'Indien
Bienvenue à tous

Flood se baissa pour passer sous la porte et pénétra dans un café encombré de tables à tréteaux autour desquelles des hommes lisaient le journal en remuant bruyamment les pages quand ils ne discutaient pas en petits groupes, tassés les uns contre les autres. Au fond de la salle, posé sur un poêle bas sur pattes qui ressemblait à une tortue en armure noire, un énorme percolateur d'argent lançait des jets de vapeur.

Il s'assit à une table libre. Un des garçons qui arpentaient la pièce lui apporta à toutes jambes une tasse et un pichet de café. Peu après, un grand gaillard rougeaud se leva de son tabouret près du poêle et vint s'asseoir pesamment à côté de Flood.

— Je me présente : Henday, monsieur. Ce café est à moi. C'est votre première visite ici, je crois.

— Je ne sais pas, répondit Flood. Je m'en allais... quelque part. Je ne me souviens plus.

— Par bonheur, répliqua l'homme avec un sourire édenté, vos pas vous ont mené vers le seul établissement où l'incertitude soit une vertu. Les acteurs fréquentent chez Bedford, les politiciens conspirent chez Will, les docteurs se rassemblent chez Child pour discuter cadavres et cataplasmes. Ici, nous nous consacrons plutôt aux préoccupations qu'aux occupations : fantômes de la déraison, obsessions, mystérieuses perturbations de l'âme. Et la première tasse est toujours gratuite.

— Donnez-moi un petit instant. Le temps de rassembler mes esprits.

— Je comprends, monsieur. Chacun a ses mauvais jours. N'hésitez pas à m'appeler si vous avez besoin de parler à quelqu'un.

Henday s'extirpa de son siège et s'éloigna pesamment. Flood avala une gorgée du liquide amer et brûlant et fit la grimace. Il aurait mieux fait de commander quelque chose à manger. Ce vide dans ses pensées n'était que le reflet de la vacuité de son estomac. Il leva les yeux : Henday était revenu et se penchait pour chuchoter à son oreille.

— Pardonnez-moi de vous déranger, mais je me suis dit que je devais attirer votre attention sur ce monsieur, là, dans le coin, le grand maigre au nez en bec d'aigle qui lit le *Royal Magazine*. Sur mon honneur, c'est un Lord de l'amirauté. Une fois par semaine, il vient nous entretenir du dernier en-cas à la mode, celui qui fait fureur dans les maisons de jeu. On met du bœuf, de la moutarde et ce que vous voudrez entre deux tranches de pain, et le tour est joué. Ça peut se manger debout à la table de jeu, ou alors au lit, entre deux galipettes avec une maîtresse. Sa seigneurie prétend l'avoir inventé. Il insiste même pour qu'on lui donne son nom.

Henday se redressa en frottant ses mains l'une contre l'autre.

— Vous voyez, ici, chacun a son histoire. Moi, par exemple, j'ai déjà parcouru les terres sauvages du nord de l'Amérique pour le compte de la Compagnie de la Baie d'Hudson.

— Vraiment ? répondit Flood, absorbé par ses pensées qui faisaient inlassablement le tour d'un vide béant. Il venait de perdre le fil qu'il suivait.

Henday soupira et se rassit sur le banc, s'appuyant sur la table bancale qui craqua sous son poids de façon inquiétante.

— Un soir, au coucher du soleil, mon guide Cri a abattu un buffle. L'énorme bête avait roulé dans une dépression du terrain et nous l'avions suivie. Nous étions en train de la dépecer quand je levai les yeux ; des silhouettes se dessinaient contre le ciel. Au début, je croyais distinguer des formes humaines, mais mon sang n'a fait qu'un tour quand je me suis aperçu que c'étaient des loups. Un grand conseil de loups gris qui nous épiaient, répartis autour de la cuvette.

Henday baissa le ton, haussa les épaules et asséna sur la table un coup du plat de la main.

— Bon. Eh bien, je vois que vous êtes fatigué. Je crois que nous échangerons des histoires de loups un autre jour.

Le poêle en forme de tortue attira de nouveau le regard de Flood. Il ressemblait à celui qu'ils utilisaient, son père et lui, pour fondre les caractères usés.

— Je suis imprimeur, dit-il.

— Les coïncidences aussi sont les bienvenues par ici ! s'écria Henday, ragaillardi. Anciennement, cette maison était celle d'un relieur. Avant lui, si ma mémoire est bonne, une feuille de chou était imprimée ici, mais elle n'a pas duré longtemps. Et avant cela, c'était la demeure d'un auteur de satires et de sermons. Remarquable, non ? Tous des métiers liés à l'encre et au papier.

— Jusqu'à maintenant, vous voulez dire.

— Certains disent que mon café est assez noir et épais pour y tremper une plume. Sans blague, beaucoup de mes clients vivent des métiers du livre. Jusqu'au très estimé Samuel Johnson qui daigne venir nous voir de temps en temps.

— Jamais entendu parler.

— Il fait des dictionnaires, monsieur. Un véritable travail d'Hercule, qui rendrait fou n'importe qui d'autre. Il est venu ici une fois ou deux, je vous prie de me croire, tandis qu'il peine sur son ouvrage sans fin.

— Sans fin ?...

— Un dictionnaire de notre langue maternelle, mon cher monsieur. Chaque mot qui existe y est épinglé, défini et illustré par des citations de l'immortel Shakespeare, entre autres. Bientôt, ceux d'entre nous qui luttent pour exprimer l'indicible auront une nouvelle arme à leur disposition.

Il frappa de nouveau sur la table, juste devant Flood.

— Et je suis prêt à parier que c'est justement cette quête qui vous amène ici.

Flood revit Pica, dans un de ses rares accès de colère, balayer d'un revers de la main les caractères dispersés sur l'établi. *Je n'arriverai jamais à me rentrer ça dans la tête. À quoi ça sert ?*

— Je cherche à nous loger, moi et ma fille. Je suis parti longtemps et j'aimerais ouvrir un nouvel atelier.

— Hélas, mon ami, dans un domaine aussi pratique, je ne puis vous être d'aucun secours. Les affaires sont florissantes... je n'ai plus une seule chambre libre. Mais j'y pense, pourquoi ne pas vous adresser à M. Johnson ? On dit qu'il emploie des escouades entières d'apprentis, de copistes et d'autres corps de métier qui l'aident à élaborer son livre. Sans doute aura-t-il du travail pour vous ou pourra-t-il vous présenter à quelqu'un qui aura besoin de vos services. C'est à Gough Square, près de Fleet Street. À deux pas du Cheshire Cheese. Vous voyez ?

— Je connais, dit Flood en se levant. Merci.

En sortant dans la rue, Flood ressentit l'effet du breuvage noir de Henday : le cœur battant à grands coups, il tituba dans la rue tandis que les toits et les cheminées chaviraient et se soulevaient comme des vagues. Une voiture le dépassa dans un galop retentissant, l'aspergeant de poussière. Il fut pris d'une quinte de toux qui le fit tomber à la renverse.

Un cheval hennit à son oreille.

— Je me disais bien que c'était vous, m'sieur, fit le cocher en se penchant vers lui.

Flood se laissa tomber contre la portière, sentant le verre de la fenêtre trembler dans son châssis. Il n'avait toujours pas retrouvé le fil, mais il en tenait un autre. Il allait devoir s'en contenter.

φ

Pica et Amphitrite attendaient sur le quai Blackfriars qu'un bac les ramène en aval lorsque le cocher s'arrêta à leur hauteur et les héla. Elles se hâtèrent dans sa direction.

— C'est votre père, lança le cocher à Pica. Vous feriez mieux de monter, je vous expliquerai tout en chemin.

Elles prirent chacune une banquette ; la calèche s'élança dans les rues. Pica sortit la tête par la portière pour

365

s'adresser au chauffeur, mais elle se retint à la dernière minute, se disant qu'il était préférable de le laisser galoper sans le distraire.

— Je l'ai conduit à Gough Square, lui cria-t-il enfin. Voir un certain monsieur Johnson. Perspective d'emploi, si j'ai bien compris. Alors je suis dans la rue, en train de l'attendre, quand soudain j'entends un raffut de tous les diables. Les gens accourent de tous les côtés comme si on venait d'annoncer un grand spectacle Je finis par descendre de voiture, juste au moment où on emporte votre père.

— On l'emportait ?

— Tout ce que je sais, c'est ce qu'on m'a raconté. Monsieur Johnson n'était pas chez lui, c'est ce que m'a dit la logeuse, mais on l'attendait sous peu. Elle fait entrer votre père pour qu'il patiente. Quelques minutes plus tard, retentit un hurlement qui ameute la moitié de la paroisse. La logeuse sort de la maison en courant, balbutiant des mots sans suite et poussant des cris à percer les oreilles : *au fou, au fou !* Les voisins se précipitent et finissent par le trouver, gesticulant à tort et à travers au beau milieu d'une pièce vide du troisième étage. Il ne semble pas les voir et ne répond pas à leurs questions, alors ils lui sautent dessus, l'assomment et l'emportent hors de la maison. Tout à coup apparaît un grand homme mince tout vêtu de noir qui prend les choses en main et tout le monde s'en va : votre père, l'homme en noir et la foule des curieux.

— Mais où ?

— J'oubliais que vous n'êtes pas d'ici, *miss*, répondit le cocher. Ils l'ont emmené à l'hôpital des fous, pour sûr. Enfin, à Bedlam.

φ

Ils longèrent le Mur de Londres jusqu'aux étendues dé-
solées de Moorfields, passant devant de mornes bicoques
solitaires, des campements de gitans et des amoncelle-
ments de détritus fumants. Une sombre enclume de
nuages montait au sud-est, écrasant les tourelles et les
flèches des églises. L'air se hérissa comme le poil d'un
chien ; un vent fort et chaud se leva, poussant devant lui
la paille et la poussière sur la route déserte.

— Nous y voici, mesdemoiselles, annonça le cocher en
tirant sur les rênes, au milieu d'un encombrement de
carrosses et de chaises à porteurs.

Dans l'article sur Londres de l'encyclopédie, il avait été
question de Bedlam, mais elle ne se l'était pas représenté
comme ce grand palais obscur. Pica et Amphitrite descendirent de voiture, contournèrent les conducteurs et les
porteurs qui jouaient aux dés sur le trottoir et franchirent
un gigantesque portail de fer forgé. Un groupe de visiteurs
les précédait sur la longue allée de gravier ; les hommes
avançaient bras dessus bras dessous, suivis des dames qui
s'entretenaient à voix basse quelques pas plus loin et laissaient échapper de petits éclats de rire. Pica et Amphitrite
se hâtèrent pour les rattraper, leur emboîtèrent le pas et
parvinrent ainsi à échapper à l'oeil du portier et à se
glisser dans la porte étroite.

En se retournant pour s'assurer qu'on ne les avait pas
vues, Pica entra en collision avec deux crinolines de soie.
Les deux dames se détournèrent brièvement pour connaî-
tre l'origine de ce dérangement et se retournèrent aussitôt.
L'un des hommes qui les accompagnaient toisa Pica, puis
Amphitrite.

— Emmener son esclave partout avec soi, chuchota-t-il à ses compagnes, ce n'est pas très bon pour la discipline.

Pica marmonna des excuses et fit rapidement le tour des deux jupons.

Devant elle se trouvait un homme nu. Debout dans une cuve d'eau peu profonde, absorbé par la contemplation de son corps, il ne fit pas attention à son regard stupéfait. Derrière lui s'étendait un long couloir haut de plafond percé d'une rangée de portes. Des formes indistinctes allaient et venaient dans un clair-obscur hachuré de traits de lumière tombant de lucarnes grillagées percées en haut des murs.

Un gardien s'approcha ; sa fonction était facile à deviner à cause de l'anneau de clefs qu'il portait à la ceinture et du bâton aux embouts de métal avec lequel il frappa deux coups sur le sol de marbre, tout près du bain de l'homme nu.

— Cet homme a déjà été docteur, annonça le gardien d'une grosse voix théâtrale. Sombrant dans une humeur mélancolique, il a conçu une théorie morale des éléments. En ce moment, il est convaincu d'échapper aux feux de l'enfer en se trempant les pieds dans l'eau froide. Allez-y, vous pouvez lui parler.

Un homme rougeaud s'avança et fit le tour de la cuve en penchant la tête d'un air inquisiteur. S'arrachant à la contemplation de sa chair, le docteur leva lentement la tête, sourit et tendit la main.

— Allez-y, m'sieur, répéta le gardien, encourageant l'homme rougeaud d'un hochement de tête. Vous avez ma promesse qu'il ne vous fera pas de mal.

L'homme rougeaud sourit à ses amis et tendit la main au docteur, qui la serra chaleureusement entre les siennes.

— Il vous bénit, monsieur, commenta le gardien.

— C'est drôle, j'ai vraiment l'impression de l'avoir déjà vu, répondit l'homme rougeaud en dégageant sa main. Comment s'appelle ce pauvre diable ?

— Ici, nous n'appelons pas les gens par leur nom, m'sieur. Si l'on cherche quelqu'un de particulier, on le repère par son métier, la nature de sa manie ou l'édifiante leçon que procure la vue de tel ou tel infortuné. Par exemple, dans la chambre numéro sept, par ici, nous regroupons les maux afférents aux excès dans la fabrication d'agrafes.

Le gardien agita son bâton en direction de la porte d'une cellule. Comme en réponse à un signal, un visage s'encadra au même instant derrière les barreaux de la fenêtre. Les visiteuses poussèrent de petits cris et se mirent à rire sottement.

— Un temps viendra, prédit une voix douce, où la tribu à plumes ne sera plus le seul maître des cieux.

— Plus fort, s'il vous plaît, réclama quelqu'un.

— Quand je m'envolerai avec mon armée d'aigles, poursuivit la voix, afin de combattre, au nom de l'humanité, les étoiles impitoyables.

— Bravo, s'écria l'homme rougeaud.

Ils poursuivirent leur visite. Le gardien les mena devant une fosse peu profonde entourée d'un cordon où se traînait à quatre pattes un sauvage menotté, le visage mangé par une toison de cheveux gris enchevêtrés.

— Notre magistrat en résidence, annonça le gardien. L'homme le plus fier de Londres : hermine, zibeline, armoiries…

L'homme cessa d'arpenter sa fosse pour renifler sur le sol de terre battue une tache brune encore humide.

— Sa fille unique s'est enfuie avec un maître d'école de basse extraction, continua le gardien. Aujourd'hui, son noble père est réduit à patauger dans sa merde.

— Elle devait être très amoureuse, intervint l'une des dames en crinoline.

— Eh oui, m'dame. Une folie en attire souvent une autre.

— Peut-on discuter avec lui ?

— Vous entendez, Votre Honneur ? cria le gardien vers le fond de la fosse. Ces messieurs-dames souhaitent s'entretenir avec vous.

— Nous aimerions nous informer des causes de votre infortune, lui lança la dame.

— *Elle est partie*, grogna le magistrat dans leur direction, secouant sa tête d'un côté et de l'autre comme un ours enchaîné. Elle est partie. Elle est partie. Elle est partie. Elle est partie. Puis elle est partie.

L'homme rougeaud se pencha par-dessus le cordon.

— Qu'a-t-elle fait ensuite, monseigneur ?

Le cri du magistrat déchira l'air, éveillant un chœur d'échos qui se répercuta partout autour d'eux.

— ELLE EST PARTIE !

370

Pica et Amphitrite suivirent le groupe le long de la galerie, se tenant en marge du groupe pendant que les autres visiteurs plongeaient leur regard dans les cages ou dans les fenêtres des cellules. La plupart des malades qui étaient libres de se promener ne faisaient pas attention aux intrus. Certains restaient sans bouger, d'autres, le regard vide, avançaient d'une démarche traînante, les lèvres animées d'un mouvement silencieux. Ils passèrent devant un jeune homme assis contre le mur, les genoux remontés sous le menton ; il fixa sur Pica des yeux d'un bleu saisissant qui lui rappelèrent Djinn. Elle tenta d'imaginer où était maintenant le typographe, ce qu'il faisait. Mais ses pensées ne parvinrent pas à échapper aux sombres murailles de cet endroit.

Le gardien s'arrêta à l'extrémité de la galerie et frappa le sol de son bâton ferré.

— Ces escaliers mènent au deuxième et au troisième étage, mesdames et messieurs. C'est là que nous détenons les femmes ainsi que les lunatiques les plus dangereux. Âmes sensibles s'abstenir.

— Et cette galerie-ci ? s'enquit l'homme rougeaud en indiquant un couloir qui débouchait près de l'escalier.

— Ici, ce sont les nouveaux arrivants, m'sieur. Je ne peux pas vous les montrer tant que les docteurs n'ont pas déterminé où les classer dans notre grand tableau. Tout est une question d'agencement, voyez-vous. Voilà pourquoi nous gardons les meilleurs pour la fin.

Il brandit son bâton. Le groupe de visiteurs se rassembla autour de lui au pied des marches. Pica et Amphitrite restèrent en arrière jusqu'à ce que tous les autres aient tourné la première volute de l'escalier, puis elles se glissèrent dans le couloir latéral. Debout près d'une brouette, un domestique balayait paresseusement la paille usée d'une cellule vide. Il ne leur accorda pas un regard lorsqu'elles passèrent près de lui. Dans la cellule qui lui faisait face, deux gardiens luttaient pour contenir un homme en proie à une crise violente. Au bout du couloir, un autre gardien somnolait, assis sur une chaise, son chapeau sur les yeux.

Pica dénicha son père sur un tapis de paille, dans une cellule ouverte aux murs de bois entièrement couverts de graffiti. Amphitrite resta devant l'entrée pour monter la garde.

Il était allongé sur le côté, le dos contre le mur de l'étroite cellule. Sa chemise et son pantalon étaient déchirés. Un autre homme était assis contre le mur opposé, les bras autour des genoux, les doigts entrecroisés, la tête et les bras continuellement agités de tremblements.

— Père, murmura Pica.

Quand Pica était entrée, l'autre homme avait levé la tête et tourné vers elle des yeux agrandis par la peur. Elle se détourna et s'agenouilla près de Flood, qui ne semblait pas conscient de sa présence.

— Il ne dit jamais rien, marmonna l'autre homme en agitant une main vers Flood. Il ne devrait pas être ici, je pense. Je ne veux pas de lui ici.

— Je vais l'emmener avec moi, assura Pica.

— Oui, s'il vous plaît.

Elle ressortit dans la galerie. Amphitrite lui tendit un manteau subtilisé sur la chaise du gardien endormi.

— Prends aussi mes bottes, chuchota-t-elle en les retirant. Essaye-les-lui.

Quand elle rentra dans la cellule, l'homme qui tremblait frappa du pied, soulevant un nuage de paille et de poussière.

— Réveille-toi. Tu t'en vas.

Flood souleva la tête et considéra Pica en plissant le front.

— La dernière fois, tu m'avais apporté ma presse.

— Oui, mais c'était ailleurs. Il y a très longtemps.

Il s'assit, s'appuya contre le mur et leva les yeux vers elle.

— Ne te fais pas prendre.

Elle tendit la main.

— Père, je t'en prie, lève-toi maintenant. Ils disent que nous pouvons partir.

Flood ferma les yeux et secoua la tête.

— Je ne peux pas. Il est là.

— Qui donc, père ?

— Lui, souffla l'homme qui tremblait, indiquant d'un doigt frémissant la haute silhouette noire qui les observait depuis le couloir.

— J'ai discuté avec les docteurs, dit l'abbé de Saint-Foix, saluant Amphitrite d'un signe de tête au passage avant d'entrer dans la cellule. Il s'inclina sèchement devant Pica.

Ils sont unanimes, poursuivit-il, à recommander que votre père soit confié à mes soins. Pour son bien.

— Je trouve que c'est une bonne idée, coupa l'homme qui tremblait.

Pica recula devant l'abbé et s'accroupit près de Flood. Amphitrite sortit à moitié un de ses deux pistolets de la poche de son tablier.

— Si j'étais vous, *capitaine* Amphitrite Snow, je garderais cela bien caché, siffla sombrement l'ecclésiastique. À moins que vous ne désiriez vraiment être arrêtée et pendue.

— Comment nous avez-vous trouvés ? gronda Amphitrite.

— Quand nous nous sommes quittés, à Alexandrie, je me suis efforcé d'imaginer ce que feraient Pica et son père, où ils se dirigeraient pour chercher la comtesse. De toute évidence, nous sommes parvenus à la même conclusion : elle finirait par se rendre à Londres, la métropole de la nouveauté dont elle rêvait tant.

— Ma mère n'est pas ici, assura Pica.

— Ce n'est pas elle que je cherche, répliqua l'abbé. Nous avons passé ensemble de trop brefs moments à l'emploi du pacha. Il nous reste plusieurs détails à régler. Je crois, mademoiselle, que vous devez avoir une idée assez claire de ce que je veux.

— Nous, répondit Pica.

L'abbé sourit.

— Je ne suis pas votre grand-père, susurra-t-il. Et nous ne sommes plus sous l'emprise du pacha. Je me contenterai de la presse, de l'encre et du papier. Et de ce que vous a donné Kirshner. Très peu de chose en vérité, n'est-ce pas, en échange de la liberté de votre père. Et de la vôtre.

— Rien, s'exclama Flood. Ils se tournèrent tous vers lui, stupéfaits : il avait les yeux grands ouverts et fixés sur Saint-Foix. N'est-ce pas ce que vous m'avez dit un jour, abbé Ézéchiel ? « Dans chaque livre se cache un livre de rien. » N'est-ce pas cela que vous cherchez vraiment ?

Il fit un effort pour se lever, mais retomba le long du mur. Pica le prit par le bras et l'aida à se redresser.

— Un livre, poursuivit-il, qui vous ramènera au paradis : la bibliothèque de votre père.

— Vous êtes loin d'avoir sombré aussi profondément que je le croyais, commenta l'abbé d'une voix de velours, découpant chaque syllabe comme un diamant glacial. C'est bien. Je suis sûr que vous ne souhaitez pas passer le reste de vos jours dans un endroit tel que celui-ci.

— Bien sûr que non, intervint l'homme qui tremblait.

— Supposons que vous voyez juste et que je cherche bien ce que vous dites, reprit l'abbé en haussant les épaules. Dans ce cas, j'aurais cru que vous mettriez un point d'honneur à me montrer ce que vous avez réalisé depuis notre dernière rencontre. Après tout, ne cherchons-nous pas la même chose, vous et moi ? S'il est possible d'imprimer un nombre infini de pages, il doit donc exister, parmi tous ces mots, une quantité illimitée de rien. N'ai-je pas raison ?

— Je n'ai aucune réponse à vous donner, répondit Flood. Prenez ce que vous voulez, faites-en ce que vous pourrez.

L'abbé poussa un soupir.

— Mais vous êtes vraiment revenu à la raison ! Nul besoin de rester un instant de plus dans ce sinistre trou. Permettez-moi néanmoins de vous suggérer la conduite à suivre afin de garantir votre liberté recouvrée : en sortant d'ici, remontez vite sur votre bateau et descendez le fleuve dès que la marée le permettra. Mes associés vous rejoindront juste après Southend-on-Sea pour transborder le matériel d'imprimerie sur leur navire.

— Et vous ? s'enquit Amphitrite avec un rictus menaçant. J'espère que vous serez au rendez-vous avec vos « associés ».

— Rassurez-vous, nous nous reverrons, promit l'abbé en se dirigeant vers la porte. Et je veillerai à ce que vous respectiez votre part de notre accord.

— Nous veillerons nous aussi à votre part, assura Amphitrite. Vous avez ma parole.

L'abbé marcha vers la jeune femme et leva la main. Amphitrite se raidit, mais elle ne fit pas un geste alors qu'il repoussait sous son bonnet de paille une boucle de ses cheveux.

— Votre parole, capitaine Snow, n'a aucune importance à mes yeux.

— Bon, s'écria joyeusement l'homme qui tremblait. Vous partez, alors.

À l'extérieur, l'atmosphère était verte et chargée d'électricité. Les chevaux du fiacre s'ébrouaient en secouant leur crinière.

— 'Plaisir de vous revoir, m'sieur, fit le cocher en levant son chapeau vers Flood tout en lançant vers le portail un regard anxieux. Si je comprends bien, va falloir nous hâter.

À Covent Garden, ils restèrent dans la voiture pour attendre Amphitrite, partie dans la foule à la recherche des Turini. Entre-temps, le ciel s'était complètement couvert et les premières gouttes de pluie, énormes, s'écrasaient déjà sur les éventaires des marchands. Les badauds couraient se mettre à l'abri. Ceux qui n'en trouvaient pas se protégeaient tant bien que mal, brandissant au-dessus de leur tête un panier ou un journal. Pica se détourna de la portière et observa son père, qui perdait régulièrement conscience depuis leur sortie de Bedlam. Il reposait contre son siège, les yeux fermés.

Amphitrite réapparut, accompagnée de Turini, de Darka et de Miza. Lolo venait de partir pour acheter, avec son argent durement gagné, le jouet qu'il avait vu dans une vitrine le jour de leur arrivée.

La pluie se mit à tomber pour de bon, fouettant la place de longues rafales cinglantes. Turini parvint à caser son échafaudage pliant au fond de la voiture. Il se préparait à sortir à la recherche de son fils quand ce dernier arriva en courant sous la pluie, une main cachée sous son manteau. Plus personne ne manquait à l'appel ; trempés jusqu'aux os, ils se hissèrent dans le fiacre. Pica cria au cocher de les conduire au quai le plus proche.

— Ce sera le Savoy, alors, mam'selle.

Le fiacre partit en trombe. Pica s'adossa de nouveau, vérifiant d'un coup d'œil que son père dormait toujours tranquillement malgré le bruit que faisaient Lolo et sa sœur en se disputant le nouveau jouet. Turini les fit taire d'un grognement. Renonçant à leur querelle, ils se mirent à souffler à tour de rôle sur le moulin à vent, faisant tourbillonner l'étrange volute de carton à l'extrémité de son bâton. Pica remarqua que des petites silhouettes de papier avaient été fixées aux deux côtés de l'hélice.

La pluie tambourinait sur le toit du fiacre. Elle se pencha pour mieux voir.

On voyait d'un côté un cavalier à cheval. Au verso, un autre cavalier, la tête en bas, galopait dans la direction opposée au premier. Mais dès que Lolo soufflait sur l'hélice, elle voyait les deux cavaliers chevaucher dans la même direction, à la poursuite l'un de l'autre.

— Je peux voir ?

Lolo lui tendit son jouet à contrecœur. Elle le fit tourner : c'était bien cela. En suivant du doigt le parcours sinueux des deux cavaliers, elle vit qu'ils galopaient du même côté du ruban de papier. À moins que le ruban n'ait qu'un seul côté ?

Pica baissa la vitre de la portière, sortit la tête sous la pluie et cria au chauffeur de s'arrêter. Il obtempéra et le fiacre freina longuement sur la chaussée boueuse. Elle agita le moulin à vent en direction de Lolo :

— Peux-tu me dire où tu l'as trouvé ?

Le garçon leva les yeux vers son père, qui acquiesça de la tête.

— Au Palais des merveilles, répondit le garçon.

Pica s'inquiétait pour Flood, qui remuait nerveusement dans son sommeil.

— Nous le ramènerons à bord, promit Amphitrite en lui ouvrant la portière.

Pica glissa le moulin à vent dans sa poche et descendit à la suite de Lolo. Elle le laissa filer devant elle dans la rue qui les ramenait vers Covent Garden, dont ils traversèrent l'étendue déserte sous la pluie battante. Plongeant dans une venelle escarpée, Lolo la distança rapidement. Elle lui cria de l'attendre, mais les trombes d'eau qui se déversaient des bouches des gouttières couvraient le son de sa voix.

Elle s'élança à toutes jambes, au risque de glisser avec ses souliers fins. Soulevant des gerbes d'eau chaque fois qu'elle traversait une flaques, elle passa sous une arcade, tourna le coin d'une galerie de boutiques et se retrouva enfin devant l'enseigne qu'elle avait à peine remarquée le premier jour. Peint en vert et en noir, le nom se lisait clairement au-dessus d'une porte étroite enfoncée dans le mur.

Lolo se tenait devant la porte, triturant la poignée de cuivre.

— Ça doit être fermé en ce moment, soupira Pica. Il faudra revenir une autre fois.

Comme pour mieux illustrer son propos, elle posa sa main sur la poignée et lui donna un petit coup. La porte s'entrouvrit.

Il lui sembla tout d'abord avoir pénétré dans la montre de gousset d'un géant. Partout où elle posait son regard, quelque chose bougeait, oscillait, tournait, vibrait d'une vie propre. Dans une niche pratiquée d'un côté, une souris de métal parcourait un labyrinthe de roues bruissantes et de marteaux cliquetants. Dans une autre niche, un chébec arabe juché sur le dos d'un monstre marin montait et descendait sur des vagues suggérées par des cylindres de fer-blanc tournant sur eux-mêmes. Un spectre au visage masqué par un capuchon surgit d'une trappe du plancher et s'y enfonça de nouveau. Le tout baignait dans le gazouillement d'une légion d'oiseaux mécaniques posés sur des perchoirs suspendus au plafond.

Dans la longue salle étroite, des automates grandeur nature virevoltant dans un ballet muet s'inclinaient les uns devant les autres. Un cosaque brandissait son sabre en montrant ses dents de bois. Un bûcheron et une fille de ferme s'approchaient éternellement l'un de l'autre, se touchant presque avant de repartir chacun dans sa direction sans jamais s'embrasser. Une femme indienne et son enfant, tous deux vêtus de peaux de daim, la firent sursauter en sortant brusquement d'une sombre forêt de sapins, épiant son passage de leurs yeux peints.

Au centre de la pièce, dans une grande armoire entièrement vitrée, s'élevait un palais aux flèches d'ivoire, aux remparts scintillants arpentés par des gardiens miniatures. Tout autour des murs extérieurs, des fontaines crachaient de minuscules jets d'eau sur des statues de nymphes et de néréides pivotant gracieusement sur elles-mêmes. De chaque côté d'une vaste esplanade de marbre s'étendaient les vertes volutes d'un labyrinthe végétal. Fascinée, les mains posées sur la vitrine, Pica vit sortir du portail de nacre, tiré par un équipage de six chevaux blancs, un carrosse doré qui fit le tour du palais avant de disparaître à nouveau à l'intérieur. Son regard finit par s'arrêter sur un échafaudage de bois dressé au milieu de la pelouse du palais. Il soutenait un télescope lilliputien dans lequel un homme, une femme et un enfant de fer-blanc se penchaient pour regarder chacun leur tour.

À travers l'épaisseur des deux vitres déformantes, elle aperçut Lolo qui, soufflant toujours sur son moulin à vent, s'apprêtait à disparaître derrière un cabinet d'horloge. Chuchotant furtivement son nom, elle partit à sa poursuite, guidée par les flaques d'eau qu'il laissait sur son passage.

Plus loin, la boutique se divisait en petites pièces compartimentées sur plusieurs niveaux, de sorte qu'elle dut monter et redescendre plusieurs brèves volées de marches pour ne pas perdre la trace du petit garçon. Frissonnant dans ses vêtements trempés, elle poursuivit son chemin, consciente qu'elle s'éloignait encore de la porte d'entrée.

Elle rattrapa enfin Lolo dans un coin obscur encombré de membres de bois suspendus au plafond, de pièces de machinerie graisseuses empilées sur des étagères, de coquilles de métal vides empilées comme autant de morceaux d'une armure désuète. Ici, contrairement au reste de la boutique, rien ne bougeait ni n'émettait le moindre son.

Parmi tous ces trésors abandonnés ou inachevés, Lolo avait trouvé madame Beaufort.

L'automate trônait au milieu d'une guérite à rideaux de velours qui ressemblait au châtelet d'un théâtre de marionnettes et sur la devanture duquel, tracé en pattes de mouches dorées, s'étalait son nom. Un carreau de verre sale percé d'une ouverture de la taille d'une pièce de monnaie la protégeait des mains indiscrètes, de sorte que Pica voyait à la fois son reflet et la forme de porcelaine de la diseuse de bonne aventure. L'Anglais ivre des quais de Canton n'avait pas menti : malgré le costume persan de madame Beaufort, la ressemblance était indéniable. Mêmes boucles acajou. Mêmes yeux vert pâle. Elle se demanda si, lorsqu'elle atteindrait l'âge de la personne qu'était censée représenter l'automate, elle poserait aussi sur l'univers ce regard vitreux fixant tout le monde de la même façon sans rien voir.

D'une main de cire, madame Beaufort fit glisser le *penny* de Lolo sur le comptoir de bois grossier. La pièce de monnaie disparut dans les plis de son manteau de satin vert sombre. Les paupières de l'automate se fermèrent, sa mâchoire monta et redescendit muettement. Quelque part dans ses profondeurs, une clochette sonna. Les yeux se rouvrirent et la main réapparut, tenant un minuscule rouleau de papier noué d'un ruban rouge.

— Et voilà, dit Pica.

L'enfant déroula le papier récalcitrant et, lentement, lut l'inscription en silence. Puis il le glissa solennellement dans sa poche de poitrine.

— Il faut partir maintenant, prévint Pica. Avant que quelqu'un nous trouve ici.

Lolo fouilla dans sa poche et en sortit un second *penny* qu'il tendit à Pica.

— Ma bonne aventure? Non, Lolo, madame Beaufort n'a rien à m'apprendre.

Surprenant un mouvement qui se reflétait dans le carreau de la guérite, elle se retourna et aperçut, à travers une jungle de membres suspendus, la création la plus réaliste qu'elle ait vue jusqu'ici : une autre madame Beaufort, mais plus âgée et bien plus convaincante. Assise à une table, sous une étroite fenêtre dépolie, elle était penchée sur un étau d'horloger où reposait une sphère de métal terne grosse comme un poing d'enfant. Contrairement à l'autre automate elle portait, au lieu d'un costume voyant, une robe et un tablier bleu ciel. Plusieurs mèches couleur de feuille morte s'étaient échappées de son bonnet de dentelle. Sous les yeux de Pica, une main se leva pour les ramener derrière une oreille. Quand ce fut fait, un des doigts s'attarda parmi les boucles et s'y enroula négligemment. Pica prit alors conscience de son erreur. Une machine ne s'oubliait pas de cette façon.

Munie d'une pince à épiler, la femme préleva au sommet de la sphère métallique un mince disque qu'elle déposa sur le plateau d'un microscope. Collant un œil sur l'oculaire, elle gratta la circonférence du disque à l'aide d'un minuscule outil recourbé. Les tendons de sa main palpitaient. Lorsqu'elle eut terminé, elle attrapa de nouveau le disque avec la pince à épiler, souffla dessus et le réinséra au sommet de la sphère. Libérant cette dernière de l'étau, elle la fit tourner dans ses mains avant de la poser sur la table. La sphère bourdonna un instant, émit trois cliquetis à intervalles irréguliers et se tut.

La femme soupira, releva ses lunettes et se frotta les yeux.

— La boutique est fermée, annonça-t-elle. Mais vous devez être trempés. Vous pouvez rester un moment pour vous sécher.

Pica se recroquevilla dans un coin, puis se ressaisit, prit Lolo par la main et s'avança.

— La porte était ouverte, plaida-t-elle.

La femme se retourna lentement et chercha à la voir entre les pièces d'horlogerie qui les séparaient.

— Vous avez trouvé votre frère, dit-elle enfin. Elle retira ses lunettes et se leva avec raideur. C'est bien. Je vous ai entendue l'appeler.

— Ce n'est pas mon frère, madame.

— D'une façon ou d'une autre, il ne faut pas le laisser sans surveillance. Dans cette boutique, il y a des objets qui se déplacent sans prévenir, dont plusieurs qui sont dangereux. Il est venu ici seul, pas plus tard que tout à l'heure…

Pica leva le moulin à vent de papier.

— Oui, c'est ce qu'il a acheté, dit la femme, qui s'approcha et lui prit le jouet des mains. Il y a quelque chose qui ne va pas ?

Elle fit tourner la roue.

— Non, madame, répondit Pica. C'est très ingénieux. Mais je ne comprends pas. Comment un morceau de papier peut-il n'avoir qu'un seul côté ?

— Je sais, fit la femme en esquissant un sourire. Moi non plus, je n'ai jamais compris.

Elle tendit le moulin à vent à Lolo, mais il lui glissa des doigts et tomba sur le sol en tournoyant.

— Nous avons entendu parler de vous, reprit Pica tandis que Lolo se précipitait sur son trésor. À Canton.

— Canton ? Vous avez dû faire un long voyage pour y aller.

— Nous avons un bateau. Mon père a déjà vécu à Londres.

Sa gorge se serra. Elle détourna les yeux. Le Palais des merveilles semblait s'être rétréci autour d'elle, ce qui rendait sa respiration difficile. Elle porta une main à sa poitrine et sentit la clef de serrage s'enfoncer dans son sternum. Se retournant de nouveau, elle vit que la femme s'était rassise à la table, les mains croisées sur ses genoux.

— Et que disait-on de moi à Canton ?

— Que vous répondez aux questions.

Pica fit un signe de tête en direction de l'automate.

— Enfin, c'est plutôt d'elle qu'il s'agissait, j'imagine.

Immobile, la madame Beaufort en chair et en os la regardait avec une telle intensité que, pendant un instant, Pica crut que le monde s'était arrêté. Le regard de la femme était le même que celui de son père le jour où elle l'avait trouvé, figé dans le temps, en sortant de l'écoutille.

— Tout ce qui se trouve dans cette pièce est une question, prononça la femme sans quitter Pica des yeux.

Lolo, qui s'était éloigné de Pica, se dressa sur la pointe des pieds pour donner de petits coups sur un torse de bois peint qui pendait du plafond.

Pica n'était pas sûre de pouvoir parler. Elle contempla d'un air absent la diseuse de bonne aventure dans sa cage de verre et les membres, pendus à leurs chaînes, qui se balançaient sur le passage de Lolo. À travers une forêt de roues, de leviers et de pendules, elle entrevoyait de loin le palais d'ivoire. Son regard revint se poser sur la sphère de métal qui gisait sur la table.

— C'est une horloge d'un type spécial, expliqua la femme. Je n'ai jamais réussi à la faire fonctionner correctement. Elle est censée indiquer l'heure en tournant sur elle-même, comme la Terre.

Lolo s'éloignait de plus en plus, cette fois en direction de la sortie.

— Je dois partir, s'écria Pica. Mon père...

Elle se tut, tira sur le ruban effiloché de la clef de serrage, la passa par-dessus sa tête et la suspendit au doigt recourbé de l'un des bras qui se balançait au plafond.

Elle retrouva Lolo près de la porte, où elle s'arrêta un instant pour scruter l'arrière-boutique. La femme était invisible.

φ

Au quai Savoy, Pica trouva une embarcation qui les ramena tous deux jusqu'au *Bourdon*. Ils durent se serrer pour faire de la place à une autre passagère, une jeune femme enveloppée dans un manteau gris maculé de boue. Elle avait le côté du visage marqué d'une cicatrice livide. Au bout d'un instant, Pica se rendit compte qu'elle l'avait déjà croisée quelques jours auparavant, dans le tunnel qui menait à Covent Garden. Elle sauta agilement à bord alors que le batelier larguait déjà les amarres. Quand Pica demanda à être déposée au quai de la douane, la jeune femme déclara qu'à elle aussi, cela conviendrait parfaitement.

Pica se tint à la poupe de la barque, le regard perdu en arrière, même après que le quai Blackfriars eut disparu derrière l'abondant trafic fluvial. Le monde lui semblait plus vaste, plus désert. La pluie avait cessé et les nuages filaient à toute allure, ne laissant que des lisières rougies par le soleil couchant. Vu du fleuve, le ciel était un cristal d'une pureté exquise, lavé de toute impureté, de tout souvenir, sans pitié, parfait.

La barque accosta devant la douane. Pica paya le batelier, aida Lolo à débarquer et ils se hâtèrent tous deux vers le navire, se retournant de temps en temps pour constater que la jeune femme à la cicatrice les suivait d'un pas ferme et décidé. Chuchotant à Lolo de l'imiter, elle pressa l'allure. Ils coururent jusqu'à la passerelle.

Amphitrite vint à leur rencontre sur le gaillard d'arrière et apprit à Pica que Flood se trouvait dans la grande cabine et que les Turini veillaient sur lui.

— J'ai été suivie, haleta Pica à bout de souffle. La femme à la cicatrice montait déjà sur la passerelle.

Amphitrite la salua d'un geste de la main.

— Lucy Teach, annonça-t-elle. Première au rendez-vous.

Pica suivit le regard d'Amphitrite et vit accourir sur le quai deux autres femmes en long manteau sombre qui venaient du côté opposé.

— Cat Nutley et Abena Khedjou.

— Tout ce temps, vous saviez... comprit Pica. Vous attendiez...

— Que vous ayez accompli ce que vous aviez à faire ici.

De lourdes bottes retentirent sur l'échelle bâbord. Bientôt apparut le crâne presque rasé d'une autre jeune femme.

— Jane aux mains crochues, lança Amphitrite avant de se tourner vers Pica. Nous voici au complet.

Les quatre femmes se trouvaient maintenant à bord. Rassemblées en un petit groupe au pied du grand mât, elles observaient d'un œil vif les cordages et les membrures. Deux d'entre elles s'agenouillèrent de chaque côté de la passerelle, le regard tourné vers Amphitrite comme si elles n'attendaient que son commandement pour la retirer. Lolo était déjà descendu dans la grande cabine. Pica se préparait à le suivre lorsque Amphitrite lui adressa de nouveau la parole :

— Alors, sommes-nous prêts à lever l'ancre ?

— Oui, laissa tomber Pica en jetant sur le fleuve un dernier regard.

Elle se pencha et descendit dans la grande cabine. Flood était étendu sur la couchette, la chemise ouverte jusqu'à la taille. Assise près de lui, Darka le tenait par la main. Près d'elle, Turini et les jumeaux observaient la scène.

Darka leva les yeux vers son mari et passa une main sur son front. Il articula silencieusement quelques mots dans sa direction. Elle hocha la tête.

— Elle dit qu'il a de la fièvre, traduisit le menuisier. Ce n'est pas très grave, mais il faut le surveiller.

Pica vint s'agenouiller près de son père. Darka se leva, traversa sans bruit la pièce mais s'arrêta brusquement, les yeux fixés vers la porte. Pica se retourna et crut tout d'abord que l'une des comparses d'Amphitrite était descendue leur parler. Puis la femme qui se tenait dans l'embrasure retira son capuchon et s'avança dans la lueur des bougies.

— Je t'ai suivie, dit-elle en lui tendant la clef de serrage au bout de son ruban. J'aimerais te donner quelque chose. Encore une fois.

Pica se releva et resta près de la couchette. Elle vit que Turini et sa famille s'étaient retirés dans un coin de la pièce. Darka avait plaqué une main sur sa bouche. La femme du Palais des merveilles s'approcha encore et déposa la clef de serrage sur la table à cartes. Doucement, comme une question, elle prononça le nom de Pica. La petite se tenait immobile, incapable de regarder la femme dans les yeux. Elle remarqua néanmoins la pâleur de son cou délié, la délicatesse de son pouls battant dans l'ombre. Enfin, elle franchit l'espace qui les séparait, plongea dans le parfum de pluie du manteau de la femme et se précipita dans ses bras. Son étreinte incertaine s'affermit au fur et à mesure qu'elle s'y abandonnait. Une main tremblante lui caressa les cheveux. Contre son cœur, un autre cœur battait.

φ

La nuit où Flood s'était fait prendre à sauter dans son lit, elle avait déjà quitté le château, emportée de l'autre côté de la rivière par les hommes de son père qui l'avaient escortée dans les montagnes jusqu'à sa *salash* de chasse, où elle fut tenue sous surveillance jour et nuit. Le comte n'était venu la voir qu'une seule fois. À ses questions au sujet de Flood, il avait répondu qu'il avait fui le château le jour où elle l'avait quitté. Elle ne devait plus jamais revoir son père.

Quand vint le printemps, ses gardiens lui firent descendre le Danube à bord d'un chaland. Elle voyagea ainsi jusqu'au navire, où on l'enferma dans une cabine sans hublot.

Tout ce qu'elle put saisir du monde au-delà des parois de sa cabine, ce fut en regardant au travers d'une fente séparant deux planches mal jointes, fine lamelle de ciel et d'eau. La traversée fut houleuse et rude. Les jurons et les plaintes des marins lui donnèrent à comprendre que l'on n'avançait guère. Des jours durant, son seul contact avec le monde extérieur fut la main qui lui glissait ses repas par une étroite ouverture pratiquée au bas de sa porte. Pour nourrir la vie qu'elle portait, elle mangeait tout, bien qu'elle fût souvent prise de nausée après coup, restituant alors la totalité de son repas.

Ce fut lors de sa première tentative d'évasion qu'elle découvrit que son geôlier était l'abbé de Saint-Foix. En pleine nuit, elle avait découvert dans le plancher de sa cabine une trappe qui donnait sur un étroit tunnel. Après avoir rampé dans l'obscurité totale le long d'un boyau exigu grouillant de rats, elle avait émergé dans la grande cabine. L'abbé était tranquillement installé à la table du capitaine, comme s'il n'attendait qu'elle.

Votre père projetait de vous faire enfermer dans un couvent, lui dit-il. *Je l'ai incité à changer d'avis. N'ayez aucun souci : on va bien s'occuper de vous et de votre enfant.*

Bien qu'il tentât de se dissimuler derrière ses paroles, elle avait tout de même perçu son agitation, son conflit intérieur. Elle crut un instant qu'elle pourrait le persuader de la laisser partir. Mais dès qu'elle avait sollicité sa liberté, elle avait vu ses yeux luire d'une froide satisfaction.

Le comte lui avait donné le plan du navire, lui avait-il appris. Il connaissait ses secrets mieux que quiconque. Pour la première fois depuis son enlèvement, elle avait cédé au désespoir et versé des larmes.

Québec, lui avait-il susurré en l'escortant jusqu'à sa cabine, *vous rappellera sûrement l'île de votre père. Une autre forteresse perchée sur un rocher. Mais vous trouverez dans ma demeure toutes les commodités qui vous manquent ici.*

Elle ne l'avait pas revu pendant ce qui lui avait paru des semaines, et quand il lui avait enfin rendu visite, elle avait compris qu'il la privait délibérément de sa présence, l'abandonnant aux rudes attentions des marins afin d'apparaître à ses yeux comme son seul bienfaiteur. Il s'attendait à ce qu'elle fasse preuve de gratitude et d'humilité : il n'obtint d'elle qu'un silence glacial. Elle ne se priva pas de remarquer les cernes violacés qu'il avait sous les yeux et la pâleur inhabituelle de son teint. Ce voyage n'était pas une partie de plaisir pour lui non plus.

Il lui demanda comment elle se portait, étant donné son état. Elle ne répondit pas.

L'heure approche, prédit-il. *Nous nous reverrons bientôt.*

Un matin, les cris des goélands la tirèrent de son sommeil. En éprouvant le stabilité du pont sous ses pieds, elle sut qu'ils avaient jeté l'ancre quelque part, mais tout ce que sa fenêtre secrète lui permettait de distinguer ne différait en rien de son paysage ordinaire : sombres vagues et ciel gris. Cette nuit-là, elle perdit les eaux, hurlant pour que quelqu'un lui vienne en aide. Puis elle fut assaillie et emportée par des vagues de douleur. Lorsqu'elle reprit conscience, elle vit des visages penchés sur elle, sentit des mains sur son corps. La vieille femme terrorisée qui l'assistait refusa de lui dire un seul mot, même après qu'Irena l'ait suppliée des yeux de prononcer ne serait-ce qu'une parole de réconfort.

Puis le supplice cessa, et ce fut comme s'il n'avait jamais eu lieu. À travers ses larmes, elle entrevit un petit corps maculé de sang se tortillant dans les bras de la sage-femme. Une fille. Dès son premier cri, si faible, elle s'était arrachée de force à son délire, sachant qu'elle n'avait pas beaucoup de temps, et lui avait donné la clef de serrage qu'elle portait autour de son cou.

Et un nom. *Pica ou le caractère moderne.* Un beau nom pour l'héroïne d'un roman philosophique. Elle ne savait pas que, dans la ville où était destinée à vivre son enfant nouveau-née, ce mot signifiait déjà quelque chose.

À l'*Ospedale*, se remémora Pica, je collectionnais les objets qui avaient une histoire. J'étais sûre que tout le monde en avait une, sauf moi.

Le silence de la nuit s'était posé sur le fleuve. Assises côte à côte dans la grande cabine, Irena et Pica veillaient sur Flood qui luttait avec l'ange de la fièvre. Lorsque l'après-midi toucha à sa fin et que la cabine fut plongée dans l'obscurité, Darka leur apporta des chandelles supplémentaires. Amphitrite et sa bande s'affairaient à préparer le bateau en vue de l'appareillage ; de tous côtés du navire montaient le crépitement des chaînes et le claquement des voiles libérées. La fraîcheur de l'air aiguisait l'odeur de fumée des nombreux feux de Londres.

Irena racontait son histoire à voix basse et Pica écoutait, fascinée. Flood les fit sursauter en prenant soudainement la parole.

— Tu viens avec moi, alors.

Il regardait droit vers Irena.

— Nicolas…

— Nous irons à Londres, poursuivit-il. Ton père ne nous trouvera jamais là-bas.

Elle lui baigna le front avec un linge mouillé d'eau fraîche. Il ferma les yeux et se rendormit.

Comprenez-moi bien, lui avait dit l'abbé en lui enlevant son bébé, *cela ne me plaît pas plus qu'à vous. Mais pour l'instant, il doit en être ainsi.*

Pendant les longs mois qui suivirent, elle ne souhaita plus rien que la mort. Puis, dans le cri distant d'une mouette, un cri aigu, hésitant mais fort, elle reconnut le cri si faible et sut qu'elle devait vivre.

Une nuit, une tempête formidable se leva qui sembla projeter le navire dans un autre monde. Elle entendit le bois se fendre, le navire trembler d'un bout à l'autre, les vociférations rauques des marins et, parmi les différentes voix, celle de l'abbé, rendue plus perçante par le désespoir.

Dans le matin tranquille qui suivit la tourmente, le bateau réussit à gagner un port où l'unique son qu'on entendît était la cloche d'une église. La danse du navire tirant sur son ancre lui permit de composer, à travers sa mince lucarne, l'image d'une ville propre et tranquille, aux maisons de brique rouge ; elle comprit beaucoup plus tard qu'il s'agissait de New York. En apercevant un enfant jouer avec son chien, elle devina que ce n'était pas là que l'abbé avait eu l'intention de l'amener.

Il ne se montra pas lorsqu'on la ligota pour la faire monter, à la faveur de l'obscurité, dans une malle-poste noire comme la nuit. Elle se demanda si le voyage l'avait achevé, pensée qui ne servit qu'à la priver du peu d'espoir qui lui restait. On lui fit parcourir plusieurs lieues sur des routes en très mauvais état. Enfin, à l'aube, la diligence s'arrêta près d'un moulin en ruine couvert de mousse. On lui permit de boire l'eau du ruisseau, après quoi on lui lia les mains et on l'embarqua dans un canot en compagnie de trois coureurs des bois au visage tanné qui ne prononcèrent pas un seul mot de tout le voyage. Ils remontèrent la rivière pendant des jours jusqu'à un village de dissidents religieux réfugiés au cœur de la forêt. On dut la porter hors du canot car ses jambes engourdies par sa longue immobilité refusaient de la porter. Les colons ne lui adressèrent pas la parole. Ils ne posèrent pas non plus de questions aux hommes du canot. Dès qu'elle fut à nouveau capable de marcher, ils la mirent au travail dans les champs.

Il se passa longtemps avant que l'idée de s'évader ne lui vienne à l'esprit. Où serait-elle allée ? Le pire était qu'elle commençait à croire ce qu'on lui serinait jour et nuit sur les raisons de sa présence. Pour l'expiation de ses péchés. C'est ainsi que, malgré le rapide relâchement de la surveillance exercée par ses geôliers de fortune, un an s'écoula avant son évasion. L'idée lui vint subitement alors qu'elle retournait un carré de tomates. Elle n'eut qu'à déposer sa binette le long d'un sillon et à entrer dans la forêt sans se retourner.

Elle marcha sans s'arrêter. Chaque fois qu'elle pensait aux féroces chiens de garde qui surveillaient la colonie, elle se mettait à courir et le corset de fer, qu'elle portait toujours, mordait sa chair. Elle traversa un ruisseau à la tombée du soir et faillit mourir de froid la nuit suivante, grelottant dans ses vêtements trempés. Elle erra encore toute journée et toute une nuit dans les bois, à moitié morte de fièvre et de faim.

Ils sortirent de la forêt sans faire de bruit, comme les gens qu'on voit en rêve. Une femme et un enfant vêtus de peaux de daim. La femme, qui portait un couteau, s'adressa dans leur langue à Irena, qui se souvint d'une expression de son père : *des sauvages*. Il ne lui restait plus assez de forces pour pousser le moindre cri. Elle trébucha, tomba à la renverse sur un lit de feuilles mortes et sombra dans un puits d'encre. Ils l'emmitouflèrent dans des couvertures, l'installèrent près du feu et lui donnèrent à manger : de minces lanières de viande séchée, une sorte de bouillie à base de maïs. Dès qu'elle put marcher, ils quittèrent leur campement dans la forêt pour l'amener jusqu'à un village hollandais.

Irena se tut, le regard perdu dans le lointain.

— J'ai passé plusieurs jours en leur compagnie, dit-elle enfin, mais je n'ai jamais su comment ils s'appelaient.

Les flammes des bougies se mirent à vaciller, réveillant des ombres noires dans les coins de la cabine. Pica s'imagina Irena comme le centre d'une toile de lumière dansante.

— Je me suis rendue jusqu'à New York, poursuivit-elle, où j'ai trouvé du travail comme couturière. Lorsque je suis parvenue à économiser assez d'argent pour acheter le matériel nécessaire, je me suis mise à fabriquer des jouets mécaniques et autres curiosités. Les colons en raffolaient. On ne voit pas souvent ce genre d'objets dans ces régions-là.

— Et puis tu es venue à Londres, continua Pica.

— Oui. En me rappelant d'un livre que ton père m'a montré un jour, j'ai décidé de remonter jusqu'au début de l'histoire, son histoire, et de l'y attendre.

φ

La chandelle qui brûlait à son chevet répandait une lumière couleur de parchemin. Il ouvrit les yeux sur la flamme qui se tordait dans le vent du soir.

— Irena.

— Je suis là, Nicolas.

— Je n'entends pas l'horloge.

Il avait quelque chose d'autre à lui dire. Mais quoi ? Tant de choses avaient disparu. Du monde, enroulé comme les deux extrémités d'un rouleau jauni, il ne restait plus que le balancement apaisant de son lit dans sa ronde nocturne autour du château, le clair-obscur frémissant, la main d'Irena sur la sienne. C'était tout ce qui avait jamais existé. Tout ce qui existerait jamais.

Elle parla de nouveau ; il fit un effort pour saisir les mots. Son corps semblait n'avoir plus de poids, s'être consumé et n'avoir laissé qu'une poignée de cendres, une empreinte dans un nuage de fumée.

— Nous sommes sur le bateau, chuchota-t-elle. Tu te souviens ?

— Le livre est terminé, dit-il. Mais je ne sais pas s'il plaira au comte.

— Mon père est mort, Nicolas.

L'espace d'un instant, il fut complètement perdu. Puis tout lui revint d'un seul coup avec une netteté cristalline. Les murs du palais s'écroulèrent autour de lui comme un château de cartes.

— En réalité, réfléchit-il, même s'il croyait vouloir un miroir qui refléterait le monde, ce que désirait vraiment ton père, c'était un monde qui lui renverrait sa propre image.

— Les livres, opina Irena, il voulait les posséder, pas les lire.

Tous les évènements qui s'étaient produits depuis leur séparation déferlèrent dans son esprit comme un raz de marée. Pica…

— Il faut que je parte, Nicolas, soupira Irena. Tu vas te reposer maintenant. Nous reparlerons de tout cela très bientôt.

— La petite, souffla-t-il. J'ai essayé de lui apprendre le métier. Je me disais qu'elle aurait besoin de quelque chose. Pour quand je ne serais plus là.

— Elle m'a parlé de tes leçons, sourit Irena. Elle dit que tu es un bon maître.

Il ferma les yeux. Le murmure de sa voix lui parvenait déjà de très loin, comme le reste du monde. Tout ce que fait un père, songea-t-il, se transforme en leçon. Même rien.

L'air de la nuit était venu à bout de la fumée. Dans la fraîcheur matinale, la rivière s'étirait comme un long bras blafard. Le calme lugubre du ciel prévint Pica que l'aube approchait. Le monde entier semblait méditer l'histoire de sa mère. Elle leva les yeux vers le grand mât, où la bande d'Amphitrite était déjà juchée pour poser de nouveaux gréements. La marée était sur le point de redescendre. La jeune fille frissonna et resserra son manteau autour de ses épaules. Ils allaient bientôt partir. Pour elle, cela signifiait un autre face-à-face avec Saint-Foix. Après tout ce qu'il leur avait déjà enlevé, il allait aussi s'approprier le travail de son père.

Elle entendit du bruit derrière elle, se retourna et vit sortir de l'écoutille le visage pâle et fatigué de sa mère.

— Comment va-t-il ? demanda Pica.

— Il dort paisiblement. Il m'a parlé de toi.

Amphitrite se joignit à elles au sommet de la passerelle. Elle portait une des lanternes achetées à Canton. Irena contempla un instant la muraille sombre de la ville, puis se tourna vers Pica :

— On ne peut pas faire confiance à l'abbé. N'oublie jamais cela.

Amphitrite alluma la lanterne et la tendit à Irena, qui s'en empara avec un hochement de tête.

— Tu seras toujours chez toi ici, assura Irena en effleurant la main de Pica. Sois prudente.

Elle descendit la passerelle et Pica la regarda se hâter le long du quai désert jusqu'à ce que sa cape disparaisse dans l'ombre. Seule la lueur dansante de la lanterne cantonaise resta visible dans l'obscurité. Finalement, elle tourna à l'angle d'une rue invisible pour Pica, car elle disparut elle aussi.

— Je ne lui ai pas parlé de l'*Acheron*, avoua Pica à Amphitrite qui, le nez en l'air, surveillait le progrès du ragrément.

— C'est aussi bien, répondit celle-ci. C'est mon problème.

Pica redescendit dans la grande cabine et s'installa pour veiller sur le sommeil de son père. Elle sortit le livre de sa poche et le soupesa, écrasée par la fatigue comme par un océan tout entier.

Elle s'assit brusquement. Le livre toujours fermé reposait sur ses genoux. Elle avait l'impression de n'avoir dormi qu'un court moment, mais les chandelles étaient mortes et la lueur pâle et froide de l'aube éclairait la cabine.

Son père n'était plus sur la couchette ; sa couverture reposait maintenant sur ses épaules.

Elle descendit à l'atelier et l'y trouva, comme elle s'y attendait, affaissé sur l'établi, son journal de bord ouvert devant lui. Pendant qu'elle dormait, il avait rangé ses outils de relieur et le fatras qui encombrait la surface de travail, puis il s'était assis pour écrire dans son journal. La page était encore vierge, mais il tenait à la main une plume sur laquelle l'encre avait eu le temps de sécher.

Elle posa le livre sur l'établi, s'agenouilla près de lui, s'aperçut qu'il avait les yeux fixes, sans expression. Elle posa une main sur son bras.

— Père…

Après un moment, elle se releva et parcourut du regard la cabine silencieuse. Le châssis de caractères Hérisson reposait toujours sur le chariot de la presse. Il y avait même une feuille de papier fixée sur le tympan.

Elle entendit du bruit au-dessus de sa tête, se secoua et remonta sur le pont. Les Turini rassemblés près de la passerelle ajustaient leurs chapeaux et leurs manteaux avant de partir pour Covent Garden. Les enfants, qui baillaient et frottaient leurs yeux encore ensommeillés, la remarquèrent les premiers et crièrent son nom. Hébétée, elle rejoignit la petite famille sur la passerelle et leur apprit que son père était mort.

Bientôt rejoints par Amphitrite, ils la suivirent dans la grande cabine. Pica resta à l'écart tandis que Turini soulevait son père dans ses bras et l'allongeait sur le lit de camp où il était si souvent tombé de fatigue après une longue nuit de travail. Puis le charpentier remonta sur le pont. Un instant plus tard, ils entendirent résonner des coups de marteau. Darka et les enfants courbèrent la tête. Miza lançait à Pica des regards timides, comme si elle s'attendait à ce qu'elle fasse la même chose. Elle comprit que c'était maintenant à elle de décider de la suite des événements... mais elle se tourna plutôt vers Amphitrite Snow.

— On peut le prendre avec nous, assura cette dernière. Si c'est ce que tu souhaites.

— Non, répondit Pica avec une assurance nouvelle. C'est à Londres qu'il voudrait être.

Peu après, les comparses d'Amphitrite descendirent l'échelle, remontèrent le corps sur le pont et le couchèrent dans le cercueil grossier que Turini avait rapidement assemblé avec des planches de son estrade. Lorsqu'il eut cloué le couvercle, les femmes soulevèrent le cercueil et descendirent la passerelle. Elles posèrent leur fardeau sur la pierre humide du quai, où Pica demeura en compagnie des Turini, puis elles remontèrent en vitesse reprendre leur poste sur le pont. Il lui vint à l'esprit qu'elles avaient hâte d'appareiller. Dans leur monde, l'heure n'était pas au deuil. Il leur restait l'*Acheron* à affronter. Et l'abbé.

Elle dit adieu aux Turini et remonta sur la passerelle à la suite des jeunes femmes. Amphitrite, qui l'observait depuis l'arrière du bateau, fronça les sourcils :

— Je croyais que tu restais à terre, toi aussi.

Pica secoua la tête. Tout ce qui avait appartenu à son père se trouvait sur ce bateau. Il lui revenait de l'accompagner jusqu'au bout.

Turini s'éloignait à la recherche d'une charrette. Prise d'une idée subite, Pica s'accouda au bastingage et lui cria :

— À Covent Garden, il y a un homme. Monsieur Martin, celui qui fabrique des cartes à jouer. Il a bien connu mon père. Il vous aidera. Et puis allez trouver ma mère, s'il vous plaît, et dites-le lui.

φ

Au lever du soleil, le *Bourdon* descendit le fleuve avec la marée, longeant de plates prairies où broutaient des vaches, puis des marais salants où retentissaient les voix rauques d'une armée de mouettes. Dans l'estuaire, une nappe humide de brouillard matinal vint balayer les marécages de sable gris.

L'équipage avait laissé Pica seule dans la grande cabine. Elle resta longtemps assise à l'établi, une main posée sur le livre de son père. Quand les cris des mouettes l'atteignirent, elle se leva de son tabouret et se mit enfin au travail. Il fallait achever de tout mettre en ordre. Elle astiqua Ludwig et le suspendit à son crochet, puis elle s'attaqua à la presse. La surface de la forme Hérisson était vierge, étale. Mais lorsqu'elle l'effleura, une faible ondulation irradia du bout de son doigt. Si les caractères refusaient de se solidifier, elle allait devoir les remettre tels quels à Saint-Foix. Elle détacha le papier fixé au tympan et le suspendit au fil à sécher, défit le cadre du châssis, le souleva avec précaution et le posa doucement sur l'établi, sous la lumière qui entrait par l'écoutille.

Elle s'absorba un instant dans la contemplation de la presse vidée de papier et de mots, réduite au silence. Pour la remonter sur le pont, comprit-elle, il allait falloir la démonter. Les hommes de l'abbé et du Commandeur allaient envahir le navire avec leurs scies et leurs marteaux et elle allait devoir assister à tout cela et les laisser tout emporter.

Tout sauf le livre. Elle n'allait pas le leur laisser.

Elle était en train de faire reluire les montants de l'antique machine quand la femme à la cicatrice, Lucy Teach, entra dans l'atelier.

— Nous approchons de Southend-on-Sea, annonça-t-elle à voix basse. Amphitrite voudrait vous voir.

Pica escaladait l'échelle d'écoutille derrière Lucy lorsqu'elle sentit un long tremblement parcourir le navire et entendit les chaudières s'allumer. Elle réalisa qu'Amphitrite et son équipage avait jusque-là manœuvré le *Bourdon* à la voile, sans l'aide de tout son appareillage à vapeur.

Pica trouva Amphitrite sur le gaillard d'arrière, occupée à vider la malle des feux d'artifice que Djinn avait achetés à Canton. Elle se pencha, saisit une fusée de bambou et la retourna dans ses mains en pensant au typographe. Tout au long de leurs périples, sa conviction que tout se terminerait tristement l'avait toujours réconfortée : il lui suffisait de jeter un coup d'œil à son visage naïf pour savoir qu'il se trompait. Et voilà qu'elle se retrouvait seule, sans personne pour lui prédire l'avenir.

Elle allait demander à Amphitrite ce qu'elle avait l'intention de faire des feux d'artifice quand elle entendit le grondement de tonneaux qu'on roulait ; elle se retourna et vit Lucy Teach et les autres filles de l'équipage hisser les fûts d'encre sur le pont. Elles les disposèrent en cercle autour du grand mât, puis les lièrent à grand renfort de cordes. Pica devina soudain ce qu'elles tramaient. Elle fit volte-face vers Amphitrite, occupée à descendre la chaloupe le long de la muraille.

— Vous allez mettre le feu au bateau.

Amphitrite secoua la tête en souriant.

— Tu comprends vite quand on t'explique longtemps, ma jolie.

— Et l'abbé ?

— Oh, j'espère bien qu'il sera là pour voir ça, lui aussi.

Entre les bancs de la chaloupe, les femmes entassèrent des couvertures, des rations, de l'amadou et une lanterne, sans oublier, à la demande expresse de Pica, l'automate Ludwig. Lui, se dit-elle, elle pouvait au moins le sauver de ce qui se préparait. Quand elles eurent fini d'approvisionner leur embarcation, les femmes, tendues, se tinrent dans l'expectative sur le gaillard d'arrière, scrutant la brume qui venait se déchirer sur l'étrave.

— S'il y a autre chose que tu désires conserver, chuchota Amphitrite, c'est le moment d'aller le chercher.

Pica retint son souffle et se tint avec le reste de l'équipage, tendant l'œil et l'oreille dans la pénombre grisâtre. Elles n'entendirent tout d'abord que le craquement des montagnes de toile de l'*Acheron* et le claquement de sa proue fendant les vagues, puis l'immense coque émergea de la brume et des embruns pour se placer sur leur route. Tout de suite après jaillit un éclair accompagné d'un grondement de tonnerre. Une volée de boulets traversa l'air en hurlant et s'abattit sur la coque du *Bourdon*, déchirant ses câbles et ses cordages sur toute sa longueur. Les gréements fracassés pleuvaient sur les passerelles. Le *Bourdon* franchit le gigantesque sillage de l'*Acheron* dans un rideau de fumée.

Sur un signe d'Amphitrite, elles se laissèrent toutes tomber sur les planches, appréhendant une seconde volée qui ne vint pas. Lorsqu'elle se releva, Amphitrite vit l'*Acheron* décrire sur tribord un long arc de cercle qui le replongea dans le brouillard.

— Nous sommes touchées, cria-t-elle en maniant frénétiquement la barre. Il va tourner autour de nous, s'approcher et tenter de nous prendre à l'abordage.

Elle se tourna vers Pica qu'elle désigna de la main.

— Toi, monte dans la chaloupe. Nous allons mettre le feu au bateau et te rejoindre.

— J'ai besoin de quelque chose, répondit Pica. Dans la salle de presse.

Avant qu'Amphitrite ait eu le temps de répondre, elle se précipita dans l'écoutille, descendit l'échelle en toute hâte et lança un regard vers le châssis Hérisson posé sur l'établi. Le métal ne s'était toujours pas solidifié et elle n'avait plus le temps d'attendre.

Le livre n'était pas là où elle l'avait laissé. Pétrifiée, elle fixait du regard l'endroit, sur l'établi, où il aurait dû se trouver, se demandant si quelqu'un avait pu le prendre, lorsqu'elle entendit derrière elle un panneau coulisser dans une cloison. Avant même de se retourner, elle savait qui se tenait dans son dos.

— Vous voilà de nouveau séparées, votre mère et vous, susurra l'abbé de Saint-Foix.

Il tenait à la main le livre de son père. Son visage était si livide, si hagard qu'elle ne fut pas tout de suite certaine qu'il s'agissait bien de lui.

— J'espère sincèrement que vous ne devrez pas attendre aussi longtemps pour être de nouveau réunies, reprit-il.

Les yeux brûlants de larmes, Pica se força à parler.

— Pourquoi nous harcelez-vous ainsi ?

Il tituba vers elle, entra dans le rayon de lumière qui tombait de l'écoutille et s'appuya d'une main sur un montant de la presse. Son geste révéla une sombre coulée de sang qui luisait entre les plis noirs de sa soutane.

— Il y a en vous une étincelle du feu de votre mère, reconnut-il. Quel dommage que nous n'ayons pas fait route ensemble pendant toutes ces années. Avec le temps, vous seriez devenue entre mes mains autre chose qu'une pâle copie d'elle. Mais venons-en au fait. Vous aurez sûrement l'amabilité de vous rappeler que ma présence ici est liée à l'entente que nous avons conclue.

— Mon père vient de mourir.

— Oui, je sais. Cela n'arrange pas les choses. Mais vous êtes toujours là, vous, son apprentie. Votre liberté, il me semble, faisait partie de la transaction.

L'abbé considéra un instant le volume relié de cuir vert sombre.

— Je dois avouer que je ne m'attendais pas à trouver ceci : une création achevée ! Quelle merveille, n'est-ce pas ? Votre père, paix à son âme, a surpassé mes rêveries les plus grandioses. Cette reliure exquise, cette encre… Et ce papier ! La lumineuse, la diaphane subtilité de sa texture ! Je n'ai jamais vu un papier pareil…

— La presse est à vous, concéda-t-elle, le regard fixé sur le livre. Et l'encre, et le papier. Ensuite…

Saint-Foix leva les yeux vers elle et lui sourit.

— Ensuite, est-ce ce que je vais disparaître ? Il tournait et retournait le livre dans ses mains. Peut-être, mais je dois savoir comment a été réalisé ceci, et à partir de quoi. Mais comme votre père, à notre grande tristesse, n'est plus de ce monde, c'est de vous que j'attendrai la réponse à ces questions. Quand toute cette affaire entre l'*Acheron* et Amphitrite Snow sera réglée, je serais très heureux si vous acceptiez de m'accompagner à Québec, où nous pourrons étudier ces sujets sans être interrompus constamment par les affaires du monde.

— C'est là que vous deviez emmener ma mère, se souvint Pica. Pourquoi ne l'avez-vous pas fait ?

— Vous désirez vous aussi des réponses ; c'est naturel. Fort bien. Pendant la tempête, je fus rattrapé par l'apoplexie qui me traque depuis mon enfance. Sept mois durant, je suis resté immobile comme un gisant de pierre, incapable même d'ordonner à mes domestiques d'enlever l'horloge qui résonnait dans ma chambre. Sept mois. Dix-huit millions cent quarante quatre mille secondes. Quand je fus rétabli, sa trace avait disparu. Vous ne me croirez peut-être pas, mais j'avais la ferme intention de vous réunir toutes les deux.

Il s'approcha, serrant le livre d'encore plus près sur sa poitrine.

— Vous avez ce que vous cherchiez, dit-elle en détournant son regard. L'abbé ne répondit pas, si bien qu'elle se retourna et le vit accroché à la presse, la tête penchée, le souffle entrecoupé.

— La première bordée était seulement censée vous désemparer, haleta-t-il à voix basse en relevant lentement la tête. Le problème, c'est qu'elle semble m'avoir fait plus de tort, à moi, qu'à vous. Voyez-vous, comme le Commandant est certain de sa victoire, il tient à savourer chaque moment. Avec son nez surnaturel, il a flairé sur le vent marin le parfum de la conquête aussi sûrement, m'en a-t-il informé, que ma terre natale appartiendra bientôt au roi George. Collaborez avec moi maintenant et, qui sait ? Nous parviendrons peut-être à le persuader de laisser la vie sauve à ces jeunes femmes, du moins assez longtemps pour leur laisser entrevoir l'espoir d'un miracle comme celui qui vous a arraché à ses griffes, la dernière fois, au large d'Alexandrie.

Un cri retentit sur le pont. Amphitrite l'appelait. Il ne leur restait plus beaucoup de temps. Soit le *Bourdon* allait partir en fumée, soit les jeunes femmes seraient prises et elle deviendrait la propriété de Saint-Foix.

— Là, fit-elle en montrant le châssis du doigt. C'est là que vous trouverez tout ce qu'il y a à comprendre.

L'abbé se redressa en grimaçant et tituba jusqu'à l'établi où il s'appuya de tout son poids, le visage penché sur la forme de caractères vierge.

— Qu'est-ce...

Il donna une chiquenaude sur la surface lisse comme un miroir. Des vaguelettes se propagèrent jusqu'au centre du cadre et repartirent vers l'extérieur, comme l'eau d'une bassine posée brutalement sur le sol. En se résorbant, elles firent place à des lettres qui bondissaient hors de la surface pour y retomber aussitôt, comme si une pluie invisible venue des profondeurs tambourinait contre le métal.

— Voici donc ce que vous a offert l'ingénieux Samuel Kirshner.

— Les formes apparaissaient les unes après les autres, dit Pica, et mon père les imprimait.

L'abbé leva le regard vers elle. Ses traits fins semblaient s'aiguiser à mesure que la compréhension se faisait jour en lui.

— Vous l'avez trouvé, votre puits de légendes ; j'aurais dû deviner que vous y parviendriez. Lorsque je suis allé vous voir à l'*Ospedale*, j'ai senti une parenté entre vous et moi.

Il releva une manche de sa soutane, hésita un instant et plongea dans le métal liquide un bras qu'il ressortit lentement, examinant intensément sa main, ses doigts, comme éberlué de les retrouver intacts. Soudain il se plia en deux, le visage tordu de douleur.

— Il vous plaira sans doute, haleta-t-il, de savoir que je ne reviendrai probablement pas chez moi vivant. Savez-vous, mademoiselle, que mon seul regret sera d'avoir passé si peu de temps avec la création de votre père ? Et avec vous, bien entendu.

— Je connais un endroit, articula-t-elle lentement, où l'on peut passer l'éternité à lire. Un endroit où rien ne change jamais, sauf ce que l'on souhaite voir changer.

L'abbé fronça les sourcils. Il l'observa un long moment, puis se pencha de nouveau sur la frémissante flaque de métal.

— Vous y êtes allée, murmura-t-il ; dans les caractères…

Dans la lumière blafarde, Pica voyait luire des gouttes de sueur sur le front de Saint-Foix. Son visage exsangue semblait vieillir sous ses yeux ; sa silhouette émaciée s'affaissait dans sa soutane comme s'il luttait contre un poids énorme. Peu à peu, il s'écroula sur la chaise posée devant l'établi.

— C'est comme si le temps n'existait plus, poursuivit-elle, pour personne d'autre que vous. Rien d'autre ne bouge. Le monde entier est à vous.

— Bien entendu, souffla-t-il après un long silence, caressant à deux mains les côtés du cadre. Bien entendu. Quand le temps n'est pas là, le monde prend la forme de nos désirs.

— Mon père m'a parlé de vous, dit-elle. De la bibliothèque où vous alliez vous cacher, enfant. Dans le puits, le monde entier est comme cette bibliothèque.

L'abbé fixait toujours le métal frissonnant, comme s'il ne l'avait pas entendue ou qu'il eût oublié l'existence de tout ce qui n'était pas ses propres pensées. À l'extérieur retentit le claquement des sabords à canons du navire de guerre qui s'ouvraient les uns après les autres avec la précision d'un mouvement d'horlogerie. Quelques instants plus tard, Pica fut projetée sur le plancher par un choc qui ébranla le *Bourdon* tout entier. Étourdie, elle se releva et vit que Saint-Foix, tombé contre l'établi, levait les yeux vers la fumée d'un noir huileux qui se déversait sur eux par l'écoutille. Les mains du vieillard trouvèrent le bord de la table et s'y agrippèrent comme si un puissant courant allait l'emporter.

— Le Commandant n'est pas un homme très patient, dit-il. Il semble avoir oublié ma présence ici.

Elle vit que le livre lui était tombé des mains et avait glissé de l'autre côté de la table, presque à sa portée. Mais avant qu'elle ait eu le temps de faire un geste, il l'avait déjà repris de ses doigts tremblants.

— J'ai attendu trop longtemps.

Recouvrant en apparence ses forces et sa volonté, il se redressa, éloigna la chaise de l'établi et posa un pied sur le siège.

Pica fit un pas vers lui.

— Le livre ne faisait pas partie du marché, dit-elle d'une voix tremblante.

Il sembla hésiter un instant, puis il se tourna vers elle et glissa le livre dans la poche de sa soutane. Dans ses yeux, elle vit passer l'éclair familier de sa spirituelle ironie.

— J'espère que vous me pardonnerez un dernier *bon mot**, dit-il, mais d'un côté comme de l'autre, on dirait que le temps va bientôt me manquer.

Il se hissa laborieusement sur la chaise sans se préoccuper de Pica qui reculait vers l'échelle, puis grimpait vers le pont. Elle s'arrêta à mi-hauteur et se tint instant immobile, l'oreille tendue. Dans une brève échappée de silence, elle entendit le craquement des membrures du navire, le clapotis des vagues puis, montant de la salle de presse, un son qu'elle n'avait jamais entendu de sa vie, mais qui ressemblait à celui de l'eau en violente ébullition.

Elle se retourna et redescendit à toute vitesse. L'abbé avait disparu. Une colonne de lettres qui venait de s'élever s'enfonça sitôt apparue dans la matrice grouillante du cadre, projetant une telle lumière, une telle chaleur que l'air de la salle de presse ondula comme de l'eau.

Elle se pencha sur la forme pour lire les mots avant qu'ils ne disparaissent dans le métal.

> Alors je regardai, et voici
> une main étendue vers moi,
> qui tenait un livre en rouleau.
> Elle le déploya devant moi,
> et il était écrit, au-dedans et au dehors ;
> des lamentations, des plaintes et des gémissements
> y étaient écrits.

Tandis qu'elle lisait, les caractères disparurent complètement, puis se soulevèrent de nouveau brusquement, encore plus agités, si bien que certaines lettres manquèrent de jaillir hors du châssis. Elle se demanda si c'était un message à son intention. Depuis combien de temps se trouvait-il dans le puits ? Un moment de son temps ordinaire pouvait correspondre à plusieurs siècles pour lui.

Les mots qu'elle venait de lire se morcelèrent en un bouillonnement de signes qu'elle essaya de déchiffrer jusqu'à ce qu'elle comprenne que les caractères, poussés vers l'extérieur par quelque chose qui se trouvait sous la surface, formaient une image en relief. Un visage, déformé par la pression du métal, se souleva et replongea si vite qu'elle se demanda si elle l'avait vraiment vu.

Elle prit doucement le cadre sur l'établi, sans trop savoir ce qu'elle avait l'intention de faire. Peut-être qu'il avait cherché à s'échapper et que le métal était trop chaud ; peut-être que, comme elle, il s'était égaré à l'endroit qui n'est qu'obscurité.

Le métal s'assombrissait. Des vagues de chaleur montaient vers son visage depuis le châssis qu'elle transportait vers l'échelle. Elle allait poser le pied sur le premier échelon quand l'*Acheron* tira de nouveau. Le bateau chancela sous l'impact qui la projeta vers l'arrière et lui arracha le châssis des mains. En tombant, elle vit le rectangle sombre virevolter dans l'espace et heurter une poutre. Jaillissant dans toutes les directions, les caractères s'abattirent sur les planches avec un crépitement de cataracte. Alors que les lettres éparses devenaient immobiles, inertes et sans vie, le son de leur chute se réverbéra longtemps et ne diminua que peu à peu, se fondant avec le battement des vagues contre la coque, comme si une force vive libérée du métal s'était écoulée par les jointures du navire pour se mêler à la mer.

Elle se remit sur pied et se tint immobile le temps que sa tête ait arrêté de tourner. Le son des canons et les gémissements du bateau blessé ne formaient plus qu'un murmure distant. Elle se sentait seule au monde, d'une solitude absolue, comme si ce n'était pas Saint-Foix, mais bien elle qui était descendue à nouveau dans le puits. Qu'était-il maintenant ? Un banc de caractères brisé. Elle s'accroupit brusquement au milieu des lettres dispersées sur le sol, en saisit une seule et grimpa l'échelle en toute hâte.

Sur le pont, plusieurs tonneaux percés avaient versé leur encre noire le long des passerelles. L'*Acheron* était de nouveau sorti du banc de brouillard et croisait sur bâbord.

— Te voilà enfin, s'exclama Amphitrite. Elle agrippa Pica par un bras et la traîna sans ménagement vers le plat-bord, puis s'arrêta brusquement pour se tourner vers elle. Qu'est-ce qui t'est arrivé ?

— Je… je n'ai pas réussi à garder le livre.

— Ça ne fait rien. Ton père n'aurait pas voulu que tu perdes la vie pour cela.

Il restait à l'*Acheron* une bonne distance à franchir, ce qui n'empêcha pas ses canons avant d'exploser d'impatience, vomissant une autre volée de boulets qui manquèrent de peu la poupe du *Bourdon* et projetèrent des gerbes d'écume. Amphitrite aida Pica à descendre dans la chaloupe, escalada de nouveau la paroi qui tanguait, disparut un instant et revint lui tendre le cerf-volant de Djinn, soigneusement plié et enroulé dans sa ficelle.

— Si tu te perds en mer, allume-le, lance-le et prie pour que quelqu'un le voie.

Pica s'empara du cerf-volant, le posa près d'elle et leva vers Amphitrite une paire d'yeux écarquillés.

— Vous ne venez pas ?

— Toi qui as lu tous les livres, répliqua Amphitrite à tue-tête, tu ne sais donc pas que les histoires telles que la mienne ont obligatoirement une fin ?

Accompagnée par le roulement des chaînes, la chaloupe descendit jusqu'à l'eau, mordit les vagues et se mit à danser dans le sillage du *Bourdon*. Pica largua les chaînes, une vague se chargea de la chaloupe et la proue du navire s'éloigna d'elle comme une porte qui s'ouvre.

Les chandelles se sont éteintes depuis longtemps. À l'extérieur de ce qui reste des murs, une fine averse se retire peu à peu. Elle va poursuivre sa course vers l'est, se dit le colonel, sillonner les champs détrempés laissés à l'abandon comme il aurait dû le faire lui-même il y a plusieurs heures. Une fatigue maussade s'empare de lui à l'idée de remonter sur son cheval et de galoper vers une autre journée de bombardements stériles, de revoir la même table à cartes scrutée par un cercle de visages hagards, de participer aux mêmes débats interminables sur la stratégie à adopter face aux Anglais.

Il prend une gorgée du thé qu'elle a préparé pour les réchauffer. Il est déjà froid.

Et après ? demande-t-il, incapable de résister, d'une voix devenue rauque à force de se taire. N'en déplaise à Amphitrite Snow, je doute que ce soit la fin de l'histoire.

La jeune femme s'est levée de temps à autre pendant sa narration, parfois pour allumer une bougie, parfois seulement pour dégourdir ses jambes transies par l'immobilité prolongée. Maintenant, un bâton de bois noirci à la main, elle est en train d'agiter les braises du foyer qui les a protégés du tranchant glacial du vent nocturne.

Oh, ce n'est pas la fin, dit-elle. Mais c'est un bon endroit où s'arrêter pour l'instant.

Bougainville se cale confortablement dans sa chaise. Son cheval, attaché pour la nuit juste de ce côté-ci de la porte, hennit en frappant d'un sabot impatient une planche tombée à terre. Il choisit d'ignorer cette suggestion.

Puis-je proposer une fin ? Après tout, moi aussi j'aime-rais beaucoup lire ce livre. La chaloupe, j'imagine, s'est mise à dériver. Même si les flammes lui étaient encore invisibles, la jeune fille a vu s'élever une fumée qui noircissait les voiles du Bourdon *alors qu'il approchait de l'Acheron. Puis, d'un seul coup, le petit navire a flambé et les langues de feu se sont élevées jusqu'au ciel. Elle a assisté impuissante à ce spectacle, hissée sur la pointe des pieds dans l'espoir d'apercevoir des silhouettes sautant par-dessus bord.*

La jeune femme se détourne du feu et vient s'asseoir en face du colonel.

Elle était aveuglée par la fumée, poursuit-elle en hochant la tête, les yeux fermés. La jeune fille a crié le nom d'Amphitrite, mais sans obtenir de réponse. Puis elle a entendu retentir un immense craquement et soudain, à travers la brume et la fumée, elle a vu la coque de l'Acheron en flammes se fendre et projeter dans toutes les directions des fragments de sa charpente qui tournoyèrent longuement avant de plonger dans la mer.

Elle a dérivé toute une journée, pelotonnée contre l'automate. Quand le soir est tombé, comme elle était toujours seule sur l'eau, elle a lancé le cerf-volant allumé. Cette nuit-là, elle a été repérée et secourue par la Constance, *un bâtiment de transport parti de Calais qui faisait route vers Québec, chargé d'hommes et de vivres.*

La jeune femme ouvre les yeux.

La jeune fille est arrivée ici il y a quatre ans, juste avant le début de la guerre. Sans rien dans les poches, sans connaître personne. On l'a d'abord recueillie dans un couvent où les sœurs se sont occupées d'elles, mais cela ne s'est pas très bien passé.

Leur vie cloîtrée ne lui plaisait pas beaucoup, j'imagine.

Au contraire. Elle aurait bien aimé rester au moins quelque temps avec elles. Elle les aimait bien, elles et leur vie. La menace que faisait peser la moindre gelée précoce sur leurs choux et leurs haricots était bien plus réelle à leurs yeux que celle d'une invasion. Mais elles ne se sont pas comprises du tout.

Cela ne m'étonne pas.

Elle vécut quelque temps dans la rue, mais la neige se mit à tomber. Elle finit par découvrir la maison déserte de Saint-Foix, où elle installa son campement de gitane pour l'hiver.

Je ne connais pas cet endroit, s'étonna le colonel. Est-ce près de la ville ?

Pas très loin. Au début de la guerre, des soldats étaient venus s'y installer. Elle avait dû partir encore une fois. Lorsqu'elle s'était présentée sur le seuil du libraire, il avait tout d'abord refusé d'engager une fille, mais elle l'avait convaincu qu'elle savait mieux que lui contrôler un inventaire. Elle avait aussi réparé la vieille presse détraquée qu'il conservait sous une bâche dans l'arrière-boutique.

Elle baisse les yeux vers le tas de fragments de bois répandu sur le sol et le colonel comprend enfin ce qu'elle était en train de faire lorsqu'il est entré dans la boutique : elle essaie d'assembler un casse-tête.

Vous êtes devenue imprimeur, dit-il.

J'ai essayé. Le libraire a trouvé cela fort divertissant. Il m'a conseillé d'arrêter de perdre mon temps.

Où est-il maintenant ?

Peu après la déclaration de guerre, il est rentré à Paris. Je lui ai confié une lettre. Il a promis de trouver quelqu'un pour lui faire traverser la Manche et la livrer à Londres.

Même dans les meilleures conditions, assure le colonel, il arrive que des lettres se perdent. Peut-être quand ce siège sera terminé...

Oui. Peut-être quand la guerre sera finie.

Le silence est déchiré par le chant d'un coq. Un son qui, se dit le colonel, semble défier sans trop de conviction le jour nouveau d'apporter autre chose que des bombes et de longues heures d'attente. La jeune femme s'est rassise ; son regard est posé sur les débris épars de la presse.

Ainsi, sourit le colonel, le Commandant de l'Acheron a prédit la chute de Québec ?

Il s'aperçoit que sa voix sonne faux, que ses railleries ont un ton de certitude amère qu'il ne peut se cacher. À son regard, il s'aperçoit qu'elle l'a senti, elle aussi.

Il n'avait pas toujours raison, concède-t-elle. J'en suis la preuve vivante.

Oui. Mais même si Wolfe s'en va pour l'hiver, quelqu'un d'autre reviendra le printemps prochain, à la tête d'une autre armada de navires chargés à craquer d'hommes et de fusils. Le Commandant me paraît simplement comme le plus typique des Anglais. Quand ils ont un gibier en tête, ne serait-ce qu'une poignée d'esclaves marrons, ils le traquent jusqu'à la mort. La leur ou la sienne, cela ne fait que peu de différence à leurs yeux.

Il se lève avec raideur et fait tomber la poussière de plâtre des épaules de son manteau.

Si les Anglais n'avaient pas démoli votre presse, s'avisa-t-il, vous auriez continué à imprimer, je suppose. Pour les gagnants.

Vous voulez dire qu'ils m'auraient demandé d'imprimer leurs proclamations, leurs avis, leurs promesses de récompense. Et puis, un jour, leurs livres.

Votre père était de toute évidence un artisan d'exception. C'est tout à fait le genre d'être dont a besoin ce pays.

Elle se lève, parcourt du regard la boutique en ruine où traînent des formes vagues, des ombres troubles auxquelles les rayons de l'aurore confèrent des arêtes rudes. Il lui semble qu'elle a grandi en s'allégeant, pendant la nuit, du poids de son histoire.

Les choses peuvent nous être reprises si vite, murmure-t-elle. Parfois au moment même où l'on croit les avoir trouvées. Je m'étais imaginée que si je parvenais à créer quelque chose à partir de ce que j'avais appris... je crois maintenant que ce métier n'est pas ma voie.

Qu'allez-vous faire ? demande-t-il avec douceur.

Elle se penche pour fouiller dans la pile formée par les morceaux de la presse.

Quand le siège sera terminé, je vais d'abord essayer de me rendre à Londres. Ensuite... je l'ignore.

Le colonel attache son baudrier.

Eh bien, mademoiselle, sans doute, quand la guerre sera finie, chercherai-je moi aussi une autre voie. J'aimerais fort contempler certains des endroits que vous avez visités. La Chine. Les Terres Australes. Des îles qui ne figurent sur aucune carte.

Je vous le souhaite, colonel.

Qui sait, peut-être nous retrouverons un jour, à l'autre bout du monde.

J'en serais infiniment heureuse.

Elle écoute le heurt des sabots sur les pavés s'estomper à mesure qu'il s'éloigne. Puis elle se retourne vers les débris de la presse et se met à fouiller dans l'amoncellement confus, trouvant ici et là un morceau de Ludwig. Une oreille. Un brin du galon doré de sa veste. Elle soulève le tympan. Juste dessous se trouvent la tête et le torse de l'automate. C'est un miracle : la plus grande partie de Ludwig est intacte. Peut-être pourra-t-on le réparer à Londres, au Palais des merveilles. Elle le met soigneusement de côté et poursuit ses recherches, finissant par dénicher une casse de caractères dont les sortes, secouées dans leurs cassetins, se sont toutes entassées dans les coins comme des dunes de gravats de plomb.

Elle les trie soigneusement, cherchant les lettres exilées accidentellement dans le mauvais cassetin et ramenant chaque égaré à bon port. Ses doigts gelés sont maladroits, mais ils se réchauffent en travaillant et bougent bientôt à la vitesse de la lecture, si bien qu'elle remarque à peine chacune des lettres qui lui filent entre les mains. Quand elle s'est assurée que tout est en ordre, elle chasse la poussière d'argile de son établi resté indemne et y dépose la casse.

Avant de refermer le couvercle bosselé, elle fouille dans la poche de son tablier de cuir, cherchant machinalement des lettres oubliées, et en ressort un seul caractère. Un petit bloc vierge. Le dernier morceau du châssis de Kirshner. Elle le tourne et le retourne entre ses doigts, contemplant sa surface absolument impénétrable. Doucement, elle abaisse le couvercle de la casse et ferme son poing sur le petit objet dur. Pica la pie, chuchote-t-elle en souriant. Ce petit bout de métal, ce morceau d'infinité dans sa poche, elle l'emportera quand elle s'en ira d'ici, et ce sera le début d'une nouvelle collection.

Pour l'étoile de la mer et la sagesse incarnée

REMERCIEMENTS

Ce récit est une œuvre de fiction. Tous les personnages, y compris les figures historiques, sont le fruit de mon imagination.

Nombreux sont les livres qui m'ont aidé à écrire celui-ci. *The Elements of Typographic Style* de Robert Bringhurst (Hartley & Marks, 1996), *La Révolution de l'imprimé*, d'Elizabeth Eisenstein (Hachette, 2003), ainsi que *Cabinets of Wonder : Nicholas Flood and the Magic of Technology*, de Kristina Johannsen (Porphyry Press, 1968), m'ont éclairé sur l'art d'imprimer. La Chine telle qu'elle figure dans ce roman est inspirée du *Rêve dans le pavillon rouge* de Cao Xueqin (Gallimard, La Pléiade, 2003) et de *The Scholars* de Wu Ching-Tzu. Certains détails du Canton du XVIIIe siècle et du commerce de la porcelaine sont adaptés de *Chinese Export Porcelain* de Jean Mudge (Associated University Presses, 1981). Pour parcourir les labyrinthes d'Alexandrie, j'ai suivi les fils de *La Véritable Histoire de la Bibliothèque d'Alexandrie* de Luciano Canfora (Desjonquères, 1988) et de l'*Alexandrie* de E.M. Forster (Quai Voltaire, 1991). Le conte raconté par la sage-femme à la page 147 est adapté d'une histoire qui figure dans les *Contes populaires italiens* d'Italo Calvino (Denoël, 1980-84, traduit de l'italien par Nino Franck). L'extrait de la page 160

provient de l'ouvrage *The Adventures of Eovaii* d'Eliza Haywood.
La chanson de la page 359 est de Thomas Arne.

La description de l'*alam* doit beaucoup au *Livre de sable* de
Jorge Luis Borges. Le roman qu'il n'a jamais écrit a également été
une grande source d'inspiration.

Une première version de « La Cage aux miroirs » figure dans
Threshold : An Anthology of Contemporary Writing from Alberta,
publié sous la direction de Srdja Pavlovic (University of Alberta
Press, 1999). Une version du « Récit du jardinier » a paru dans la
revue *Descant* (numéro 105, été 1999).

Je remercie du fond du cœur Richard Harrison et Peter Oliva
pour leur générosité, tant dans les conseils que les encoura-
gements, ainsi qu'Aritha van Herk, la lectrice idéale. Un remer-
ciement spécial à Ellen Seligman pour son inestimable contribution à cet ouvrage.

Mes plus sincères remerciements à l'équipe de Pages Books
de Calgary, pour les discussions et leur grande connaissance du
livre, ainsi qu'à celle de NeWest Press pour l'utilité de leurs sug-
gestions. Merci à George Bowering, Peter Ehlers, Jon Kertzer,
Pamela McCallum et Richard Wall ; à Maria Batalla, Peter Buck,
Anita Chong, Sharon Friedman, Carolyn Ives, Yukiko Kagami,
Alberto Manguel, Ibrahim Sumrain, Ralph Vicinanza et Thomas
Wharton Senior.

Merci, David Arthur, pour l'heure passée dans votre merveilleuse bibliothèque. Enfin, à Sharon Avery, descendante de
pirates, mon éternelle gratitude.

TABLE DES MATIÈRES

PRÉFACE : UN LIVRE INFINI
Alberto Manguel   5

LA CAGE AUX MIROIRS   21

LE VIOLON BRISÉ   145

LE PUITS DE LÉGENDES   187

UN JARDIN DE PAPIER   247

LE PALAIS DES MERVEILLES   305

REMERCIEMENTS   423